CAUSAS NATURALES

James Oswald

LA PUERTA NEGRA   OCEANO

CAUSAS NATURALES
James Oswald

LA PUERTA NEGRA   OCEANO

Editor de la colección: Martín Solares
Imagen de portada: Manuel Monroy
Diseño de portada: Diego Alvárez y Roxana Deneb

CAUSAS NATURALES

Título original: *NATURAL CAUSES*

Traducción: Rosario Solares

© 2012, James Oswald

D.R. © 2015, Editorial Océano de México, S. A. de C. V.
Blvd. Manuel Ávila Camacho 76, piso 10
Col. Lomas de Chapultepec
Miguel Hidalgo, C.P. 11000, México, D.F.
Tel. (55) 9178 5100 • info@oceano.com.mx

Primera edición: 2015

ISBN: 978-607-735-600-4
Depósito legal: B-11343-2015

Hecho en México / Impreso en España
Made in Mexico / Printed in Spain

9004052010515

1

Nada lo obligaba a detenerse. Nadie le había asignado ese caso. Ni siquiera estaba de servicio. Pero en cuanto vio las brillantes luces azules de la camioneta de Servicios Periciales y las barreras de contención que colocaban sus colegas, el Inspector Criminalista Anthony McLean no pudo resistirse.

Había crecido en este vecindario, esta zona de la ciudad donde las casas se hallan rodeadas por amplios jardines bardeados. Los más ricos vivían aquí, y sabían cómo proteger a los suyos. Era imposible ver a un vagabundo deambulando por estas calles, y siempre le pareció improbable que aquí ocurriera un crimen de gravedad —pero en este momento dos patrullas bloqueaban la entrada de una casa de grandes dimensiones, y un oficial de uniforme se encargaba de desenrollar la famosa cinta azul y blanca a lo largo del perímetro. McLean sacó su placa y se acercó.

—¿Qué sucede?

—Ha habido un asesinato, señor. Es todo lo que me han dicho —el agente ató la cinta como pudo, y desenrolló el siguiente tramo de la cinta. McLean examinó el amplio camino de grava que llevaba a la casa. Una camioneta de Servicios Periciales había retrocedido hasta la mitad del sendero y permanecía allí con las puertas abiertas. Un poco más allá, una fila de uniformados avanzaba lentamente por el césped con la vista hacia abajo, en busca de pistas. No estaba de más ir a echar un vistazo, y ofrecerles ayuda. Conocía el barrio, después de todo. Se agachó para pasar bajo la cinta y avanzó hacia la parte alta del camino, en dirección de la residencia.

Más allá de la maltratada camioneta blanca, un elegante Bentley negro relucía bajo la luz del atardecer. Y junto a él, un viejo Mondeo oxidado estropeaba el paisaje. McLean conocía al dueño de ese auto demasiado bien. El Inspector Criminalista en Jefe Charles Duguid no era su superior favorito. Si él estaba a cargo de la investigación, el fallecido debió ser un tipo importante. Eso explicaría el gran número de policías presentes.

—¿Qué demonios hace aquí?

McLean volteó en dirección de esa voz tan familiar. Duguid era mucho mayor que él: tenía más de cincuenta años por lo menos; su otrora cabello pelirrojo se había vuelto ralo y canoso, y su rostro, rubicundo y arrugado. Vestía un overol de papel, atado por debajo de su enorme barriga. Parecía un obrero que escapaba del trabajo para fumar un cigarro.

—Estaba en el vecindario y vi las patrullas.

—¿Y se le ocurrió meter la nariz?

—No era mi intención entrometerme en su investigación, señor. Sólo que, vaya, ya que crecí en el área, pensé que podría ayudarle en algo.

Duguid suspiró con fuerza, y dejó caer los hombros con exageración casi teatral.

—¿Qué vamos a hacer? Ya está usted aquí. Vaya y hable con su amigo el patólogo. Vea con qué maravillosas revelaciones nos ha salido esta vez.

McLean caminó hacia la puerta delantera, pero Duguid lo sujetó con fuerza de un brazo:

—Y asegúrese de reportarse conmigo cuando termine. No se le ocurra escabullirse antes.

***

En comparación con la suave oscuridad que descendía sobre la ciudad, el interior de la casa brillaba tanto que lastimaba la vista. McLean ingresó a un amplio salón y luego a uno más pequeño, pero aun así de considerables dimensiones. Dentro, una multitud de oficiales de Servicios Periciales se afanaba en sus respectivos overoles de papel blanco: buscaban huellas dactilares, fotografiaban cada ángulo del lugar. Antes de que pudiera dar dos pasos, una consternada joven le entregó un envoltorio blanco enrollado. No la reconoció: debía ser una de las nuevas reclutas.

—Querrá ponerse esto si va a entrar ahí, señor —la chica señaló a sus espaldas con un rápido movimiento del pulgar, hacia una puerta abierta en el extremo más lejano del pasillo–. Es un verdadero desastre. No querrá arruinar su traje.

—O contaminar la evidencia –McLean le agradeció y se puso el overol. Luego colocó las cubiertas plásticas sobre sus zapatos y se encaminó a la puerta, cuidándose de no bajar del sendero elevado que el equipo de Servicios Periciales había instalado a lo largo del piso de madera pulida. Un murmullo de voces venía del interior de la habitación, así que entró sin tocar.

Era la biblioteca de un auténtico caballero: repisas de caoba oscura, repletas por numerosos libros encuadernados en piel, cubrían las paredes. Un escritorio antiguo descansaba entre dos amplios ventanales. La superficie se hallaba despejada, si exceptuamos una sobrecubierta y un teléfono celular. Dos sillones de piel de altos respaldos descansaban a ambos lados de una chimenea decorada en exceso. El de la izquierda se hallaba desocupado, pero unas cuantas prendas de ropa estaban cuidadosamente dobladas y colocadas sobre el descansabrazo. McLean atravesó la habitación y caminó hacia el otro sillón, y hacia la persona que lo ocupaba y fruncía la nariz ante el hedor pestilente.

El hombre lucía casi apacible, sus manos descansaban ligeramente sobre los brazos del sillón, sus pies ligeramente separados y apoyados en el piso. Su rostro era pálido, sus ojos miraban fijamente al frente con una expresión vidriosa. Hilos de sangre negrusca se derramaban de su boca cerrada, y escurrían por su barbilla. Al principio McLean pensó que llevaba un abrigo de terciopelo oscuro. Entonces vio sus entrañas: las brillantes espirales de color gris azulado que resbalaban desde su cuerpo hasta la alfombra persa. Eso no era terciopelo ni podía ser un abrigo. Dos figuras enfundadas en sendas batas blancas se habían puesto en cuclillas junto a las entrañas y era evidente que evitaban por todos los medios apoyar sus rodillas sobre la alfombra empapada de sangre.

—Dios santo –McLean cubrió su boca y su nariz a fin de protegerlas del fuerte sabor a hierro de la sangre y del olor más intenso a excrementos humanos. Una de las personas se giró a mirarlo y McLean reconoció al patólogo de la ciudad, Angus Cadwallader.

—Ah, Tony. Te colaste a la fiesta, ¿eh? –Angus se puso de pie y le entregó un objeto resbaloso a su asistente–. Llévate esto, Tracy.

—El señor Barnaby Smythe –McLean se acercó al cadáver.

—No sabía que lo conocías –dijo Cadwallader.

—Algo. No demasiado. Nunca había estado aquí. Pero Jesús bendito, ¿qué le sucedió?

—¿No te informó Dagwood?[1]

McLean miró a su alrededor. No le gustaría comprobar que el inspector en jefe se hallaba justo detrás de él y que se enfadaba al oír su apodo. Pero descontando a la asistente y al muerto, no había nadie más en la habitación.

—En realidad no estaba muy contento de verme. Piensa que quiero robarle la gloria de nuevo.

—¿Y no es así?

—No. Yo iba a casa de mi abuela cuando vi los autos… –la sonrisa del patólogo indicaba que no le creía, así que McLean guardó silencio.

—¿Cómo está Esther, por cierto? ¿Alguna mejoría?

—En realidad no. Iré a verla más tarde. Salvo que me quede aquí atrapado.

—Bueno, me pregunto lo que ella sacaría en limpio de este desastre… –Cadwallader agitó un guante manchado de sangre en dirección de lo que alguna vez fue un hombre.

—No tengo idea, Angus, pero luce espantoso. Cuéntame qué sucedió.

—Por lo que he podido ver, no fue atado ni sujetado de ninguna manera, lo cual sugiere que ya estaba muerto cuando le hicieron esto. Pero hay demasiada sangre como para que su corazón no estuviese latiendo cuando lo cortaron la primera vez, así que es muy probable que se encontrase bajo el influjo de una droga. Eso nos lo dirá el informe de toxicología. En realidad la mayoría de la sangre viene de aquí –señaló un colgajo rojo de piel que rodeaba el cuello del hombre muerto–. Y a juzgar por las salpicaduras sobre las piernas y este lado de la silla, eso ocurrió justo después de sacarle las entrañas. Es como si el asesino hubiese hecho todo esto para quitarlas del camino mientras hurgaba en el interior de este hombre. Todos los órganos principales internos parecen estar en su sitio, con excepción de un trozo del bazo, que falta.

—Hay algo en su boca, señor –dijo la asistente, y se puso de pie con un crujido de protesta de sus rodillas. Cadwallader llamó de un grito al fotógrafo. Un instante después éste entró a la habitación, miró hacia

[1] Dagwood es el nombre en inglés de Lorenzo Parachoques, personaje de las tiras cómicas de *Lorenzo y Pepita*, famoso por sus enormes sándwiches también conocidos por el mismo nombre. [N. de la t.]

donde apuntaba el patólogo y se inclinó en esa dirección, entonces Cad-wallader metió a la fuerza sus dedos entre los labios del muerto y separó la mandíbula del occiso haciendo palanca. Cuando el hueco se lo permi-tió, metió la mano y extrajo un objeto muy desagradable, algo húmedo, rojo y liso. McLean sintió cómo la bilis subía por su garganta y trató de contenerse mientras el patólogo sujetaba el órgano en alto, hacia la luz.

—Ah, aquí está. Excelente.

***

La noche había caído para cuando McLean logró salir de la casa. Nunca estaba realmente oscuro en la ciudad; demasiadas lámparas del alumbra-do público iluminaban la delgada niebla de la contaminación con un bri-llo anaranjado e infernal. Pero al menos el sofocante calor de agosto se había disipado, dejando una sensación de frescura que resultaba un bien-venido alivio luego de percibir el pestilente hedor de aquella habitación. La grava crujió bajo sus pies a medida que McLean miraba el cielo en busca de estrellas, y se preguntaba por qué razón alguien arrancaría las entrañas de un anciano y lo obligaría a comerse su propio bazo.

—¿Y bien?

El tono era inconfundible, y lo acompañaba el olor agrio a humo rancio de tabaco. McLean dio media vuelta y miró al Inspector en Jefe Duguid. Éste se había despojado del overol y una vez más vestía su traje habitual, excesivamente grande para él. Aun en la penumbra McLean podía distinguir las zonas brillosas donde la tela se había desgastado con los años.

—La causa probable del deceso fue una pérdida masiva de sangre, pues el cuello fue cortado de oreja a oreja. Angus… El doctor Cadwalla-der estima que el momento de la muerte ocurrió hacia el final de la tarde, al inicio de la noche. Entre las cuatro y las siete. Dado que la víctima no estaba atada, debió encontrarse drogada. Sabremos más en cuanto ten-gamos el análisis de toxicología.

El jefe gruñó:

—Sé todo eso, McLean. Tengo ojos. Cuénteme acerca de Barnaby Smythe. ¿Quién lo cortaría así?

—No conocí al señor Smythe tan bien, señor. Era muy reservado. Ésta es la primera vez que he entrado en su casa.

—Pero usted solía tomar manzanas de su jardín sin permiso cuando era un niño, según creo.

McLean debió esforzarse por contener la respuesta que le vino a la mente. Estaba acostumbrado a las provocaciones de Duguid, pero no veía por qué debía soportarlas en especial ese día, cuando se había acercado a ayudar.

—¿Qué sabe sobre la víctima? –insistió Duguid.

—Era un banquero mercantil, jubilado. Leí en algún sitio que donó varios millones a la nueva ala del Museo Nacional.

Duguid suspiró, y se pellizcó el puente de la nariz.

—Esperaba algo más útil que eso. ¿Qué sabe sobre su vida social? ¿Sus amigos y enemigos?

—En realidad nada, señor. Como le dije, era un banquero jubilado, tenía más de ochenta años... No me muevo en esos círculos. Mi abuela debió conocerlo, pero ahora no está precisamente en posición de ayudar. Tuvo un derrame cerebral.

Duguid resopló sin mostrar compasión.

—Entonces no me sirve de nada. Vamos, fuera de aquí. Regrese con sus amigos ricos y disfrute su noche libre –Duguid le dio la espalda y se alejó en dirección de un grupo de uniformados que fumaban apiñados.

—¿Quiere que le prepare un reporte, señor? –gritó en dirección de Duguid.

—No, demonios –Duguid giró sobre sus talones y McLean distinguió su rostro entre sombras, sus ojos brillantes bajo la luz de las lámparas–. Esta investigación es mía, McLean. Lárguese de mi escena del crimen.

2

El Hospital General de Occidente despedía su olor característico: una mezcla de desinfectante, aire caliente y fluidos corporales derramados que se adhería a tu ropa si pasabas más de diez minutos en ese lugar. Las enfermeras de la recepción lo reconocieron y lo dejaron pasar con una sonrisa sin decir palabra. Una de ellas era Bárbara y la otra Heather, pero nunca lograba distinguirlas. Nunca parecían estar separadas el tiempo suficiente para resolver la cuestión, y mirar fijamente las placas demasiado pequeñas sobre su pecho le parecía embarazoso. McLean caminó por los fríos corredores tan silenciosamente como se lo permitía el ruidoso piso de linóleo; más allá de un grupo de hombres que arrastraban los pies, vestidos con sus cortas batas de hospital, aferrados con sus respectivas garras artríticas a diversos soportes rodantes que portaban soluciones intravenosas; enfermeras ocupadas en zigzaguear de una crisis a otra y pálidos médicos residentes a punto de desplomarse de cansancio. Hacía mucho que tal espectáculo había dejado de impresionarlo pues había venido a este sitio el tiempo suficiente para cansarse de él.

La sala que tenía en mente se encontraba en un extremo tranquilo del hospital, resguardada del ajetreo y del bullicio. Era una habitación agradable, desde sus ventanas podía verse el Fiordo de Forth hasta la altura de Fife. Siempre le pareció un poco tonto, en realidad. Éste sería un lugar más adecuado para acomodar a gente en recuperación de una operación mayor o algo así. En cambio era el hogar de aquellos pacientes a quienes no podía importarles menos la vista o la calma. Dejó abierta la puerta usando un extinguidor como cuña, de manera que el lejano zumbido de actividad lo siguiera, y entró en la semipenumbra.

Ella yacía sostenida por varias almohadas, sus ojos cerrados como si estuviera dormida. Los cables iban de su cabeza a un monitor junto a su cama, el cual hacía tic tac a un ritmo lento y constante. Un tubo dejaba caer gotas de un líquido transparente hacia su brazo arrugado y cubierto de manchas de la edad, y un monitor continuo de pulso, blanco y delgado, atenazaba un dedo marchito. McLean jaló una silla y se sentó, mientras tomaba la mano libre de su abuela y miraba su rostro, en otro tiempo orgulloso y alegre.

—Vi a Angus hace rato. Preguntó por ti —hablaba suavemente, no muy seguro de que pudiera escucharlo. Su mano estaba fresca, a la temperatura de la habitación. Además del movimiento mecánico ascendente y descendente de su pecho, su abuela no se movía en absoluto.

—¿Cuánto tiempo has estado aquí? ¿Dieciocho meses? —sus mejillas se habían encogido aún más desde la última vez que la visitó, y alguien le había dado un mal corte de cabello, de manera que su cráneo se veía aún más esquelético.

—Solía pensar que despertarías eventualmente, y todo sería como antes. Pero ahora no estoy seguro. ¿Qué te espera si despiertas?

Ella no respondió; él no había escuchado su voz en más de un año y medio. No desde que ella le había llamado esa noche, diciendo que no se sentía bien. Él recordaba la ambulancia, los paramédicos; cómo cerraron su casa, desde entonces vacía. Pero no podía recordar su rostro cuando la encontró, inconsciente y sentada en su sillón preferido junto al fuego. Se consumió durante los meses que llevaba en el hospital: él la había visto marchitarse hasta transformarse en esta especie de sombra de la mujer que lo había criado desde que tenía cuatro años.

—¿Quién te hizo esto? En serio —McLean miró a su alrededor, sorprendido por el ruido. Una enfermera estaba de pie en la puerta, batallando para retirar el extinguidor. Entró nerviosamente, mirando en derredor y finalmente lo vio.

—Oh, señor McLean. Lo siento mucho. No lo había visto —tenía un suave acento de las Hébridas Exteriores, su pálido rostro rematado con cabello corto, de flameante color rojo. Llevaba el uniforme de enfermera y McLean estaba seguro de que sabía su nombre. Jane o Jenny o algo parecido. Creía saber los nombres de casi todas las enfermeras del hospital, ya fuera por trabajo o por sus visitas regulares a esta habitación silenciosa. Pero por más que lo intentaba, mientras ella permanecía de pie, mirándolo, no podía recordarlo.

—Está bien –dijo él, poniéndose de pie–. Ya me iba –giró hacia la comatosa figura, liberando su mano fría–. Vendré pronto a verte de nuevo, abuela. Lo prometo.

—Sabe, usted es la única persona que viene aquí de visita regularmente –dijo la enfermera. McLean miró en torno a la sala, notando las otras camas con sus callados e inmóviles ocupantes. Lo cual resultaba escalofriante, como si estuviesen formados para ir a la morgue: esperando pacientemente a que la Muerte se decidiera a llevárselos.

—¿No tienen familia? –preguntó, mientras señalaba con la cabeza en dirección a los otros pacientes.

—Claro, pero no los visitan. Todos vienen al principio. A veces cada día durante una semana o dos. Incluso por un mes. Pero con el tiempo los intervalos se hacen más y más largos. El señor Smith, el de allá, no ha tenido un solo visitante desde mayo… Pero usted viene aquí cada semana.

—Ella no tiene a nadie más.

—Bien, aun así. No todos harían lo que usted hace.

McLean no supo qué decir. Sí, él venía de visita siempre que podía, pero nunca se quedaba mucho tiempo. No como su abuela, quien parecía condenada a pasar el resto de sus días en este infierno silencioso.

—Tengo que irme –dijo, dirigiéndose hacia la puerta–. Siento lo del extinguidor –se agachó y lo cargó de regreso hasta su gancho en la pared. Y gracias.

—¿De qué?

—Por cuidarla. Antes le habría simpatizado.

***

El taxi lo dejó al final del camino interior. McLean se quedó un rato en la frescura de la noche, mirando cómo el vapor del tubo de escape que se alejaba se disipaba hasta desaparecer. Un gato solitario que avanzaba a paso firme, con confianza, cruzó el camino a no más de veinte yardas de él; entonces se detuvo de repente, como si se diera cuenta de que era observado. Su elegante cabeza se movió de un lado al otro y sus ojos agudos escanearon la escena hasta que lo encontraron. Con la amenaza detectada y evaluada, se sentó en medio del camino y se concentró a lamerse una pata.

McLean se inclinó contra el más cercano de una fila de árboles que habían crecido a través de las losas, como si ya no existiera la civilización, y observó. Por lo regular la calle era tranquila, casi silenciosa a esta hora. Sólo el callado rugido de fondo de la ciudad le recordaba que la vida no descansaba un instante. Un grito animal a lo lejos detuvo al gato a media lamida.

Le echó un vistazo a McLean para ver si él había hecho el ruido, entonces se fue trotando, hasta que desapareció de un salto dentro de uno de los jardines bardeados más próximos.

Al voltear de nuevo hacia el camino interior, McLean quedó frente al inexpresivo edificio de la casa de su abuela, las ventanas oscuras lucían tan vacías como el rostro enjuto de la anciana en coma. Póstigos tan cerrados como sus ojos frente a la noche oscura. Visitarla en el hospital era un deber que adoptó voluntariamente, pero venir aquí le parecía una obligación. La casa en la que había crecido había desaparecido hacía mucho, todo rasgo de vida en ese lugar había sido retirado con tanta contundencia como ocurría en el cuerpo de su abuela: no quedaba nada más que huesos de piedra y recuerdos que se agriaban. Deseó a medias que el gato regresara; cualquier compañía justo ahora sería bienvenida. Pero sabía que en realidad el gato era una mera distracción. Había venido aquí a hacer un trabajo; debería poner manos a la obra.

El equivalente a una semana de correo publicitario llenaba el recibidor. McLean lo recogió y lo llevó hasta la biblioteca. La mayor parte del mobiliario estaba cubierta con sábanas blancas, incrementando la sensación de que la casa pertenecía a otro mundo, pero el escritorio de su abuela aún lucía despejado. Revisó el teléfono por si tenía mensajes, borró las ofertas de ventas por teléfono sin molestarse en escucharlas. Probablemente debería apagar la máquina, en realidad, pero uno nunca sabe si algún antiguo amigo de la familia intentaría ponerse en contacto. El correo publicitario se fue al bote de la basura, el cual, según notó, necesitaría ser vaciado muy pronto. Había dos cartas que debería enviar a los abogados que llevaban los asuntos de su abuela. Sólo faltaba dar un rondín y podría irse a casa. Quizás incluso conseguiría dormir un poco.

McLean nunca había temido a la oscuridad. Tal vez porque los monstruos habían venido cuando tenía cuatro años, para arrebatarle a sus padres. Lo peor sucedió muy pronto y él sobrevivió. Después de eso, la oscuridad no volvió a darle miedo. Y sin embargo encendió las luces, a fin de no recorrer la habitación a oscuras. La casa era grande, mucho más de lo que requería una mujer tan anciana. La mayoría de las casas vecinas habían sido convertidas en al menos dos departamentos, pero ésta se mantenía como estaba, y rodeada por un enorme jardín bardeado. Sólo Dios sabía lo que valía; una cosa más de la que tendría que preocuparse llegado el momento. A menos que su abuela hubiera dejado todo a alguna institución de caridad para gatos, lo cual no lo sorprendería: era definitivamente su estilo.

Se detuvo con la mano estirada para apagar el interruptor de la luz, y cayó en la cuenta de que era la primera vez que pensaba en la posibilidad de que ella muriera y en las consecuencias de su muerte. Cierto, la idea siempre había estado ahí, acechando en el fondo de su mente, pero todos los meses que la visitó en el hospital tuvo la esperanza de que eventualmente habría alguna mejoría en su condición. Hoy, por alguna razón, finalmente había aceptado que eso no iba a suceder. Se sentía extraño: había llegado a una conclusión a la vez triste y liberadora.

Y entonces sus ojos notaron dónde estaba.

La habitación de su abuela no era la más amplia de la casa, pero aun así era probablemente más grande que el departamento completo de McLean en Newington. Entró en la recámara, pasó una mano sobre la cama todavía tendida con las sábanas en que ella había dormido la noche antes de tener el derrame cerebral. Abrió los armarios para mirar la ropa que ella nunca más usaría, entonces atravesó la habitación hasta donde una bata de seda japonesa descansaba sobre la silla del tocador. Un cepillo con las cerdas hacia arriba todavía contenía hebras de su cabello: largos filamentos blancos que relucían con un severo brillo amarillo blancuzco a causa de las luces reflejadas en un espejo antiguo. Algunas botellas de perfume estaban colocadas en una pequeña bandeja de plata a un costado, y del otro, un par de fotografías protegidas tras un marco demasiado recargado. Éste era el espacio más privado de su abuela. Había estado aquí en muchas ocasiones, cada vez que ella lo enviaba a buscar algo durante su infancia, o cuando cruzaba rápidamente hacia el baño para tomar una barra de jabón, pero nunca se había quedado mucho tiempo dentro, nunca había prestado gran atención al lugar. Ahora se sentía ligeramente incómodo sólo por estar ahí, y al mismo tiempo debía reconocer que estaba fascinado.

La mesa del tocador era el centro de la habitación, mucho más que la cama. Aquí era donde su abuela se preparaba para salir al mundo exterior. Y McLean estaba complacido de ver que una de las fotografías era de él. Recordó el día en que la tomaron, cuando aprobó en la Academia de Policía de Tulliallan. A juzgar por la imagen, eso era probablemente lo más pulcro que nunca estuvo su uniforme. Sin duda el agente McLean se encontraba en la vía rápida para un ascenso, pero aun así se esperaba que rondara las calles como cualquier otro poli.

La otra fotografía mostraba a sus padres el día de su boda. Al mirar las dos fotografías juntas, quedaba claro que había heredado la mayor parte de los rasgos de su padre. Deben haber tenido edades similares cuando se tomaron los dos retratos, y sin contar la diferencia en la calidad de la fotografía, cualquiera podría afirmar que eran hermanos. McLean se quedó mirando la imagen por un tiempo. Apenas había conocido a estas personas, y rara vez volvía a pensar en ellas.

Otras fotografías estaban esparcidas por la habitación; unas sobre las paredes, otras en marcos sobre la cómoda ancha y baja que seguramente contenía ropa interior. Algunas eran fotografías de su abuelo, el anciano y adusto caballero cuyo retrato colgaba sobre la chimenea, en el comedor de la planta baja, presidiendo la cabecera de la mesa. Las fotografías formaban un registro de su vida, desde que era un hombre joven hasta la ancianidad, en una serie de saltos en blanco y negro. Otras fotografías eran de su padre, y otras eran de su madre también cuando unieron sus vidas. Había también un par de retratos de la abuela de McLean, que fue una jovencita impresionantemente bella, acostumbrada a ataviarse con la ropa más moderna de los años treinta. La última de éstas la mostraba rodeada por dos caballeros sonrientes, vestidos según la época, y en el trasfondo las columnas familiares del Monumento Nacional en Calton Hill. McLean miró con atención la fotografía por un largo tiempo antes de reconocer qué era lo que le molestaba en ella. A la izquierda de su abuela estaba su abuelo, William McLean, obviamente el mismo hombre que aparecía en tantas otras fotografías. Pero no era él, sino otro el hombre, de pie a su derecha, que rodeaba su cintura con un brazo y sonreía a la cámara como si el mundo le perteneciera, quien se veía como la viva imagen de las fotos del hombre recién casado y el agente de policía recién salido de la academia de policía.

3

—¿Exactamente qué ha desaparecido, señor Douglas?

McLean intentó apoltronarse en el incómodo sofá; las protuberancias en los cojines hacían que éstos se sintieran como ladrillos. No tardó en rendirse y echó un vistazo a la habitación mientras el Subinspector Criminalista Bob Laird, Bob el Gruñón para sus amigos, tomaba notas con garabatos largos y sinuosos a dos pasos de ahí.

Se trataba de una habitación muy bien amueblada, a pesar del sofá. Una chimenea Adam llenaba una pared y una colección de pinturas al óleo de buen gusto cubría el resto del espacio. Dos sofás adicionales formaban un ordenado cordón alrededor del hogar, aunque el único adorno a pesar del sofocante calor veraniego era un ordenado arreglo de flores secas. Predominaba la caoba y el olor de la cera pulidora competía con un débil olor a gato. Todo era antiguo pero valioso, como el hombre sentado frente a él.

—Nada ha desaparecido —Eric Douglas tocó sus lentes de armazones negros con un dedo nervioso y los empujó hacia arriba, sobre el puente de su larga nariz—. Fueron directo a la caja de seguridad. Como si supieran exactamente dónde estaba.

—Tal vez podría mostrarnos el sitio, señor —McLean se puso de pie antes de que sus piernas se entumieran. Podría obtener información útil al ver la caja de seguridad, pero sobre todo necesitaba moverse.

Douglas los guio a través de la casa hasta un pequeño estudio que parecía como si hubiera sido golpeado por un tornado. Un ancho escritorio antiguo estaba cubierto de pilas de libros, retirados de las repisas de roble que se hallaban detrás, a fin de revelar la puerta de la caja de seguridad. Y ésta colgaba de sus bisagras.

—Así es básicamente como la encontré –Douglas estaba de pie en la puerta, como si el hecho de no entrar en la habitación pudiera revertirla a la normalidad. McLean pasó junto a él y caminó con cuidado detrás del escritorio. Un delator polvo gris-blancuzco sobre las repisas y alrededor del marco de un amplio ventanal revelaba que la especialista en huellas dactilares ya había estado ahí y se había retirado. Debía encontrarse en otro lugar de la casa, cubriendo de polvo los marcos de las puertas y los alféizares de las ventanas. Buscó en el bolsillo de su chaqueta un par de guantes de goma de todas maneras, y se los colocó con un chasquido antes de tomar la pequeña pila de papeles que había quedado en la base de la caja de seguridad.

—Tomaron las joyas pero dejaron los títulos de las acciones. De todas maneras no valen nada. Todo es electrónico en estos días.

—¿Cómo entraron? –McLean volvió a posar los papeles en su lugar inicial y se concentró en estudiar la ventana. Estaba sellada con pintura, sin un signo visible de haber sido abierta en la última década, mucho menos en las últimas veinticuatro horas.

—Todas las puertas estaban cerradas cuando regresé del funeral. Y la alarma todavía está puesta. De verdad no tengo idea de cómo pudo entrar alguien.

—¿Funeral?

—De mamá –una expresión de molestia pasó por el rostro del señor Douglas–. Falleció la semana pasada.

McLean se maldijo a sí mismo en silencio por no prestar atención. El señor Douglas vestía un traje oscuro, una camisa blanca y una corbata negra. Y la casa entera se sentía vacía; tenía ese aire inequívoco que adquiere un lugar en el que alguien ha fallecido recientemente. Debió enterarse del duelo antes de irrumpir y hacer preguntas. Repasó en su mente el encuentro hasta ese punto, e intentó recordar si alguna de sus preguntas podría haber sido insensible.

—Me apena escuchar eso, señor Douglas. Dígame, ¿el funeral fue muy anunciado?

—No estoy seguro de a qué se refiere. Se publicó un anuncio en el diario: el lugar y la hora, ese tipo de... ah.

—Hay gente mala que logró aprovecharse de su pena, señor. Los hombres que hicieron esto probablemente estaban al pendiente de los diarios. ¿Puede mostrarme la alarma?

Salieron del estudio y cruzaron el salón una vez más. El señor Douglas abrió una puerta escondida bajo la amplia escalera, la cual reveló unos escalones de piedra que conducían hacia el sótano. Justo en el lado interior de la puerta, un delgado panel de control blanco mostraba luces verdes que aún parpadeaban. McLean las estudió por un momento y tomó nota del nombre de la compañía responsable: Alarmas Penstemmin, una firma respetada, y un sistema sofisticado también.

—¿Sabe cómo programar esto correctamente?

—No soy un tonto, inspector. Esta casa contiene muchos objetos valiosos. Algunas de las pinturas valen sumas de seis dígitos, pero para mí son invaluables. Yo mismo puse la alarma antes de marcharme a Mortonhall.

—Discúlpeme, señor. Sólo necesito asegurarme –McLean deslizó la libreta de notas en su bolsillo.

La oficial de Servicios Periciales bajó fatigosamente por las escaleras principales. Preguntó algo con un gesto de los ojos a la joven técnica pero ésta se limitó a menear la cabeza, cruzó la sala y salió por la puerta.

—No le quitaremos más tiempo, pero si pudiera proveernos de una descripción detallada de los artículos robados, nos sería muy útil.

—Mi aseguradora tiene un inventario completo, haré que le envíen una copia.

***

Afuera, McLean se acercó a la oficial de Servicios Periciales y la observó mientras luchaba por quitarse el mono y arrojar su equipo en la parte trasera del auto. Era la chica nueva que había visto en la escena del crimen de Smythe; muy atractiva con su piel pálida y su desordenada mata de cabello negro. Sus ojos habían sido delineados con algún tipo de maquillaje grueso –era eso o la noche anterior se había ido de juerga.

—¿No encontró nada?

—No, no en el estudio. El lugar está tan limpio como la mente de una monja. Hay muchas huellas en el resto de la casa, pero nada inusual. Probablemente son del dueño en su mayoría. Necesito conseguir un juego de huellas de su madre, a fin de usarlas como referencia.

McLean soltó una maldición.

—La cremaron esta mañana.

—Bueno, no hay mucho que podamos hacer de todos modos. No hay señales de entrada forzada, huellas u otras marcas en la habitación que guardaba la caja de seguridad.

—Consígame todo lo que pueda, ¿eh? —McLean se despidió con un movimiento del rostro y la observó mientras encendía el auto y se alejaba de allí. Entonces volvió al auto anónimo de la flotilla policiaca que Bob el Gruñón había sacado esa mañana cuando le asignaron el caso. Su primer caso en forma desde que lo habían nombrado inspector. No era mucho, en realidad; un robo que sería condenadamente difícil de resolver a menos que tuvieran suerte. ¿Por qué no se trataba simplemente de un adicto al crack que robaba una televisión para pagar la siguiente dosis? Por supuesto, algo como eso se le habría asignado a un subinspector para que lo investigara. El señor Douglas debió tener cierta influencia para conseguir que un inspector se involucrara en un crimen menor como éste, aunque fuera nuevo en el puesto.

—¿Qué desea hacer ahora, señor? —Bob el Gruñón lo miró desde el asiento del conductor cuando McLean entró al auto.

—De regreso a la estación. Vamos a empezar por poner estas notas en orden. Veremos si hay algo similar en el montón de casos no resueltos.

Se acomodó en el asiento del pasajero y miró pasar la ciudad mientras conducían por las calles llenas de tráfico. Sólo habían avanzado cinco minutos cuando el radio de Bob el Gruñón se encendió. McLean manejó con torpeza los botones que le resultaban desconocidos hasta que logró contestar la llamada.

—McLean.

—Ah, inspector. Intenté localizarlo en su celular, pero no parece estar encendido —McLean reconoció la voz de Pete, el sargento de guardia. Sacó su teléfono del bolsillo y presionó el botón de encendido. Era verdad: el aparato había estado completamente cargado cuando salió de casa esa mañana, pero ahora, sólo unas horas más tarde, estaba tan muerto como la señora Douglas.

—Lo siento, Pete. Se acabó la batería. ¿Qué puedo hacer por ti, de todas maneras?

—Tengo un caso para usted, si no está demasiado ocupado. La súper —se refería a la superintendente— dijo que sería perfecto para usted.

McLean gimió y se preguntó qué crimen menor le asignarían ahora.

—Adelante, Pete. Dame los detalles.

—Casa Farquhar, señor. En Sighthill. Un constructor llamó y dijo que había descubierto un cuerpo.

4

McLean miró por la ventana del auto más allá de las naves industriales, de las tiendas de descuento, de todo tipo de establecimientos y sucias bodegas hasta las torres que se asomaban a media distancia sobre la bruma de contaminación café grisácea. Sighthill era una de las zonas de la ciudad que no se mostraban en los panfletos para turistas, una expansión urbana de viviendas de interés social que se desparramaban hacia el libramiento a lo largo del antiguo camino Kilmarnock, dominado por la masa imponente y brutal de Stevenson College.

—¿Sabemos algo más al respecto, señor? Dijo que habían encontrado un cuerpo.

McLean todavía no podía acostumbrarse a que Bob el Gruñón lo llamara "señor". El subinspector era quince años mayor que él, y no había pasado mucho tiempo desde que tuvieron el mismo rango. Pero desde el momento en que el ascenso de McLean a Inspector entró en efecto, Bob el Gruñón dejó de llamarlo Tony para llamarlo "señor". Técnicamente, estaba en lo correcto al hacerlo, pero todavía le parecía extraño.

—Yo mismo no estoy seguro de los detalles. Sólo que se trata de un cuerpo encontrado en una construcción. Aparentemente la superintendente en jefe dijo que era justo el tipo de caso ideal para alguien como yo. No estoy seguro de que fuese un cumplido.

Bob el Gruñón no dijo nada mientras conducía el auto por un laberinto desconcertante, hecho de calles laterales rodeadas por casas de un idéntico color gris. Eventualmente, un toque personal –una puerta de un color diferente o luces modernas en el techo– señalaban los pocos hogares que pertenecían a una persona y no al sistema de vivienda social. Por fin dieron vuelta en una calle estrecha, con bardas cubiertas de gravilla.

Al final, fuera de lugar entre tantas viviendas de interés social, se erguía un par de puertas que alguna vez fueron magníficas, adornadas con bellos detalles de herrería cubiertos de hiedra y colgando de dos pilares de piedra agrietados, en un ángulo peligroso. Un letrero a la izquierda rezaba: "Otro prestigioso conjunto de Casas McAllister".

La casa más allá era de estilo señorial escocés, de cuatro pisos de alto, con ventanas altas y estrechas y una torre redonda que sobresalía de una esquina. Un conjunto de andamios daba soporte a una pared, y los restos de lo que alguna vez fuera un amplio jardín estaban ahora ocupados por camionetas de construcción, contenedores, casetas prefabricadas y otros restos del negocio. Dos patrullas esperaban frente a las puertas delanteras, vigiladas por una agente solitaria. Ella se las arregló para dirigirles una sonrisa cansada cuando McLean le mostró su placa, y los guio hacia la oscuridad del vestíbulo. El sitio era frío en comparación del calor en el exterior; entrar le puso la carne de gallina y le provocó un escalofrío involuntario que bajó por su espalda. La agente se dio cuenta.

—Sí, así es este lugar. Escalofriante.

—¿Quién encontró el cuerpo?

—¿Qué? Ah —la agente sacó su libreta de notas—. Nos llamó el señor McAllister. Parece que el supervisor de la obra, el señor Donald Murdo, de Bonnyrigg, se quedó a trabajar hasta tarde anoche a fin de arreglar algo en el sótano. Se llevó una buena sorpresa cuando... bueno, ya se imaginará.

—¿Anoche? —McLean se detuvo tan repentinamente que Bob el Gruñón casi chocó contra él—. ¿Cuándo llamaron para reportarlo?

—Alrededor de las seis.

—¿Y el cuerpo todavía está ahí?

—Sí, vaya: están a punto de terminar en este momento. Estuvieron un poco ocupados anoche, y esto no se consideró de alta prioridad.

—¿Cómo es que un cuerpo no se considera de alta prioridad?

La agente le dirigió lo que sólo podría ser descrito como una mirada anticuada.

—El médico forense declaró la muerte a las siete y quince de anoche. Aseguramos la escena del crimen y he estado aquí vigilándola desde entonces. No es mi culpa que la mitad del equipo de servicios periciales haya salido a beber anoche, y francamente creo que alguno de mis colegas de la Sección de Investigación de Empresas podía haber venido un poco más temprano. Hay lugares mucho más agradables para pasar la noche.

Bajó las escaleras hacia el sótano dando fuertes pisadas. McLean estaba tan sorprendido ante el exabrupto, que no pudo hacer otra cosa que seguirla.

Una escena de industriosa determinación los recibió cuando llegaron a la parte inferior de los escalones. Gruesos cables se arrastraban a lo ancho del suelo polvoriento hacia varias potentes luces de arco; diversas cajas brillantes de aluminio yacían abiertas y sus contenidos apilados al derredor; un estrecho tramo de un pasillo portátil había sido instalado desde la mitad del corredor principal, pero nadie lo estaba usando. Media docena de oficiales de servicios periciales se ocupaban de poner las cosas en su lugar. Sólo una figura notó su llegada.

—Tony. ¿Qué hiciste para molestar a Jayne McIntyre tan pronto en tu nueva carrera?

McLean caminó con cuidado entre el polvo y el equipo hasta el extremo opuesto del sótano. Angus Cadwallader estaba de pie junto a un gran agujero en la pared: la luz surgía con fuerza y resplandecía desde las potentes lámparas de luz dirigida que se encontraban un poco más allá. El patólogo se veía claramente incómodo, no era el mismo de siempre, optimista e irreverente.

—¿Molestar? —McLean se inclinó hasta asomarse por el agujero—. ¿Qué tenemos aquí?

Mas allá estaba una amplia habitación circular, rodeada por una pared lisa y blanca. Cuatro lámparas habían sido erigidas cerca del centro, todas inclinadas hacia adentro y hacia abajo, como si pretendieran iluminar a una prometedora estrella del escenario. Pero tal como se encontraba: abierta de manos y piernas, disecada y brutalizada, era poco probable que se levantara a agradecer los aplausos.

—No es una imagen agradable, ¿cierto? —Angus Cadwallader sacó un par de guantes de látex del bolsillo de su traje y se los pasó a McLean—. Miremos más de cerca.

Entraron por la estrecha abertura oradada en la pared de ladrillos, y McLean instantáneamente percibió el descenso en la temperatura. El ruido del equipo de servicios periciales disminuyó, como si alguien hubiera cerrado la puerta. Al mirar hacia atrás, sintió una necesidad repentina de salir de allí; no era tanto el temor como una presión en la cabeza que lo obligaba a alejarse. Le restó importancia con no poca dificultad y dirigió su atención hacia el cuerpo.

Era joven. Él no estaba seguro de cómo lo sabía, pero algo en su tamaño diminuto le hablaba de una vida interrumpida antes de haber empezado realmente. Sus manos estaban extendidas a lo ancho del cuerpo, en una parodia de la crucifixión; clavos de hierro negro enterrados a martillazos a través de sus palmas, sus cabezas habían sido dobladas para evitar que liberaran sus manos. El tiempo había secado su piel hasta convertirla en cuero, estirado sus manos hasta volverlas garras, deformado su rostro hasta adquirir un gesto de agonía extrema. Llevaba un vestido sencillo de algodón con un diseño floral, el cual había sido levantado hasta arriba de sus senos. McLean notó de pasada lo anticuado que se veía, pero olvidó este detalle cuando advirtió todo lo demás.

Su estómago había sido abierto mediante un corte limpio que iba de entre sus piernas hasta en medio de sus pechos. La piel y el músculo fueron desprendidos hacia atrás, como una flor en proceso de putrefacción. Las blancas costillas se asomaban entre el cartílago gris oscuro, pero no quedaba nada de sus órganos internos. Aún más abajo, sus piernas estaban separadas completamente, sus caderas desarticuladas de manera que sus rodillas casi tocaban el piso. Su piel se había estirado como carne seca sobre el músculo seco, cada hueso claramente visible hasta llegar a sus pies delgados, clavados como sus manos al piso.

—¡Por Dios! ¿Quién haría algo así? —McLean se balanceó sobre sus talones, y miró más allá de las luces, hasta las paredes sin rasgos distintivos a su alrededor. Entonces dirigió su mirada hacia el brillante arco mismo, como si mirar fijamente el resplandor le permitiera borrar la imagen de su mente.

—Tal vez una pregunta más pertinente sería cuándo se hizo esto —Cadwallader se acuclilló al otro lado del cuerpo, sacó una costosa pluma fuente y la usó para señalar diversas zonas de los restos de la chica—. Como puedes ver, algo ha evitado que ocurra la descomposición, permitiendo que se dé una momificación natural. Los órganos internos fueron removidos, y presumiblemente se desecharon en otro lugar. Voy a necesitar hacer algunas pruebas una vez que la tenga en la morgue, pero no puedo ver que la hayan matado hace menos de cincuenta años.

McLean se puso de pie, temblando ligeramente de frío. Quería apartar la mirada, pero sus ojos aún eran arrastrados hacia el cuerpo que se hallaba a sus pies. Casi podía sentir su agonía y su terror. Ella había estado viva, al menos cuando esta terrible experiencia empezó. De eso estaba seguro.

—Deberíamos llamar a un equipo –dijo–. No estoy seguro de que los técnicos puedan obtener algo útil del piso debajo de su cuerpo, pero vale la pena intentarlo.

Cadwallader asintió y salió de la habitación, teniendo cuidado de pisar alrededor de los escombros de ladrillo que se desparramaron cuando el trabajador hizo el primer agujero. En cuanto se encontró a solas con la chica muerta, McLean intentó imaginar la apariencia que debió tener el lugar cuando ella murió. Las paredes eran de yeso liso; el techo era una bóveda limpia de ladrillos pintados de blanco, su cúspide directamente encima del cuerpo. En una capilla, habría esperado encontrar un altar del lado opuesto de la entrada tapiada, pero no había decoración alguna en la pequeña habitación.

Las lámparas arrojaban sombras extrañas sobre los oscuros tablones de madera que recubrían el piso, como si éstos formaran ondas expansivas. Aproximadamente a tres pies de distancia de las paredes, había una serie de glifos que formaban patrones sinuosos a intervalos regulares en torno a un amplio círculo. McLean permaneció allí de pie, a la espera de que alguien entrara de nuevo, hasta que las figuras le parecieron hipnóticas. Mientras sacudía la cabeza para liberarse de la ilusión, se alejó del brillo central de las luces. Entonces se detuvo en seco: su propia sombra se había movido, adquiriendo cuatro tonalidades diferentes sobre el piso a medida que se desplazaba. Pero los patrones del suelo habían permanecido inmutables bajo su sombra.

Se agachó para escudriñar los tablones de madera. Éstos habían sido pulidos hasta dejarlos lisos, y sólo estaban ligeramente cubiertos de polvo, como si la habitación hubiera estado herméticamente sellada hasta que se rompió la pared. La luz de las lámparas era confusa, así que sacó una linterna de su bolsillo, la encendió y apuntó directamente hacia los oscuros patrones que decoraban el piso. Era difícil distinguirlos de la madera: ornamentados nudos de líneas se engrosaban y adelgazaban a medida que se entrelazaban hasta formar una complicada espiral. El borde de un círculo grabado en el piso corría en ambas direcciones. Lo siguió en sentido contrario a las manecillas del reloj, y notó cinco intrincadas marcas más, todas equidistantes. La línea entre la primera y la última había sido limpiamente cortada por los ladrillos que cayeron al tumbar la puerta tapiada.

McLean sacó su libreta e intentó tomar nota de los símbolos, sin desdeñar su relación con la posición de la chica muerta. Éstos se alineaban perfectamente con sus manos y pies extendidos, con su cabeza y el punto central entre sus piernas.

—¿Está listo para que trasladen el cuerpo, señor?

Con el corazón casi saliendo por su boca, se dio la vuelta hasa encontrar a Bob el Gruñón que lo miraba por el agujero en la pared.

—¿Dónde está el fotógrafo? Dile que regrese un minuto.

Bob se dio la vuelta y gritó algo indiscernible. Un momento después un hombre de baja estatura asomó y atravesó la oquedad. McLean no lo reconoció; se trataba de otro nuevo recluta en el equipo de Servicios Periciales.

—Hola. ¿Usted fotografió el cuerpo?

—Sí –su acento era de Glasgow: ligeramente entrecortado e impaciente. Le pareció razonable, él tampoco tenía muchas ganas de quedarse ahí.

—¿Tomó las marcas en el piso? –señaló la más cercana, pero la expresión desconcertada del fotógrafo contestó a su pregunta.

—Aquí, mire –le hizo señas al hombre de que entrara en la habitación y apuntó al piso con su linterna. Por un momento fugaz le pareció ver algo distinto, que de inmediato desapareció.

—No puedo ver nada –el joven se acuclilló para mirar. Un intenso olor a jabón surgía del joven, y McLean se dio cuenta de que ése fue el aroma que había olido al entrar a la habitación.

—Bien, ¿puede fotografiar el piso de todas maneras? Todo alrededor del cuerpo. Más o menos a esta distancia de la pared. Un acercamiento.

El fotógrafo asintió, arrojó miradas nerviosas a la silenciosa figura en el centro de la habitación y puso manos a la obra. El flash de su cámara estallaba y gemía entre cada recarga, a medida que pequeñas explosiones de luz atravesaban la habitación. McLean se enderezó y se concentró en examinar la pared. Se propuso comenzar a partir del cuerpo y seguir a partir de ahí. Al sentir el yeso frío a través de la delgada protección de sus guantes de látex dio vuelta a su mano y golpeó la superficie con los nudillos. El sonido era plano y sólido, como la piedra. Se movió al derredor del círculo y golpeó de nuevo. Sonaba sólido. Luego de mirar por encima del hombro, se movió en círculo hasta alinearse con la cabeza de la chica muerta. Esta vez sus nudillos produjeron un sonido sordo y hueco.

Golpeó otra vez, y en la luz confusa del flash y las sombras arrojadas por las lámparas de arco, pareció como si la pared se hundiera bajo la presión. Giró su mano una vez más y empujó con suavidad: de inmediato sintió que la pared cedía bajo sus dedos. Entonces, con un crujido de huesos frágiles, un panel de más o menos un pie de ancho y medio pie de alto se desprendió de la pared y cayó al suelo. Se trataba de un pequeño nicho oculto, y algo húmedo relucía desde el interior. McLean sacó su linterna una vez más, la encendió y dirigió el haz de luz hacia el interior del nicho. Un delgado anillo de plata se encontraba sobre un pedazo de pergamino doblado, y detrás de él, preservado en un frasco de vidrio como un espécimen en un laboratorio de biología, se hallaba un corazón humano.

5

—¿Esto es lo mejor que podemos hacer?

Mientras McLean permaneció en silencio en el centro de la diminuta habitación, Bob el Gruñón caminó alrededor de las paredes del armario de escobas que pudieron conseguir como sala de investigaciones, sin dejar de quejarse. Al menos había una ventana, aunque daba hacia la parte trasera de otras áreas del edificio. Del lado contrario de la ventana, un pizarrón todavía mostraba los garabatos de una investigación previa, con nombres largo tiempo olvidados encerrados en círculos y luego tachados. Quienquiera que los hubiera escrito se había llevado consigo los marcadores y el borrador. Había dos pequeñas mesas, una metida bajo la ventana, la otra ubicada en medio de la habitación, pero todas las sillas habían desaparecido.

—Me gusta mucho —McLean frotó su zapato contra los cuadros de alfombra manchada y se recargó contra el único radiador. Éste irradiaba calor aunque afuera el sol quemara las calles. Se agachó para girar el termostato a cero, pero la endeble pieza de plástico se rompió en su mano—. Sin embargo, podríamos mejorar algunos detalles de las instalaciones.

Un golpe en la puerta los distrajo. McLean la abrió y se encontró con un joven que balanceaba un par de cajas con una rodilla mientras intentaba alcanzar la manija de la puerta. Llevaba un traje nuevo, y sus zapatos habían sido boleados hasta convertirlos en brillantes espejos. Su rostro recién rasurado era una luna llena rosada; su cabello, de un pálido naranja-rojizo cortado casi a rape, encrespaba su cuero cabelludo como la barba de un día de un adolescente.

—¿Inspector McLean? ¿señor?

McLean asintió y se estiró para tomar la caja de arriba antes de que sus contenidos se desparramaran por todo el piso.

—Agente Criminalista MacBride –dijo el joven–. La Superintendente en jefe McIntyre me envió a ayudar con su investigación, señor.

—¿Cuál de todas?

—Um... no lo dijo. Sólo que necesitaría otro par de manos.

—Bueno, no se quede parado ahí en la puerta mientras se sale todo este calor –McLean dejó caer la caja sobre la más cercana de las dos mesas mientras entraba MacBride. Éste puso la otra a un lado, miró en torno a la habitación y preguntó:

—¿No hay sillas?

—Parece que Su Majestad nos ha dado un detective con ojo de águila, señor –dijo Bob el Gruñón–. No se le va una.

—No le preste atención al Subinspector Laird. Sólo está celoso porque usted es mucho más joven que él.

—Ajá –titubeó MacBride.

—¿Tiene un nombre de pila, Agente Criminalista MacBride?

—Um... Stuart, señor.

—Bien, Stuart, bienvenido al equipo. Y eso va por nosotros dos.

El joven miró a McLean y luego a Bob el Gruñón. Su boca estaba ligeramente abierta.

—Bueno, no se quede ahí parado como si le hubieran azotado el trasero. Salga y encuéntrenos suficientes sillas, jovencito –Bob el Gruñón casi persiguió al agente fuera de la habitación, y cerró la puerta tras la figura en retirada antes de reír sonoramente.

—No seas muy duro con él, Bob. No vamos a conseguir más ayuda para ninguno de estos casos. Y debe ser bueno. Fue el primero de su generación en llegar a detective. McLean abrió una de las cajas, sacó una gruesa pila de carpetas y las extendió sobre la mesa: robos sin resolver que se remontaban a los cinco años anteriores. Suspiró; lo último que quería hacer era leer reportes interminables sobre bienes robados que nunca serían recuperados. Miró su muñeca y recordó que había olvidado darle cuerda a su reloj esa mañana. Se lo quitó y giró la diminuta perilla de bronce.

—¿Qué hora es, Bob?

—Las tres y media. Por si no lo sabe, ya existen unos relojes modernos, que usan baterías. No necesitas darles cuerda. Podrías conseguir uno.

—Éste era de mi padre –McLean ajustó la correa contra su muñeca y revisó su bolsillo en busca de su teléfono celular. Estaba ahí, pero seguía muerto–. Supongo que no le interesa una caminata a la morgue municipal...

Bob el Gruñón negó con la cabeza. McLean sabía cómo era el viejo subinspector en cuanto a los cadáveres.

—No importa, entonces. Usted y el detective MacBride pueden empezar con estos reportes de robo. Busquen algún patrón que decenas de docenas de otros detectives hayan pasado por alto. Mientras tanto iré a ver a alguien para hablar de un cuerpo momificado.

***

El aire del atardecer se sentía denso y cálido mientras caminaba colina abajo hacia la calle Cowgate. El sudor le pegaba la camisa en la espalda, y McLean anhelaba una brisa fresca. Normalmente podías contar con que el viento hiciera la vida más soportable, pero por varios días la ciudad había estado en una calma chicha. Más abajo en el cañón de la calle, sombreado por altos edificios a cada lado, el calor estaba estancado y sin vida. Era un alivio empujar la puerta de la morgue municipal y entrar al fresco del aire acondicionado.

Angus Cadwallader ya estaba listo y a la espera cuando McLean entró al anfiteatro. Le dirigió al inspector una mirada evaluadora.

—¿Hace calor allá afuera?

McLean asintió.

—Como un horno. ¿Estás listo?

—¿Qué? Ah. Sí –Cadwallader se dio vuelta y llamó con un grito a su asistente–. Tracy, ¿estás lista?

Una joven bajita, regordeta y animada levantó la vista de un mostrador atiborrado en el extremo opuesto de la habitación, empujó su silla hacia atrás y se puso de pie. Llevaba ropa quirúrgica verde, y se puso un par de guantes de látex mientras caminaba hacia la mesa de disección, cubierta por una sábana blanca que formaba un montículo en la parte media, sobre el cuerpo sin vida que esperaba para revelar sus secretos.

—Bien, más vale empezar –Cadwallader metió la mano en su bolsillo y extrajo un pequeño frasco. McLean reconoció la preparación, una mezcla de crema para la piel y alcanfor, diseñada para eliminar el olor a descomposición. El patólogo la miró, después miró a McLean, olisqueó, y puso el frasco de regreso en su bolsillo.

—Supongo que no la necesitaremos hoy.

McLean había sido testigo de demasiadas autopsias durante el transcurso de su carrera. No se había aficionado a ellas, pero tampoco le hacían tanto mal como antes. De todas las víctimas de asesinatos, accidentes desafortunados o simple y sencilla mala suerte que había visto sobre esta mesa, el cuerpo momificado de la chica era sin duda el más extraño de todos. Para empezar, ya había sido abierta, pero Cadwallader de todas maneras examinó cada pulgada de su estructura menuda, murmurando observaciones en un micrófono que colgaba de lo alto. Finalmente, cuando estuvo convencido de que su piel no albergaba más pistas sobre la causa de la muerte, llegó a la parte que McLean odiaba más. El chirrido agudo de la sierra cortadora de huesos siempre le calaba hasta los dientes, justo como el sonido de unas uñas al arañar un pizarrón. Eso duró demasiado, y terminó con el terrible sonido de la parte superior del cráneo al romperse como un huevo duro.

—Interesante. El cerebro parece haber sido removido. Mira, Tony.

Armándose de valor, McLean dio la vuelta. Ver abierta la cabeza de la chica muerta la hacía verse más pequeña y joven. La cavidad en el interior de su cráneo se encontraba lisa, cubierta de sangre seca y partículas de hueso arrojadas por la sierra, pero estaba claramente vacía.

—¿Pudo haberse descompuesto?

—No, claro que no. No, a juzgar por el estado en que se halla todo lo demás. Habría esperado que se encogiera un poco, pero fue extraído. Probablemente por la nariz; como solían hacer los egipcios.

—¿Dónde está?

—Pues encontramos algunas muestras, pero en mi opinión ninguna parece un cerebro –Cadwallader señaló un carrito de acero inoxidable sobre el que reposaban cuatro frascos para preservar elementos obtenidos durante las disecciones. McLean reconoció el corazón que había visto el día anterior, pero no quería aventurar conjeturas sobre el resto de los órganos. Dos frascos más permanecían dentro de sendos contenedores plásticos blancos a fin de evitar que los contenidos diseccionados se escaparan por las grandes grietas que se habían formado en el vidrio. Todas habían sido descubiertas en nichos ocultos, instalados simétrica-~ente alrededor del cuerpo de la chica muerta. Y hallaron un par de objetos en otro de los nichos, lo cual añadía otras piezas al rompecabezas por resolver.

—¿Qué hay acerca de las que están rotas? –McLean dio un vistazo a un residuo gris-castaño embarrado en el interior de un frasco–. Eso podría ser un cerebro, ¿no?

—Es difícil de decir, dado el estado en que se encuentran. Pero me arriesgaría a apostar que ése era uno de sus riñones y que el otro alguna vez fue un pulmón. Voy a hacer las pruebas correspondientes para asegurarme. Sea lo que sea, lo que ves en el frasco no podría corresponder a un cerebro. Deberías saber eso, Tony. Te he mostrado suficientes de ellos. Y además, si salió por su nariz, luciría bastante maltratado. No tiene sentido guardar eso en un frasco de disecciones.

—Buen punto. ¿Hace cuánto crees que murió?

—Es una pregunta difícil. La momificación no debería haber sucedido en absoluto, pues la ciudad es demasiado húmeda, aun en un sótano tapiado. Debería haberse descompuesto. O al menos debieron devorarla las ratas. Pero está perfectamente preservada, y que me caiga un rayo si puedo detectar algún rastro de los químicos que necesitarías para provocar esto. Tracy hará otros análisis, y enviaremos una muestra para que le hagan la prueba de carbono; podríamos tener suerte con eso. De otra manera, a juzgar por su vestido, diría que al menos cincuenta, sesenta años. Concluir algo mejor que eso depende de ti.

McLean recogió la delgada tela que se hallaba extendida sobre el carrito, junto a los frascos de muestras, y la sostuvo en alto y contra la luz. Manchas oscuras cubrían la mitad inferior, y el delicado encaje alrededor del cuello y mangas se había deshilachado hasta formar hilos de telaraña que flotaban en el aire. Era una prenda corta, más bien un vestido de coctel, no una prenda que una joven usaría diariamente. El desteñido patrón floral parecía barato; le dio vuelta y vio un par de parches prolijamente cosidos a mano en torno a la bastilla. No llevaba etiqueta del fabricante. Era el vestido de una chica pobre que intentaba impresionar a alguien. Miró de nuevo su cuerpo retorcido y profanado, y lamentó que por el momento fuera imposible saber nada más acerca de ella.

6

LA PUERTA DELANTERA DEL EDIFICIO DE DEPARTAMENTOS ESTABA
abierta de nuevo, en esta ocasión se encontraba atorada a medio abrir
con un pedazo de baldosa. McLean pensó en cerrarla correctamente,
pero decidió no hacerlo. Lo último que deseaba era ser despertado a las
cuatro de la mañana por los estudiantes del departamento del primer
piso si éstos se veían obligados a presionar todos los timbres del edificio hasta que alguien los dejara entrar. Hacía demasiado calor para que
los vagabundos buscaran un refugio para pasar la noche, y ni siquiera
una docena de ellos lograría que las escaleras olieran peor. Arrugando la
nariz ante el olor de demasiados gatos, McLean subió los escalones de
piedra hasta el piso superior.

La luz de la máquina contestadora se encendía de manera intermitente y anunciaba un solo mensaje cuando cerró la puerta y dejó caer sus
llaves sobre la mesa. Presionó el botón y escuchó a su antiguo compañero de departamento sugerir que se encontraran en el bar. Si no hubiera
sido por la luz intermitente podría haber pensado que se trataba de un
mensaje antiguo —Phil llamaba al menos dos veces por semana con la
misma sugerencia, y él aceptaba la invitación sólo de manera ocasional.
Fue a su habitación sonriendo, se desnudó y dejó caer su ropa en el ca-
nasto de la ropa sucia antes de entrar en el baño. Una ducha larga y refres-
cante le quitó el calor del día, pero no pudo lavar los recuerdos recientes.
Mientras se secaba y vestía una playera y unos pantalones sueltos de algodón pensó en ir a correr, o al gimnasio. Una hora de ejercicio intenso
podría ayudarle, pero no quería la compañía de ejecutivos obsesionados
en adelgazar. Necesitaba estar con personas relajadas, que buscaran di-
vertirse, aun si él no se involucraba con ellas y permanecía en la periferia,

mirándolas. Tal vez la idea de Phil no era tan mala después de todo. Se puso un par de zapatos holgados, tomó sus llaves, cerró de un portazo y se encaminó al bar.

Cualquiera sabía que el Newington Arms no era el mejor bar para beber en Edimburgo, pero al menos era el más cercano a su hogar. McLean abrió de un empujón las puertas giratorias, se preparó para el asalto de ruido y humo, y recordó que los hombres sabios del parlamento habían prohibido fumar en espacios públicos recientemente. Todavía era un sitio ruidoso, aunque sin duda prohibirían eso la próxima vez. Se compró una pinta de cerveza Deuchars y buscó algunos rostros familiares.

—¡Hey, Tony! Por aquí —el grito coincidió con un momento de calma, justo cuando la rocola hizo una pausa entre un par de selecciones. McLean localizó la voz: un grupo de personas apiñadas en torno a la mesa cerca del ventanal que daba a la calle. Alumnos de posgrado, bastaba con verlos. Dominándolos a todos, y haciéndole señas de que se les uniera, el Profesor Phillip Jenkins mostraba una sonrisa animada por la cerveza.

—¿Cómo van las cosas, Phil? Veo que tienes contigo a tu harén esta noche —McLean se sentó en el espacio que hicieron los estudiantes al moverse a lo largo de la banca.

—No me puedo quejar —sonrió Phil—. El laboratorio acaba de renovar sus fondos por otros tres años. Y los incrementaron, también.

—Felicidades —McLean levantó su cerveza en un remedo de homenaje, y luego bebió mientras su viejo amigo le obsequiaba con historias de biología molecular y la política del financiamiento privado. Desde ahí la conversación se desvió a todo tipo de temas intrascendentes, la plática ociosa de la gente que se reúne en un bar. McLean se unía a la conversación de vez en cuando, pero básicamente se contentaba con sólo sentarse y escuchar. Por un corto tiempo intentaría olvidar toda la locura, la mutilación, el trabajo de ese día. No era como salir con los chicos de la estación después del turno; eso era un tipo diferente de relajación, uno que normalmente significaba sentir la cabeza pesada al día siguiente.

—Así que, ¿en qué andas últimamente, Tony? No te hemos visto mucho por aquí.

McLean miró hacia la joven que había hablado. Estaba casi seguro de que su nombre era Rachel, y de que escribía una tesis doctoral a propósito de algo que con toda seguridad él no podría deletrear. Se parecía un poco a la agente de Servicios Periciales que estuvo presente en la escena del robo y el asesinato de Smythe, sólo que diez años más joven y su cabello lucía un bello color rojo flameante que podía provenir de la naturaleza o de una botella de pintura. Incluso los alumnos de posgrado le parecían demasiado jóvenes últimamente.

—Ya, ya, Rae. No debes hacerle ese tipo de preguntas al inspector. Lo obligarías a arrestarte. Y quizá tendría que esposarte —Phil sonrió en dirección de su pinta, una sonrisa maliciosa que McLean recordaba muy bien de los muchos años en que compartieron un departamento.

—No puedo discutir investigaciones en curso, en efecto —dijo McLean—. Y en realidad no querrías saber de ellas. Créeme.

—Espantosas, ¿verdad?

—No particularmente. No es como *csi* o cualquier otra tontería que ponen en la tele en estos días. En su mayoría son los robos aburridos de siempre y crímenes de la calle. Y hay demasiado de eso. De cualquier manera, ya no me toca hacer mucha investigación de verdad. Ése es el problema de ser un inspector. Esperan que administres al personal, que dirijas a otros, que distribuyas el tiempo extra y balancees los presupuestos. Que veas el panorama general. No es muy distinto de lo que Phil hace últimamente, supongo.

McLean no estaba seguro de por qué mintió, aun si era una mentira a medias. Había mucho más papeleo y mucho menos trabajo preliminar ahora que era inspector. Quizá lo había hecho porque vino al bar para alejarse del trabajo. Cualquiera que fuera la razón, la pregunta había arruinado el momento. No podía sacarse de la mente los ojos muertos de Barnaby Smythe; no podía olvidar la agonía en el rostro de la jovencita.

—Otra ronda, creo —levantó su vaso, y se ahogó un poco pues bebió un trago bastante más grande de lo esperado. Nadie pareció notar el momento incómodo cuando escapó hacia la barra del bar.

***

—Para ser un policía, Inspector Criminalista McLean, es muy malo como mentiroso.

McLean se giró al otro lado del bar para ver quién había hablado, se dio cuenta de que estaba parado demasiado cerca del grueso de la multitud, pero no podía retroceder aunque hubiera querido. Ella era más o menos de su estatura, el cabello rubio pajizo cortado a la altura del cuello.

Algo en su rostro le era familiar, pero era mayor que la mayoría de los estudiantes que gritaban en torno a Phil.

—Disculpe, ¿la conozco?

La mirada perpleja que se instaló en su cara la hizo sonreír y provocó que brillaran sus ojos de manera traviesa.

—Soy Jenny, ¿recuerdas? Jenny Spiers. ¿La hermana de Rae? Nos conocimos en la fiesta de cumpleaños de Phil.

La fiesta. Ahora recordaba. Demasiados estudiantes emborrachándose con vino barato, Phil presidiendo la reunión como un moderno Rey Arturo. Había llevado una botella de whisky muy costosa, tomó un vaso de algo que le cayó mal y se marchó temprano. Ése había sido el día en que los llamaron al edificio de departamentos en Leith. Los vecinos se quejaban de que el perro de alguien estaba haciendo un escándalo terrible. Difícilmente podías culpar a la pobre bestia, su dueña había muerto en su cama al menos dos semanas antes y no quedaba mucho de la vieja que valiera la pena comer. Era completamente posible que hubiera conocido a esta mujer en esa fiesta, pero era difícil llegar más allá de la imagen de carne masticada y huesos roídos descomponiéndose en un colchón hundido.

—Jenny, por supuesto. Lo siento, estaba a millas de distancia.

—Creo que aún estás ahí. Y no en algún lugar agradable. ¿Mal día en la oficina?

—Y que lo digas —McLean captó la atención del cantinero y le hizo una seña de que se acercara—. ¿Puedo ofrecerte algo?

Jenny echó una mirada atrás del otro lado del bar hacia donde la multitud de estudiantes reía con las bromas de su profesor. No pareció llevarle mucho tiempo decidir dónde prefería estar.

—Por supuesto, vino blanco. Gracias.

Un silencio incómodo, lleno de ruido, se mantuvo en el aire entre ellos mientras les servían las bebidas. McLean intentó mirar a su inesperada compañía sin resultar muy obvio. Ella era mayor que su hermana, considerablemente mayor. Su cabello rubio tenía mechones de finos cabellos blancos que no se había molestado en ocultar. Tampoco parecía usar ningún tipo de maquillaje, y su ropa era sencilla, tal vez un poco pasada de moda. No estaba vestida para una noche en la ciudad como el resto de su grupo. No tenía el maquillaje de combate ni la actitud.

—Así que Rachel es tu hermana —estaba consciente de cuán estúpido sonaba.

—El perfecto errorcito de mamá y papá, sí –Jenny sonrió por una broma personal–. Veo que captó la atención de tu amigo Phil. Oí que ustedes compartían un departamento.

—En mis tiempos universitarios. Hace mucho tiempo –McLean tomó un trago de cerveza, miró a Jenny tomar un sorbo de vino.

—¿Voy a tener que sacarte la historia a la fuerza?

—Yo... No. Lo siento. Me atrapaste en un mal momento. No soy la mejor compañía justo ahora.

—Oh, no lo sé –Jenny asintió en dirección al alborotado grupo de estudiantes que incitaba a su profesor a seguir comportándose de manera cada vez más estúpida–. Dada la alternativa, prefiero tratar con alguien tímido y malhumorado.

—Yo... –McLean fue interrumpido por una vibración desconocida que venía del bolsillo en sus pantalones. Sacó su teléfono justo a tiempo para ver una llamada perdida del hospital. Mientras la miraba confundido, la pantalla se fue apagando hasta morir por completo. Luego de presionar con insistencia los botones logró encender a medias algunas luces y sonidos, pero nada más. Lo puso de regreso en su bolsillo y se giró hacia Jenny.

—¿Podría tomar prestado tu teléfono? El mío se la pasa muriendo.

—Alguien está pensando en ti de manera negativa. Eso le seca la vida a cualquier aparato.

Jenny buscó a tientas en su bolso de mano antes de sacar un delgado teléfono inteligente y entregárselo.

—Al menos, eso es lo que mi ex diría, pero él está loco. ¿Era una llamada de trabajo?

—No, era el hospital. Mi abuela está ahí –McLean encontró el teclado numérico y marcó el número de memoria. Había marcado tantas veces, conocía a todas las enfermeras tan bien que sólo le tomó momentos acceder a la sala correcta. La llamada se terminó en cuestión de segundos–. Tengo que irme –McLean devolvió el teléfono y se encaminó a la puerta. Jenny hizo ademán de seguirlo, pero la detuvo–. Está bien. Ella está bien. Sólo que debo ir a verla. Quédate y termina tu vino con calma. Dile a Phil que lo llamaré este fin de semana –McLean se abrió camino a empujones entre la alegre multitud y salió sin mirar atrás. En efecto: era bastante malo para mentir.

La parte posterior de la cabeza del conductor desaparecía tras gruesos rollos de carne desde su coronilla calva hasta sus hombros y borraban la presencia de su cuello, dándole una apariencia curiosa, como si se hubiera derretido. McLean se sentó en la parte trasera del taxi, miró el pelo crecido, como de cuero de cerdo, a través de la abertura en la cabecera del asiento, y concentró toda su fuerza de voluntad en lograr que el hombre guardara silencio. Las farolas emitían destellos anaranjados mientras avanzaban a buena velocidad por la ciudad en dirección del hospital, la vista veteada por una súbita racha de lluvia venida del Mar del Norte. El contacto con ella permanecía en su piel gracias a la caminata hasta la parada del taxi, humedeciendo su cabello y haciendo que su gabardina oliera como un perro viejo.

—¿Quiere ir a la recepción principal o a Emergencias? —el taxista hablaba con un acento inglés, tal vez del sur de Londres, muy lejos de casa. Su voz arrancó a McLean de caer en algo semejante al sueño. El detective miró a través del sucio parabrisas y distinguió la mole del hospital, brillante y húmeda.

—Aquí está bien —le entregó un billete de diez libras al conductor y le dijo que guardara el cambio. La caminata desde la calle frente al estacionamiento casi desierto fue suficiente para despertarlo, pero no para aclarar su cabeza. ¿Realmente sólo fue ayer cuando estuvo aquí mirándola? Y ahora se había ido. Debería estar triste, ¿o no? ¿Así que cómo era que no sentía nada?

Los corredores en la parte trasera del hospital siempre estaban en silencio, pero a esta hora de la noche era casi como si el lugar hubiera sido evacuado. McLean se descubrió pisando cuidadosamente para no hacer demasiado ruido, respirando de manera superficial, aguzando el oído para captar el menor sonido. Si hubiera oído venir a alguien, tal vez habría intentado esconderse en un hueco o en un almacén. Casi fue un alivio desapercibido llegar a la sala de coma. No muy seguro de por qué estaba tan reacio a encontrarse con nadie, abrió la puerta de un empujón y entró.

Cortinas delgadas separaban la cama de su abuela de los otros residentes, algo que nunca había visto antes. Los pitidos y zumbidos todavía estaban ahí, manteniendo a todos los demás vivos, pero el pulso del lugar se sentía diferente. ¿O eso estaba sólo en su cabeza? Aspirando profundamente, como si fuera a sumergirse en el océano, McLean hizo a un lado la cortina y entró.

Las enfermeras habían retirado todos los tubos y cables, se habían llevado las máquinas, pero dejaron a su abuela en la cama. Ahora yacía inmóvil y sus ojos lucían cerrados, como si durmiera; sus manos descansaban cruzadas sobre su estómago. Por primera vez en dieciocho meses se parecía a la mujer que recordaba.

—Lo siento mucho.

McLean giró para ver a una enfermera de pie en la entrada. La misma enfermera que había hablado con él antes, la que había cuidado a su abuela durante estos largos meses. Jeannie, ése era su nombre. Jeannie Robertson.

—No se sienta así –dijo él–. Ella nunca se iba a recuperar. Supongo que esto es lo mejor que podía ocurrir –se giró de nuevo hacia la mujer que yacía sobre la cama y disfrutó la visión de su abuela por primera vez en dieciocho meses–. Si sigo repitiéndome eso, puede que empiece a creerlo.

7

ERA TEMPRANO POR LA MAÑANA, Y UNA MULTITUD DE OFICIALES SE arremolinaba a la entrada de una de las salas de investigación más grandes. McLean asomó la cabeza por la puerta, vio el caos que siempre marcaba el inicio de una investigación mayor. Un pizarrón blanco, limpio, corría a lo largo de una pared, y alguien había garabateado en él "Barnaby Smythe", con un marcador negro. Agentes uniformados acomodaban escritorios y sillas y un técnico estaba ocupado cableando computadoras. Duguid no estaba a la vista.

—¿Está trabajando en esto, señor? –un agente de hombros anchos se abrió camino a través de la multitud. Cargaba una caja grande de cartón sellada con cinta de evidencia amarilla y negra. Andrew Houseman, o Andy el Grande para sus amigos, era un oficial competente y un jugador de rugby aun mejor. De no haber sido por una lesión desafortunada al inicio de su carrera, probablemente estaría jugando para su país ahora, en lugar de hacer recados para Dagwood. A McLean le simpatizaba; Andy el Grande no era brillante, pero sí minucioso.

—No es mi caso, Andy. Y sabes cuánto le gusta a Dagwood mi ayuda.

—Pero usted estuvo en la escena. "Em" dijo que estuvo ahí.

—¿"Em"?

—Emma, Emma Baird. Usted sabe, la nueva oficial de Servicios Periciales. Cabello negro con picos parados, siempre parece que está usando demasiado delineador.

—¿Ah, sí? Ustedes dos se traen algo, ¿verdad? Sólo que yo no querría poner de malas a esa esposa que tienes, Andy.

—No, no. Yo sólo estaba en la oficina central consiguiendo esta evidencia de la escena del crimen –el hombretón se sonrojó y alzó la caja para ilustrar su punto–. Dijo que lo había visto en la casa de Smythe, que esperaba que atrapara al maldito bastardo que lo mató.

—¿Yo solo? ¿Por mi cuenta?

—Bueno, seguramente se refería a todos nosotros.

—Estoy seguro de que así fue, Andy. Pero esta investigación tendrá que hacerse sin mí. Es de Dagwood. Y de cualquier manera, tengo mi propio homicidio por resolver.

—Sí, oí al respecto. Escalofriante.

McLean estaba a punto de responder, pero una voz estruendosa que hacía eco en el corredor anunció la llegada del inspector en jefe. No tenía intención de verse involucrado en otra investigación, y mucho menos una encabezada por Charles Duguid.

—Tengo que irme, Andy. La superintendente en jefe quiere verme, y no es bueno hacerla esperar.

Se agachó atrás del hombretón y se encaminó hacia su propia sala de investigaciones mientras lo que parecía la mitad de todos los oficiales de la región desfilaba para el reporte matutino del asesinato de Barnaby Smythe. Era agradable ver que la asignación de recursos se realizaba de manera tan equitativa. Pero por otro lado, Smythe era un hombre importante, un benefactor de la ciudad, un miembro prominente de la sociedad. En cambio, nadie había reparado en la chica del sótano durante más de cincuenta años.

***

Bob el Gruñón no estaba a la vista cuando McLean llegó a la sala de investigaciones; era demasiado temprano para eso. Pero el agente MacBride estaba trabajando duro. De alguna manera se las había arreglado para encontrar tres sillas y, eso sí era un verdadero milagro, una computadora portátil. Levantó la mirada de la pantalla cuando McLean entró en la sala.

—¿Cómo le va, agente? –se quitó la chaqueta y la colgó atrás de la puerta. El radiador bajo la ventana todavía estaba emitiendo calor.

—Ya casi termino de revisar los reportes de robos, señor. Es posible que haya encontrado algo.

McLean jaló una silla. Le faltaba una de las ruedas.

—Cuéntame.

—Sí, señor. Todos éstos son robos aleatorios, por lo que puedo ver. No se requería mucha habilidad, probablemente se tratase de drogadictos desesperados por mantener sus hábitos... Y por otro lado, tuvimos suerte con la investigación forense.

MacBride levantó la mayoría de los reportes, apilados sobre un lado del escritorio, y los puso de regreso en su caja de cartón.

—Estos otros, por otro lado... Bueno, creo que podría existir alguna conexión entre ellos —levantó una delgada pila de carpetas, tal vez cuatro o cinco, y las dejó caer de nuevo sobre la mesa.

—Siga.

—Todos ellos fueron robos perpetrados con destreza. No se trata de individuos que lanzaron un ladrillo por la ventana; tampoco hay señales de que forzaran la entrada en absoluto. Todos tenían sistemas de alarma que fueron evadidos sin dejar ningún rastro, y en cada caso el ladrón sólo tomó artículos pequeños de un alto valor.

—¿Estaban en cajas de seguridad?

—No, señor. Eso de abrir cajas fuertes es nuevo. Pero hay otro factor en común. En todos estos casos, el dueño de la casa había fallecido recientemente.

—¿Qué tan recientemente?

—Bueno, en el mismo mes —MacBride hizo una pausa, como si intentara decidirse a decir algo o no.

McLean se quedó callado.

—Bien, uno de los robos ocurrió ocho semanas después de que la anciana falleciera. Pero los otros cuatro sucedieron todos en las dos semanas posteriores al deceso. El de la semana pasada ocurrió el mismo día del funeral. Necesito cotejar los otros con las fechas de los entierros, pero me temo que no tenemos esa información en el archivo.

—El funeral de la señora Douglas se anunció en el periódico, e incluso mereció que le dedicaran un obituario —McLean recogió los archivos, miró los nombres y fechas al frente de ellos. El más reciente, exceptuando el caso que investigaban, databa de casi un año antes; el más antiguo era de cinco años atrás. Todos permanecían abiertos. Sin resolver. Todos bajo la mirada vigilante de su inspector en jefe preferido. Dudó que Duguid siquiera recordara la existencia de ellos.

—Veamos si podemos añadir más detalles —le devolvió los archivos a MacBride—. Descubra algo más sobre esta gente. ¿Les dedicaron obituarios? ¿Se anunciaron sus funerales, y si así fue, en qué periódico?

—¿Y acerca de las alarmas? –preguntó MacBride–. No es fácil evadir algunos de estos sistemas.

—Buen punto… Necesitamos revisar dónde estaban estas personas cuando murieron. ¿Estaban en casa, en el hospital, en un hogar especializado?

—¿Cree que nuestro ladrón estuvo tan cerca? ¿No correría un riesgo enorme?

—No si su víctima está muerta antes de llevar a cabo el robo. Piénselo. Si nuestro ladrón trabaja en un hogar para ancianos, sería capaz de cautivar a los viejitos, ganarse su confianza y seguridad. Una vez que ellos le dijeran todo lo que deseaba saber, sólo necesitaba esperar a que murieran.

Incluso al decirlo, se dio cuenta de que era altamente improbable, pero un golpe en la puerta evitó que McLean se hundiera aún más. Miró en derredor para ver a una sargento uniformada asomar su cabeza en la habitación, como si no quisiera comprometerse más, no fuera a ser que algún infortunio le aconteciera.

—Ah, señor, pensé que lo encontraría aquí. La superintendente en jefe quiere hablar con usted.

McLean se puso de pie con cansancio y tomó su chaqueta arrugada tan pronto desapareció la sargento.

—Trabajemos la pista del obituario primero. Contacte a los familiares cercanos. Hable con las personas que fueron entrevistadas cuando se reportó el robo. Descubra qué tan conocidas eran estas personas. Cuando Bob el Gruñón llegue, ustedes dos pueden contactar a todos en esos archivos y averiguar si existe un tema en común. Más vale que yo corra a ver qué quiere Su Majestad. Y… ¿Stuart?

El joven detective levantó la mirada del archivo de los casos abiertos.

—Bien hecho.

***

McLean recordaba cuando Jayne McIntyre era una ambiciosa sargento en la vía rápida hacia la cima. A pesar de todo solía ayudar a quienes estuviesen por debajo de ella en la jerarquía. No socializaba mucho con el grupo de sus iguales, prefería codearse con los inspectores y con el comisario en jefe, pero si necesitabas su ayuda, te la daba. Es preferible no

ganar enemigos cuando pretendes ascender, en caso de que te los en-
cuentres de nuevo en el camino hacia abajo. De alguna manera McLean
no creía que eso ocurriría en el caso de McIntyre, debido tanto a que ella
era casi universalmente respetada como a que se encaminaba a la cima
misma. Era sólo ocho años mayor que él, y sin embargo aquí estaba, la
superintendente en jefe, dirigiendo la estación. Había poca duda de que
tomaría el puesto del Subcomisario en Jefe cuando aquél se retirara dentro de dieciocho meses. Ella entendía de política, sabía cómo impresionar
a la gente importante sin exagerar. Ésa era quizá su mayor habilidad, y
McLean no le envidiaba el éxito. Él sólo deseaba mantenerse bajo el radar.

—Ah, Tony. Gracias por pasar por aquí –McIntyre se puso de pie
cuando McLean tocó la puerta abierta, lo cual ya era una mala señal.
Caminó alrededor de su escritorio y extendió una mano para saludarlo.
Era bajita, quizás apenas reunía la estatura mínima para un oficial. Con
su largo cabello castaño restirado en un moño agresivo, él pudo ver los
mechones de gris que se empezaban a notar alrededor de sus sienes.
La base de maquillaje alrededor de sus ojos no pudo ocultar las líneas
cuando sonrió.

—Siento no haber venido antes, tuve una noche pesada.

—No se preocupe. Tome asiento –señaló hacia uno de los dos sillones colocados en la esquina de la amplia oficina, luego se acomodó ella
misma en la otra.

—El Inspector en Jefe Duguid habló conmigo esta mañana. Me dice
que usted estuvo husmeando en la escena de Barnaby Smythe la otra
noche.

Así que de eso se trataba: los terribles celos profesionales.

—Estaba en el vecindario, vi que algo sucedía y pensé que debería
ayudar. Yo crecí en la zona y conozco a algunos de sus residentes. El Inspector en Jefe Duguid me invitó a visitar la escena del crimen.

McIntyre asintió con la cabeza mientras McLean hablaba, pero nunca
dejó de verlo a la cara. Siempre que estaba con ella se sentía como un colegial travieso al que hubieran llevado con la directora. Sin previo aviso,
ella se levantó y caminó al otro lado de la habitación hasta una repisa de
madera la cual sostenía una cafetera.

—¿Café? –McLean asintió. McIntyre midió el café molido que tomó
de un frasco Kilner y lo puso en el filtro, luego agregó la cantidad exacta de
agua para dos tazas y encendió la máquina.

—Barnaby Smythe era un hombre muy importante en la ciudad, Tony. Su asesinato ha causado mucha ansiedad en altos niveles. Se están haciendo preguntas en Holyrood. Se está ejerciendo presión. Necesitamos obtener resultados en este caso, y los necesitamos rápido.

—Estoy seguro de que el Inspector en Jefe Duguid será minucioso. Veo que ya tiene un equipo numeroso ayudándolo con la investigación.

—No es suficiente. Necesito a mis mejores detectives en este caso, y necesito que cooperen unos con otros —el líquido oscuro, delgado, empezó a gotear de la cafetera al contenedor de vidrio que se hallaba debajo.

—¿Quiere que me involucre en la investigación?

McIntyre caminó de regreso a su escritorio, recogió una carpeta color manila y la abrió en la mesa frente a él. Había unas veinte grandes fotografías a color, tomadas en la biblioteca de Barnaby Smythe. Algunas mostraban su pecho abierto; otras, sus ojos muertos, fijos, y su barbilla cubierta de sangre; sus manos descansando en los brazos de la silla; las entrañas acumuladas en su regazo. McLean se alegró de no haber comido todavía.

—Ya había visto todo esto —dijo mientras McIntyre servía dos tazas de café y las traía, para luego instalarse de nuevo en su sillón.

—Tenía ochenta y cuatro años. En el transcurso de su vida, Barnaby Smythe contribuyó más a esta ciudad que nadie que me venga a la mente, y aun así alguien le hizo eso a un anciano. Necesito que descubra quién fue y por qué. Y necesito que lo haga antes de que decidan abrir a otro ciudadano prominente.

—¿Y Duguid? ¿Se pondrá contento de tenerme en su equipo?

McLean dio un sorbo a su café y de inmediato deseó no haberlo hecho. Estaba caliente, pero aguado, y sabía a agua sucia.

—Contento no es la palabra que usaría, Tony. Pero Charles es un detective de alto rango. No dejará que una animosidad personal se atraviese en el camino de algo tan importante. Me gustaría pensar que con usted ocurre lo mismo.

—Por supuesto.

McIntyre sonrió.

—Así que, ¿cómo van sus otros casos?

—El agente MacBride tiene una buena teoría sobre el robo. Cree que está relacionado con otros asaltos, que ocurrieron unos cinco años antes. Todavía desconocemos la identidad de la chica muerta, aunque el doctor estima que la mataron hace unos sesenta años... Tengo una reunión con el constructor de la casa esta misma mañana.

McLean repasó todos sus casos rápidamente, pero podía ver que la superintendente en jefe sólo escuchaba a medias. Así era el espectáculo: ella fingía interesarse y fingía ser su amiga. Lo cual era una buena señal a fin de cuentas, y le daba a entender que ella pensaba que le podía ser de utilidad. Pero él no era tan estúpido como para perderse el mensaje entre líneas. Estaba en la investigación de Smythe porque cabía la posibilidad de que ésta fracasara. Podría haber otros asesinatos de gente prominente, o peor aún, el asesino podría desaparecer y nunca ser encontrado. Pero si salía mal, no sería la culpa de la Superintendente en Jefe McIntyre. Tampoco habría consecuencias para el Inspector en Jefe Duguid. No, lo invitaban a la investigación para que la policía de Lothian y Borders[2] tuviera a alguien sacrificable para arrojarlo a los lobos de ser necesario.

---

[2] Borders y Lothian son dos de las regiones del este de Escocia. [N. de la t.]

8

A LOS DOS MINUTOS DE CONOCERLO MCLEAN DECIDIÓ QUE NO LE agradaba Tommy McAllister.

No ayudó que ninguno de los dos oficiales asignados estuviera cerca cuando él debió retirarse de la oficina de la superintendente. Había desperdiciado varios minutos buscándolos antes de recordar que les había indicado que entrevistaran a las víctimas de los robos anteriores. La estación estaba casi desierta: todos parecían haber sido reclutados para la investigación del caso de Smythe, pero eventualmente localizó a una joven agente y la persuadió de que convenía a sus intereses conseguirle un auto de la flotilla. Ella estaba parada en la esquina de la habitación, con la libreta en la mano, visiblemente nerviosa. Tendría que superar ese defecto si quería llegar a ser detective.

—¿Puedo conseguirle un café, inspector? ¿Agente? –McAllister se echó en una silla ejecutiva de piel negra y respaldo alto, que sin duda lo hacía verse importante. Estaba vestido de traje, pero la chaqueta había sido arrojada sobre un archivero cercano. Su camisa estaba arrugada, el sudor oscurecía el algodón en torno a sus axilas. La corbata suelta y las mangas enrolladas daban la impresión de que estaba relajado, pero McLean podía ver el movimiento esquivo y nervioso de sus ojos, la manera en que jugaba con sus dedos y rebotaba sus pies.

—Gracias, pero no –dijo–. No deberíamos quedarnos aquí por mucho rato. Sólo quería aclarar algunos hechos acerca de la casa en Sighthill. ¿Está el señor Murdo aquí?

Una expresión ceñuda pasó por el rostro de McAllister al mencionar el nombre. Se inclinó hacia adelante y presionó un botón en el anticuado intercomunicador en su escritorio.

—Janette, ¿puedes llamar a Donnie? —levantó su dedo del botón y miró de nuevo a McLean, haciendo un movimiento brusco de cabeza hacia atrás en dirección de la ventana a sus espaldas—. Debe estar afuera, en algún lugar del patio.

Una voz de mujer, amortiguada por el cristal, anunció por el altavoz que Donnie Murdo debía venir a la oficina. McLean miró en torno a la habitación, sin hallar nada que pareciera especialmente fuera de lugar. Estaba atiborrada de archiveros, y los avisos de seguridad, las cuentas, las notas personales y otros detritus cubrían las paredes. En una esquina estaban apilados trípodes, tubos a rayas y lo que reconoció como aparatos para realizar estudios topográficos.

—¿Quién es el propietario de la casa? —preguntó McLean.

—Yo. La compré en efectivo —McAllister se acomodó en su silla, con una apariencia de algo parecido al orgullo en su rostro curtido.

—¿Cuánto hace que es suya?

—Alrededor de dieciocho meses, diría yo. Janette podría darle todos los detalles. Nos tomó demasiado tiempo que aceptaran la planificación. Había un tiempo en que uno podía hacer casi cualquier cosa que quisiera, si conocía a la gente correcta. Pero ahora todo son comités y revisiones y apelaciones. La cosa está poniéndose de manera que un hombre apenas puede ganarse la vida, si sabe lo que quiero decir.

—Estoy seguro de que así es, señor McAllister.

—Tommy, por favor, inspector.

—¿A quién le compró la casa?

—Ah, a un banco nuevo que acaba de instalarse en la ciudad. Creo que se llama Finanzas del Medio Oriente. En realidad no sé por qué querían venderla. Probablemente decidieron que era hora de salirse del negocio de las propiedades y regresar a las acciones. No creo que hayan tenido la propiedad por mucho tiempo —McAllister se inclinó hacia el frente de nuevo y enterró un dedo en el botón del intercomunicador—. Janette, ¿puedes sacar la papelería de la casa Farquhar? —no esperó la respuesta.

—Es un cambio grande de dirección para usted, ¿no es así, señor McAllister? —dijo McLean—. Renovar una casa vieja, quiero decir. Usted hizo su dinero construyendo todas esas cajas en Bonnyrigg y Lasswade, ¿no es cierto?

—Eso es cierto, sí. Fueron buenos tiempos. Pero en estos días se ha vuelto difícil encontrar terrenos baratos para realizar desarrollos en la ciudad, ¿sabe? La gente se queja de que nosotros estamos arruinando el campo, luego se queja de que los precios de las casas están por las nubes. No se puede tener ambas cosas, ¿o sí, inspector? O construimos más casas, o no hay suficientes para todos y el precio se incrementa.

—¿Entonces por qué no derribar esa vieja casa y poner un edificio de departamentos en su lugar?

McAllister parecía estar a punto de responder, pero un golpecito en la puerta lo detuvo. Un hombre con rostro malhumorado se paró vacilante en la entrada.

—Entra, Donnie, siéntate. No seas tímido —McAllister no se levantó. Donnie Murdo miró a McLean, luego al agente, con una expresión de bestia atrapada en su rostro. Era un hombre que se había enfrentado con la ley muchas veces antes en su vida. Se mantuvo a la defensiva, los hombros caídos, los brazos colgando sueltos a los lados, las piernas ligeramente flexionadas como si estuviera listo para correr a la menor provocación. Sus manos eran enormes y a lo ancho de sus nudillos había unos tatuajes descoloridos en los que se leía: "AMOR Y ODIO".

—Aquí está el archivo que querías, Tommy —la secretaria que los había hecho pasar antes se deslizó frente a ellos y dejó una carpeta gruesa sobre el escritorio. Miró a McLean con silenciosa desaprobación, después salió a paso airado de la oficina y cerró la puerta tras ella.

—¿Tú estabas trabajando en la casa vieja en Sighthill la noche antes de ayer, Donnie? —McLean miró cómo los ojos del supervisor se movían rápidamente hacia su jefe. McAllister estaba sentado derecho ahora, sus brazos descansando sobre su escritorio. Asintió de manera casi imperceptible.

—Sí. Ahí estaba, cierto.

—¿Y exactamente qué estabas haciendo ahí?

—Bien, estábamos vaciando el sótano, ¿ve? Fuimos a poner un gimnasio allá abajo.

—¿Nosotros? Creí que habías dicho que estabas solo cuando descubriste el cuarto secreto.

—Sí, es cierto: estaba solo. Cierto. Los muchachos estuvieron un poco antes. Pero yo los mandé a su casa. Yo estaba limpiando, nada más. Acabando el trabajo para que ellos pudieran empezar con el acabado por la mañana.

—Debe haberte causado una gran impresión, ver el cuerpo así.

—Yo no ví mucho, ¿sabe? Nada más una mano. Ahí fue cuando llamé al señor McAllister aquí presente —Donnie inspeccionó sus manos, se limpió las uñas, la mirada baja para no tener que hacer contacto visual con nadie en la habitación.

—Bien, gracias, Donnie. Has sido una gran ayuda.

McLean se puso de pie, ofreció su mano al supervisor, quien pareció momentáneamente sorprendido, y luego la aceptó.

—¿Hay algo más que pueda hacer por usted, inspector? —preguntó McAllister.

—Si pudiera conseguir una copia del título de propiedad, sería útil. Debo rastrear quién fue el propietario de esa casa cuando la pobre chica fue asesinada.

—Todo está ahí. Tómelo, por favor —McAllister señaló hacia el archivo con una palma hacia arriba, pero no se movió de su silla—. Si no está seguro con los polis, ¿entonces dónde, eh?

McLean levantó el archivo y se lo entregó al agente.

—Bien, gracias por su cooperación, señor McAllister. Me aseguraré de que lo tenga de regreso tan pronto como sea posible.

Hizo ademán de marcharse, y sólo entonces McAllister se puso de pie.

—¿Inspector?

—¿Señor McAllister?

—¿Usted no sabría cuándo podremos regresar a la casa, o sí? Es sólo que hemos tenido muchos retrasos con el proyecto hasta ahora. Me cuesta dinero todos los días, y no podemos hacer nada.

—Hablaré con los forenses. Veré qué podemos hacer. No debería ser más de uno o dos días más, estoy seguro.

Afuera, McLean se subió al asiento del copiloto del carro de flotilla, dejando que el agente manejara. No dijo nada hasta que estuvieron en el camino.

—Está mintiendo, ¿sabe?

—¿McAllister?

—No me refiero a él, pero también miente. Vaya, es un desarrollador inmobiliario y ellos siempre están ocultando algo. Pero en este momento sólo quiere que le regresemos la construcción. No, me refiero a el supervisor. Donnie Murdo. Puede que haya estado en el sótano anoche, pero no estaba trabajando. No con un martillo, de cualquier manera. Sus manos eran demasiado suaves. No creo que haya hecho ningún trabajo duro en años.

—Así que alguien más descubrió el cuerpo. ¿Quién?

—No lo sé. Y probablemente no sea relevante para el asesinato, tampoco –McLean abrió la carpeta y hojeó el revoltijo de documentos legales y cartas–. Pero tengo la intención de descubrirlo.

***

—¿Es que nunca enciende su maldito celular? –una vena gruesa pulsaba en la sien derecha del Inspector en Jefe Duguid; eso nunca era una buena señal. McLean buscó en el bolsillo de su chaqueta, sacó su teléfono y lo abrió. La pantalla estaba en blanco; al presionar el botón de encendido no obtuvo ninguna respuesta.

—La batería está muerta de nuevo. Es la tercera de este mes.

—Bien, usted es un inspector ahora. Tiene su propio presupuesto. Así que consígase un nuevo teléfono, de preferencia uno que funcione. Incluso un aparato de onda corta.

McLean metió el objeto ofensivo de regreso a su bolsillo, luego le entregó la carpeta a la agente Kydd, la oficial que lo había acompañado al patio de construcción de McAllister y que ahora parecía querer escapar antes de ser arrastrada a una discusión entre dos oficiales de alto rango.

—¿Puede llevarle eso al agente MacBride? Y dígale que no lo pierda. No quiero terminar en deuda con Tommy McAllister de ninguna manera.

—¿Quién es McAllister? ¿Otro de sus informantes sospechosos?

Duguid miró por encima del hombro de McLean a la agente que se alejaba, sin duda preguntándose por qué ella no estaba trabajando en su investigación.

—Es el propietario de la casa donde encontraron el cuerpo de la chica.

—Ah, sí. Su sacrificio ritual ancestral. Ya había oído de eso. Bueno, eso debe ser un caso adecuado para usted, supongo. La gente rica y sus perversiones indecorosas.

McLean ignoró la pulla. Había oído cosas peores.

—¿Para qué me llamó, señor?

—El caso de Smythe. Entiendo que ya habló con Jayne, así que sabe que debemos tener un resultado, y rápido.

McLean asintió y tomó nota de que Dughid usaba con un tono casual el primer nombre de la superintendente en jefe.

—Bien, el post mórtem es en media hora y lo quiero ahí. Quiero que esté al pendiente de toda la información forense a medida que llegue; ataque el problema desde esa dirección. Yo entrevistaré al personal e intentaré descubrir quién podría tenerle rencor a alguien como Smythe.

Tenía sentido dividir la investigación de esa manera. McLean se resignó al hecho de que debería trabajar con Duguid, y decidió que lo mejor sería hacer un esfuerzo por llevarse bien con él.

—Mire, señor. Acerca de la otra noche. Siento mucho haber metido la nariz; no me correspondía, lo sé. Ésta es su investigación.

—No es una competencia, McLean. Un hombre está muerto y su asesino está suelto por las calles. Eso es lo único que importa ahora. Mientras obtenga resultados, lo toleraré en mi equipo. ¿De acuerdo?

Hasta ahí llegó la intención de tender puentes. McLean asintió de nuevo, sin confiar en que su boca sólo dijera las palabras que Duguid debería oír, en lugar de las que estaba pensando.

—Bien. Ahora vaya a la morgue y vea lo que su macabro amigo ha descubierto.

***

La doctora Sharp levantó la mirada de su escritorio cuando McLean entró. Le sonrió y regresó al juego de solitario en su computadora.

—Todavía no regresa. Tendrá que esperar —le dijo a la pantalla.

A McLean no le molestó, en realidad. Mirar cómo cortaban cuerpos muertos no era muy divertido la mayoría de las veces, pero el edificio tenía un aire acondicionado que funcionaba.

—¿Ya llegaron los resultados de la chica muerta, Tracy? —preguntó.

Suspirando, ella apagó la pantalla y se dirigió a una bandeja de entrada rebosante.

—Veamos… —hojeó entre el desorden y extrajo una hoja suelta de papel—. Aquí estamos. Hmmm. Hace más de cincuenta años.

—¿Eso es todo?

—Bueno, no. Ella fue asesinada hace menos de trescientos años, pero debido a que fue hace más de cincuenta años no podemos determinarlo con más exactitud, me temo. No con datación de carbono.

—¿Cómo funciona eso entonces?

—Agradézcale a los norteamericanos. Ellos empezaron a hacer pruebas nucleares en los años cuarenta, pero las cosas realmente grandes sucedieron en los cincuenta. Llenaron la atmósfera con isótopos no naturales. Estamos llenos de ellos, usted y yo. Cualquier persona viva después de 1955, más o menos, está llena de ellos también. Y una vez que muere, los isótopos empiezan a descomponerse. Podemos usar eso para decir hace cuánto ocurrió la muerte, pero solamente hasta mediados de los cincuenta. La pequeñita murió antes de eso.

—Ya veo –mintió McLean. ¿Y qué hay acerca de la preservación? ¿Qué se usó para hacer eso?

Tracy revolvió en la charola hasta que extrajo otro fajo de papeles.

—Nada.

—¿Nada?

—Nada que podamos detectar. En cuanto a las pruebas se refiere, ella simplemente se secó.

—Puede suceder, Tony. Especialmente si toda la sangre y fluidos corporales ya han sido removidos –McLean miró en derredor y vio a Cadwallader entrar en la habitación. Le entregó una pequeña bolsa de papel a su asistente–. Aguacate y tocino. Ya no tenían pastrami.

Tracy tomó la bolsa, hurgó en ella y sacó una larga baguette. Verla hizo que el estómago de McLean gorgoteara. Se dio cuenta de que no había comido nada en todo el día. Entonces recordó para qué estaba ahí y decidió que la comida probablemente no era la mejor idea.

—¿Estás aquí por alguna razón en particular, o te dejaste caer para platicar con mi asistente? –Cadwallader se quitó la chaqueta y la colgó en la puerta, entonces se puso un set limpio de ropa quirúrgica.

—Barnaby Smythe. Tengo entendido que lo vas a examinar esta tarde.

—Pensé que ese caso era de Dagwood.

—Smythe tenía muchos amigos poderosos. Creo que McIntyre pondría a cada oficial de la fuerza en el caso si pensara que esto lo solucionaría más rápidamente. Hay presión de arriba.

—Debe haberla si los puso a ti y al vejete amargado juntos de nuevo. Como sea, veamos si sus restos arrojan nuevas pistas.

El cuerpo los esperaba en la sala post mórtem, preparado sobre una mesa de acero inoxidable y cubierto con una sábana de hule de un blanco brillante. McLean se paró tan lejos como pudo mientras Cadwallader empezaba a trabajar en el cuerpo de Barnaby Smythe, para terminar lo que el asesino había iniciado. El patólogo fue meticuloso en su trabajo, examinó la carne pálida y firme e inspeccionó la herida abierta.

—El sujeto tenía una salud excepcionalmente buena para su edad. El tono muscular sugiere que se ejercitaba con regularidad. No hay señales de moretones o marcas de cuerdas, lo que sugiere que no estaba atado cuando lo cortaron. Esto es consistente con la escena en la que fue encontrado. Las manos están libres de cortes y abrasiones; no luchó o intentó repeler a su atacante.

Se movió hacia la cabeza y cuello de Smythe, haciendo palanca para abrir la limpia cicatriz que iba de oreja a oreja.

—La garganta fue cortada con un cuchillo afilado, probablemente no un bisturí médico. Podría ser un cuchillo Stanley. Hay algo de desgarre, lo cual indicaría que el corte fue hecho de izquierda a derecha. A juzgar por el ángulo de entrada, el asesino estaba de pie detrás de la víctima mientras ésta se hallaba sentada, sujetó la cuchilla en su mano derecha y... —realizó un movimiento de corte con su mano.

—¿Eso lo mató? —preguntó McLean, intentando no imaginar cómo debió sentirse.

—Probablemente. Pero debería haber muerto por todo esto —Cadwallader señaló hacia el largo corte que iba de la entrepierna de Smythe hasta su pecho—. La única manera de que su corazón todavía pudiera seguir bombeando después de que alguien lo cortara así sería que hubiera estado bajo anestesia.

—Pero sus ojos estaban abiertos —McLean recordó la mirada fija, muerta.

—Oh, se puede anestesiar a alguien completamente y aun así dejarlo lúcido, Tony. Pero no es fácil. De cualquier manera, no puedo decir exactamente lo que usaron en él hasta que nos entreguen las pruebas de sangre. Debería saberlo hacia el final del día, o mañana temprano.

El patólogo regresó al cuerpo y empezó a extirpar órganos. Uno por uno los órganos internos salieron, fueron inspeccionados y acomodados en cubetas de plástico blancas que se veían sospechosas, como si alojaran nieve de frambuesa en una vida previa, y finalmente hubiesen sido entregadas a Tracy para que las pesara. McLean observó con creciente inquietud mientras Cadwallader miraba de cerca un par de pulmones rosa brillante, pinchándolos con sus dedos enguantados, casi acariciándolos.

—¿Qué edad tenía Barnaby Smythe? —preguntó Cadwallader mientras sostenía algo café y resbaloso. McLean sacó su libreta antes de darse cuenta de que no tenía nada de información útil relacionada con el caso en ella.

—No lo sé. Viejo. Ochenta al menos.

—Sí, eso es lo que pensé —el patólogo puso el hígado en una cubeta de plástico y la colgó de las pesas. Luego murmuró algo para sí mismo. McLean conocía ese murmullo y sintió una punzada en la boca del estómago que no tenía nada que ver con la falta de alimento. Conocía demasiado bien esa sensación de temor, de descubrir demasiadas complicaciones en lo que debería ser una parte sencilla de la investigación. Y Duguid lo culparía, aun si no fuera su culpa. Y ordenaría que le dispararan al mensajero.

—¿Hay un problema?

—Ah, probablemente no. Sólo soy extravagante, supongo —Cadwallader hizo a un lado sus preocupaciones con un gesto despreocupado de su mano cubierta de sangre—. Es una lástima. Debe haber trabajado duro toda su vida para mantenerse así de saludable y en buena condición física, y entonces un maldito bastardo va y lo abre de un tajo.

9

La sala de investigaciones del asesinato de Smythe era una colmena de actividad cuando McLean pasó frente a la puerta abierta en su camino de regreso de la morgue. Se asomó y vio al menos una docena de uniformados tecleando información en las computadoras, haciendo llamadas telefónicas y en general manteniéndose ocupados, pero no había señal de Duguid. Agradeciendo que la cosa no fuera peor, continuó su camino por el corredor, y se detuvo tan sólo para persuadir a una máquina expendedora de darle una botella de agua fría en su camino a la pequeña sala de investigaciones que había requisado para su propia labor. Destapó la botella con un giro de la tapa y se acabó la mitad en tres largos tragos. Esto golpeó su estómago y lo hizo gorgotear en el instante en que abría la puerta.

Bob el Gruñón estaba sentado tras una de las mesas y leía el periódico con la cabeza entre las manos. Levantó la mirada cuando entró McLean, y de manera culpable jaló una carpeta café de reportes y la colocó sobre el periódico.

—¿Qué tienes ahí, Bob?

—Ehh... –Bob el Gruñón bajó la mirada hacia la carpeta, la giró ciento ochenta grados para leer lo que estaba escrito en ella, pero debió darle la vuelta por completo al darse cuenta de que la veía por la parte de atrás–. Es un reporte de un robo en la casa de una tal señora Doris Squires. En junio del año pasado. El chico y yo fuimos a ver al hijo de la señora esta mañana. Estaba bastante sorprendido de saber de nosotros. Se preguntaba si habíamos encontrado la joyería perdida de su madre.

—¿Dónde está el agente MacBride? –McLean examinó la habitación, pero no había dónde esconderse.

—Lo envié por donas. Debería regresar en cualquier momento.

—¿Donas? ¿Con este calor? —McLean se quitó la chaqueta y la colgó detrás de la puerta. Se terminó el resto del agua, lo cual hizo que se sintiera un poco mareado cuando el líquido frío bajó por su garganta. Su mente saltó de regreso a Barnaby Smythe. Un cuchillo abriendo su arteria carótida, la sangre derramándose sobre su cuerpo arruinado. Un hombre consciente de que pronto estaría muerto. Sacudió la cabeza en un intento por desalojar esa imagen. Tal vez salir a comer fuera una buena idea después de todo.

—¿Obtuvieron algo útil del señor Squires, entonces? —preguntó.

—Depende de lo que considere útil. Creo que podríamos decir con seguridad que la anciana señora Squires no divulgó el código de la alarma a nadie.

—Entonces tenían una alarma, ¿es correcto?

—Oh, sí. Alarmas Penstemmin, sistema remoto. Con todos los accesorios que pudieras pedir. Pero la señora Squires era muy ciega y un poco chiflada. Nunca se aprendió el código. Su hijo siempre puso la alarma. Y ella murió en casa, mientras dormía. El robo sucedió dos semanas después, justo el día en que fue enterrada. Antes se publicó una nota en el diario y un obituario también.

—No había un vigilante, entonces. Pero aun así, era un sistema de alarmas Penstemmin. Creo que deberíamos echarles un vistazo. Descubrir quién es su oficial de contacto en la oficina central.

La queja de Bob el Gruñón se vio interrumpida por un golpe brusco en la puerta. Antes de que cualquiera de ellos pudiera hacer nada, la manija bajó y la puerta se abrió de golpe para revelar una gran caja de cartón flotando en el aire. Una inspección más cercana reveló que la caja tenía piernas con pantalones azules detrás. Unas manos pequeñas sujetaban sus bordes y una apagada voz femenina surgió detrás de la caja.

—¿Inspector McLean?

McLean extendió las manos y tomó la caja. Detrás de ella una ruborizada agente Alison Kydd permanecía de pie mientras recuperaba el aliento.

—Gracias, señor. No estoy segura de que podría haberla cargado más tiempo.

—¿Qué es, Alison? —preguntó Bob el Gruñón, poniéndose de pie mientras McLean ponía la caja sobre la mesa, encima de Doris Squires.

—El equipo forense las envió. Dijeron que habían realizado todas las pruebas que pudieron y que no obtuvieron resultados.

La caja abierta reveló un montón de bolsas de evidencia, todas debidamente marcadas y rotuladas. Se trataba de los otros objetos encontrados en los nichos ocultos, junto con gruesos archivos de reportes forenses y fotografías de la escena del crimen. Los órganos en sus frascos de preservación todavía seguían en la morgue, pero había fotografías y resultados de las pruebas que confirmaban que todos pertenecían a la chica.

McLean levantó la primera bolsa y la sacó; vio un alfiler para corbata sencillo, de oro, y un trozo de tarjeta doblada. Hurgó entre las fotografías hasta que distinguió una que mostraba a estos dos objetos hallados *in situ*, acomodados frente a un frasco agrietado.

—¿Tenemos otras fotos de la escena? –preguntó. Bob el Gruñón revolvió los papeles en la mesa, se agachó en la esquina y se enderezó de nuevo con un crujido de articulaciones y una carpeta gruesa. Entregó la última y McLean la abrió revelando docenas de impresiones brillantes de tamaño A4–. Correcto, intentemos poner todo en orden. Agente... Alison, ¿nos puede dar una mano?

La agente lucía avergonzada.

—Se supone que debo estar procesando acciones allá en la sala de investigaciones del caso Smythe, señor.

—Y se supone que debo estar cotejando los reportes forenses, pero esto probablemente sea más divertido. No se preocupe. No dejaré que Dagwood sea duro con usted.

Ya habían sacado todas las bolsas de la caja y las tenían ordenadas en el piso con las fotografías correspondientes, cuando el agente MacBride volvió con una grasienta bolsa café llena de donas. Hallaron seis nichos en la pared redonda del cuarto oculto, y cada uno contuvo un órgano distinto, convenientemente preservado, junto con un pedazo de tarjeta doblada que llevaba una sola palabra escrita en tinta negra, y otro objeto, que variaba de un nicho a otro. El alfiler para corbata fue encontrado junto a el frasco que contenía los restos embarrados de los riñones de la chica y un papel con la palabra "Jarras". Acomodando las bolsas de evidencia sobre la foto del nicho, McLean clasificó los contenidos de la caja hasta que tuvo los siguientes artículos; una fotografía del hígado perfectamente preservado, un pequeña cajita de plata para pastillas con residuos de aspirina en su interior y la palabra "Wombat". Luego el frasco agrietado que contenía los pulmones, una mancuernilla enjoyada y la palabra "Bocinazos"; después, para acompañar el bazo bien preservado, una caja netsuke japonesa que contenía algunas laminillas de rapé seco, y la palabra "Profesor". Otro frasco de preservación en el siguiente nicho contenía los ovarios y el útero de la chica fallecida, junto a un par de gafas sencillas, con montura de alambre y la palabra "Grebo"[3]. Y finalmente, situado en el nicho alineado con la cabeza de la chica, su corazón, la palabra "Capitán" y una delgada pitillera de plata.

Un silencio incómodo se instaló en la habitación a medida que acomodaban las piezas del rompecabezas. De los seis frascos de preservación de disecciones, dos habían sido dañados misteriosamente. ¿Fueron tapiados así? ¿Fue un daño intencional, o se trataba de una coincidencia? McLean se puso de pie, con las rodillas tronándole en protesta.

—Bien. ¿Quién quiere ser el primero?

Una larga pausa digna de un salón de clases y de un profesor aficionado a las preguntas capciosas.

—¿Podrían ser apodos? —fue la joven agente Kydd quien rompió el hechizo, con voz titubeante.

—Siga —dijo McLean.

—Bueno, hay seis de ésos. Seis artículos personales. Seis órganos extraídos de la víctima. ¿Seis personas?

McLean se estremeció. Tenía sentido: debía haber más de una persona involucrada en el asesinato, de lo contrario éste hubiese sido demasiado difícil de ocultar. ¿Pero seis personas?

—Creo que tiene razón. Tiene que haber alguna razón retorcida que explique todo esto; sólo Dios sabe cuál. Pero si había seis personas involucradas y necesitaban estar asociadas con el ritual de alguna manera, entonces si cada uno de ellos dejó una prenda de sí mismo, y tomó una parte de la chica...

—Eso es... repugnante. ¿Por qué alguien haría algo así? —preguntó Bob el Gruñón.

—Los miembros de la tribu Fore de Papúa, Nueva Guinea, solían comerse a sus muertos—. Todos los ojos se dirigieron a MacBride, cuyas mejillas se sonrojaron ante la súbita atención.

---

[3] Grupo étnico de África Occidental. [N. de la t.]

—¿Qué tiene que ver eso con esto, muchacho?

—Bien, no lo sé. Ellos creían que si te comías a alguien tomabas su fuerza y energía para ti. Acostumbraban tener grandes banquetes funerales y a todos les tocaba una porción del cuerpo. El jefe y los hombres importantes obtenían las mejores partes, y a las mujeres y niños les tocaban las vísceras y cerebros.

—¿Cómo es que sabes esto, Stuart? –preguntó McLean.

—Bien, todos ellos murieron a causa de una enfermedad degenerativa. Kuru, creo que la llamaban. Casi los exterminó. Los científicos creen que uno de los ancestros padeció una enfermedad similar a la de las vacas locas. Ustedes saben, ¿de Creutzfeldt-Jakob, se llama? Y cuando se lo comieron, pasó a la siguiente generación.

—Un pozo de sabiduría de información inútil. ¿Cómo es esto relevante para nuestra pobre pequeña asesinada, eh? Nadie se la comió, ¿o sí?

—Bueno, si cada uno de ellos tomó una parte de ella, entonces tal vez la idea era… no lo sé… tomar un poco de su juventud para sí mismos o algo.

—Suena improbable –dijo Bob el Gruñón.

—No seas tan duro con él, Bob. En este momento no tenemos la menor idea de por qué fue asesinada esta chica. Estoy abierto a sugerencias sin importar lo disparatadas que parezcan. Pero creo que deberíamos concentrar nuestros esfuerzos en la evidencia física primero –McLean sacó la última bolsa de la caja. Contenía el vestido floreado, cuidadosamente doblado como si estuvieran a punto de ponerlo en un anaquel de Marks & Spencer–. Veamos si podemos precisar el momento de su muerte.

***

El Inspector en Jefe Charles Duguid se paró en el centro de la sala de investigaciones del asesinato de Smythe, dirigiendo las operaciones como un conductor ante una orquesta especialmente inepta. Oficiales renuentes se acercaban a él con propuestas que buscaban su aprobación y terminaban ridiculizados. McLean miró desde la puerta por un momento, preguntándose si no funcionaría todo mejor si Duguid no estuviera ahí.

—No, no desperdicie su tiempo en eso. Necesito pistas sólidas, no especulaciones ociosas –el inspector en jefe levantó la mirada y vio a

McLean–. Ah, inspector –se las arregló para hacer que la palabra sonara como un insulto–. Qué amable de su parte al acompañarnos. Y agente Kydd, probablemente querrá consultar con su oficial al mando antes de lanzarse de cabeza a ayudar con otras investigaciones.

McLean estaba a punto de defender a la agente, pero ella agachó la cabeza a modo de disculpa y se escabulló para unirse a la línea de uniformados que trabajaban sin parar en las computadoras. Recordó demasiado bien las habilidades de manejo de recursos humanos de Duguid. La intimidación y los gritos encabezaban la lista. Cualquier oficial con sentido de la autopreservación aprendía rápidamente a aceptarlo, y a no responder.

—¿Y bien? ¿Cómo resultó la autopsia?

—La muerte se debió probablemente a la pérdida de sangre por el corte en la garganta. El Doctor Cadwallader no está seguro, pero cree que Smythe pudo haber sido anestesiado antes de que lo abrieran. No había señales de lucha, y nada que sugiriera que estaba atado. Ya que no murió hasta después de que le extirparon el bazo, debió estar sedado de alguna manera.

—Lo cual significa que el asesino tendría que tener algún grado de conocimiento médico –dijo Duguid–. ¿Sabemos qué usaron?

—Los análisis de sangre deberían estar listos hoy por la noche, señor. No puedo hacer más hasta entonces.

—Bueno, apresúrelos, hombre. No podemos desperdiciar un momento. El comisario en jefe ha estado en el teléfono preguntándome por avances todo el día. La prensa va a reportar la muerte esta noche, y debemos tener todo bajo control.

Así que era importante que el caso se resolviera con rapidez para evitarle vergüenzas al comandante en jefe, no porque hubiera un psicópata suelto al cual le gustaba sacarle órganos a la gente y meterles pedazos de ellos en la boca. Se dijo que era un interesante conjunto de prioridades.

—Trabajaré en eso de inmediato, señor –dijo McLean, y dio la vuelta para marcharse.

—¿Qué tiene ahí? ¿Algo importante? –Duguid señalaba la bolsa en la mano de McLean, su tono era el de un hombre que daba patadas de ahogado. McLean se preguntó si un día de entrevistas había dado tan pocos resultados. O quizás el inspector en jefe simplemente no sabía por dónde empezar.

—El caso Sighthill. Es el vestido que la chica llevaba puesto cuando fue asesinada —levantó la bolsa de plástico, pero Duguid no la tomó—. Voy a mostrársela a alguien quien podría saber cuándo se confeccionó. Intentaremos delimitar un poco el momento de la muerte.

Por un momento McLean pensó que Duguid iba a gritarle; tal como lo había hecho cuando todavía era un sargento, pues el rostro del inspector en jefe se enrojeció y una vena palpitó a un lado de su frente. Con visible esfuerzo, se controló.

—Bien. Bueno, sí. Claro. Pero no olvide que es más importante este caso —señaló la habitación con un movimiento circular de la mano—. Es posible que su asesino haya muerto hace mucho tiempo. Necesitamos encontrar a un asesino vivo.

***

No podía recordar cuándo había abierto la primera tienda. En algún momento a mediados de los noventa, probablemente. Era confuso porque parecía uno de esos lugares que siempre han estado ahí. La calle Clerk estaba llena de ellos, a fin de atender a los estudiantes de recursos limitados que conformaban más de la mitad de los habitantes de la zona. Se especializaba en ropa de segunda mano, especialmente en vestidos de fiesta y ropa de noche confeccionada en una época en que la calidad importaba. McLean había entrado algunas veces en búsqueda de algo diferente a los trajes oscuros para hombres de negocios producidos en serie, los cuales constituían su uniforme cotidiano desde que pasó los exámenes para convertirse en detective. Pero nada había captado su atención. Todo era demasiado artificioso, en realidad. Al final había acudido a un sastre que hacía trajes sobre pedido para que le hiciera dos trajes a la medida. Uno de ellos todavía colgaba en su ropero sin usar, el otro había sido arrojado a la basura después de que una escena del crimen especialmente sangrienta dejó perplejas incluso a las tintorerías de mejor reputación. Ahora llevaba trajes baratos de las cadenas de la calle principal, y soportaba el mal corte de la ropa. La mujer en la caja registradora llevaba un traje a la moda de las *flappers* de los años veinte, con una larga boa de plumas que debía haber sido sofocante en el calor de fines del verano. Dudó que mucha gente de su edad comprara ahí. Y muy pocos hombres.

—¿Usted podría decirme algo sobre esta ropa? –hizo un gesto con la mano en dirección a los estantes, alineados por décadas–. ¿Los estilos, cuándo fueron populares?

—¿Qué quiere saber? –el acento arruinó el efecto de su traje. Viéndola de cerca, se autocorrigió, no era una mujer, era una chica. No podía tener más de dieciséis años, pero el traje la hacía verse mayor.

—Tal vez cuándo se confeccionó esto. O al menos cuándo fue usado –McLean colocó la bolsa de evidencia sobre la caja. La asistente la levantó, le dio vuelta.

—¿Trata de venderlo? No compramos cosas como ésta.

McLean le mostró su placa de policía.

—Llevo a cabo una investigación. Esto fue encontrado en la escena de un crimen.

La asistente dejó caer la bolsa como si fuera una serpiente viva.

—Llamaré a Mamá. Ella sabe más sobre esto que yo –caminó de manera ostentosa hacia la parte trasera de la tienda y desapareció tras los estantes de ropa. Unos momentos después salió otra mujer. Era mayor, aunque no tanto como las ropas que llevaba, las cuales habrían sido más apropiadas quizás un siglo antes. Y había algo muy familiar en ella.

—Eres Jenny. Jenny Spiers, ¿no es cierto? Casi no te reconocí con esa ropa.

—Está bien. Todas nos disfrazamos según nuestras décadas favoritas. Deberías ver a Rae cuando se pone uno de sus trajes hippies. ¿Cómo está tu abuela, por cierto?

McLean miró alrededor de la tienda y advirtió cómo las ropas estaban distribuidas de acuerdo a las distintas épocas. No podía imaginar que de los talleres de explotación laboral en India y Bangladesh saliera nada capaz de sobrevivir tantas décadas.

—No sabía que trabajabas aquí –sonó un poco patético al decirlo. Evitó la pregunta como un político.

—Soy la propietaria, de hecho. Desde hace diez años. Bueno, técnicamente el banco es el dueño, pero… –Jenny dejó inconclusa la frase, apenada–. Pero no has venido a perder el tiempo, ¿o sí, inspector?

—Tony, en realidad. Y me preguntaba si podrías decirme algo acerca de este vestido –levantó la bolsa de plástico una vez más.

—¿Puedo abrir la bolsa? –preguntó Jenny.

McLean asintió y la miró mientras sacaba hábilmente la prenda, la extendía sobre el amplio mostrador y la inspeccionaba minuciosamente. Sus dedos hicieron una pausa, temblando ligeramente cuando vio las manchas descoloridas de sangre.

—Es hecho en casa –dijo finalmente–. Cosido a mano por alguien muy hábil con aguja e hilo. El encaje probablemente fue comprado, pero es difícil asegurarlo. Es muy similar en corte a algo que he visto antes. Déjame pensar… –se marchó hacia las profundidades de la tienda, abriéndose camino por un pasillo estrecho entre dos filas de vestidos envueltos en plástico y colgados de tubos alargados. Sus manos ágiles se movieron entre las prendas antes de posarse en una en especial, y la trajo de regreso al mostrador con un aire de triunfo.

—Éste es un vestido de coctel de finales de la década de los treinta. Algo que las chicas ricas de sociedad habrían usado justo antes de la guerra. El vestido que tienes aquí es muy similar, casi como si hubiera sido copiado. Pero el material es más barato, y como dije fue cosido a mano. No hay etiqueta, tampoco, lo que me sugiere que fue confeccionado por alguien que no podía permitirse ir de compras.

—¿Entonces cuándo pudo ser confeccionado? ¿Hace cuánto fue usado?

—Bien, este estilo no existió mucho antes de 1935. Las bastillas eran más bajas antes de eso, y el cuello no sería el apropiado. Fue usado bastante; hay algunos parches hábilmente realizados en la espalda y la bastilla está desgastada en algunos lugares. Diría que tenía diez años de uso. Antes tenían que arreglárselas y hacer remiendos, sobre todo durante los años de la guerra. Digamos que fue hecho a mediados de los cuarenta, al final de la Segunda Guerra Mundial.

McLean se preguntó cuáles serían las probabilidades de que alguien conectado con el asesinato estuviera vivo todavía.

10

Estaba a medio camino a través del vestíbulo de la estación cuando el sargento de guardia lo llamó.

—¿Conoce a un tipo llamado Jonas Carstairs?

McLean se devanó los sesos. El nombre le resultaba familiar.

—Bien, le ha estado llamando todo el día y dejando mensajes.

—¿Dijo qué quería?

—Algo sobre su abuela. ¿Cómo está su abuela, a propósito? ¿Alguna mejoría?

La sangre desapareció de su rostro. No era que la hubiera olvidado. Era más bien que había escondido el tema en algún lugar de su mente por tanto tiempo, que en realidad no había tenido tiempo de asimilar su muerte. Se las había arreglado para evitar el tema mientras bebía con Jenny Spiers, pero no había secretos en una estación de policía, no por mucho tiempo, de cualquier manera. Y, por supuesto, la manera más rápida de informarles a todos era decírselo al sargento de guardia. La única manera de que la noticia viajara más rápido era decirle que guardara el secreto.

—Falleció anoche.

—Por Dios, Tony. ¿Por qué vino a trabajar, entonces?

—No lo sé. Supongo que no había mucho más que pudiera hacer, de hecho. No fue algo súbito –aunque, en cierta manera, así fue. Se había acostumbrado a que ella estuviera ahí, en coma, en el hospital. Sabía que ella moriría tarde o temprano; incluso hubo momentos en que esperó que fuera más pronto que tarde. Pero siempre confió en ver las señales que le indicaran de su próxima partida. Pensó que tendría tiempo de prepararse. Antes de que el agente reaccionara, añadió:

—¿Dejó un número? ¿Este Carstairs?

—Sí, y preguntó si podría llamarlo tan pronto como fuera posible. Sabe, no estaría de más que encendiera su celular de vez en cuando.

McLean metió la mano en su bolsillo y extrajo su teléfono. Todavía estaba muerto.

—Sí lo hago, pero se descargan las baterías.

—¿Y un radio de onda corta? No sé por qué ustedes los detectives creen que no deberían usarlos.

—Tengo uno en algún lado, Pete, pero es aún peor. A nada le dura la batería a menos que esté conectado a la pared. Como que va con el hecho de tener un celular, para ser honestos.

—Pues sí. Consiga algo que funcione –el sargento le entregó a McLean un trozo de papel con un nombre y un teléfono garabateados en él y presionó el botón para dejarlo entrar a la estación.

McLean tenía una oficina para él solo; uno de los beneficios de ser un inspector. Era un lugar diminuto, con una ventana pequeña que quedaba oculta por los edificios cercanos de departamentos, de modo que dejaba entrar muy poca luz. Archiveros todavía llenos de las notas de los casos de su predecesor ocupaban la mayoría del espacio disponible, pero algún genio en geometría se las había arreglado para hacer entrar un escritorio. Una pila de carpetas descansaba sobre éste, con un Post-it amarillo que rezaba "¡Urgente!" garabateada y subrayada tres veces. Las ignoró y se deslizó por el borde del escritorio hasta que pudo sentarse. Levantó el teléfono, marcó el número, echando un vistazo a su reloj mientras lo hacía. Era un poco tarde para llamar a una oficina, pero no tenía idea de si ése era un teléfono laboral.

—Carstairs Weddell, ¿cómo puedo ayudarle?

La ágil respuesta y el tono educado de la recepcionista lo hicieron perder el paso. McLean reconoció el nombre de la firma de abogados que había manejado los asuntos de su abuela desde su apoplejía. Se sintió un poco tonto por no haberlo recordado.

—Oh. Eh. Hola. ¿Podría hablar con el señor Jonas Carstairs, por favor? –anteriormente había tratado sólo con un empleado menor, Perkins o Peterson o algo parecido. Le pareció extraño que el socio principal lo contactara en persona.

—¿Puedo preguntar quién habla, por favor?

—McLean. Anthony McLean.

—Un momento, inspector. Lo comunicaré inmediatamente.

Una vez más lo sorprendió alguien que sabía más sobre él que él sobre ellos. La breve música de espera se cortó con un clic.

—Inspector Criminalista McLean, es Jonas Carstairs al habla. Siento mucho enterarme del fallecimiento de su abuela. Esther fue una mujer maravillosa en su tiempo.

—Supongo que la conocía, señor Carstairs.

—Jonas, por favor. Y sí, la traté por largo tiempo. Mucho más de lo que he actuado como su abogado. De eso es de lo que quería hablar con usted. Ella me designó como ejecutor de su testamento. Apreciaría que pase por mi oficina tan pronto como pueda para arreglar ciertas cuestiones.

—De acuerdo. ¿Mañana le parece bien? Se está haciendo tarde y para ser honestos no dormí anoche –McLean se frotó los ojos con la palma de su mano libre, cayendo en la cuenta de lo agotado que estaba.

—Por supuesto. Entiendo. Y no se preocupe por los preparativos. Tengo todo bajo control. Habrá una esquela en el *Scotsman* mañana; probablemente publiquen un obituario también. Y Esther no quería un funeral en la iglesia, así que organizaremos únicamente una ceremonia sencilla de honras fúnebres en Mortonhall. Le avisaré tan pronto como podamos hacer una reservación. ¿Le gustaría que organizara un velorio? Sé lo ocupados que pueden estar ustedes los oficiales de la ley.

McLean captó sólo a medias lo que escuchaba. Había pensado en todas las pequeñas cosas que debía hacer ahora que su abuela había muerto en realidad, pero había tantas otras cosas en su cabeza que era fácil perderse. El vestido de cocktail con su patrón floral, envuelto de forma segura en su bolsa de evidencia, descansaba en el escritorio frente a él, y por un momento no pudo recordar para qué estaba ahí. Necesitaba comer e irse a dormir.

—Sí, por favor –dijo por fin. Le agradeció al abogado e hizo arreglos para ir a las oficinas de la firma a las diez del día siguiente. Entonces colgó.

El sol de la tarde pintaba los edificios de departamentos exteriores de un ocre cálido, pero poca luz entraba en su oficina. Estaba demasiado sofocante, y al recargarse en su silla para estirarse, descansando la cabeza contra la pared fresca tras él, McLean cerró los ojos por un momento.

***

Ella está desnuda como el día, una cosita delgada con piernas y brazos tan flacos como sus huesos. Su cabello cuelga sin vida de su cabeza esquelética, sus ojos se hallan hundidos profundamente en sus cuencas. Mientras ella camina hacia él, extiende sus manos, intenta alcanzarlo, le suplica que la ayude. Entonces ella tropieza, y una herida aparece en su vientre, la cual se desgarra hacia arriba desde su entrepierna hasta el escote. Ella se detiene, intenta sujetar sus entrañas mientras éstas empiezan a caer al suelo, las recoge de nuevo con un brazo, intenta alcanzarlo con el otro. Avanza de nuevo arrastrando los pies, más despacio esta vez, sus ojos oscuros suplicando. Él quiere apartar la mirada, pero está atrapado, inmóvil. Ni siquiera puede cerrar sus ojos. Todo lo que puede hacer es mirar cómo ella cae de rodillas y desparrama sus entrañas por el suelo, mientras intenta arrastrarse hacia él.

—Inspector.

Su voz está llena de dolor. Y cuando él la escucha, su rostro empieza a cambiar, su piel se reseca y se estira aún más sobre sus pómulos. Sus ojos se hunden aún más dentro de su cabeza y sus labios se curvan en una mueca, una parodia de sonrisa.

—¡Inspector!

Ella está junto a él ahora, su mano libre estirándose hacia el hombro de él, tocándolo, sacudiéndolo. Su otra mano se esfuerza en mantener sus intestinos dentro, como un ama de casa solitaria respondiendo al llamado del cartero a pesar de que sólo viste una bata. Pequeños trozos de su cuerpo caen al suelo: sus riñones, su hígado, su bazo.

***

—¡Tony, despierte!

Con un chasquido, McLean abrió los ojos y casi se cayó de la silla cuando sus percepciones se desplazaron de nuevo del sueño a la realidad. La Superintendente en Jefe McIntyre estaba de pie junto a su escritorio, mirándolo con una mezcla de irritación y preocupación en el rostro.

—¿Durmiendo en el trabajo? Ése no es el tipo de comportamiento que esperaba cuando lo recomendé para el ascenso.

—Disculpe, señora —McLean sacudió la cabeza ligeramente, intentando desalojar la perturbadora imagen de la chica destripada–. Es este calor. Sólo cerré los ojos por un momento. Yo... —se detuvo cuando se dio cuenta de que McIntyre intentaba suprimir una sonrisa de superioridad.

—Estoy bromeando, Tony. Se ve exhausto. Debería ir a casa y descansar —se sentó en la orilla del escritorio. Había espacio en la oficina para una silla más, pero estaba ocupado con cajas de archivo apiladas. El Sargento Murray me dijo lo de su abuela. Lo siento mucho.

—Ella murió hace mucho tiempo, en realidad –McLean se sentía ligeramente incómodo con la superintendente en jefe asomada por encima de él. Sabía que debía ponerse en pie, pero hacerlo ahora sería aún más incómodo.

—Tal vez, pero tiene que enfrentarse a eso ahora, Tony. Y sé que la extraña.

—Usted sabe que mis padres murieron cuando yo tenía cuatro años, ¿no es así? Mi abuela me crio como si yo fuera mi padre. Debe haber sido duro para ella tenerme cerca como un recordatorio de su hijo.

—¿Y qué hay de usted? No puedo imaginar cómo fue perder a ambos padres a una edad tan temprana.

McLean se inclinó hacia adelante sobre el escritorio y se frotó lo ojos. Eran heridas viejas, que habían sanado mucho tiempo atrás. De verdad no quería removerlas. Pero la muerte de su abuela iba a conseguirlo. Quizás una razón más por la que le resultaba difícil aceptar que ella se había ido realmente.

Estiró la mano para tomar la bolsa de evidencia y el vestido floral, más por hacer algo con sus manos que por otra razón.

—Logramos ubicar el momento de la muerte a mediados de los años cuarenta.

—¿Disculpe? –McIntyre lo miró sin comprender.

—La chica muerta en la casa en Sighthill. Su vestido tenía unos diez años de haber sido confeccionado, y no pudo existir antes de 1935. La datación por carbono ubica su muerte antes de 1950. Nuestra mejor conjetura es que ocurrió hacia el final de la Segunda Guerra Mundial.

—Así que es probable que su asesino ya esté muerto.

—Asesinos. En plural. Suponemos que fueron seis.

McLean resumió los avances de su investigación. McIntyre se sentó en el borde de su escritorio y escuchó en silencio mientras él le presentaba sus hallazgos hasta el momento.

—¿Y qué hay acerca de Smythe?

La pregunta lo confundió.

—¿Usted cree que exista una conexión?

—No, no. Lo siento. Me refería a si había algo nuevo en la investigación sobre el señor Smythe. ¿Cómo vamos con eso?

—El examen post mórtem confirma que la causa probable de la muerte fue la pérdida de sangre. Todavía aguardo los reportes de toxicología, pues quien lo hizo debió usar algún anestésico fuerte. Eso por sí mismo debería reducir nuestra lista de sospechosos. Duguid está entrevistando a algunas personas, no he tenido oportunidad de ponerme al corriente con él todavía.

—Está bien. Podemos exponer todo en la sesión informativa de mañana. Pero quiero que se concentre en Smythe tanto como sea posible. El rastro de su jovencita no se va a enfriar más. No después de sesenta años.

Tenía sentido, por supuesto; era mucho más importante atrapar a un asesino que había atacado sólo veinticuatro horas antes. ¿Entonces por qué sentía la necesidad de concentrarse en el asesinato de la chica? ¿Era simplemente porque no le agradaba trabajar con Dagwood? McLean suprimió un bostezo e intentó no mirar la pila de papeles en su escritorio que requerían su urgente atención (subrayada tres veces). Tenían la sospechosa apariencia de formatos de horas extras y reclamos de gastos para ser ratificados con su presupuesto para el trimestre. Estaba a punto de tomar el de arriba, pero McIntyre lo detuvo. Su mano era suave; su agarre firme.

—Váyase a casa, Tony. Duérmase temprano. Descanse. Estará más fresco por la mañana.

—¿Es una orden, señora?

—Sí, inspector. Lo es.

11

Su mente es un torbellino de confusión. No conoce esta ciudad, no entiende el idioma duro que hablan aquí. Se siente enfermo hasta la médula. Su respiración es desigual; cada jadeo lastima su garganta y le quema el pecho. Alguna vez fue fuerte, y lo sabe bien aunque ahora no pueda recordar su propio nombre. Alguna vez pudo cargar una docena de gavillas de grano al mismo tiempo, limpiar un campo completo en una tarde bajo el sol más caliente. Ahora su espalda se halla doblada, sus piernas débiles y vacilantes. ¿Cuándo envejeció tanto como su padre? ¿Qué le sucedió a su vida? El sonido sale de un edificio cercano. Sus altas ventanas de cristal están cubiertas de escarcha, pero puede ver las sombras coloridas de la gente que se mueve en el interior. La puerta central se abre por completo y una joven sale tambaleándose, seguida de cerca por otras dos. Están riendo, parloteando una con la otra con palabras que él no reconoce. Borrachas y felices, no ven cómo las observa desde el otro lado de la calle. Sus tacones altos repiquetean contra el pavimento mientras se tambalean al alejarse, sus faldas cortas se les suben por las piernas, sus blusas cortas revelan la blancura de su piel.

Vuelven otra vez los recuerdos: alguien hace cosas terribles. Regresa la visión de la piel pálida, cortada por un cuchillo afilado. La sangre brotando de los bordes del corte. Ira ante una injusticia antigua. Algo oscuro y húmedo y resbaloso debajo. Éstos no son sus recuerdos. O tal vez sí lo sean. Ya no sabe distinguir qué es real y qué no. El aire es cálido, semeja una pesada manta húmeda bajo el oscuro cielo nocturno. Los faroles anaranjados se reflejan en las nubes opacas sobre ellos y lo cubren todo con una luz infernal. Está cubierto de sudor y su cabeza golpea al ritmo de su corazón. Su garganta se reseca de repente y ahora sabe qué es el edificio del otro lado de la calle.

El ruido lo lastima cuando abre de un empujón la pesada puerta. Lo envuelve junto a el olor de cuerpos sin lavar, el olor a desodorante, a perfume, a cerveza, a comida. Hay cientos de personas paradas, sentadas, gritándose unas a otras para ser escuchadas por encima de la música sin melodía que lo llena todo. Nadie parece advertir su presencia a medida que se adentra en el gentío.

Se mira las manos, tan familiares. Son manos que han construido paredes, acariciado amantes, sujetado un bebé diminuto cuyo nombre ha olvidado al igual que el suyo propio. Éstas son manos cubiertas de sangre seca, que se le ha metido en las arrugas y debajo de las uñas cortas. Éstas son las manos que empuñaron el cuchillo. Que atentaron contra otro hombre de manera tan completa. Las manos que buscaron venganza por todas las injusticias infligidas contra él y su gente. Ve la señal, entiende una pequeña cosa en este sitio extranjero. ¿La enfermedad lo ha debilitado, o fueron las imágenes terribles que llenan su mente las que lo trajeron aquí? De cualquier manera, está en el baño, empinado sobre el excusado, vomitando. O al menos intentando hacerlo. Sólo consigue arcadas, pues su estómago está vacío.

Toma papel, se limpia la cara y las manos, tira de la cadena. Cuando se levanta, el mundo parece ladearse peligrosamente. Está sin aliento, sin entender. Hay otras personas en el baño, riéndose de él. Moviéndose alrededor suyo como bravucones en el patio de la escuela. No puede enfocar, sólo puede recordar la terrible sensación del cuchillo en su mano, el poder que fluyó por él al usarlo, la furia del justo. Lo puede sentir de nuevo, pesado contra la palma de su mano.

Ya no se ríen. Un silencio ha caído sobre el lugar. Aun el ritmo monótono de la música afuera se detiene. Mira alrededor, nota por primera vez el largo espejo frente a él. Es difícil distinguir nada más allá de las imágenes de la matanza que llenan su mente. Pero puede ver a un hombre al cual no reconoce, demacrado y sombrío, vestido con ropa sucia, el cabello apelmazado y gris. Mira, fascinado, horrorizado, cuando el hombre levanta una mano. Un puño está cerrado en torno a un cuchillo corto de constructor, la cuchilla inclinada hacia adentro, hacia su garganta expuesta. Ha hecho esto antes, eso cree, mientras siente el contacto del acero frío contra su piel.

Y la sangre salpica el espejo.

12

LA ESTACIÓN ESTABA EN TOTAL AGITACIÓN CUANDO MCLEAN LLEGÓ la mañana siguiente. Un plato de curry para llevar e irse temprano a la cama lo hicieron sentirse mucho mejor que como el zombi sin cerebro del día anterior. Incluso llegó media hora temprano al reporte matutino del caso Smythe, y tenía la esperanza de que podría usar ese tiempo para avanzar en el papeleo pendiente. Mientras se acercaba a la sala de investigaciones de camino a las escaleras, pudo escuchar la voz distintiva de Dagwood retumbar por la puerta abierta.

—Jodidamente maravilloso. No podemos mantener a los cabrones afuera, y cuando llegan aquí todos están locos...

Se asomó por el marco de la puerta, con la esperanza de tantear el terreno antes de pasar por ahí. Pero el inspector en jefe eligió ese mismo momento para interrumpir su conversación con un par de sargentos uniformados y mirar alrededor.

—Ah, McLean. Bien. Es bueno ver que llega temprano. Puede ayudar a ordenar.

—¿Ordenar, señor? —McLean miró alrededor de la habitación y vio oficiales ocupados empacando cosas en cajas, quitando fotografías de las paredes y borrando los pizarrones.

—Sí, Tony. Lo atrapamos anoche. No hay duda de su culpabilidad, sus huellas estaban por todos lados en la biblioteca de Smythe.

—¿Atraparon al asesino? —a McLean le costaba trabajo reconciliar el punto al que habían llegado en la investigación ayer por la noche con lo que le estaban diciendo. Tuvo la esperanza de que su boca no estuviera abierta—. ¿Cómo?

—Bien, no diría que lo atrapamos exactamente –dijo Duguid–. Este hombre entró caminando a un bar justo al lado de Andrew's Square más o menos a las once y media de anoche. Fue al baño de los hombres y se cortó la garganta. Incluso usó el mismo cuchillo con que asesinaron a Smythe.

—¿Se encuentra bien?

—No, por supuesto que no está bien, so idiota. Está muerto. ¿Usted cree que estaríamos quitando todo esto si lo tuviéramos en las celdas esperando a ser interrogado?

—No, señor. Por supuesto que no –McLean miró cómo el desmantelamiento de la sala de investigaciones proseguía rápidamente–. ¿Quién era?

—Un inmigrante ilegal. Su nombre era Akimbo o algo así. Nunca sé cómo se supone que se deben pronunciar estos nombres extranjeros.

—¿Quién lo identificó?

—Una muchachita de Servicios Periciales; Baird, creo que así se llama. La búsqueda de huellas no dio resultados, pero ella tuvo la brillante idea de intentar con el registro de inmigrantes ilegales. Este tipo debió estar encerrado. Se supone que lo enviarían de regreso a Peluchistán o como se llame su país de origen.

McLean intentó ignorar el racismo casual de Duguid. El inspector en jefe era un recordatorio ambulante de todas las cosas negativas del departamento. Mientras más pronto se retirara, mejor.

—Supongo que la superintendente estará feliz, sin duda el comisario en jefe lo estará también. Sé que había mucha presión para obtener un resultado rápido.

—Absolutamente cierto. Por eso es que necesitamos el reporte mecanografiado y en el escritorio de Jayne hacia el final del día. No creo que el fiscal quiera llevar esto más lejos, pero tenemos que seguir el protocolo. Tendrá que asistir al post mórtem, sólo para asegurarse de que no hay sorpresas desagradables. Pero la evidencia es bastante convincente. Tenía el tipo de sangre de Smythe en su ropa. Los resultados del ADN lo confirmarán, estoy seguro. Es nuestro hombre.

Maravilloso. Otra oportunidad de ver cómo cortan un cadáver.

—¿A qué hora es el post mórtem, señor? –McLean miró su reloj. Eran las siete de la mañana.

—A las diez, creo. Más vale que llame y confirme.

—A las diez. Se supone que debo encontrarme con… –pero McLean se detuvo. Sabía que no tenía sentido quejarse con Duguid. Sólo provocaría al tipo a lanzarse en una de sus diatribas–. Lo voy a reagendar.

—Haga eso, McLean.

***

La pequeña sala de investigaciones estaba vacía cuando McLean finalmente se las arregló para escapar de Duguid y llegar a la parte trasera de la estación. El periódico de Bob el Gruñón descansaba sobre una de las dos mesas: el agente MacBride había apilado una ordenada torre de archivos en la otra. Los hojeó rápidamente: eran reportes de robo que se remontaban hasta cinco años atrás. Notas de Post-it con preguntas se asomaban entre algunas de las páginas. Bueno, al menos alguien había estado ocupado. Las fotografías de los órganos y otros artefactos del sótano tapiado estaban clavadas a una pared, acomodadas en círculo tal como fueron encontradas. Una fotografía completa tamaño A3 del cuerpo retorcido y profanado de la chica colgaba en el centro. Todavía lo miraba fijamente algunos minutos después cuando la puerta se abrió de un codazo.

—Buenos días, señor. ¿Escuchó las noticias? –el agente MacBride se veía como si se hubiera restregado la piel hasta dejarla color rosa. Su cabello todavía estaba ligeramente húmedo tras la ducha y su rostro liso y redondo tenía una expresión de esperanza y emoción inocentes.

—¿Noticias? Ah, el asesino de Smythe. ¿No cree que es un poco extraño?

—¿Cómo, señor?

—Bien, ¿por qué lo haría? ¿Por qué se metería en la casa de un viejo y lo abriría a cuchillazos? ¿Por qué meter su bazo en su boca? ¿Y por qué se mataría sólo unos días después?

—Bien, era un inmigrante ilegal, ¿no?

McLean se enfureció.

—No empiece con eso, por favor. No todos vienen a violar a nuestras mujeres y a robar nuestros empleos, usted sabe. Es bastante malo escuchar esas tonterías de Dagwood.

—No es lo que quise decir, señor –la cara de MacBride se volvió aún más rosada, los lóbulos de sus orejas se tornaron color rojo sangre.

—Quise decir que puede haberle guardado rencor a Smythe porque era el presidente del Consejo de Apelaciones de Inmigración.

—¿Sí? ¿Cómo lo sabe?

—Alison… eh, la Agente Kydd me lo dijo, señor.

Era el turno de McLean de sentir vergüenza.

—Lo siento, Stuart. No era mi intención hablarle bruscamente. ¿Qué más ha hallado sobre Smythe?

—Bien, señor, tenía ochenta y cuatro años pero todavía trabajaba a diario. Estaba en los consejos de una docena de compañías diferentes y poseía una participación mayoritaria en al menos dos empresas nuevas de biotecnología. Se hizo cargo del banco mercantil de su padre exactamente después de la guerra y lo convirtió en una de las instituciones financieras más grandes de la ciudad antes de venderlo justo antes de la explosión de la burbuja del puntocom. Desde entonces se había dedicado a crear fondos de beneficencia para una variedad de buenas causas. Tenía un personal permanente de tres empleados trabajando en su casa de la ciudad, a todos los cuales se les había dado la noche libre cuando fue asesinado. Aparentemente no era inusual; era bastante frecuente que los dejara marchar por la noche para poder estar solo.

McLean escuchó el resumen de la historia, y notó que el agente parecía haber memorizado los detalles. Además de la tenue conexión entre la inmigración ilegal y la repatriación, no había absolutamente nada que conectara a Smythe con el hombre que lo había asesinado.

—¿Cuál era el nombre del asesino?

Esta vez MacBride sacó su libreta y lamió la punta de su dedo antes de hojear las páginas.

—Jonathan Okolo. Aparentemente venía de Nigeria. Solicitó asilo hace tres años pero se le negó. Se le retuvo en una casa de seguridad hasta abril, "en espera de repatriación", según dicen los registros. Nadie está muy seguro de cómo escapó, pero algunos más han desaparecido de ahí en el último año, más o menos.

—¿Tiene sus nombres?

—No, señor. Pero estoy seguro de que podría conseguirlos. ¿Por qué?

—No lo sé, en realidad. Duguid va a querer lavarse las manos de todo esto tan pronto como sea posible. Es bastante probable que el comisario en jefe y todos los altos funcionarios se contenten con dejar ahí la cosa. Si yo tuviera medio cerebro haría lo mismo. Pero tengo la desagradable sensación de que aquí no se acaba lo de Jonathan Okolo. No me molestaría estar un paso más adelante en el juego cuando surja su nombre de nuevo.

—Escarbaré un poco, señor –MacBride hizo una anotación en su libreta y la guardó cuidadosamente. McLean se preguntó qué había hecho con su propia libreta; probablemente estaba arriba en su oficina. Junto con todo el papeleo que no se haría solo.

—¿Qué tiene pendiente para hoy entonces, agente?

—El Sargento Criminalista Lair y yo entrevistaremos a algunas de estas víctimas de robo, señor. En cuanto él llegue.

—Bien, Bob el Gruñón siempre fue más del tipo nocturno –por la expresión del rostro de MacBride, McLean se dio cuenta de que nunca antes había oído que alguien se refiriera al sargento como Bob el Gruñón–. Le diré algo, agente. Dígale cuando llegue que él puede realizar esas entrevistas por su cuenta. Puede llevarse a un oficial uniformado con él si se siente solo. Quiero que usted pase la próxima hora investigando lo que pueda sobre Okolo y sus amigos. Entonces usted y yo vamos a hacer un viaje a la calle Cowgate para ver la autopsia que realizará el Doctor Cadwallader.

—Hmm, ¿tengo que hacerlo, señor? –la tez rosada de MacBride palideció hasta adoptar un verde pastoso.

—Usted ha estado en exámenes post mórtem antes, ¿no es así, agente?

—Sí, señor. Así es. Un par. Por eso es que preferiría estar en cualquier otro lugar.

***

Encontró su libreta donde la había dejado la última vez, bajo la bolsa de evidencia que contenía el vestido floral de la chica muerta, sobre su escritorio. McLean la metió en su bolsillo, recordándose a sí mismo que debía llevar el vestido de regreso a la sala de investigaciones. El pedazo de papel con el teléfono de Carstairs todavía estaba junto al teléfono. Lo llamó, e hizo nuevos arreglos para que la reunión ocurriera por la tarde, después encendió su computadora y acercó la pila de papeles hacia él. Entendía la necesidad de tener registros contables completos y seguir los procedimientos apropiados; sólo deseaba que alguien más pudiera hacerlo por él.

Era un trabajo embotador, que requería demasiada concentración como para meditar en cualquier otro tema mientras lo hacía. Y todo el tiempo, por el rabillo del ojo, podía ver el vestido. Finalmente, cuando había alcanzado un punto optimista a medio camino del montón, sacó su libreta, empujó su silla para separarla del escritorio y pasó rápidamente las páginas.

Casi de inmediato dio con los extraños patrones en espirales que había visto en la habitación del sótano, o que al menos creyó ver. Sugerían que el asesinato era algún tipo de sacrificio ritual, pero los nichos ocultos habían revelado pistas aún más obvias y tentadoras. Así que se había concentrado en los nombres, los órganos preservados y los artículos personales. Pero como siempre le había dicho su anciano mentor, normalmente las cosas menos obvias eran la clave. McLean le echó un vistazo a su reloj; eran las nueve y media. Finalizó la sesión en la computadora, tomó el vestido y se encaminó de regreso a la diminuta sala de investigaciones. Bob el Gruñón estaba ahí, leyendo el periódico de nuevo. El agente MacBride estaba concentrado en la pantalla de su computadora portátil, tecleando frenéticamente.

—Buenos días, señor —Bob el Gruñón dobló su periódico y lo metió en una caja bajo la mesa.

—Buenos días, Bob. ¿Tienes las fotos de la escena del crimen?

Bob el Gruñón dirigió una mirada en dirección a MacBride pero no obtuvo respuesta, y entonces tuvo que ir él mismo por la caja que descansaba en la esquina. Se sentó en la mesa y sacó un puñado de impresiones brillantes.

—¿Qué buscaba, señor?

—Debería haber una serie de fotografías del piso a aproximadamente un pie de distancia de la pared.

—Sí, me preguntaba por qué el fotógrafo tomó ésas.

Bob el Gruñón buscó a tientas un poco más, y extrajo un puñado de hojas. Las extendió sobre la mesa, refiriéndose ocasionalmente a los números impresos en la parte de atrás.

—Le pedí que lo hiciera —McLean estudió la primera de las fotos, después la siguiente y otra más. Todas se veían igual; deslavadas por el flash, el piso estaba liso, sin rasgos distintivos, la madera sin ningún tipo de marcas. Sacó su libreta y miró las figuras que había dibujado. Las figuras que estaba seguro que había visto.

—¿Son todas? —le preguntó a Bob cuando hubo terminado de estudiar cada foto sin descubrir nada.

—Sí, hasta donde yo sé.

—Bien, ve con el equipo de Servicios Periciales y checa otra vez, ¿sí, Bob? Estoy buscando fotos del piso que muestran marcas como ésta —le mostró las imágenes de su libreta al sargento.

—¿No puede hacerlo el Agente MacBride? —se quejó Bob—. Usted sabe que él es mucho mejor con estas cosas técnicas que yo.

—Lo siento, Bob. Él vendrá conmigo —se giró hacia el agente—. ¿Terminó con eso?

—Ya casi, señor. Un momento —MacBride presionó un par de teclas, luego cerró la portátil—. Voy a pasar rápidamente por la impresora para recoger eso al salir. A menos que usted prefiera que el Sargento Laird vaya con usted al post mórtem, señor —había esperanza en su voz.

McLean sonrió.

—Sospecho que Bob acaba de tomar su desayuno, agente. Y al menos yo no tengo ningún deseo de saber en qué consistió.

13

—Ya son tres veces en cuarenta y ocho horas, inspector. Si no lo conociera diría que me está acosando.

La doctora Sharp los estaba esperando cuando entraron en la morgue.

—¿Quién es su guapo compañero?

—Éste es el Agente Criminalista MacBride. Sea amable con él, es su primera vez –McLean ignoró el rostro ruborizado de MacBride–. ¿Está el doctor? –preguntó.

—Se está preparando –dijo Tracy–. Pase.

La sala de reconocimiento no había cambiado mucho desde el día anterior. Sólo el cuerpo tendido sobre la plancha era diferente.

El patólogo los saludó cuando entraron.

—Ah, Tony. Veo que todavía no dominas el arte de delegar. Normalmente cuando uno envía a un oficial nuevo a hacer algo, es porque uno no planea venir también. ¿Por qué crees que Dagwood te envió, en primer lugar?

—¿Porque este lugar le recuerda demasiado a su casa?

—Bueno, más o menos –Cadwallader sonrió burlonamente–. ¿Comenzamos?

Como si hubiera estado esperando su entrada, Tracy salió del pequeño cuarto que funcionaba como su oficina. Se había puesto un juego de ropa quirúrgica y largos guantes de goma, y empujaba un carrito de acero en el cual había dispuesto diversos instrumentos de tortura. McLean pudo sentir cómo se ponía tenso el agente MacBride junto a él, y se mecía ligeramente sobre sus talones.

—El sujeto es masculino, africano, de seis pies y dos pulgadas de alto. Calculo que tiene cincuenta y tantos años de edad, más cerca de los sesenta que de los cincuenta.

—Cuarenta y cuatro.

La voz de MacBride era ligeramente más alta de lo usual, y todavía no habían cortado nada.

—¿Disculpe? –Cadwallader colocó su mano sobre el micrófono que colgaba sobre la mesa.

—Tenía cuarenta y cuatro años, señor. Eso dice en su archivo –Mac-Bride levantó el manojo de papeles que había recogido de la impresora al salir.

—Bien, no los aparenta. Tracy, ¿tenemos el cuerpo correcto?

La asistente revisó sus papeles, miró la etiqueta en el pie del hombre muerto, después revisó los anaqueles de los gabinetes fríos, abrió un par y se asomó al interior antes de regresar.

—Sí –dijo–. Jonathan Okolo. Lo trajeron tarde anoche. Lo identifica-ron por las huellas digitales en su archivo de inmigración.

—Bueno, eso es extraño –Cadwallader se volvió de nuevo hacia su paciente–. Si sólo tiene cuarenta y cuatro años, odio pensar qué tipo de vida ha tenido. Está bien, continuemos –siguió examinando el cuerpo minuciosamente.

—Sus manos son ásperas, sus uñas rotas y cortas. Tiene un par de cicatrices recientes consistentes con astillas en sus palmas y dedos. Tra-bajador manual sin duda, aunque no puedo imaginar que haya sido muy bueno en eso, considerando su salud. Ah, aquí vamos –el patólogo enfo-có su atención en la cabeza del hombre muerto, alargando la mano para tocar con un par de fórceps su cabello canoso, apretadamente rizado, que empezaba a ralear–. Un frasco de preservación, por favor, Tracy. Si no me equivoco, eso es yeso. Su cabello está lleno de eso.

McLean percibió movimiento por el rabillo del ojo y al darse la vuelta vio al Agente MacBride garabateando notas febrilmente. Sonrió; todo esto estaría mecanografiado y les sería entregado al día siguiente, pero un poco de entusiasmo nunca estaba de más. Y además, podría distraer al agente de lo que estaba por venir. Había una cierta elegancia en la ma-nera en que un patólogo hábil abría un cuerpo. Cadwallader era quizás el mejor que McLean había visto en su vida. Su toque diestro y su plática tranquila con su asistente contribuían a hacer el proceso más soportable. Aun así, se sintió aliviado cuando todo acabó y empezó el trabajo de su-tura. Significaba que podían salir de la sala de reconocimiento, lo cual a su vez significaba que pronto podrían abandonar el edificio.

—¿Cuál es el veredicto, Angus? ¿Puedes salvarlo? —McLean vio que la broma dio lugar a un atisbo de sonrisa, pero pronto fue reemplazado por un gesto de preocupación.

—Me sorprende que haya vivido lo suficiente para matar a Smythe, por no hablar de matarse a sí mismo.

—¿Qué quieres decir?

—Tiene enfisema avanzado, cirrosis aguda del hígado, sus riñones están enfermos. Sólo Dios sabe cómo un corazón con tanto tejido cicatricial pudo latir lo suficiente para dejarlo caminar con regularidad.

—¿Sugieres que no asesinó a Smythe? —un escalofrío recorrió la columna de McLean.

—Oh, sí lo mató. Su ropa estaba empapada en la sangre de Smythe y había trazos de ella bajo sus uñas. Ese cuchillo Stanley ajusta perfectamente con las muescas en las vértebras de su cuello. Definitivamente es tu hombre.

—¿Podría haber tenido un cómplice? —McLean tenía esa sensación extraña en la boca del estómago. Sabía que sería impopular por sólo mencionar la posibilidad, pero no pudo ignorarla.

—Tú eres el detective, Tony. Tú dime.

14

Carstairs Weddell ocupaba por completo una enorme casa Georgiana tipo Townhouse en el extremo occidental de la ciudad. Aunque las firmas de abogados más modernas y progresistas se habían mudado a oficinas construidas con este propósito en la calle Lothian o hacia Gogarburn, su pequeña sociedad había resistido la marea del cambio. McLean recordó una vez, no hacía mucho tiempo, cuando todas las antiguas empresas familiares de Edimburgo, los abogados y los corredores de bolsa, los banqueros mercantiles e importadores de mercancías finas tenían sus oficinas en las casonas viejas del extremo occidental. Ahora las calles estaban llenas de restaurantes en los sótanos, boutiques, gimnasios y departamentos caros. Los tiempos cambiaban, pero la ciudad siempre se adaptaba.

Se había adelantado una hora a su cita, pero la secretaria le dijo que no creía que eso fuera un problema. Lo dejó esperando en una elegante sala, alineada con retratos de hombres adustos y amueblada con cómodos sillones de piel. Era más como un club masculino que otra cosa, pero al menos estaba fresco en comparación con el calor siempre en aumento del exterior.

—Inspector McLean, es un placer verlo de nuevo —McLean se dio vuelta hacia la voz. No había oído la puerta al abrirse, pero ahora un hombre de cabellos blancos, con gafas redondas y montura de metal estaba de pie con la mano extendida. McLean la estrechó.

—Señor Carstairs. ¿Nos hemos encontrado antes? —había algo familiar en él. Siempre cabía la posibilidad de que hubiera estado en la corte mientras McLean estaba presentando evidencia, por supuesto. Tal vez incluso fue interrogado por el abogado.

—Ya lo creo, pero han pasado bastantes años. Esther solía ofrecer unas fiestas maravillosas, pero dejó de hacerlo alrededor de la época en que usted se marchó a la universidad. Nunca supe por qué.

McLean visualizó la sarta de gente que frecuentemente se aparecía por casa de su abuela. Lo único que pudo recordar sobre la mayoría de ellos fue que eran muy viejos. Pero si lo pensabas un poco, su abuela también lo era, así que no resultaba ninguna sorpresa. Jonas Carstairs era viejo ahora, pero seguramente había sido demasiado joven para formar parte de ese grupo.

—Creo que ella siempre quiso ser una ermitaña, señor Carstairs. Ella pensaba que sólo a mí me haría bien conocer gente. Cuando me fui de casa y me mudé a Newington, dejó de hacerlo.

Carstairs asintió, como si eso tuviera completo sentido para él.

—Por favor, llámame Jonas —sacó un reloj de bolsillo de su chaleco y lo abrió para ver la hora, luego lo deslizó de regreso cuidadosamente con un movimiento fluido y natural.

—¿Vamos a comer? Hay un nuevo lugar que abrió justo a la vuelta de la esquina y he oído que es muy bueno.

McLean pensó en la pila de papeles sobre su escritorio que esperaban ser clasificados; la chica había estado muerta por tanto tiempo que algunas horas más no harían una diferencia. Bob el Gruñón tenía la investigación del robo bajo control. Y MacBride estaría ocupado desentrañando cualquier información sobre Jonathan Okolo que pudiera encontrar. En realidad sólo les estorbaría.

—Me parece una buena idea, Jonas. Pero si no estoy de servicio, tiene que dejar de llamarme inspector.

***

No era el tipo de restaurante que McLean acostumbraba visitar. Abierto recientemente, y escondido en un sótano, estaba repleto de clientes satisfechos que disfrutaban de un almuerzo relajado. Los guiaron a una mesa en una alcoba con una ventana que daba a un hueco más abajo del nivel del pavimento. Al mirar hacia arriba en dirección del cielo, McLean se dio cuenta de que podría ver por debajo de la falda de cualquier mujer que pasara caminando, y se concentró en el menú.

—Preparan el pescado bastante bien, según me han dicho —dijo Carstairs—. Me imagino que el salmón salvaje es bueno en esta época del año.

McLean ordenó el salmón, suprimiendo el impulso de pedirlo con papas fritas, y pidió agua mineral gasificada. Ésta llegó en una botella azul en forma de lágrima con algo escrito en galés.

—Antiguamente, los boticarios guardaban los venenos en botellas azules. De esa manera sabían que no debían beberlos —se sirvió un vaso y le ofreció otro al abogado.

—Bueno, Edimburgo tiene su buena cantidad de envenenadores, como seguramente usted sabe. ¿Ha estado en la Sala de los Cirujanos del Museo de Patología?

—Angus Cadwallader me dio un recorrido hace un par de años. Cuando todavía era un sargento.

—Ah, sí, Angus. Tenía el inquietante hábito de salirse del teatro a mitad de la representación. El trabajo, sin duda.

Platicaron sobre el trabajo policiaco, asuntos legales y aquellos pocos amigos mutuos y conocidos que pudieron identificar hasta que llegó la comida. McLean sólo estaba decepcionado a medias al descubrir que su salmón estaba escalfado en lugar de capeado y frito. No era que no apreciara la buena comida, más bien que rara vez tenía tiempo para eso. No pudo recordar la última vez que había estado en un restaurante como éste.

—¿No te has casado, Tony? —la pregunta de Carstairs era bastante inocente, pero provocó un silencio incómodo cuando McLean se dio cuenta de que sí recordaba la última vez que había estado en un buen restaurante como éste. Su acompañante entonces era mucho más joven, bonita y completamente inconsciente ante la pregunta de importancia vital para la cual él tuvo que armarse de valor.

—No —dijo, consciente de que su voz era inexpresiva, incapaz de hacer algo al respecto.

—¿Sales con alguien?

—No.

—Qué lástima. Un joven como tú debería tener una esposa que lo cuide. Estoy segura que a Esther le hubiera…

—Hubo alguien. Hace algunos años. Estábamos comprometidos. Ella… ella murió —McLean todavía podía ver su rostro, los ojos cerrados, la piel tan tersa como el alabastro e igual de blanca, los labios azules y el largo cabello negro extendido en torno a ella, estirado por el flujo helado e indolente del río Leith.[4]

—Lo siento. No lo sabía —la voz de Carstairs interrumpió sus recuerdos, y McLean supo, de alguna manera, que el anciano abogado mentía. No podía haber muchas personas en la ciudad que no recordaran la historia.

—Dijo que necesitaba verme acerca del testamento de mi abuela —dijo, aferrándose al primer tema que se le ocurrió.

—Sí, así es. Pero pensé que sería agradable ponerme al corriente con un antiguo amigo de la familia primero. No te sorprenderá descubrir que Esther te dejó todo, por supuesto. No tenía a nadie más a quién dejárselo.

—No había pensado mucho al respecto, para ser honestos. Me resulta difícil aceptar el hecho de que se haya ido. Tengo que repetirme que no debo ir al hospital a visitarla esta noche.

Carstairs no dijo nada, y continuaron comiendo en silencio por un rato. El abogado terminó su comida, se limpió la cara con la suave servilleta blanca. Sólo entonces habló.

—El funeral será el lunes. A las diez en Mortonhall. Una esquela apareció en el *Scotsman* de hoy.

McLean asintió y abandonó el resto de su comida. Aunque estaba deliciosa, había perdido el apetito casi por completo.

***

De regreso a su oficina, Carstairs, lo guio por una sala amplia en la parte trasera del edificio, que daba hacia un jardín bien cuidado. Un escritorio antiguo estaba ubicado en ángulo en una esquina de la habitación, pero Carstairs le indicó a McLean que se sentara en uno de los sillones de piel junto a la chimenea vacía antes de ocupar él mismo el otro mueble. Le recordó al inspector su plática con la superintendente el día anterior. Una gruesa carpeta sujeta con una cinta negra esperaba sobre la mesa baja de caoba que descansaba entre ellos. Carstairs se inclinó hacia adelante, levantó la carpeta y desató la cinta. McLean notó que se movía con notable agilidad y gracia para un hombre de su edad. Como un joven actor representando el papel de un anciano.

---

[4] Principal río que atraviesa Edimburgo. [N. de la t.]

—Éste es un resumen de las propiedades de tu abuela en el momento de su muerte. Hemos administrado sus asuntos por muchos años, desde que tu abuelo falleció, de hecho. Ella tenía un portafolio de acciones bastante extenso, además de su propiedad.

—¿Sí? —McLean estaba genuinamente asombrado. Sabía que su abuela era bien acomodada, pero nunca mostró señales de ser rica: sólo una ancianita que había heredado el hogar de un doctor que había trabajado duro y se había retirado con una pensión cómoda.

—Ah, sí. Esther era una inversionista bastante astuta. Algunas de sus recomendaciones sorprendieron incluso a nuestro propio departamento financiero, pero ella rara vez perdió dinero.

—¿Cómo es que yo no sabía nada de esto? —McLean no sabía si estaba sorprendido o molesto.

—Tu abuela me dio una carta poder mucho antes de que le diera el derrame cerebral, Anthony —la voz de Carstairs era suave, tranquilizadora, como si supiera que las noticias que portaba podrían ser perturbadoras—. También me pidió específicamente no revelarte sus activos antes de que muriera. Era muy chapada a la antigua en su manera de pensar, así era Esther. Sospecho que creía que te podrías distraer de seguir una carrera si supieras que ibas a heredar un patrimonio importante.

McLean no pudo discutir. Eso sonaba tanto a su abuela que casi pudo imaginársela, sentada en su sillón favorito junto al fuego, dándole un sermón sobre la importancia del trabajo duro. También tenía un travieso sentido del humor, y en algún lugar justo ahora se estaba muriendo de la risa. Se sorprendió al descubrir que se le formaba una sonrisa en los labios al pensar en ella. Era la primera vez en meses que la recordaba como una persona viva, vibrante, en lugar de la calabaza en que se había convertido, algo peor que estar muerta.

—¿Tiene alguna idea de a cuánto asciende? —la pregunta sonó mercenaria a sus oídos, pero no pudo pensar en nada más que decir.

—El avalúo de la propiedad es un estimado de nuestro departamento de traspasos. Las acciones están valuadas al cierre del mercado el día después de su muerte. Obviamente hay otros artículos; sospecho que el mobiliario y las pinturas en la casa valen algo, y hay algunas otras cosillas sueltas. Esther siempre tuvo un buen ojo. Carstairs tomó una hoja suelta de la parte superior del archivo y la colocó sobre la mesa, dándole vuelta para que McLean pudiera leerla.

La levantó con dedos temblorosos, intentando asimilar todas las diferentes columnas y cifras, hasta que sus ojos se enfocaron en un total subrayado y remarcado en la parte inferior.

—Demonios.

Su abuela le había dejado una casa enorme y un portafolio de acciones que valían mucho más de cinco millones de libras.

15

La oficina central de la Fuerza estaba en el camino de regreso a la estación desde las oficinas de Carstairs Weddell. Lo suficientemente cerca para que McLean sintiera que se justificaba la desviación. El hecho de que mientras más pospusiera su regreso, menor era la posibilidad de encontrarse con Duguid no tenía nada que ver con su decisión, por supuesto.

Necesitaba hablar con alguien sobre las fotografías de la escena del crimen, eso era todo. Al menos eso es lo que se dijo a sí mismo. Como siempre, la sección de Servicios Periciales estaba casi completamente vacía. La aburrida recepcionista presionó el botón para dejarlo pasar por los corredores desiertos, pero al menos aquí el aire acondicionado trabajaba. Abajo en el sótano, iluminado por estrechas ventanas en la parte alta de las paredes, encontró el laboratorio fotográfico, su puerta abierta y detenida con un banco de metal. Tocó, gritó "hola", y entró. La habitación estaba llena de máquinas que emitían un zumbido sordo; él no podría siquiera suponer la función de ellas. Un mostrador corría a lo largo de la pared del lado opuesto, bajo las ventanas ubicadas en lo alto, y una fila de computadoras con enormes monitores de pantalla plana parpadeaba y emitía pequeños sonidos. En el punto más lejano, una figura solitaria estaba encorvada frente a una fotografía borrosa. Parecía completamente absorta en la tarea que estaba realizando.

—¿Hola? –dijo McLean de nuevo. Entonces notó los cables blancos de los audífonos. Se acercó lentamente, intentando llamar la atención de la oficial. Pero mientras más se acercaba, más se escuchaba el barullo que provenía de sus audífonos. No había una manera sencilla de hacer esto.

—¡Jesús! Casi me da un ataque cardiaco –la mujer apretó una mano sobre su pecho, se quitó los audífonos y los dejó caer sobre el escritorio. El cable serpenteaba hasta la computadora frente a ella. McLean la reconoció ahora; ella había estado en la escena del robo buscando huellas, y en la casa de Smythe también.

—Discúlpeme. Intenté gritar...

—Sí. Está bien. Creo que tenía el volumen un poco alto. ¿Qué puedo hacer por usted, inspector? No es muy frecuente que uno de los altos funcionarios ande por aquí en el sótano.

—Está más fresco que mi sala de investigaciones –McLean no se quejó de que le recriminara su nivel; como el inspector más recientemente promovido de la fuerza, era más frecuente que se le tratara como el chico nuevo–. Y me preguntaba si usted tendría los originales de esas fotos de la escena del crimen de la casa en Sighthill.

—El Sargento Laird mencionó algo al respecto –alargó la mano para usar el mouse, hizo clic en varias ventanas a fin de cerrarlas en rápida sucesión. McLean creyó ver la imagen de las uñas en la escena del crimen de Smythe, pero antes de que pudiera estar seguro ya había desaparecido. Entonces la pantalla se llenó con una serie de fotografías que parecían idénticas entre sí.

—Cuarenta y cinco imágenes digitales de alta resolución de una parte del piso. Recuerdo que Malky se quejó de eso; usted lo hizo regresar a la habitación con el cuerpo. Extraño, en realidad. No es como si no hubiera fotografiado docenas en estos años, tal vez cientos. Perdón, estoy diciendo tonterías. ¿Qué es lo que quería ver?

McLean sacó su libreta, pasó las páginas hasta que encontró el primer dibujo. Dirigió su mente de regreso a la escena e intentó recordar lo que le había pedido al fotógrafo que retratara primero.

—Vi marcas en el piso, cerca del sitio donde habían tirado la pared. Se veían así –le mostró el dibujo. Ella hizo un clic sobre la primera imagen y se amplió hasta llenar la pantalla. Estaba el piso de madera liso, algo de escombros esparcidos en el bordo, pero no había marcas.

—Ése es definitivamente el sitio en que los vi. ¿Es posible que el flash los haya eliminado?

—Veamos –la oficial de Servicios Periciales hizo clic en su mouse, haciendo aparecer menús y seleccionando funciones con una velocidad asombrosa. Cualquiera que haya sido el programa que estaba usando, se sentía perfectamente cómoda con él. La imagen se volvió gris, se borró, tomó más brillo, perdió su contraste y se volvió un negativo. Aun así seguía siendo básicamente la misma. No había nada más que ver que no estuviera en el original.

—Nada, me temo. ¿Está seguro de que no eran tan sólo sombras? Las lámparas de arco pueden arrojar algunas bastante extrañas, especialmente en un espacio encerrado.

—Bien, es posible, supongo. Pero la posición me hizo pensar que había un círculo, con seis puntos marcados en él. Y usted sabe lo que encontramos oculto en las paredes en cada uno de esos puntos.

—Hmm. Bien, hay una cosa más que podría intentar. Jale una silla. Me llevará un minuto o dos procesarlo.

—Gracias… hmm, usted es la señora Baird, ¿correcto? —McLean se acomodó en la siguiente silla, notando que era mucho más cómoda que cualquiera de las que estaban en su oficina, y que hacía que las que estaban en la diminuta sala de investigaciones se sintieran como si fueran bancos de madera cubiertos de astillas. Servicios Periciales obviamente tenía un mejor presupuesto para equipo que el Departamento de Investigación Criminal. O un contador más creativo.

—Señorita, por favor. Pero sí, es correcto. ¿Cómo lo supo?

—Soy un detective. Es mi trabajo averiguar estas cosas —notó que su rostro se sonrojaba ligeramente bajo su desordenada mata de cabello negro azabache. Se rascó la naricilla chata por un reflejo, sus ojos se movieron rápidamente de regreso a la pantalla donde un reloj de arena poco convincente se vaciaba y giraba, se vaciaba y giraba.

—Bien, entonces, dígame esto, señor Detective Sabelotodo. Si es tan observador, ¿cómo es que no advirtió el letrero en la puerta que está allá? El que dice: "No entre sin autorización".

McLean miró hacia atrás sobre su hombro hacia el lado opuesto de la habitación. La puerta estaba completamente abierta hacia el corredor más allá, detenida por una silla atorada bajo la manija. No había un letrero en la puerta además del número de la habitación, B12. Miró de vuelta, perplejo, y se encontró con una amplia sonrisa.

—Lo atrapé. Ah, aquí estamos —se volteó hacia la pantalla, hizo clic en el mouse de nuevo para enfocar una esquina de la imagen recientemente procesada—. Intentemos mejorarla… sí, ahí lo tiene. Tenía razón.

McLean miró de cerca la pantalla, entornando los ojos para protegerse del brillo. Lo que hizo la oficial de Servicios Periciales convirtió la mayor parte de la imagen en blanco casi puro. Los escombros de la pared rota parecían flotar por encima del piso, grabados en el aire con delgadas líneas negras que formaban un marcado contraste. Y un poco más allá de ellas, con el más pálido tono de gris sobre el blanco, había algo de los patrones de signos que formaban espirales.

—¿Qué hizo?

—¿Lo entendería si se lo dijera?

—Probablemente no —McLean bajó la mirada hacia su libreta y después la subió hacia la pantalla. Había empezado a dudar de lo que había visto, y en verdad no le agradó a dónde lo llevaba esa línea de pensamiento.

—¿Puede correr ese programa en el resto de las fotos?

—Sí, seguro. Bien, voy a empezar con eso, luego haré que Malky haga el resto cuando llegue. Estará feliz de saber que no tomó esas fotos en vano.

—Gracias. Ha sido de una gran ayuda. Pensé por un momento que me estaba volviendo loco.

—Bien, quizás así sea. No entiendo cómo fue capaz de ver esas marcas, sea lo que sea su origen.

—Me aseguraré de preguntarle a mi optometrista la próxima vez que vaya a un chequeo —McLean se levantó de su asiento, guardó su libreta e hizo ademán de irse.

—Enviaré los archivos a su impresora. Lo estarán esperando para cuando llegue allá.

—¿Puede hacer eso? —las sorpresas nunca se agotaban.

—Sí, no es problema. Es mucho mejor que llevarlas en el auto hasta el otro lado de la ciudad. Por cierto, voy a su rumbo dentro de muy poco, de cualquier manera. Usted va a ir al bar con todos los demás, ¿no?

—¿Al bar?

—Sí. Duguid le va a comprar una bebida a todos los que participaron en la investigación Smythe. Me han dicho que no es frecuente que se ofrezca a pagar algo, así que me imagino que el sitio estará repleto.

—¿Dagwood pagando las bebidas? —McLean sacudió la cabeza con incredulidad—. Eso tengo que verlo.

16

Fiel a la palabra de la señorita-no de la señora Baird, una pila de fotografías recién impresas esperaba a McLean cuando regresó a la estación. Las bajó a la pequeña sala de investigaciones, por lo general vacía y silenciosa a finales de la tarde. En la pared, la chica muerta aún le devolvía la mirada, en un grito silencioso que duraba ya sesenta años, acusándolo de no hacer lo suficiente, de no descubrir quién era ella y quién la mató. La miró fijamente, después a cada una de las fotos, casi completamente blancas. Líneas negras y delgadas mostraban los bordes de los tablones del piso y rodeaban algún nudo ocasional de la madera. Apenas perceptible bajo las luces fluorescentes, un patrón sinuoso en gris pálido serpenteaba a través de cada fotografía.

McLean encontró un marcador permanente de punto fino e intentó trazar los bordes del patrón en la primera fotografía. Era casi imposible de percibir, pero mientras trabajaba a lo largo de la pila, las repeticiones se hicieron más obvias y la tarea más sencilla. Movió las mesas de nuevo contra las paredes, en un intento de hacer tanto espacio en el piso como fuera posible; después pasó media hora acomodando las fotografías en un círculo en el centro de la habitación. Mientras ponía la última pieza del rompecabezas en su lugar y examinaba lo que había hecho, una nube cubrió al sol que ya se ocultaba y el aire se enfrió súbitamente.

Se quedó de pie en medio de un complejo círculo formado por seis cuerdas entrelazadas. En seis puntos equidistantes alrededor de la circunferencia, se enroscaban en nudos fantásticos, formas imposibles que parecían retorcerse como serpientes cuando las miraba. Se sintió atrapado, su pecho oprimido parecía estar envuelto en vendas apretadas. Cuando las luces se atenuaron, el retumbar siempre presente de la ciudad en el exterior se redujo a casi nada. Podía escuchar su respiración al pasar por su nariz, sentir su corazón latir de manera lenta, rítmica. Intentó mover sus pies, pero estaban pegados al piso. Todo lo que podía mover era su cabeza.

Una sensación de pánico se apoderó de él, un temor primitivo, y las cuerdas se desenredaron lentamente frente a sus ojos. Entonces se abrió la puerta, desalineando algunas de las fotografías. Las luces regresaron. La opresión en su pecho desapareció y se sintió repentinamente mareado. En algún lugar a la distancia, lo que sonó como un aullido de ira hizo eco en la noche. Sus ataduras invisibles se rompieron, y McLean se tambaleó hacia el frente, sin equilibrio, cuando la Superintendente en Jefe McIntyre entró en la habitación.

—¿Qué fue eso? —inclinó la cabeza ligeramente, como si esperara escuchar un eco que nunca llegó. McLean no respondió. Estaba demasiado ocupado en recuperar el aliento.

—¿Está bien, Tony? Parece que hubiera visto un fantasma.

Se acuclilló y jaló las fotografías hacia él, empezando por el signo anudado que había estado desenredándose. En el papel brillante no era más que algunas líneas en marcador verde, pero aun así sentía los pelos de punta con sólo mirarlo.

—Me levanté demasiado rápido –dijo, y mientras pronunciaba las palabras, éstas cobraron sentido.

—Bien, ¿qué estaba haciendo ahí abajo, de todos modos?

McLean le explicó lo relacionado con las fotografías, las marcas que había visto y cómo lo habían guiado a los nichos ocultos. No dijo nada de su extraña alucinación. De alguna manera no creyó que la superintendente en jefe sería muy compasiva, y además, la visión se estaba desvaneciendo de su memoria, convirtiéndose en poco más que un sentimiento vago de intranquilidad.

—Démosles un vistazo –McIntyre le quitó las fotos, las hojeó y se detuvo en las que mostraban los seis puntos marcados.

—¿Significan algo para usted?

—En realidad no lo sé.

—Pensé que podría ser algún tipo de círculo de protección.

—¿Qué?

—Usted sabe, un círculo de protección. Una estrella de cinco puntas, velas, algo que atrapa al demonio en su interior cuando lo invocas, ese tipo de cosas.

—Sé lo que es un círculo de protección, es sólo que no estoy segura de cómo se le hace para arrestar a un demonio. Tenemos un pequeño problema y es que ellos no existen fuera de la imaginación de los autores de novelas amarillistas baratas y de los fanáticos del thrash-metal.

—Estoy consciente de eso, señora. Dios sabe que nuestro trabajo es lo suficientemente difícil tal como está sin que intervengan fuerzas sobrenaturales. Pero sólo porque los demonios no existan, eso no significa que alguien no crea lo suficiente en ellos como para matar.

—Tiene razón.

—Lo cual no hace más sencillo el rastrear exactamente qué tipo de locura originó esto, ¿sabe? —McLean se restregó los ojos y la cara en un vano intento de ahuyentar un poco su cansancio.

—Bien, si quiere saber acerca de círculos mágicos y adoración del demonio, entonces necesita hablar con Madame Rose, en Leith Walk.

—Ehh... ¿quiero saber eso?

—Confíe en mí. No hay muchos que sepan más sobre lo oculto que Madame Rose.

Por la manera en que habló, McLean no podía estar seguro de si le estaban tomando el pelo o no. Si así era, nunca jugaría poker con la superintendente en jefe. Decidió que si ella iba a ser honesta, él también lo haría.

—Entonces más vale que la visite. Podría hacer que me leyeran la suerte.

—Haga eso, Tony. Pero eso puede esperar por ahora —McIntyre mezcló las fotografías y las acomodó con firmeza sobre la mesa—. No vine a buscarlo para hablar sobre despertar demonios. No de este tipo, de todas maneras. Charles me ha estado hablando hasta el cansancio del caso Smythe. ¿Usted autorizó al agente MacBride a confiscar información de servicios migratorios?

McLean no había hecho eso de manera tan explícita, pero no estaba dispuesto a castigar al chico por su iniciativa.

—Sí, lo hice. Creí que era importante establecer el motivo, y quizá corroborar eso con algunos de los compañeros reclusos de Okolo. Su post mórtem arrojó algunas preguntas difíciles.

—Lo cual es precisamente la razón por la que debería hacer lo que solicitó el Inspector en Jefe Duguid, y dejar eso por la paz. Sabemos que Okolo estuvo en proceso de repatriación por más de dos años. No es agradable estar encerrado, especialmente si no crees haber hecho nada malo. Smythe era un visitante frecuente, así que todos ahí debieron conocerlo. Okolo escapó, rastreó al hombre que sentía era responsable de su tormento y lo asesinó en un arrebato de locura. Fin de la historia.

—Pero había otros hombres que escaparon. ¿Qué tal si tienen la misma idea? ¿Qué hay de los otros miembros del Consejo de Apelaciones de Inmigración?

—Todos los otros que se fugaron han sido capturados y regresados. Dos de ellos ya han sido repatriados. Okolo era un loco solitario. Puede que nosotros lo hayamos llevado a la locura, pero ése no es el punto. No hay evidencia que sugiera que alguien más estuvo involucrado en este asesinato. No puedo permitirme mantener tanto personal en esto, y francamente pensé que era un desperdicio de tiempo proseguir con la investigación.

—Pero...

—Simplemente déjelo ir, Tony —McIntyre miró su reloj—. Y como sea, ¿por qué no está en el bar? No es muy frecuente que Charles ofrezca pagar una bebida a todos.

—El Inspector en Jefe Duguid omitió informarme de sus planes —McLean supo que sonaba mezquino en el momento en que lo dijo.

—Oh, no sea un cabrón engreído. Vi al Agente MacBride y al Sargento Laird saliendo para allá hace rato, y ellos ni siquiera estaban en el caso. Prácticamente todo el turno de día se ha ido. ¿Qué se imagina que los oficiales jóvenes van a pensar de usted, encerrado aquí con sus extrañas fotografías? ¿Demasiado bueno para que lo vean con gente como ellos ahora que lo han hecho inspector?

Puesto de esa manera, McLean pudo ver que su comportamiento parecía irracional.

—Lo siento. A veces dejo que el caso me afecte. De verdad no me agradan los cabos sueltos.

—Y es por eso que es un inspector criminalista, Tony. Pero no por más de doce horas al día, al menos no en mi estación. Y ciertamente no el día después de la muerte de su abuela. Ahora vaya al bar. O vaya a casa. No me importa. Pero olvídese de Barnaby Smythe y Jonathan Okolo. Nos preocuparemos del reporte para el Fiscal mañana.

***

El interior del bar parecía una convención policiaca de segunda categoría. McLean compadeció a los parroquianos que no tenían nada que ver con el cuerpo de policía, aunque al mirar a la multitud no pudo ver ningún rostro que no hubiera visto antes en la estación ese día. La fiesta estaba muy avanzada; pequeños grupos se habían separado e invadido todas las mesas disponibles, evidenciando las amistades y alianzas, y aún más, las enemistades y desagrados. Duguid estaba en la barra, lo que le presentaba a McLean una especie de dilema. No quería estar en una posición en la que el inspector en jefe pudiera rehusarse a comprarle una bebida, y tampoco deseaba particularmente aceptar una si el hombre se la ofrecía. Pero era un poco tonto entrar y no tomar una cerveza.

—Ahí está, señor. Estaba empezando a pensar que nos había dejado plantados –McLean miró en torno suyo y vio a Bob el Gruñón de regreso del lavabo de caballeros –señaló una mesa en una esquina oscura, con un grupo de apariencia sospechosa apiñado en torno a ella–. Estamos por aquí. Dagwood sólo dejó uno de cincuenta en el bar, el muy tacaño. Ni siquiera bastó para invitar media pinta a cada uno.

—No sé de qué te quejas, Bob. No estabas en la investigación.

—Bueno, ése no es el punto. No puedes prometer comprarle una bebida a todos y pagar sólo la mitad.

Llegaron al reservado antes de que McLean tuviera tiempo de discutir. El agente MacBride estaba sentado en la esquina más lejana y la Agente Kydd junto a él. Bob se abrió camino más allá de la imponente masa de Andy Houseman y se dejó caer en un asiento, dejando que McLean se apretujara en la delgada banca junto a la señorita-no señora Baird.

—¿Conoce a Emma? Ha venido desde las vertiginosas alturas de Aberdeen –Bob el Gruñón pronunció el nombre del pueblo en una parodia ridícula de un acento Dórico.

—Sí, ya nos conocemos –McLean se deslizó en la banca.

—Así que logró llegar–dijo Emma mientras Bob el Gruñón levantaba una pinta de cerveza rubia y espumosa y se la pasaba a McLean, y luego tomaba la otra que había quedado en la mesa.

—Hasta el fondo, señor.

—Salud –McLean levantó su bebida en dirección de todos y tomó un sorbo. Estaba fría y húmeda y espumosa. Más de eso no podía decir, ya que no tenía un sabor perceptible.

—Recibí sus fotos, gracias por eso —se giró hacia la oficial de Servicios Periciales.

—Es parte del servicio. ¿Le sirvieron? Yo no pude ver nada en ellas más que una mancha blanca.

—Sí, estaban... bien —McLean se estremeció, recordando la extraña sensación de impotencia, el extraño y resonante alarido de furia. Se sentía como un sueño, o como si su imaginación estuviera trabajando horas extras. No, solamente se había levantado demasiado rápido después de estar acuclillado en el piso por tanto rato.

—¿Están hablando del trabajo? Sí, ¿verdad? —Bob el Gruñón sonrió triunfal, su tarro de cerveza prácticamente vacío. Le dio una palmada al Agente MacBride en el pecho—. Me debes diez, chico. Dije que el inspector sería el último en llegar y el primero en ser penalizado.

—¿De qué hablan? —preguntó Emma, una arruga de preocupación en su frente. McLean suspiró y sacó su cartera del bolsillo de su chaqueta. Iba a pagar la siguiente ronda de todas maneras. No era como si no pudiera permitírselo.

—Hablar de trabajo en el bar no está permitido, bajo pena de ser penalizado con una multa. Es una antigua tradición que se remonta a cuando Bob el Gruñón era sólo un agente de a pie, lo cual nos lleva a algún momento entre las guerras, ¿no es así, Bob? —sacó un billete de veinte libras y lo puso de un manotazo sobre la mesa, ignorando las protestas de Bob el Gruñón—. Stuart, haga los honores, ¿sí?

—¿Qué? ¿Por qué yo?

—Porque es el más joven.

Refunfuñando, el Agente MacBride se separó de su cómodo rincón, tomó el dinero y se encaminó al bar.

—Y asegúrese de que sea una cerveza decente esta vez.

***

Mucho más tarde McLean se despidió de un taxi lleno de agentes y expertos de servicios periciales ebrios. Andy el Grande se había marchado antes, para ir a casa con su esposa y su pequeño, lo cual dejaba únicamente a Bob el Gruñón para acompañar a McLean en el camino a casa, y a juzgar por su estado, para dormir en la habitación de invitados. No sería la primera vez, y no era como si su señora lo estuviera esperando tampoco; ella se había marchado hacía muchos años.

—Es una chica agradable, esa Emma, ¿no lo crees?

—¿No crees que eres un poco viejo para echarte la soga al cuello de nuevo, Bob? –McLean esperaba recibir un puñetazo juguetón en el hombro, y no se decepcionó.

—No para mí, lunático. Estoy hablando de ti.

—Sé que así es, Bob, y sí, es agradable. Tiene un gusto extraño para la música, pero eso es sólo un punto menor. ¿Sabes algo más acerca de ella?

—Sólo que se transfirió hace unos pocos meses. Es de Aberdeen –Bob el Gruñón sacó a relucir su terrible acento de Aberdeen una vez más.

—Sí, ya lo dijiste.

—No hay mucho más por saber. La gente de Servicios Periciales tiene una buena opinión de ella, así que debe ser buena en su trabajo. Y es bueno tener una cara bonita por aquí en lugar del montón de amargados de siempre.

Se quedaron en silencio por un rato, caminando por la calle a un mismo ritmo, como un viejo sargento entrecano y su no-tan-joven agente marcando el paso en su patrullaje nocturno. El aire estaba fresco, el cielo sobre sus cabezas oscuro con un toque de anaranjado; ya no se podían ver las estrellas, había demasiada contaminación lumínica. Inesperadamente, Bob el Gruñón se detuvo a mitad de un paso.

—Supe lo de tu abuela, Tony. Lo siento. Era una gran mujer.

—Gracias, Bob. ¿Sabes? Me resulta difícil creer que se ha ido realmente. Siento que debería estar usando ropa negra y mesándome el cabello. Quizá podría ensayar cómo lamentarme a gritos y rechinar de dientes. Pero es extraño. Me siento más aliviado que triste. Ella estuvo en coma demasiado tiempo.

—Tienes razón. Es una bendición en realidad –siguieron caminando y dieron la vuelta a la esquina en la calle en que vivía McLean.

—Vi a su abogado hoy. Ella me dejó todo, ¿sabes? Es una suma bastante considerable.

—Por Dios, Tony, no vas a dejar el cuerpo de policía, ¿o sí?

La idea no se le había ocurrido hasta ese momento, pero McLean se tardó cinco segundos completos en contestar.

—Cielos, no, Bob. ¿Qué haría yo? Y además, si me fuera, ¿quién te cubriría mientras estuvieras leyendo el periódico todo el día?

Llegaron a la puerta principal del edificio de departamentos y McLean advirtió la misma piedra estratégicamente colocada, en franca derrota de la cerradura.

—¿Estás bien para llegar a casa, Bob, o quieres quedarte en la cama extra?

—No, voy a caminar un poco, tomaré un poco de aire. Quién sabe, quizás hasta podría estar sobrio para cuando llegue a casa.

—De acuerdo. Que descanses.

Bob el Gruñón dijo adiós con la mano sin darse la vuelta mientras se alejaba caminando por la calle. McLean se preguntó qué tan lejos llegaría antes de detener un taxi.

17

SISTEMAS DE SEGURIDAD PENSTEMMIN OCUPABA UNA GRAN ÁREA de tierra reclamada a lo largo de la orilla de la desembocadura, entre Leith y Trinity. El edificio mismo era una bodega moderna sin rasgos peculiares. Podría haber sido una tienda de Hágalo Usted Mismo o un centro de atención telefónica a clientes, aunque ésos normalmente no estaban rodeados por cercas de alambre de cuchillas, sensores de movimiento y más cámaras de circuito cerrado de televisión que una prisión promedio. Las paredes estaban pintadas de gris acorazado, y una franja de cristal entintado corría alrededor del edificio, justo bajo los aleros del techo ancho y bajo. En la esquina más cercana, éste se extendía hasta el suelo y hasta un pequeño vestíbulo.

El agente MacBride estacionó el auto del departamento de policía en el único espacio marcado para visitantes. El Vauxhall Vectra blanco se veía muy fuera de lugar junto a los relucientes BMWs y Mercedes 4x4 cuatro. El director, advirtió McLean, podría venir a trabajar aquí en su Ferrari nuevo.

—Parece que estamos en el negocio equivocado —siguió al agente a través del estacionamiento, mientras disfrutaba la fresca brisa matutina proveniente del estuario. La cara de MacBride estaba pálida, sus ojos abotagados tras el exceso celebratorio de la noche anterior. Era indudable que los tequilas que había estado tomando al parejo con la agente Kydd le habían privado de algunos millones de células cerebrales que aún funcionaban. Pareció desconcertado al principio, pero después notó la colección de autos costosos.

—Nunca imaginé que sería un entusiasta de los autos, señor. Dicen que ni siquiera posee uno.

McLean ignoró el deseo de investigar exactamente quiénes eran "ellos". Había cosas peores que se podían decir a espaldas de alguien.

—No tengo uno, pero eso no significa que no sepa nada al respecto.

Aunque ya se habían registrado en la puerta que permitía la entrada al complejo cercado, tuvieron que confirmar sus identidades por medio de un intercomunicador y un sistema de circuito cerrado de televisión antes de que les permitieran entrar al edificio. Los recibió finalmente una joven elegantemente vestida que llevaba el cabello agresivamente corto y un par de lentes rectangulares con un pesado armazón tan estrecho que ella debía haber visto al mundo como si se asomara por un buzón.

—¿Agente Criminalista MacBride? —extendió su mano en dirección de McLean.

—Eh, no. Soy el Inspector Criminalista McLean. Éste es mi colega, el Agente Criminalista MacBride.

—Oh, lo siento. Courtney Rayne —se estrecharon las manos y entonces la joven los guio por una serie de puertas de seguridad hacia el corazón del edificio. Era un sitio que semejaba una amplia caverna, abierto hasta un techo soportado por un enrejado de vigas en lo alto. Unidades de aire acondicionado de capacidad industrial bombeaban aire gélido hacia el interior del enorme espacio, lo que envió un escalofrío por la espalda de McLean.

El área estaba dividida en pequeños cuadrados por medio de muros divisorios para oficina. En cada uno, doce o más personas estaban sentadas ante pantallas individuales de computadora, con audífonos telefónicos sujetos a sus cabezas. McLean los vio hablar en dirección de los pequeños micrófonos que flotaban como avispas de día de campo frente a sus labios. El ruido era un fuerte barullo de voces, marcado por estallidos ocasionales de acción cuando un líder de equipo se apresuraba de una estación de trabajo a otra.

—Nuestro centro monitorea más de veinte mil sistemas de alarma por todo el cinturón central —dijo la señorita Rayne. McLean decidió que ella era definitivamente una "señorita", aun si estuviese casada.

—No tenía idea de que Penstemmin fuera una organización tan grande.

—Oh, no todos son sistemas Penstemmin. Operamos servicios de monitoreo para alrededor de dos docenas de compañías más pequeñas.

Los "pods"[5] en el extremo más lejano de la sala están dedicados a la región policiaca de Strathclyde, estos dos de aquí monitorean todos los sistemas de alarma en Lothian y Borders.

—¿Pods?

—Así llamamos a nuestros equipos, inspector. Cada grupo es un pod. No me pregunte por qué, no tengo idea.

La señorita Rayne los guio por el gran salón, a lo largo de un amplio pasillo que separaba las dos principales ciudades de Escocia, grandes como su enemistad de antaño. McLean observó a los pálidos trabajadores a distancia ante sus consolas. A medida que la mujer elegantemente vestida pasaba a su lado, agachaban la cabeza y simulaban estar ocupados aun si no estaban haciendo nada antes. No parecía un lugar feliz para trabajar; se preguntó cómo sería la rotación de empleados; si algunos se habían marchado con resentimiento.

En el extremo opuesto de la sala, unas escaleras conducían hasta un largo balcón. Oficinas con frente de cristal ocupaban todo lo largo del edificio, sus únicos ocupantes sin duda eran los propietarios de los vehículos llamativos que se encontraban en el estacionamiento exterior. Los trabajadores del piso muy probablemente tomaban el autobús para ir a trabajar, o se estacionaban en la calle afuera del complejo.

Tras caminar a lo largo el edificio para llegar a las escaleras, ahora tomaron el camino de regreso hacia el frente. McLean sospechó que había una manera más rápida que los podría haber llevado ágilmente desde el área de recepción al frente hasta esta oficina en el exterior, pero por alguna razón la señorita Rayne había querido mostrarles el gran salón. Tal vez era sólo una manera de impresionar al cuerpo policial con su profesionalismo; de ser así no había funcionado. McLean ya estaba cansado de Penstemmin Security Systems, y ni siquiera había empezado con el interrogatorio.

Llegaron a una puerta grande de cristal entintado, ubicada en medio de una pared del mismo material que formaba un ángulo con la esquina del edificio. Su guía se detuvo sólo lo suficiente para tocar levemente, después empujó la puerta para abrirla y anunció su llegada.

—¿Doug? Aquí está el Inspector McLean del Departamento de Investigación Criminal de Lothian y Borders.¿Recuerdas al agente que lla-

---

[5] Grupos de estaciones de trabajo. [N. de la t.]

mó? –para cuando McLean cruzó el umbral, el hombre al que ella se dirigía se había levantado de su asiento detrás de un enorme escritorio y había empezado su largo viaje a lo largo de la enorme extensión vacía de su oficina. Olvídense de los pods, se podía llenar esto con agua y mantener a media docena de ballenas ahí.

—Doug Fairbairn. Un placer conocerlo, inspector. Agente –era todo sonrisas; dientes blancos brillantes en un rostro tostado por el sol. Llevaba una camisa suelta con pesadas mancuernillas de eslabones de oro en los puños, una corbata pulcramente anudada alrededor de su cuello. Su chaqueta colgaba del respaldo de su silla, y los pantalones de su traje estaban costosamente diseñados a la medida para esconder una creciente barriga.

—Señor Fairbairn –McLean tomó la mano que se le ofrecía y la estrechó; percibió un apretón firme. Fairbairn exudaba confianza. O arrogancia; era demasiado temprano para decir cuál de las dos–. ¿Ése de afuera es su Ferrari?

—Es un F430 Spider. Le gustan los autos, ¿no es así, inspector?

—Solía ir a Knockhill a ver las carreras cuando era pequeño. No tengo tiempo para eso ahora.

—El mío es demasiado potente para Knockhill. Tengo que ir al sur cuando corro. Lo llevé al Ring el año pasado. Pase, tome asiento –Fairbairn señaló en dirección a un sofá bajo de piel y a unos sillones grises, de estilo minimalista–. ¿Qué puedo hacer por usted, inspector?

Sin ofrecimiento de té y galletas. Sólo plática egocéntrica.

—Estoy investigando una serie de robos. Trabajos profesionales, se podría decir. Ciertamente no son el robo relámpago promedio. Por el momento sólo tenemos una tenue conexión entre ellos. Pero en cada uno de los últimos tres casos se habían instalado alarmas Penstemmin. Y en cada uno de esos casos las alarmas fueron evadidas sin que nadie se diera cuenta.

—Courtney, el archivo por favor –Fairbairn asintió en dirección a la adusta mujer de negocios, quien había permanecido de pie, cerca de la puerta. Ella se marchó, y regresó momentos después con una sola carpeta manila.

—Supongo que esto es acerca del reciente robo en el hogar de la señora Douglas. Muy lamentable, por supuesto, inspector. Pero hice que corrieran un análisis completo de los sistemas y no hay nada que sugiera que se manipuló la alarma.

—¿Su sistema registra cuando se pone una alarma, señor? —el Agente Criminalista MacBride tenía su libreta fuera, su lápiz preparado.

—Sí, así es, agente. El señor Douglas tenía una instalación de primerísima calidad. Nuestro sistema de cómputo registra que la alarma se puso a... —Fairbairn abrió la carpeta y extrajo una hoja impresa— las diez treinta de la mañana de la fecha en cuestión. Se apagó de nuevo al cuarto para las tres en la tarde. El monitoreo registró algunos picos de electricidad durante ese lapso, pero no hay nada inusual en ello. El suministro de la ciudad es notoriamente deficiente.

—¿Pudo alguien evadir la alarma? No sé, ¿reinicializar el registro de monitoreo?

—Técnicamente es posible, supongo. Pero necesitaría acceso a nuestra computadora central, la cual está detrás de una puerta de acero de un pie de grosor en el sótano. Eso significa que tendría que entrar aquí primero, lo cual puedo asegurarle que no es fácil. Y tendría que conocer nuestros sistemas al derecho y al revés, además de conocer las últimas contraseñas. Aun en ese caso es muy probable que dejara un rastro. Hemos hecho que los mejores expertos en seguridad informática en el sector evalúen todo nuestro sistema. Es virtualmente a prueba de errores.

—Así que si el sistema fue eludido, ¿entonces tendría que haber sido un trabajo interno? —McLean disfrutó la expresión de pánico que sus palabras llevaron al rostro de Fairbairn.

—Eso no es posible. Nuestro personal pasa por un riguroso proceso de investigación. Y nadie tiene acceso a todas las partes del sistema. Nos enorgullecemos de nuestra integridad.

—Por supuesto que así es, señor. ¿Podría decirme quién instaló el sistema del señor Douglas?

Fairbairn miró en la carpeta, pasó las páginas nerviosamente. No se veía tan confiado ahora.

—Carpenter —dijo después de un rato—. Geoff Carpenter. Es uno de nuestros mejores instaladores. Courtney, ¿puedes ver si Geoff está afuera haciendo un servicio en este momento? Si no es así, haz que venga, ¿sí?

La señorita Rayne desapareció una vez más de la habitación. El sonido de una conversación telefónica apagada entró por la puerta, todavía abierta.

—Asumo que quiere hablar con él —dijo Fairbairn.

—Eso ayudaría, ciertamente –contestó McLean, mirando al hombre fijamente–. Dígame, señor Fairbairn. La señorita Rayne dice que usted provee servicios de monitoreo para otras compañías de alarmas de este centro. ¿Podría darme una lista de sus nombres?

—Ésa es información confidencial, inspector –Fairbairn titubeó por un instante, juguetó con sus dedos con mucho menos destreza que Bob el Gruñón. Finalmente se limpió las palmas de las manos en sus costosos pantalones de seda–. Pero me atrevo a decir que podría dársela. Después de todo, nosotros trabajamos en cercana colaboración con todos los cuerpos policiacos de Escocia.

—Le simplificaré las cosas. ¿Los nombres Secure Home, Lothian Alarm Systems y Subsisto Raptor significan algo para usted?

La expresión de alarma de Fairbairn se intensificó.

—Yo... eh, este, sí, inspector. Nosotros monitoreamos las instalaciones en Edimburgo para esas tres compañías.

—¿Por cuánto tiempo ha tenido este arreglo con ellos, señor Fairbairn? –el Agente MacBride pasó una página en su libreta y lamió la punta de su lápiz. El chico había estado mirando demasiados programas de policías en la televisión, pensó McLean, pero su efecto era divertido de observar.

—Oh, eh, déjeme ver. En realidad compramos Lothian hace sólo un par de meses, pero habíamos llevado sus operaciones de soporte por cerca de cinco años. Secure Home empezó a utilizar nuestros servicios hace dos años. Subsisto Raptor se nos unió hace aproximadamente dieciocho meses. Puedo encontrar las fechas exactas si así lo desea. Éstos son los incidentes similares a que se refería, ¿estoy en lo correcto?

—Ésos son, de hecho, señor Fairbairn.

—Espero que no esté intentando insinuar...

—No estoy insinuando nada, señor Fairbairn. Simplemente estoy siguiendo una línea de investigación. No creo que su compañía esté intentando estafar a sus clientes sistemáticamente. Eso sería estúpido. Pero hay una fuga en algún lugar de su sistema y pretendo encontrarla.

—Por supuesto, inspector. No espero nada menos. Pero por favor tome en cuenta que nuestra reputación lo es todo. Si se esparciera el rumor de que nuestro sistema está fallando, cerraríamos en menos de un año.

—Usted sabe que ésa no es mi intención, señor Fairbairn. Compañías como la suya hacen nuestro trabajo mucho más sencillo, en general. Pero voy a atrapar a quien esté haciendo esto.

***

—Algo se me escapa, agente.

—¿Señor?

—Algo obvio. Algo que debí ver desde un inicio.

—Bueno, Fairbairn no nos está diciendo todo, eso es seguro.

—¿Qué? Ah, no. Disculpe. Estaba pensando en la chica muerta.

Estaban conduciendo por Leith Walk, de regreso a la estación. Lejos de la costa y encerrado por los altos edificios a ambos lados, el creciente calor del día volvía el auto opresivo. McLean tenía la ventanilla abierta, pero su avance era demasiado lento para crear una brisa notoria, el tráfico estaba detenido por algo más adelante.

—Tome la siguiente salida a la izquierda —McLean señaló una estrecha calle lateral.

—Pero la estación está más adelante, señor.

—No quiero regresar todavía. Quiero darle otra mirada a ese sótano.

—¿En Sighthill?

—Vamos a llegar mucho más rápido si deja de hacer preguntas tontas.

—Sí, señor. Disculpe, señor —MacBride maniobró el auto hacia el carril para autobuses, avanzó lentamente y dio la vuelta. McLean se arrepintió de haberle hablado con dureza, y se preguntó por qué se había puesto de mal humor de repente.

—¿Qué sabemos sobre esta chica?

—Eh, ¿qué quiere decir, señor?

—Bien, piénsalo. Es joven, pobre, vestida con su mejor ropa. ¿Qué estaba haciendo cuando fue asesinada?

—¿Iba a una fiesta?

—Tomemos esa idea. Una fiesta. Ahora asumamos que la fiesta era en la casa en que la encontramos. ¿Qué sugiere eso?

Se hizo un silencio mientras sorteaban el laberinto de caminos en torno a Holyrood Palace.

—¿Que quien haya sido propietario de esa casa cuando la mataron sabía del asesinato?

—¿Y de quién era la casa?

—Le pertenecía al Banco Farquhar. Los títulos de propiedad mostraban que la adquirieron en 1920, y la mantuvieron hasta que los compró Mid-Eastern Finance hace dieciocho meses.

—Bien, permítame parafrasear eso. ¿Quién vivía en la casa? De hecho, ¿quién manejaba el Banco Farquhar antes de que se vendiera?

—No estoy seguro, señor. ¿Alguien llamado Farquhar?

McLean suspiró. Definitivamente había algo que se le escapaba.

—Necesitamos hablar con Mid-East Finance. Deben tener algo de personal del antiguo banco en su nómina. O al menos deben tener registros de quién trabajó ahí. Ve si puedes concertar alguna reunión cuando regresemos a la estación.

—¿Quiere regresar ahora, señor?

—No. Quiero ir y mirar la casa de nuevo. Tarde o temprano voy a tener que dejar que McAllister continúe con su trabajo. Sé que Servicios Periciales ha limpiado todo el lugar. Pero necesito verlo yo mismo una vez más.

***

Un edificio desierto les dio la bienvenida, las casetas prefabricadas estaban cerradas. Pesados tablones de madera contrachapada cubrían las ventanas de la planta baja y un sólido pasador y candado negaban la entrada por la puerta. McLean le indicó a MacBride que se pusiera al teléfono para conseguir una llave, y se fue caminando por el terreno para ver qué podía encontrar.

De manera inusual para una casa de este tipo, la torre ornamental estaba en la parte trasera. Por el número de tejas rotas y yeso descascarado tirados en el jardín, McLean supuso que nadie había vivido en la casa por muchos años. Las zarzas se entrelazaban al subir por las paredes húmedas hacia las ventanas rotas del primer piso, y lo que alguna vez debió ser césped estaba salpicado con retoños de tamaño considerable de un sicómoro cercano. Todo estaba rodeado por una alta barda de piedra coronada con vidrios rotos, fijados con argamasa que ya se estaba desmoronando. Un sendero bastante gastado llevaba a una pequeña entrada con forma de arco. La antigua puerta de madera yacía entre la maleza, pudriéndose, el hueco que dejó estaba ahora cubierto con más madera contrachapada. Tommy McAllister era obviamente mucho menos hospitalario con los adictos y vándalos de Sighthill que el Banco Farquhar.

Diez minutos después llegó un chofer con las llaves. McLean comprobó que era la joven agente que había vigilado el sitio la noche que el cuerpo fue descubierto.

—¿Va a terminar con este lugar pronto, señor? Es sólo que he tenido a ese Tommy McAllister en el teléfono tres veces al día, hablando sin parar acerca de pagarles a los trabajadores por no hacer nada –abrió el candado y guardó la llave.

—Tendré eso en mente, agente, pero no estoy llevando a cabo esta investigación para comodidad del señor McAllister.

—Sí, lo sé, señor. Pero usted no tiene que soportarlo, ¿o sí?

—Bien, si se queja, dígale que se dirija conmigo –dijo McLean.

—Eso haré, señor. Y les encargo que cierren cuando terminen –la agente se dio la vuelta, y se encaminó de regreso a su patrulla. McLean sacudió la cabeza y entró en la antigua casa, cayendo en la cuenta de que todavía no sabía el nombre de la agente.

La cinta policial prohibía la entrada al sótano, pero cuando pasó por debajo de ella y bajó las escaleras de piedra, McLean estuvo seguro de que alguien había entrado y puesto orden en algunos elementos. Los escombros de yeso alrededor del agujero que puso al descubierto la cámara oculta habían desaparecido, ahora sólo había baldosas despejadas. Era posible que Servicios Periciales hubiera limpiado antes de marcharse, pero habría sido la primera vez en la historia del departamento de policía.

Sacó su linterna, pasó por el pequeño agujero y entró en la habitación circular. Se sentía muy diferente ahora que el cuerpo de la pobre mujer torturada había sido retirado. Estaban los seis pulcros agujeros, colocados a intervalos regulares en torno a la pared con acabados de yeso liso. Se asomó a cada uno de ellos, por turno, sin esperar encontrar mucho más. Eran simples nichos, realizados al retirar algunos de los ladrillos que cubrían todo el sótano. Debajo de cada uno, una pequeña pila de yeso y unos rayos de madera mostraban cómo habían sido ocultados.

—¿Aquí es donde la encontraron? –McLean se dio la vuelta y vio al agente MacBride parado en la entrada, bloqueando la luz de los focos desnudos en el exterior. Él no había estado en la escena del crimen antes, comprendió McLean.

—Éste es el sitio, agente. Entre y eche un vistazo. Dígame lo que ve.

MacBride tenía una linterna más grande que la suya, advirtió McLean. Podría haber sido parte del equipo estándar del auto de flotilla, pero lo dudaba. El agente caminó lentamente alrededor de la estancia, dirigió su luz hacia el techo, después al piso y a los cuatro pequeños agujeros donde habían metido los clavos. Finalmente miró las paredes, pasó su mano sobre el yeso.

—Es una pesadilla cubrir de yeso una habitación redonda –dijo–. Quien haya hecho esto era un constructor hábil.

McLean lo miró fijamente. Entonces miró de nuevo los nichos y el arco de la puerta original que había sido tapiada para esconder el horrible crimen. ¿Cómo pudo ser tan estúpido?

—Eso es.

—¿Eso es qué?

—El trabajo que se hizo aquí. Ocultar los nichos, tapiar la puerta. Se necesitaría un constructor para hacer eso.

—Bueno, sí.

—Y si seguimos la teoría del ritual, eso sugeriría hombres educados. Si ellos vinieran a fiestas en lugares como éste, entonces además serían hombres acomodados.

—¿Y?

—Hace sesenta años, los hombres acomodados no hacían proyectos de hágalo usted mismo. No distinguirían una aplanadora de un pico.

—No veo...

—Piénselo, agente. Los órganos estaban escondidos en los nichos, lo que significa que el enyesado ocurrió después de que la chica fue asesinada. Quienes hayan hecho esto, tuvieron que emplear a alguien para que terminara el trabajo. Y esa persona debe haber visto lo que estaba aquí. Ahora ¿cómo supone que los asesinos evitaron que hablara sobre lo que había visto?

—¿Lo mataron después de que hiciera el trabajo?

—Exactamente. No hay manera de que lo dejaran vivir.

—¿Pero eso en qué ayuda? Quiero decir, si está muerto, entonces... Bueno, eso es todo. ¿Y si escondieron su cuerpo?

—Olvida algo, agente. No podemos empezar a buscar a la chica por medio de la unidad de personas desaparecidas porque no sabemos nada de ella. Pudo haber sido una vagabunda, una extranjera, cualquier cosa. Pero quien haya enyesado esta habitación ocultó estos nichos. Era un obrero calificado, y probablemente de la localidad.

—¿Pero no pudo ser uno de ellos? Uno de los seis, quiero decir.

McLean hizo una pausa, su tren de deducción descarrilado por la lógica implacable de MacBride. Entonces recordó los artículos colocados en los nichos. Una mancuernilla de oro, la pitillera, la caja netsuke, el pastillero, el alfiler para corbata. Sólo las gafas podrían haber pertenecido a un obrero en los cuarenta, y aun entonces era improbable, ¿o no?

—Es posible –concedió–. Pero creo que es poco probable. Y por ahora es la mejor línea de investigación que tenemos. Podríamos tener que revisar veinte años de registros de periódicos, pero algo habrá acerca de un yesero desaparecido. Encontrémoslo y podremos descubrir para quién trabajaba.

18

—O<small>H, SEÑOR</small> M<small>C</small>L<small>EAN</small>. U<small>N MINUTO, TENGO UN PAQUETE PARA USTED</small>.

McLean se detuvo al pie de la escalera, intentando no inhalar el olor a orina de gato. La anciana señora McCutcheon debía haber estado sentada en su pequeña salita interior, esperando a que llegara. Dejó la puerta abierta mientras desaparecía de nuevo en las profundidades de su departamento. En cuanto se fue, un delgado gato negro salió serpenteando, meneando la cabeza mientras olisqueaba el aire. Por un momento McLean tuvo la loca fantasía de que la anciana era una bruja y se había convertido en esta criatura. Quizá tenía el hábito de vagar por las calles de Newington por las noches, asomándose a las ventanas y viendo lo que todos estaban haciendo. Eso ciertamente explicaría cómo sabía tanto sobre lo que pasaba.

—Me dio mucha tristeza saber lo de su abuela. Era una buena mujer –la señora McCutcheon regresó con un paquete grande agarrado en sus manos arrugadas y temblorosas. El gato serpenteó en torno a sus piernas, amenazando con tirarla. Hasta ahí llegaba esa teoría.

—Gracias, señora M. Es muy amable de su parte –McLean tomó el paquete antes de que ella lo tirara.

—Eso sí, no tenía idea de que había hecho tanto con su vida. Y perder a su hijo de esa manera y... oh –los ojos de la señora McCutcheon encontraron los suyos por un momento, y entonces ella bajó la mirada al piso–. Oh. Lo siento. Por supuesto. Debe haber sido su padre.

—Por favor, señora M. No se preocupe –dijo McLean–. Fue hace mucho tiempo, después de todo. ¿Pero cómo supo de esto?

—Ay, está en el periódico –desapareció de nuevo en el departamento, apareciendo momentos después con la edición de ese día del *Scotsman*–. Ten, puedes quedártelo. Ya lo leí todo.

McLean le agradeció de nuevo, después subió las sinuosas escaleras de piedra hasta el piso superior y a su propio departamento. La contestadora prendía y apagaba un gran número dos de color rojo; presionó el botón, bajó el paquete y el papel mientras la diminuta cinta se rebobinaba.

—Hola, Tony, soy Phil. Guarda tus esposas y encuéntranos en el bar a las ocho. Jen me dice que has andado de gallina y quiero saber todos los detalles.

El aparato emitió un pitido, después reprodujo el segundo mensaje.

—¿Inspector McLean? Soy Jonas Carstairs. Únicamente para confirmar que el funeral se programó para el mediodía del lunes. Hice arreglos para que un auto lo recoja a las once. Llámeme si necesita algo más. Tiene los teléfonos de mi casa y de mi celular. Oh, debería recibir un paquete durante el fin de semana. Sólo son copias de todos los documentos legales y otras cosas relacionadas con la herencia de su abuela. Pensé que le gustaría darles un vistazo. Podemos discutir los detalles después.

McLean miró el paquete. Estaba marcado con el matasellos de Carstairs Weddell. Lo abrió y extrajo un grueso manojo de papeles, aún con un ligero olor a fotocopiadora. La hoja superior llevaba una florida escritura que rezaba "Última Voluntad y Testamento", y estaba a punto de leerla cuando la contestadora emitió un pitido una vez más.

—Por favor ayúdame. Por favor encuéntrame. Por favor sálvame. Por favor. Por favor.

La voz hizo que un escalofrío subiera por su espalda. Era una joven, tal vez una niña. Su acento le resultaba extraño. Escocesa, de la costa este, pero no de Edimburgo. Miró la máquina contestadora; la luz roja de LED marcaba "2". Dos mensajes. Presionó *Play* de nuevo, esperó con impaciencia mientras la cinta se rebobinaba. La voz alegre de Phil se escuchó, después Jonas Carstairs. Luego nada. La máquina hizo un ruido sordo y se detuvo.

Rebobinó y reprodujo los mensajes dos veces más. Todavía eran sólo dos. Entró a su estudio, buscó en su escritorio una vieja máquina de tomar dictado, luego pasó diez minutos buscándole unas baterías. Puso la grabación de la contestadora en la máquina, la reprodujo desde el inicio. Estaba el mensaje de salida; ¿en realidad su voz sonaba tan triste y aburrida? Después un pequeño espacio seguido del mensaje de Phil. Otro breve espacio y entonces Jonas. Un montón de mensajes antiguos sobre los que no se habían grabado nuevos todavía, pero nada que sonara remotamente como lo que escuchó antes. O lo que pensó escuchar. Y después el silencio. Dejó que corriera un poco más, entonces presionó *fast forward*. El dictáfono reproduciría cualquier cosa que hubiera estado grabada, pero en velocidad rápida. Debería ser capaz de oír a la chica. Pero sólo había un espacio y luego una sucesión de mensajes muy antiguos que duraban varios minutos. Después silencio.

¿Lo había imaginado? Parecía una extraña alucinación si ése era el caso. Y aun así la cinta avanzó rápidamente en silencio hasta que llegó al final. La sacó, le dio vuelta y presionó *Play*.

—Hola, éste es el teléfono de Tony y Kirsty. Estamos demasiado ocupados remediando errores y luchando contra el crimen para contestar en este momento. Tendrá que dejar un mensaje después del tono.

McLean se dejó caer lentamente de rodillas, los músculos de sus piernas ya no estaban preparados para sostener su peso. Estaba vagamente consciente de la habitación en torno suyo, pero era un sitio más oscuro, indistinto. Su voz. ¿Cuántos años habían transcurrido desde que oyera su voz? Ese último, fatídico, mentiroso, "nos vemos después". Y todo el tiempo había estado en esta cinta en esta estúpida máquina.

Sin pensar, presionó *rewind* y reprodujo el mensaje de nuevo. Sus palabras hicieron eco en el departamento vacío, y por un momento se sintió como si el ruido de la ciudad se desvaneciera. Miró alrededor de la habitación, vio las mismas viejas fotografías en la pared; la alfombra, un poco gastada ahora, cubriendo los tablones pálidos y pulidos del piso; la estrecha mesa junto a la puerta donde residían el teléfono y sus llaves. Ellos habían comprado esas cosas en el lugar de rescate de arquitectura antigua en Duddingston. Construir el nido, lo había llamado Phil. Tan poco había cambiado en su departamento desde que Kirsty murió. Se había ido tan súbitamente que incluso había dejado atrás su voz.

El timbre de la puerta sobresaltó a McLean, sacándolo de su melancolía. Por un momento consideró no contestar, fingir que había salido. Podía pasar una noche escuchando la voz de su mujer y soñando que podría regresar. Pero sabía que eso era imposible. Había visto su cadáver frío colocado sobre la losa. Vio cómo su ataúd se deslizaba detrás de la cortina final. Así que levantó el intercomunicador.

—¿Sí?

Era Phil. McLean presionó el botón para abrir la puerta mientras caía en la cuenta de que los estudiantes del piso de abajo olvidaron dejarla abierta. Abrió un poco su propia puerta y escuchó el sonido de sus pisadas subiendo. Eran más de un par, así que Phil debía traer a Rachel consigo. Eso era inquietante; su antiguo compañero de departamento siempre venía de visita solo.

Irrumpieron en el departamento, Phil, Rachel y Jenny, riendo por alguna broma que compartieron durante la subida. Su risa murió con demasiada rapidez.

—Por Dios, Tony. Parece que hubieras visto a un fantasma –Phil entró en el vestíbulo como si aún viviera ahí; las dos jóvenes permanecieron indecisas en la entrada. Por un momento, McLean sintió un amargo resentimiento por su presencia. Quería estar a solas con su miseria. Entonces se dio cuenta de lo tonto que resultaba. Kirsty se había marchado. Lo había aceptado hacía mucho tiempo. Escuchar su voz sólo lo había tomado por sorpresa.

—Me atraparon en un mal momento, disculpen. Señoritas, pasen. Pónganse cómodas. Sé que Phil lo hace –deslizó el dictáfono en su bolsillo, luego señaló hacia la puerta de la sala, esperando que estuviera ordenada. No podía recordar la última vez que había estado ahí–. ¿Alguien gusta algo de tomar?

***

Era extraño recibir mujeres en su departamento. McLean estaba acostumbrado a la dudosa compañía de Bob el Gruñón tras una celebración particularmente intensa al término de una investigación, y Phil venía por aquí vez en cuando, normalmente cuando acababa de terminar con una de sus estudiantes y necesitaba encontrar consuelo en una botella de whisky de malta. Pero no podía recordar la última vez que había tenido visitas. Le gustaba vivir solo y prefería socializar en el bar. Ésa era la razón de que su cocina estuviera mal abastecida. Encontró un paquete grande de cacahuates tostados pero se aproximaba el primer aniversario de su fecha de expiración y estaba inflado ominosamente, como el estómago de un muerto.

—¿Qué sucede, Tony? Si no te conociera diría que intentas evitarnos –se giró y vio a Phil parado en la puerta.

—Sólo busco algo de comer, Phil –McLean abrió una alacena a modo de demostración.

—Soy yo, Tony. Tu antiguo compañero de departamento, ¿recuerdas? Puede que seas capaz de engañar al consejero de manejo del estrés en el trabajo, pero te he conocido el tiempo suficiente. Algo pasa. ¿Se trata de tu abuela?

McLean miró la pila de papeles. Los había dejado sobre la mesa de la cocina junto con los reportes de robo y un archivo sobre la chica muerta. Un motivo más por el que prefería no tener invitados. Nunca sabías con qué se podían topar.

—No se trata de mi abuela, Phil. La perdí hace dieciocho meses. He tenido suficiente término para hacerme a la idea.

—¿Qué es lo que te molesta entonces?

—Encontré esto. Justo antes de que llegaran —McLean sacó el Dictáfono de su bolsillo, lo puso sobre la barra y presionó *Play*. El color se esfumó del rostro de Phil.

—Por Dios, Tony. Lo siento —se dejó caer pesadamente en una de las sillas de la cocina—. Recuerdo ese mensaje. Dios, debe ser de hace diez años. ¿Cómo es que…?

McLean empezó a explicarle, y sólo en ese momento recordó la voz de la desconocida que lo había hecho investigar la cinta de la contestadora en primer lugar. Debió ser producto de su imaginación, pero ahora se mezclaba con las palabras de Kirsty en una súplica desesperada de alguien fallecido hacía mucho tiempo, mucho más allá de su alcance. Tembló al pensarlo.

—Parece que te caería bien algo de compañía, amigo.

Phil tomó la bolsa sospechosa de cacahuates y clavó un dedo en la hinchazón antes de llevarla al cesto de la basura y dejarla caer en lo que de otra manera serían sus vacías profundidades.

—Y si Rachel y yo vamos a ayudarte a beber tu amplia colección de vinos, vamos a necesitar pizza.

—¿Así que la cosa entre tú y Rachel es seria?

—No lo sé. Tal vez. No me estoy haciendo más joven. Y me ha aguantado más que la mayoría —Phil se apoyó alternativamente en cada pie, metió las manos en los bolsillos e hizo una buena imitación de un escolar apenado. McLean no pudo evitar reír, y eso lo hizo sentir mejor al instante. Casi al mismo tiempo la música estalló desde la sala. The Blue Nile interpretaba "Tinseltown in the Rain" a un volumen demasiado alto, después bajó a un nivel que todavía resultaba poco amistoso. McLean se acercó rápidamente, con la intención de pedirles que bajaran el volumen, y entonces recordó las noches que los estudiantes de abajo lo habían mantenido despierto. Era viernes por la noche; todos en el edificio con excepción de la señora McCutcheon estarían fuera divirtiéndose, y ella estaba tan sorda como una tapia. ¿Por qué molestarse en guardar silencio?

Rachel estaba encaramada en la orilla del sofá; se veía ligeramente incómoda. Se animó cuando Phil entró en la sala justo detrás de McLean. Jenny estaba acuclillada frente a las repisas que cubrían una pared, revisaba su colección de discos. De espaldas, y con la música a todo volumen, no los sintió entrar.

—Como Tony es un solterón sin remedio, no hay comida en la casa, sólo bebida –dijo Phil por encima del ruido–. Así que vamos a pedir pizza.

—Creí que iríamos al bar –dijo Rachel. Al escucharla, Jenny levantó la mirada y se dio vuelta. Tomó el control del volumen del estéreo, le bajó a la música.

—Lo siento. No debí. Yo… –se puso nerviosa y se sonrojó.

—Está bien –dijo McLean–. Hay que ponerlos de vez en cuando o se les borra la música.

—No creo conocer a alguien que todavía tenga un tocadiscos. Y tantos discos. Deben valer una fortuna.

—Ése no es un tocadiscos, Jen –dijo Phil–. Ése es un sistema de sonido Linn Sondek, con un valor ligeramente mayor que el producto interno bruto de una pequeña dictadura africana. Seguramente le agradas mucho a Tony. A mí me cortaría las manos sólo por tocarlo.

—Déjate de cosas, Phil. Sé que solías tocar tu viejo disco de Alison Moyet cada vez que me iba.

—¡Alison Moyet! Me insulta usted, Inspector Criminalista McLean. Tendré que retarlo a duelo, señor.

—¿Las armas de siempre?

—Por supuesto.

—Entonces acepto su reto –McLean sonrió mientras Jenny y Rachel observaban, divertidas. Phil desapareció de la habitación, para regresar momentos después con dos esponjas del baño. Se deshacían de tan secas y estaban cubiertas de telarañas; nadie las había tocado en muchos años.

—Rachel será mi segunda. Jen, ¿harías los honores para nuestro anfitrión? –Phil hizo una reverencia, mientras le entregaba una de las esponjas–. En el pasillo, creo.

—Lo dices en serio, ¿verdad? –dijo Rachel. En el fondo, Neil Buchanan había empezado a cantar "Stay"; sus tonos lastimeros desentonaban con la creciente hilaridad.

—Por supuesto que sí, noble dama. Ha habido una afrenta al honor, y debe ser reparada –salió a grandes pasos al pasillo, y McLean lo siguió.

—Umm, ¿qué están haciendo? –preguntó Jenny mientras enrollaban la alfombra y la empujaban hasta una esquina del pasillo largo y estrecho.

—Un duelo con esponjas. Así es como solíamos resolver las discusiones cuando éramos estudiantes.

—Hombres –puso los ojos en blanco, entregó el arma y se retiró a una distancia segura mientras Phil tomaba su puesto en la puerta de la cocina.

***

Estaban limpiando el desorden cuando llegó el repartidor de la pizza. McLean no estaba muy seguro de quién había ganado, pero se sentía mejor de lo que había estado en muchos días. El cínico criminalista en su interior se dio cuenta de que Phil había maquinado toda la situación. Normalmente su antiguo amigo habría venido mucho más entrada la noche, muy probablemente solo. Habrían escuchado música deprimente y bebido whisky de malta, mientras se quejaban de la vida y de los terribles efectos de envejecer. Al traer a las dos hermanas con él, lo había convertido en algo más festivo. Un velorio para Esther McLean, y de un estilo que su abuela habría aprobado de todo corazón.

Exactamente qué habría opinado de Jenny, de eso no estaba tan seguro. Ella era bastante mayor que su hermana, lo cual la hacía probablemente de la misma edad que él. Se había quitado el atuendo que llevaba en la tienda, iba vestida de manera casual con pantalones de mezclilla y una blusa blanca sencilla. Sin el maquillaje que sin duda era parte de su rostro de trabajo, era atractiva de una manera un tanto desaliñada. No estaba muy seguro de por qué no lo había notado cuando se encontraron antes. Tal vez porque la iluminación en el Newington no la favorecía; muy probablemente porque su mente estaba llena de cuerpos mutilados.

—Una moneda por tus pensamientos –el objeto de sus cavilaciones se inclinó y se sirvió otra rebanada. Phil y Rachel estaban enfrascados en una conversación sobre una película que habían visto.

—¿Eh? Oh. Disculpa. Estaba a millas de distancia.

—Me di cuenta. No estás aquí muy seguido, ¿verdad? Así que, ¿dónde estaba, inspector? —ella usó el título como broma, pero caló hondo. Aun aquí, con vino, pizza y buena compañía, el empleo estaba en el trasfondo, sin dejarlo nunca solo.

—Me preguntaba si tu hermana convertirá a mi viejo amigo en un hombre respetable.

—Oh, lo dudo. Ella siempre ha sido una influencia corruptora.

—¿Hay algo de lo que deba advertir a Phil?

—Creo que es demasiado tarde para eso.

—¿No te preocupa que se relacione con un hombre mayor?

—Nah, ella siempre se sintió atraída por los amigos de su hermano mayor, y Eric es probablemente mayor que tú.

—Una familia moderna, entonces.

—Rae fue lo que podrías describir como un afortunado accidente. Yo tenía diez años cuando nació, Eric tenía catorce. ¿Y qué hay de ti, Tony? ¿Tienes hermanos escondidos por ahí?

—No que yo sepa, no. Estoy seguro de que mi abuela me habría dicho si hubiera otros McLeans merodeando por el mundo.

—Oh, lo siento. Eso fue insensible de mi parte. Phil me contó de su... fallecimiento —Jenny se enderezó en su asiento, con las manos apretadas recatadamente en su regazo, apenada.

—Para nada. Prefiero hablar de ella que evitar el tema. Tuvo un derrame cerebral hace dieciocho meses. Quedó en coma y nunca se recuperó. Ha estado muerta por más de un año, en realidad, sólo que no podía sepultarla y seguir con mi vida.

—Como haya sido, la querías mucho.

—Mis padres murieron cuando tenía cuatro años. No creo haber escuchado a mi abuela quejarse alguna vez de tener que criarme. Aun cuando había perdido a su único hijo. Ella siempre estuvo ahí, aun cuando... —pero lo interrumpió el repiquetear del teléfono en el pasillo. Por un momento pensó en dejar que la contestadora tomara la llamada. Entonces recordó que había sacado la cinta y se vio inundado por otros recuerdos—. Disculpa, es mejor que conteste. Podría ser del trabajo.

McLean dio un vistazo a su reloj mientras levantaba el teléfono. Era poco después de las once; ¿a dónde se había ido la noche?

—McLean —intentó evitar que se notara la irritación en su voz. Había una sola razón por la que alguien podría llamarle a esta hora.

—¿No está ebrio, o sí? —los tonos nasales de Duguid empeoraban en el teléfono metálico. McLean consideró su consumo de alcohol, quizá media botella de vino espaciada en tres horas o más. Y había comido también, lo cual no era común en él.

—No, señor.

—Bien. Envié a un auto a recogerlo. Debería llegar en cualquier momento —como si fuera por alguna perversa magia, el timbre de la puerta sonó.

—¿De qué se trata, señor? ¿Qué es tan importante que no puede esperar a la mañana? —sabía que la pregunta era estúpida desde el momento en que la planteó. Tal vez había bebido un poco más de lo debido.

—Ha habido otro asesinato, McLean. ¿Es eso lo suficientemente importante para usted?

19

La agente Kydd permaneció en silencio mientras conducían por la ciudad, lo cual hizo sospechar a McLean que tampoco debía estar de guardia cuando la llamaron. Pensó en pedirle más información sobre lo que estaba ocurriendo, pero pudo sentir las oleadas de resentimiento que emanaban de ella, y no quiso ofrecerse como blanco.

Resultó que su destino estaba a sólo unos pocos minutos de su departamento. Las patrullas proyectaban destellos azules sobre el empedrado de la avenida Royal Mile justo frente a la Catedral de San Giles, mientras los uniformados repelían a parranderos curiosos de viernes por la noche, ansiosos por dar una buena mirada a lo que fuera que estaba sucediendo. La agente se estacionó en medio del camino acordonado y McLean caminó hacia la camioneta de Servicios Periciales. La habían acercado de reversa tanto como era posible a un estrecho callejón entre las fachadas de dos tiendas. La tenue iluminación mostraba una línea de contenedores móviles de basura escondidos detrás de una verja de seguridad y un portón de hierro fundido. Más allá de donde estaban, un conjunto de escalones bajos de piedra conducían a la puerta de un edificio de departamentos.

—¿Dónde está el Inspector en Jefe Duguid? —McLean le mostró su placa a uno de los agentes que desenrollaban una cinta blanca y azul.

—No tengo idea, señor. No lo he visto por aquí. Servicios Periciales y el doctor están en el piso superior —el hombre miró hacia arriba y señaló hacia la parte alta del edificio de cinco pisos.

Jodidamente maravilloso, pensó McLean. Típico de Dagwood, enviarlo a deshoras en lugar de mover su inútil trasero. Avanzó dando fuertes pisadas más allá de la camioneta de Servicios Periciales y por el callejón;

estaba a punto de subir al edificio cuando una fuerte voz se elevó sobre el ruido nocturno.

—¡Hey! ¿A dónde demonios cree que va?

McLean se congeló en su lugar, miró en derredor hasta que vio una figura ataviada en un overol blanco que bajaba de los confines oscuros de la camioneta de Servicios Periciales. Cuando ella se paró en uno de los tenues remansos de luz, él reconoció a la señorita-no señora Emma Baird. Ella casi dejó caer la bolsa que llevaba.

—Oh-Dios-mío. Disculpe, señor. No me di cuenta de que era usted.

—Está bien, Emma. Asumo que no has terminado de examinar la escena, ¿cierto? –qué estúpido de su parte. Debería haber revisado antes de entrar.

—Al menos póngase un overol y guantes, señor. Los muchachos no van a estar muy felices si tienen que tomar muestras de la ropa de todos los colegas para hacer una eliminación –se dirigió de regreso a la camioneta y tomó un envoltorio blanco. McLean batalló para ponerse el traje, puso cubiertas de papel blanco sobre sus zapatos y guantes de látex sobre sus manos antes de seguir a la joven hacia arriba por una estrecha escalera de caracol.

Un domo de cristal a todo lo largo del techo habría iluminado el amplio rellano en la parte superior de las escaleras durante el día. A esta hora de la noche dos lámparas de pared proveían de iluminación, montadas cada una junto a la puerta de un departamento. Ambas puertas estaban abiertas, y las manchas de sangre en las paredes pintadas de blanco hacían imposible adivinar cuál era la correcta. McLean optó por seguir a la oficial de Servicios Periciales, pero ella se detuvo en la puerta por la que estaba entrando y señaló a la otra.

—Huellas de testigos para eliminación, señor. Su cuerpo está ahí dentro.

Sintiéndose como un idiota por no saber nada sobre la escena del crimen, o es más, en cuanto al crimen; McLean asintió en agradecimiento, se dio la vuelta y cruzó el rellano. Pudo oír voces a poco volumen dentro del departamento y se asomó por la puerta. El Sargento Andy Houseman estaba parado en el pasillo. No llevaba overol.

—Andy, ¿qué tienes para mí? –McLean hizo una mueca cuando el enorme sargento casi salta del susto.

—¡Jesús! Casi me da un ataque cardiaco —el hombretón miró en derredor, vio quién era y se relajó—. Gracias a Dios, un detective al fin. He estado en el maldito radio por las últimas dos horas.

—Bien, acabo de recibir la llamada hace unos veinte minutos, Andy. Así que no me culpes. Se supone que es mi fin de semana libre.

—Disculpe, señor. Es sólo que… Bueno, he estado atorado aquí todo ese tiempo, y no es un lugar agradable.

McLean miró por el pasillo del departamento. Estaba decorado lujosamente, el mobiliario antiguo atestaba el área habitable. Las paredes estaban cubiertas con una mezcla ecléctica de pinturas, inclinándose hacia un estilo moderno. Una imagen cercana llamó su atención y la examinó de más cerca.

—Es un Picasso, señor. Al menos creo que lo es. No soy un experto.

—Está bien, Andy. Asume que no sé absolutamente nada sobre este crimen. Ponme al día.

—El Agente Peters y yo estábamos patrullando la High Street cuando recibimos la llamada, señor. Eso debió ser cerca de las veinte horas. Allanamiento y asalto con violencia. Vinimos a esta dirección y encontramos la puerta de la reja y la puerta del frente abiertas. Seguimos el rastro y encontramos a un anciano en bata, el señor Garner arriba, en el último rellano.

—¿El señor Garner?

—El vecino, señor. Él y el señor Stewart eran buenos amigos. Bueno, si me lo pregunta creo que era algo un poco más allá que eso, pero eso no es de mi incumbencia, señor.

—¿Quién es el señor Stewart? —McLean se sintió como un completo idiota y maldijo a Duguid por ponerlo en este predicamento.

—La víctima, señor. Un tal señor Buchan Stewart. Está ahí —el sargento señaló a la única puerta abierta en el pasillo, pero no hizo señal de acercarse en absoluto.

—Está bien, Andy. Me haré cargo a partir de aquí. Pero no te vayas muy lejos. Necesito un informe completo —McLean observó al sargento salir del departamento y entró en la habitación.

El olor fue lo primero que percibió, aunque al principio le pareciera tenue. Un intenso olor acre a hierro, la esencia de la sangre, sangre derramada recientemente. La habitación era el estudio privado de un hombre acomodado, lleno con aún más mobiliario antiguo y piezas de arte moderno. El señor Buchan Stewart había sido católico en sus gustos; había algo para cada quien. Pero nada de esto le serviría en absoluto ahora.

Estaba sentado en una silla Reina Ana que dominaba la habitación. Había estado usando un pijama y una bata larga de terciopelo, pero alguien lo había despojado de su ropa y la había extendido pulcramente sobre el escritorio. La sangre apelmazaba y manchaba el pelo gris y áspero de su pecho; rezumaba de la herida que había abierto su cuello de oreja a oreja. Su cabeza estaba inclinada hacia atrás, por lo que miraba ciegamente el techo, adornado con detalles recargados, y todavía había más sangre embarrada en el contorno de su boca, la cual goteaba por su barbilla.

—Ah, McLean. Ya era hora de que llegara un detective –los ojos de McLean se dirigieron rápidamente hacia abajo, hacia el regazo del hombre fallecido, y advirtió de repente al patólogo y su asistente enfundados en overoles blancos y acuclillados en el piso. El Doctor Peachey no era su favorito entre los expertos forenses de la ciudad.

—Y buenas noches para usted también, doctor –avanzó con cautela, consciente del charco de sangre que se extendía en una mancha oscura en torno a la silla de Buchan Stewart–. ¿Cómo está el paciente?

—He estado aquí por una hora y media esperando que uno de los suyos se apareciera para sacar a este cuerpo de aquí. ¿Dónde demonios estaba?

—En casa, con unos amigos, compartíamos una botella de vino y algo de pizza. Recibí la llamada hace veinte minutos, doctor. Siento que se haya arruinado su noche, pero usted no es el único. Creo que el señor Stewart aquí presente tampoco está precisamente entusiasmado por la manera en que han resultado las cosas. Así que, ¿qué le parece si sólo me dice lo que está pasando, eh?

El doctor Peachey levantó la mirada hacia él con ojos entrecerrados, mientras un encarnizado debate cruzaba su rostro pálido. Habría sido más fácil con Angus, pensó McLean. Justo lo que me faltaba, que me tocara el Doctor Inconforme en persona.

—La causa de la muerte es, casi con certeza, la pérdida masiva de sangre –el Doctor Peachey hablaba en oraciones breves y entrecortadas–. La garganta de la víctima ha sido cortada con un cuchillo afilado. El resto del cuerpo no muestra señales de heridas recientes, con excepción de la ingle –con mucho esfuerzo levantó su peso del piso y se hizo a un lado para que McLean pudiera mirar mejor–. El pene y el escroto han sido extirpados.

—¿Desaparecieron? ¿El asesino se los llevó? –McLean sintió cómo la pizza se hacía más pesada en su estómago y cómo se agriaba el vino. El Doctor Peachey tomó la bolsa de evidencia que descansaba junto a su maletín abierto y la levantó hacia la luz para que él la viera. Contenía lo que tenía un notable parecido con las menudencias que encuentras envueltas en plástico dentro de un pavo navideño.

—No, las dejó aquí. Pero las embutió en la boca de la víctima antes de irse.

20

TIMOTHY GARNER ERA FRÁGIL Y TEMBLEQUE. SU PIEL TENÍA ESA transparencia que sólo se aprecia en las personas muy ancianas, al grado que parecen papel de arroz sobre músculos amarillos y venas azules. La Agente Kydd estaba sentada con él en su pulcro apartamento; ella miró con esperanza a McLean cuando éste entró en la habitación. Él había vigilado a los empleados de la funeraria que se llevaron el cuerpo de Buchan Stewart a la morgue, a los oficiales de Servicios Periciales al recoger sus cosas y marcharse, mientras sacaban todos los contenedores móviles de basura. Alguien iba a tener diversión para rato. El Sargento Houseman estaba organizando a una media docena de uniformados para entrevistar a los dueños de los departamentos de los pisos inferiores, lo cual sólo dejaba al testigo que había reportado el incidente en primer lugar.

—Señor Garner, soy el Inspector McLean –le tendió su placa, pero el anciano no levantó la vista. Miraba fijamente al vacío, mientras alisaba las arrugas de su bata con sus manos.

—¿Podría hacernos una taza de té, por favor, agente?

—Señor –la agente se levantó como si alguien le hubiera clavado un tenedor en el culo y se escabulló de la habitación. La compañía del señor Garner no debía haber sido la más agradable. McLean tomó su asiento junto al anciano.

—Señor Garner, necesito hacerle algunas preguntas. Puedo regresar después, pero es mejor si lo hacemos ahora. Mientras los recuerdos todavía están frescos.

El viejo no respondió ni levantó la mirada. Sólo siguió pasando las manos sobre sus muslos, lentamente. McLean estiró la mano y puso sus dedos sobre el dorso de una de las manos de Garner, lo cual logró detenerlo. El contacto pareció interrumpir cualquier tipo de trance en el que había caído. El anciano miró en derredor y sus ojos gradualmente se enfocaron en el inspector. Las lágrimas brotaron de sus párpados hinchados y arrugados.

—Lo llamé bastardo tramposo. Eso fue lo último que le dije —su voz era delgada y aguda, matizada con un educado acento de Morningside que contrastaba con la mala palabra.

—¿Conocía bien al señor Stewart, señor Garner?

—Oh, sí. Buchan y yo nos conocimos en los años cincuenta, usted sabe. Hemos estado juntos en el negocio desde entonces.

—¿Y qué tipo de negocio es ése, señor?

—Antigüedades, arte. Buchan tiene buen ojo, inspector. Puede detectar el talento, y siempre parece saber a dónde se dirige el mercado.

—Eso vi en su departamento —McLean miró en derredor de la sala de Garner. Estaba bien amueblada pero no con la misma opulencia que la de su compañero de negocios—. ¿Y qué hay de usted, señor Garner? ¿Qué aportó a la relación?

—Los hombres brillantes necesitan su contrapunto, inspector, y Buchan Stewart es un hombre brillante —Garner tragó saliva; su prominente manzana de Adán se movió hacia arriba y abajo en su cuello delgado y nervudo—. Debería decir *"era"* un hombre brillante.

—¿Puede decirme sobre qué discutieron?

—Buchan me estaba ocultando algo, inspector. De eso estoy seguro. Sólo estos últimos días, pero lo he conocido el tiempo suficiente.

—Y usted pensó que estaba haciendo trampa. ¿Haciendo qué, empezando un negocio con otro hombre?

—Podría llamarlo así, cierto, inspector. Tengo la fuerte sospecha de que había otro hombre involucrado.

—¿El hombre que lo mató, tal vez?

—No lo sé. Quizá.

—¿Vio a ese hombre?

—No —Garner sacudió la cabeza, como para reafirmar la respuesta en su mente, pero había incertidumbre en su voz. McLean se mantuvo en silencio y permitió que la duda hiciera su trabajo.

—No puedo esperar que comprenda, inspector. Usted todavía es joven. Quizá cuando sea tan viejo como yo sabrá a qué me refiero. Buchan era más que mi socio. Él y yo, éramos…

—¿Amantes? Eso no es un crimen, señor Garner. Ya no.

—Sí, pero todavía es vergonzoso, ¿no es así? Todavía está la manera en que la gente te mira por la calle. Soy un hombre privado, inspector. Soy reservado. Y estoy demasiado viejo para interesarme en el sexo a estas alturas. Creí que Buchan también lo era.

—¿Pero ahora usted cree que estaba viendo a alguien más? ¿A otro hombre?

—Estaba seguro de eso. ¿Qué otro motivo tendría para ser tan sigiloso? ¿Por qué se molestaría y me alejaría?

McLean no dijo nada por un momento. En el silencio pudo escuchar una tetera que hervía, el tintineo de una cuchara contra la vajilla.

—Dígame lo que sucedió esta tarde, señor Garner. ¿Cómo encontró al señor Stewart?

El anciano hizo una pausa. Sus manos comenzaron sus rítmicos movimientos una vez más, y apretó los puños a fin de controlarse.

—Tuvimos una discusión esta tarde. Buchan quería me marchara por un par de semanas. Hay una gran feria de arte en Nueva York y pensó que me haría bien ir. Incluso había hecho arreglos para los boletos, el hotel, todo. Pero yo me retiré del negocio hace años. Le dije que no tenía la fuerza para viajar tan lejos, mucho menos para trabajar en la subasta cuando llegara allá. Le dije que prefería quedarme y dejar que él asistiera. Él siempre tenía mucha más energía que yo.

—Así que discutieron. Pero usted regresó a su departamento para hablar con él más tarde, ¿cierto? –McLean vio que el anciano empezaba a salirse del tema y suavemente lo guio de regreso.

—¿Qué? Ah, sí. Debió ser alrededor de las nueve, tal vez un cuarto de hora después. No me gusta dejar una discusión inconclusa, yo le había dicho algunas palabras duras, así que pensé en ir a disculparme. Algunas veces nos quedamos despiertos hasta tarde, tal vez tomamos un poco de brandy y platicamos sobre el mundo. Tengo una llave del departamento, así que podía entrar solo. Pero no la necesité; la puerta estaba completamente abierta. Olí algo desagradable. Como si las alcantarillas se hubieran tapado. Así que entré y… Oh, Dios…

Garner empezó a sollozar. La agente Kydd escogió ese momento para regresar con una bandeja que contenía tres tazas de porcelana y una tetera.

—Sé que es difícil, señor Garner, pero por favor intente decirme lo que vio. Si le sirve de consuelo, decirlo en voz alta con frecuencia ayuda a disminuir la conmoción.

El anciano se sorbió la nariz, aceptó una taza de té con manos temblorosas y bebió el líquido lechoso.

—Estaba sentado ahí, desnudo. Pensé que había estado haciendo algo consigo mismo. No podía comprender por qué estaba tan quieto, o por qué estaba mirando el techo. Entonces vi la sangre. No sé cómo es que no la noté antes. Estaba en todos lados.

—¿Qué hizo entonces, señor Garner? ¿Intentó ayudar al señor Stewart?

—¿Qué? Ah. Sí. Yo... más bien, no. Me acerqué a él, pero pude ver que estaba muerto. Marqué 999, creo. Lo siguiente que recuerdo es que un policía estaba aquí.

—¿Tocó algo? Además del teléfono.

—Yo... no lo creo. ¿Por qué?

—¿Recuerda la oficial que vino a verlo antes? Ella tomó sus huellas para que podamos separarlas de las que encontremos en el departamento del señor Stewart. Nos ayuda saber a dónde fue —McLean se llevó la taza a la boca. Garner hizo lo mismo, tomó un largo sorbo. El anciano se estremeció cuando el té caliente bajó por su garganta, su prominente nuez de Adán subía y bajaba de nuevo con cada trago. Permanecieron sentados en silencio un rato más, entonces McLean puso su taza de nuevo sobre la bandeja. Notó que la Agente Kydd no había bebido nada de la suya tampoco.

—Vamos a necesitar que venga a la estación y haga una declaración, señor Garner. No ahora, mañana estará bien —agregó cuando el anciano hizo ademán de pararse—. Puedo enviar un auto a recogerlo y traerlo de regreso. ¿Le parece bien a las diez?

—Sí, sí. Por supuesto. Más temprano si quiere. No creo que duerma mucho esta noche.

—¿Hay alguien a quien podamos llamar para hacerle compañía? Estoy seguro de que podemos prescindir de un agente —McLean miró en dirección a la agente Kydd y recibió una mirada fulminante en respuesta.

—No, estaré bien, estoy seguro —el señor Garner puso sus manos de nuevo sobre sus muslos, pero sólo como apoyo para levantarse de la silla–. Sin embargo, creo que podría darme un baño. Eso normalmente me ayuda a dormir.

—Gracias. Ha sido de mucha ayuda –McLean se puso de pie con más facilidad, y le ofreció la mano al anciano–. Habrá un agente de guardia afuera del departamento del señor Stewart toda la noche. Si tiene alguna preocupación, avísele y él puede llamar por radio a la estación.

—Gracias, inspector. Eso es muy considerado.

***

El rellano estaba silencioso afuera del departamento del señor Garner. La puerta de enfrente permanecía abierta, pero no había señales de nadie en el interior. McLean bajó las escaleras dando fuertes pisadas y salió hasta la calle, donde algunos uniformados todavía estaban ocupados. Abordó al Sargento Houseman mientras se encargaba de la barrera en el exterior del portón; la camioneta de Servicios Periciales se había marchado mucho antes.

—¿Cómo les fue con los otros departamentos?

Andy el Grande sacó su libreta.

—La mayoría están vacíos. Parece que pertenecen a una arrendadora. Ahí acomodan a ejecutivos extranjeros y gente por el estilo. En la planta baja hay dos departamentos; nadie en ellos escuchó nada hasta que llegamos. Ah, y hay un departamento en el sótano también. El tipo llegó a casa con su novia hace media hora y se puso bastante violento cuando le dijimos que no podía entrar sin escolta. El sargento Gordon terminó con la nariz cubierta de sangre y el señor Cartwright va a pasar algún tiempo en las celdas.

—¿Por estado de embriaguez y alteración del orden público?

—Posesión, señor. Probablemente con la intención de vender. Uno esperaría que quienes llevan consigo una libra de hachís sean más amables con la policía.

—Ciertamente. Tenías razón, por cierto.

—¿Sí? ¿Sobre qué?

—Buchan Stewart y Timothy Garner. Un extraño arreglo, de todas maneras. Vivir en departamentos separados justo enfrente uno del otro.

—El mundo está lleno de gente extraña, señor. A veces pienso que soy el único hombre normal que queda.

—Eso es un hecho, Andy –McLean miró su reloj, eran casi las dos de la mañana–. Creo que hemos hecho prácticamente todo lo que podemos aquí esta noche. Deja a dos hombres de guardia. Tenemos un testigo potencial. No quiero que nuestro asesino regrese e intente silenciarlo.

—¿Entonces usted no cree que Garner sea un sospechoso?

—No, no. A menos que sea un muy buen actor. Mi instinto me dice que en esto hay algo más que una pelea de enamorados que se salió de las manos, pero Garner no está en condiciones de ser interrogado esta noche. No creo que le haría bien estar en una celda, tampoco –McLean miró hacia arriba, a las ventanas altas; la luz se esparcía hacia la noche–. No va a escapar. Es mejor dejarlo que se tranquilice un poco y hablaré con él por la mañana. Deje que el afortunado al que le toque hacer guardia sepa que está ahí. Si quiere ir a algún lado, traeremos a un agente para que lo acompañe, ¿de acuerdo?

—Correcto, señor –Andy el Grande se movió pesadamente, mientras gritaba indicaciones a los pocos policías que quedaban en la escena. McLean se volvió hacia la Agente Kydd, quien suprimió un bostezo.

—Creí que estaba en el turno de día.

—Así es.

—¿Entonces cómo es que resultó envuelta en esta tarea?

—Estaba usando una de las salas de interrogatorio en la estación para estudiar, señor. Mi familia no es la más callada, ni siquiera en sus mejores momentos. Los viernes por la noche es mejor estar en otro lado si quieres un poco de paz.

—Y déjeme adivinar, Duguid la encontró y la envió por mí. ¿Alguna idea de por qué él no pudo venir en persona?

—Preferiría no decirlo, señor.

McLean se contuvo de interrogar a la agente aún más. No era su culpa si a ambos les habían arruinado la noche. Él descubriría tarde o temprano por qué le habían asignado el caso a él.

—Bien, váyase a casa ahora, y duerma un poco. Y no se preocupe si llega un poco tarde mañana. Me encargaré de arreglarlo con el sargento encargado, haremos algo de malabares con las listas de asignaciones.

—Gracias, señor –la agente sonrió con cansancio–. ¿Necesita que lo lleve a casa?

—No, gracias –McLean miró hacia la High Street. Todavía había gente deambulando aun a esta hora tan tarde. Juerguistas camino a casa de regreso del bar, gente que salía de los clubes nocturnos, merenderos nocturnos de kebabs y hamburguesas que hacían excelentes ventas. La ciudad nunca dormía realmente. Y en algún lugar allá afuera había un asesino con las manos manchadas de sangre. Un asesino que había cortado una parte de su víctima y la había embutido en su boca. Igual que con Barnaby Smythe. ¿Un imitador? ¿Una coincidencia? Necesitaba tiempo, aire, distancia para considerarlo todo.

—Creo que iré caminando.

21

El sábado debía ser su día libre. No es que hubiera hecho planes, pero estar en su oficina en la estación de policía a las ocho y media de la mañana nunca estuvo muy arriba en su lista de opciones. No tras menos de cuatro horas de sueño. McLean dio clic en su computadora para avanzar entre las fotografías digitales de la escena del crimen del señor Stewart. Necesitaría imprimirlas; era imposible trabajar desde la diminuta pantalla. Seleccionó todo el paquete y, las envió a la impresora compartida en el corredor, esperó que para variar hubiera suficiente papel y tinta.

Afortunadamente el departamento estaba vacío cuando llegó, después de caminar milla y media de regreso del departamento de Buchan Stewart. No es que no le gustara tener compañía, pero prefería perderse entre la multitud. Una situación cara a cara, sin el apoyo de su imagen profesional, ofrecía demasiadas dificultades como para ser realmente placentera. Aun si no volviera de la escena de un crimen violento, prefería evitar la compañía. Sólo él y sus fantasmas.

—Ah, Tony. Tenía la esperanza de verlo esta mañana.

Sorprendido, McLean vio a Jayne McIntyre avanzar por el corredor hacia él. Su uniforme no la favorecía mucho, y se preguntó ociosamente si habría ganado algo de peso.

—¿Señora?

—Usted se encargó del caso Stewart anoche. Gracias —se le emparejó mientras seguían caminando.

—Me preguntaba por qué nadie más se había hecho cargo.

—Ah, sí. Bien, el Inspector en Jefe Duguid quería el caso, pero en cuanto me enteré, tuve que insistir en que se lo pasara a alguien más.

—¿Por qué?

—Buchan Stewart es… era su tío.

—Ah.

—Así que en realidad debería sentirse halagado de que lo haya elegido para llevar a cabo la investigación. Sé que ustedes dos no comparten puntos de vista.

—Ésa es la manera amable de expresarlo, señora.

—Bien, tengo que tener tacto en mi línea de trabajo. Y tengo que asegurarme de que mis oficiales de alto rango puedan trabajar juntos. Haga un buen trabajo en esto, Tony, y lo que sea que Dagwood tenga en contra suya, lo dejará pasar.

Era la primera vez que oía a McIntyre usar el apodo del inspector en jefe. Sonrió ante su intento de actuar de manera conspiratoria con él, pero había malinterpretado completamente la naturaleza de su animosidad. Duguid no le agradaba mucho porque el inspector en jefe era un investigador descuidado. Él no le agradaba a Duguid porque sabía lo que pensaba de él.

—¿Qué tiene hasta ahora? –preguntó McIntyre.

—Es muy pronto, en realidad. Pero me inclino a pensar que la motivación fueron los celos. Nada obvio fue robado, así que no fue un robo. Y Stewart estaba desnudo, lo que sugiere que probablemente esperaba tener sexo. Era homosexual, y es posible que recientemente hubiera encontrado una nueva pareja. Lo señalaría como nuestro sospechoso principal. Si tuviera que adivinar, diría que es un hombre más joven, tal vez considerablemente más joven.

—¿Algún testigo? ¿Circuito cerrado de televisión?

—Nadie en el edificio vio nada. Tengo al Agente MacBride revisando las cintas de anoche, pero es una especie de punto negro de la cámara. Con suerte podremos limitar un poco las cosas una vez que el patólogo nos dé una hora más precisa de la muerte.

—¿Qué hay acerca del hombre que lo reportó?

—Timothy Garner. Vivía al lado. Fue el compañero de negocios de Stewart por años, y, eh, su pareja.

—¿Pudo haberlo hecho él?

—No lo creo. Simplemente no parece ese tipo de caso. Se supone que debe venir esta mañana para hacer su declaración de todas maneras, pero creo que podría ir para allá a interrogarlo en casa. Estará más cómodo ahí.

—Buena idea. También ayudará a mantener todo de manera discreta. Sospecho que el Inspector Criminalista en Jefe Duguid apreciaría eso —McIntyre hizo un guiño de complicidad—. ¿Lo ve, Tony? Usted puede ser diplomático si lo intenta.

***

La mancha de sangre en la pared de la escalera se veía más pálida y menos ominosa a la luz diurna que entraba a raudales por el domo de cristal en la parte superior. Un agente montaba guardia afuera del departamento de Buchan Stewart. Parecía aburrido hasta las lágrimas, pero se puso en posición de firmes cuando vio que el inspector subía las escaleras. La Agente Kydd venía tras él, una vez más era su conductora designada ese día.

—¿Alguien fue o vino, Don? —preguntó McLean.

—Ni pío, señor.

—Bien —tocó suavemente a la puerta del departamento de Garner—. ¿Señor Garner? Soy el Inspector McLean.

No hubo respuesta. Tocó un poco más fuerte.

—¿Señor Garner? —McLean se volvió al agente de guardia—. ¿No salió, cierto?

—No, señor. He estado aquí desde las siete y nadie se ha movido desde entonces. Phil… el Agente Patterson estuvo de guardia antes que yo. Dijo que el sitio estuvo tan silencioso como una tumba.

McLean tocó una vez más, después probó la perilla de la puerta. Se abrió con un clic dando paso a un vestíbulo oscuro.

—¿Señor Garner? —un escalofrío recorrió su espalda. ¿Y si el anciano había muerto de un ataque cardiaco? Se volvió hacia la Agente Kydd—. Venga conmigo —dijo, y caminó hacia el interior.

El departamento estaba en silencio con excepción del tic tac, que provenía de un antiguo reloj de pie en el recibidor. Cuando McLean entró a la sala donde habían entrevistado a Garner antes esa mañana, la Agente Kydd se encaminó por un estrecho corredor que él asumió que llevaba a la cocina. El anciano no estaba en el asiento donde lo habían dejado, ni tampoco estaba en su estudio, el cual McLean descubrió en la siguiente puerta justo a un lado del recibidor. La habitación estaba limpia y ordenada, el escritorio vacío con excepción de una lámpara de biblioteca con pantalla de cristal verde, la cual estaba encendida y dirigida hacia abajo, con el fin de iluminar una única hoja de papel.

Atravesó la habitación mientras su mente volaba. Se inclinó para poder leer las palabras escritas en el papel en nítida caligrafía.

He asesinado a mi alma gemela, mi amante, mi amigo. No era mi intención pero el destino lo quiso así. Ya no podía vivir con él, pero ahora descubro que no puedo vivir sin él. A quienquiera que encuentre esta nota...

***

Un fuerte grito ahogado hizo eco a través del silencioso departamento. McLean salió con rapidez del estudio.

—¿Agente?

—¡Señor! Aquí.

Cruzó corriendo el recibidor y el estrecho corredor, aunque ya sabía lo que se avecinaba. La Agente Kydd estaba parada en la entrada del baño, su rostro blanco, su mirada fija. Suavemente la quitó del camino y entró.

Timothy Garner se había dado un baño. Y después había tomado una navaja de afeitar y la había usado contra sus muñecas.

22

—Eso fue rápido, Tony. Puede que hasta haya batido el récord de Duguid —la Superintendente en Jefe McIntyre se sentó en el borde del escritorio; en la habitación no había otro sitio además de la silla que McLean ocupaba. Se veía satisfecha para variar; no había nada como un rápido resultado para elevar las estadísticas de casos resueltos, después de todo. Era una pena que él no pudiera compartir su entusiasmo.

—No creo que él lo haya hecho, señora.

—¿No dejó una confesión?

—Sí, dejó una nota —McLean levantó la impresión tamaño a4 de la fotografía digital, lo cual era todo lo que tenía de las últimas palabras de Garner, y se la entregó a McIntyre. Servicios periciales se había llevado el original para "hacer pruebas". Pudo haberles dicho que no se molestaran; ellos demostrarían que había sido escrita por Garner, y que había usado su caligrafía habitual. El papel no arrojaría otras huellas además de las del hombre fallecido, pero el análisis del líquido que había salpicado el último párrafo bien podría revelar que habían sido sus lágrimas.

—"He asesinado a mi alma gemela, mi amante, mi amigo". ¿Qué parte de eso no es una confesión? Usted ya dijo que habían peleado porque Garner pensaba que Stewart tenía una aventura. Fue un ataque brutal, es cierto. Pero los crímenes pasionales con frecuencia lo son. Y entonces, cuando se dio cuenta de lo que había hecho, no pudo vivir con ello.

—No lo sé. Algo no cuadra, doctora. Y sus palabras son tan floridas. Podría ser que sólo se culpara por no estar ahí con Stewart cuando sucedió.

—Vamos. Tenía el motivo, tenía el arma.

—¿Realmente? El departamento forense no pudo demostrar concordancia entre su navaja y el cuchillo que mató a Stewart. Sólo dijeron que era muy afilada.

—Déjelo, Tony. ¿Está bien? Ha revisado las cintas del circuito cerrado de televisión alrededor de la hora del asesinato. Nadie entra o sale de ese edificio media hora antes o después de la hora de la muerte. No hay testigos del asesinato y la persona que probablemente lo cometió ha confesado. No se busque problemas si no es necesario.

McLean se dejó caer en su incómoda silla y miró a su jefa. Tenía razón, por supuesto. Timothy Garner era la opción más obvia como sospechoso.

—¿Qué hay de las huellas? No pudieron relacionarlas todas con Garner.

—Eso es porque estaban tan movidas que no podían relacionarlas con las de nadie. Y encontraron restos de la sangre de Stewart en el lavabo donde Garner se lavó las manos. Su ropa también estaba salpicada de su sangre. Probablemente también la habrían encontrado en su tina si no la hubiera llenado con la suya propia —McIntyre dejó caer la copia de la nota de suicidio de regreso sobre el escritorio de McLean, seguida por la delgada carpeta café que había traído con ella; el reporte sobre el asesinato de Buchan Stewart—. Enfréntelo, Tony. Su reporte prácticamente dice que Garner mató a Stewart y después se suicidó, y eso es lo que recibirá el fiscal. Caso cerrado.

—¿Esto se está manteniendo en silencio para que Duguid no tenga que explicarle al mundo que tenía un tío homosexual? —McLean supo tan pronto como se le escaparon las palabras que no debió pronunciarlas. McIntyre se puso rígida y se levantó del escritorio mientras acomodaba su uniforme.

—Fingiré no haber oído eso, inspector. De la misma manera que estoy ignorando el hecho de que dejó a Garner solo en casa cuando sin lugar a dudas debió traerlo a una celda, o al menos dejarlo con un Funcionario de Enlace Familiar para acompañarlo. Ahora firme ese reporte y salga de aquí. ¿No se supone que debería estar en un funeral? —se dio vuelta y se marchó.

McLean suspiró y jaló la delgada carpeta hacia él. Podía sentir sus orejas ardiendo ligeramente por la reprimenda y supo que había perdido la buena voluntad de la superintendente, al menos por los siguientes días. Pero no podía dejar de pensar que había mucho más en lo que se refiere a la muerte de Buchan Stewart. Tampoco podía dejar de culparse por el suicidio de Timothy Garner. Debería haber insistido para que alguien se quedara con el anciano durante la noche. Demonios, debería haber puesto al hombre bajo custodia como sospechoso. ¿Exactamente por qué no lo hizo?

Miró por la ventana, el cielo matutino azul pálido cubría con una sombra profunda los edificios de departamentos detrás de la estación. Reprimió un bostezo y se estiró hasta que los músculos y articulaciones de su espalda protestaron. Se suponía que debía tener el fin de semana libre, pero en lugar de eso había sido un fin de semana largo y en su mayoría aburrido mientras esperaba los resultados del post mórtem y los reportes forenses y de huellas dactilares de Buchan Stewart. Todo señalaba a Garner como el culpable, y aun así McLean no podía aceptarlo. Algo en la boca del estómago se removía cuando recordaba estar sentado con el anciano, tocar su mano para sacarlo del trance, escuchar su historia. Tenía ochenta años, estaba delicado de salud. ¿Cómo podría haber tenido la fuerza para matar? ¿Y para mutilar a un hombre de esa manera?

A fin de cuentas, no importaba. La Superintendente en Jefe McIntyre le había dicho que cerrara el caso. Era posible que intentase proteger a Duguid, o que alguien ejerciese presión desde niveles más altos de la cadena alimenticia. No importaba. A menos que él pudiera mostrar evidencia irrefutable de una tercera persona involucrada en el crimen, para todos los demás estaba resuelto. Un gran punto a favor en las estadísticas anuales y una investigación de bajo costo, además. Todos felices. Excepto el pobre y viejo Buchan Stewart, recostado en una fría plancha con su hombría en una bolsa de plástico junto a él. Excepto Timothy Garner, pálido y drenado de sangre como un puerco degollado.

Excepto él.

Hizo a un lado su pensamiento, abrió la carpeta y echó una mirada al reloj de pared. Acababan de dar las nueve; faltaba media hora para que el auto pasara por él. Encendió la computadora y se dedicó a teclear. Si McIntyre quería un encubrimiento, no iba a desperdiciar mucho tiempo en eso.

***

Está confundido, hambriento, angustiado. El dolor llena su cabeza, le dificulta concentrarse, recordar quién es. Sus manos están en carne viva, frotadas casi hasta el hueso de tanto lavarlas, y aun así todavía se siente sucio. Nada logra limpiarlo ya.

Había un sitio al que solía ir cada día. Tenían agua y comida. Las imágenes ruedan por su mente, y una se niega a retirarse. Manos que se frotan una a la otra con jabón, bajo un grifo que deja correr agua tibia. El ritual rítmico de unos dedos que se deslizan entre ellos, palmas que resbalan una contra la otra, dedos que masajean. Conoce este lugar y está cerca. Debe ir ahí. Puede limpiarse ahí.

Las calles son desfiladeros; altos edificios se elevan a lo alto a cada lado, y bloquean la luz pero dejan que el calor se acumule como en un horno. Los autos retumban al pasar, sus llantas tamborilean sobre el empedrado. Lo ignoran y él los ignora a su vez. Tiene un destino que cumplir, y una vez que lo haga, todo estará bien. Sólo necesita lavarse las manos.

Unos escalones lo llevan arriba desde la calle. Son como montañas para sus piernas exhaustas, transidas de dolor. ¿Qué ha estado haciendo para sentirse así? ¿Por qué no puede recordar dónde ha estado? ¿Por qué no puede recordar quién es?

La puerta está hecha de cristal, y se desliza lejos de su alcance como si él fuera demasiado terrible para enfrentarlo. La habitación al otro lado de la puerta es clara y ventilada, más fresca que el fétido calor exterior. Da un paso vacilante desde la piedra hasta el piso pulido, mira en derredor, intenta recordar dónde están esos grifos, ese jabón. Baja la mirada hacia sus manos, súbitamente asustado por ellas, por lo que pueden hacer. Las mete con fuerza en sus bolsillos y la mano derecha siente algo duro, pulido; lo sujeta de manera instintiva.

Alguien le habla, una voz insistente que no puede entender. Mira en torno suyo, de repente la habitación es demasiado brillante, la luz se siente como dagas en sus ojos. Una mujer está sentada detrás de un escritorio, su rostro blanco, sus ojos abiertos como platos. Cree que debería saber quién es. Detrás de ella, un grupo de hombres en trajes pálidos están parados como marionetas con las cuerdas cortadas. Cree que también debería saber quiénes son. Saca la mano de su bolsillo, con la intención de saludarlos, de mostrarles sus manos manchadas, de asegurarles que todo lo que desea es lavarse. Pero el objeto pulido y duro trae consigo un recuerdo.

Y entonces comprende qué es lo que debe hacer.

23

EL CREMATORIO MORTONHALL PROBABLEMENTE NO GUARDABA recuerdos felices para mucha gente. Tal vez los jardineros que atendían los campos estaban orgullosos de su trabajo, y el personal que tan eficientemente guiaba a los deudos en sus espacios de media hora podían haber encontrado una lúgubre satisfacción en su amable competencia. Pero para todos los demás era un lugar de tristeza, de despedidas finales. McLean lo había visitado con demasiada frecuencia en su trabajo para sentirse conmovido por el lugar. En lugar de eso advirtió con ojo clínico lo poco que había cambiado con el paso de los años.

No asistió una gran multitud a despedir a su abuela. Dada su edad, y su tendencia a la soledad, no era de sorprender. Phil y Rachel se sentaron junto a él, al frente de la sala, y Jenny también vino, lo cual resultó inesperado pero no inoportuno. Bob el Gruñón estaba ahí, el único representante de la policía de Lothian y Borders, y Angus Cadwallader entró precipitadamente a la parte trasera en el último minuto. Jonas Carstairs permaneció sentado sin inmutarse, con la cabeza en alto y mirando fijamente a la distancia mientras el sacerdote de la comunidad intentaba decir unas palabras de consuelo sobre una mujer a la que nunca conoció. Unos pocos amigos de edad avanzada a quienes McLean reconoció a medias se sentaron en grupos pequeños alrededor de la sala vacía. Debería haberle molestado que tan poca gente viniera a decir adiós, pero descubrió que se sentía más reconfortado de que alguien, al menos, se hubiera presentado. Y por supuesto podía consolarse con la idea de que su abuela había vivido más que sus amigos.

El servicio fue misericordiosamente rápido, y cuando las cortinas se cerraron en torno al féretro, los bordes no se encontraron del todo para

ocultar su paso motorizado hasta el punto más importante del crematorio. Recordó la primera vez que estuvo aquí; un desconcertado niño
de cuatro años que veía dos cajas de madera, y sólo entendía vagamente
que sus padres estaban dentro de ellas; se preguntaba por qué no despertaban. Su abuela había estado junto a él entonces, sujetaba su mano
e intentaba consolarlo mientras lloraba su propia pérdida. Ella le había
explicado, a su manera cuidadosa y lógica, todo acerca de la muerte.
Él entendió lo que dijo, pero no le fue de ayuda. Cuando las cortinas se
cerraron, él había esperado ver una puerta abierta hacia un horno, ver
cómo las flamas saltaban hacia su nueva fuente de combustible. Tuvo ese
tipo de pesadillas durante años.

Salieron por las puertas del frente; un grupo grande ya se había reu-
nido en la parte trasera, impaciente por despedir al siguiente muerto.
Afuera, la mañana se hacía más caliente, el sol se había elevado sobre los
altos árboles que rodeaban el lugar. McLean estrechó la mano de todos
y les agradeció que hubiesen asistido, una acción que le tomó un total de
cinco minutos. Jenny Spiers se quedó en la parte de atrás, según notó él,
poco dispuesta a formarse en la fila. En vez de eso, al final él se le acercó
a ella.

—Qué amable de tu parte haber venido.

—No estaba segura de si debía hacerlo, para ser honesta. Nunca conocí a tu abuela, después de todo —Jenny hizo a un lado un mechón suelto de su fleco. Había venido directo de la tienda, o al menos eso sugería
su atuendo. Serio, como correspondía al tono, pero probablemente el
tipo de ropa que la abuela de McLean habría usado en un funeral cuando
tenía unos veinte años. Se preguntó si su elección era a propósito. Le iba
bien, de todos modos.

—Siempre digo que estos eventos son sobre los vivos, no sobre los
muertos. Y de todas maneras, si no hubieras venido, la edad promedio
de la gente aquí presente se habría acercado bastante a un número de
tres dígitos.

—No está tan mal. Rae está aquí, y sólo tiene veintiséis años.

—Buen punto —concedió McLean—. ¿Nos acompañas a tomar una
taza de té demasiado hervido y un sándwich de paté de pescado? —señaló
con la cabeza en dirección al Balm Well al otro lado de la calle, y le ofreció el brazo. Varias personas de edad avanzada en trajes y vestidos oscuros intentaban esquivar el tráfico, con la intención de darse un atracón a

costa de la hospitalidad postrera de la difunta Esther McLean. Cruzaron la calle y entraron al bar.

***

Jonas Carstairs había organizado un velorio decente; era una pena que hubiera sobreestimado el número de asistentes al refrigerio. La gente mayor, advirtió McLean, tenía un apetito muy escaso. Sólo esperaba que el bar pudiera encontrar a alguien más a quién alimentar con la comida sobrante. Pagar por ella no le molestaba tanto como la idea de que terminaría en el basurero. Su abuela habría estado horrorizada también, si no estuviera más allá del punto en que ya no le importaba.

Dejó a Jenny con Phil y su hermana y recorrió el pequeño grupo de deudos con toda la gracia que pudo. La mayoría le dijo las mismas cosas acerca de su abuela; algunos mencionaron a sus padres. Era un deber que debía cumplir, pero también era una carga, y francamente preferiría estar de regreso en el trabajo y ayudar al agente MacBride a abrirse paso a través de una pila de reportes de personas desaparecidas tan antiguas que nadie se había molestado en digitalizarlas. O intentar descubrir quién había vivido y organizado fiestas en Farquhar House en los años cuarenta.

—Creo que salió bastante bien, si tomamos todo en consideración –McLean se alejó de la última amiga de su abuela confinada a una silla de ruedas, y cuyo nombre había olvidado casi tan pronto como se lo dijeron, y se enderezó para encontrarse con Jonas Carstairs. El abogado tenía un whisky grande en la mano, y tomó un largo trago.

—¿Tal vez sobreestimó al número de personas que vendrían? –preguntó McLean. Algo parecido a una expresión de angustia cruzó el semblante de Carstairs. Miró sobre su hombro y por alguna razón inexplicable, McLean tuvo la sensación de que buscaba a alguien, más que calcular una cantidad. Como si hubiera estado esperando a otro doliente que no había aparecido.

—Siempre es difícil calcular estas cosas –Carstairs tomó otro sorbo de su vaso.

—¿Busca a alguien en particular?

—Algunas veces olvido que el niñito se convirtió en un inspector criminalista –Carstairs sonrió con tristeza–. Hubo alguien. Bien, podría haber venido. Tal vez no lo supo.

—¿Alguien que yo conozca?

—Oh, lo dudo mucho. Era alguien a quien tu abuela conoció antes de casarse con tu abuelo. Eran cercanos —Carstairs sacudió la cabeza—. Por lo que sé pudo haber muerto hace mucho.

McLean estaba a punto de preguntar el nombre de este amigo perdido hacía tanto tiempo, pero algo más se le ocurrió en ese momento.

—¿Alguna vez hizo algún trabajo para Farquhar's Bank?

Carstairs se atragantó un poco con su whisky.

—¿Qué te hace preguntar eso?

—Oh, sólo es un caso en el que he estado trabajando. Estoy intentando descubrir quién vivía en Farquhar House hacia fines de la Segunda Guerra Mundial.

—Bueno, eso es bastante fácil. Era el viejo Farquhar. Menzies Farquhar. Él fundó el banco a principios de siglo. Conocí a su hijo, Bertie. Habrás oído de él.

McLean negó con la cabeza.

—No me suena familiar.

—Olvido hace cuánto tiempo sucedió, por supuesto. Antes de que nacieras. Pobre viejo Bertie —Carstairs sacudió la cabeza—. O quizá debería decir estúpido viejo Bertie. Chocó su auto contra una parada de autobús y mató a media docena de personas. Creo que las cosas habrían sido peores para la familia si no hubiera tenido la decencia de matarse al mismo tiempo. El viejo Farquhar nunca fue el mismo después de eso, no. Cerró Farquhar House y se mudó a su residencia en Borders. Por lo que sé el lugar ha estado vacío desde entonces.

—No por mucho más tiempo. Un desarrollador inmobiliario lo compró. Lo va a convertir en departamentos de lujo o algo así.

—¿De verdad? —Carstairs intentó tomar otro trago, sólo para descubrir que ya se había terminado su bebida. La puso con cuidado sobre una mesa cercana, sacó un pañuelo blanco del bolsillo de su chaqueta y se restregó los labios—. ¿Quién rayos querría hacer eso? Quiero decir, no es exactamente la ubicación más conveniente, ¿o sí?

—No, en realidad no.

—¿Señor Carstairs? ¿señor?

McLean se volvió en dirección a la interrupción. Un hombre en traje oscuro estaba de pie a una distancia respetuosa detrás de él, los ojos fijos en el abogado.

—¿No es algo que pueda esperar, Forster?

—Me temo que no, señor. Dijo que le avisáramos si se ponía en contacto.

Carstairs se puso rígido, una expresión atormentada cruzó su rostro, como si fuera un venado asustado. Se recuperó rápidamente, pero no tan rápido como para que le pasara inadvertido a McLean.

—¿Surgió algo?

—En la oficina, sí —Carstairs revisó el saco de su traje dándole unas palmadas, como si buscara algo, vio el vaso vacío de cristal sobre la mesa junto a él, lo levantó como si fuera a terminar su bebida y entonces pareció darse cuenta de lo que hacía—. Un cliente muy importante. Disculpa, Tony, pero tengo que irme.

—No se preocupe. Estoy muy agradecido de que haya venido. Después de todo lo que trabajó para organizarlo todo —McLean estiró la mano y estrechó la de Carstairs—. Me gustaría mucho platicar con usted un poco más. Obviamente conoció a mi abuela mejor que yo. ¿Podría llamarlo, tal vez?

—Por supuesto, Tony. Cuando gustes. Tienes mi número —Carstairs sonrió mientras decía esto, pero mientras el abogado se alejaba, McLean no pudo quitarse la sensación de que en realidad no lo decía en serio.

24

ERA UN LARGO CAMINO A CASA DESPUÉS QUE EL VELORIO TOCÓ A SU fin, pero McLean rechazó el auto que Carstairs había dispuesto. Prefería la soledad, la oportunidad de pensar que sólo se hacía presente con el ritmo de sus pies sobre el pavimento. Sólo después de caminar media hora se dio cuenta de que sus pasos lo llevaban a la casa de su abuela, y no de regreso a su departamento en Newington. Hizo ademán de cambiar de dirección, y entonces se detuvo. No había regresado desde el día en que encontraron el cuerpo de Barnaby Smythe.

Antes de que ella sufriera el derrame cerebral, McLean había acudido a su abuela con frecuencia en busca de consejo, de ayuda con problemas que no podía resolver. Usualmente ella sólo lo hacía hablar del tema hasta que él lo resolvía por sí mismo, pero él siempre había valorado su participación. Desde que la hospitalizaron, la casa perdió su atractivo. Iba ahí porque tenía que hacerlo. Tenía que revisar los medidores, recoger el correo, asegurarse de que nadie había forzado puertas y ventanas. Pero siempre había sido una tarea. Ahora, con las cenizas de su abuela bajo tierra, regresar a la casa que sería suya en cuanto el papeleo quedara hecho y Hacienda tomara su libra de carne[6] se sentía como si fuera lo más apropiado. Tal vez incluso lo ayudaría con algunos de los muchos problemas intratables que ni siquiera una buena y larga caminata podía desenmarañar.

La tarde se convirtió en la noche, y más lejos del centro de la ciudad el ruido se redujo hasta convertirse en nada más que un distante zumbido de fondo. Cuando finalmente dio vuelta en la calle donde se erguía

---

[6] Alusión al infame trato que el usurero establece contra su odiado rival en *El mercader de Venecia*, de W. Shakespeare. [N. de la t.]

la casa, fue como dar un paso para adentrarse en el campo. Los grandes árboles de sicómoro que habían reventado el pavimento también disminuían el ruido de la ciudad y oscurecían la luz veraniega nocturna. La mayoría de las casas eran cascos vacíos apartados del camino en sus jardines bien desarrollados. Sólo señales ocasionales de vida, un portazo, voces que se escapaban por una ventana abierta, le demostraban que no estaba completamente solo. Por un rato, el gato negro le siguió el paso al otro lado de la calle, antes de desaparecer por encima de una barda alta de piedra.

El camino de grava soltó un crujido tranquilizadoramente familiar bajo sus pies. Más adelante, la casa se veía muerta, vacía, como un fantasma elevándose de los setos demasiado crecidos, pero tan pronto como se alejó de la calle, percibió el aroma familiar del hogar. McLean entró por la puerta trasera, fue directo a la consola de la alarma y tecleó el código para desactivar todos los sensores. Ver el logo de Penstemmin le recordó que todavía debía entrevistar al instalador que había puesto la alarma de la anciana señora Douglas. Otro caso que no estaba cerca de resolver.

Era entretenido ver cuántas compañías financieras estaban interesadas en ofrecer préstamos personales y tarjetas de crédito a los fallecidos. Revisó la pila de correo basura que se había acumulado en la puerta delantera en los pocos días que transcurrieron desde su última visita, separó las pocas cartas que parecían importantes y arrojó el resto a la basura. El pasillo estaba oscuro por la caída de la noche, pero cuando entró a la biblioteca, el resplandor rojo-anaranjado del sol poniente se reflejó en las nubes altas, lo cual dio color a la habitación. McLean pasó algunos minutos retirando todas las sábanas blancas que cubrían el mobiliario, las dobló pulcramente y las amontonó junto a la puerta. El escritorio de su abuela estaba ubicado en una esquina; el elegante monitor de pantalla plana y el teclado contrastaban con el mobiliario antiguo. Los abogados se habían hecho cargo de sus asuntos, y él había estado bastante contento con ese arreglo, pero en algún momento él tendría que revisar sus archivos, tanto en papel como electrónicos. Y poner todo en orden. Sólo pensar en ello lo hacía sentirse agotado.

Se sirvió una medida decente del decantador de cristal en la repisa de las bebidas, artísticamente oculta detrás de un panel de libros falsos, y entonces cayó en la cuenta de que el agua embotellada tenía al menos dieciocho meses de haber caducado. Olió la parte superior; parecía estar en buen estado, puso sólo un poco de ella en su whisky y dio un sorbo al líquido ámbar pálido. Islay, sin duda. Y fuerte. Agregó más agua, recordó la afición de su abuela por el Lagavulin y se preguntó si éste sería uno de los embotellados sin diluir de la Malt Whisky Society. Había pasado mucho tiempo desde la última vez que tomó algo tan refinado.

Con el trago en la mano, McLean se instaló en uno de los sillones de respaldo alto de piel junto a la chimenea vacía. La biblioteca era cálida; las largas ventanas atrapaban todo el sol de la tarde y de la noche. Esta habitación siempre había sido su favorita. Era un santuario, un refugio de paz y tranquilidad donde podía escapar a la locura de la ciudad. Con la cabeza recargada en el suave respaldo de piel del sillón, McLean cerró los ojos y dejó que el cansancio se apoderara de él.

***

Despertó en la oscuridad total. Por un momento no supo dónde estaba, pero entonces el recuerdo se infiltró de nuevo. McLean estaba a punto de estirar la mano para alcanzar la lámpara que estaba en la mesa con las cartas y su whisky sin terminar cuando advirtió qué fue lo que consiguió despertarlo. Había sido un ruido, el más pequeño de los crujidos en los tablones del piso, pero estaba seguro de que lo había escuchado. Alguien más estaba en la casa.

Se sentó y se quedó quieto, aguzó los oídos para escuchar, intentó ignorar el fuerte golpeteo sordo de su propio corazón. ¿Lo había imaginado? La casa era vieja, y estaba llena de tablones ruidosos que cambiaban y crujían cuando la temperatura se modificaba. Pero estaba acostumbrado a esos ruidos; había crecido con ellos. Esto era distinto. Trató de controlar la fuerza de su aliento y examinó la casa a su alrededor. ¿Había cerrado la puerta trasera correctamente? Era sólo un pestillo, lo sabía, ¿pero y si no había cerrado bien?

Algo metálico tintineó contra la porcelana. Afuera en el pasillo había dos grandes jarrones ornamentales. McLean casi pudo visualizar a un sigiloso intruso que rozaba uno de ellos con una mano en la que llevaba un anillo. Ahora que había enfocado el sonido, podía escuchar más: una respiración callada; el movimiento de ropa holgada; el suave toque de un objeto duro al ponerlo con cuidado sobre una superficie de madera. Los sonidos tenían un propósito, silenciosos más por hábito que por intención. Quien quiera que estuviera en el pasillo confiaba en que la casa estuviera vacía. Miró hacia la puerta y se asomó por el borde del sillón de orejas altas. Ningún rayo de luz provenía de la parte inferior, así que la persona del otro lado percibía todo por medio del tacto, o usaba algún tipo de aparato de visión nocturna. Supuso que era esto último, y eso le dio un plan.

Había poca luz en la biblioteca. Sus paredes oscuras, cubiertas de libros, no reflejaban mucho del resplandor apagado que se filtraba de la ciudad en el exterior. Pero había suficiente para que él distinguiera los grandes muebles. También sabía dónde estaban los tablones sueltos, agrupados en torno a la puerta y a la chimenea. McLean se quitó los zapatos y avanzó tan silenciosamente como pudo por el borde de la habitación hasta llegar a la puerta. Escuchó más ruidos a medida que el intruso se movía metódicamente por el salón. Esperó pacientemente y se mantuvo inmóvil, con una respiración superficial y regular.

Pasó una eternidad antes de que el intruso llegara a la biblioteca, pero finalmente McLean vio que la perilla de bronce giraba. Esperó hasta que la puerta estuvo entreabierta. Una cabeza, oscurecida a medias por pesados anteojos especiales, se asomó por la abertura. Con un silencioso capirotazo, McLean encendió las luces.

—¡Argh! ¡Bastardo!

La figura estaba más cerca de lo que McLean había esperado, buscaba con las manos el pesado dispositivo que traía en la cabeza, intentaba arrancárselo antes de que el aparato de visión nocturna le quemara las retinas. Sin esperar a que el ladrón alcanzara a orientarse, McLean se adelantó y lo sujetó por el frente de su camiseta, para jalar con fuerza al tiempo que le metía el pie. Ambos cayeron al piso, y McLean terminó arriba del ladrón, luchando para intentar dominarlo con una llave.

—Policía. Está bajo arresto.

Nunca funcionaba, pero los abogados insistían en ello. Como pago a sus esfuerzos, McLean consiguió un codazo en la barriga, lo que le sacó el aire. El ladrón pateó, arqueó la espalda, todavía luchando para quitarse los anteojos de visión nocturna. Era fuerte y delgado debajo de su camiseta negra y pantalones de mezclilla, y muy reacio a rendirse tranquilamente. McLean tenía una mano alrededor de su cuello, una rodilla en su espalda, exactamente como te enseñaban en la universidad policiaca. No le servía de mucho ya que el ladrón se retorcía como una bolsa de anguilas. Se deslizó dándose la vuelta hasta que estuvo de frente a McLean como un amante, levantando sus rodillas de una manera que con toda seguridad era anatómicamente imposible.

—¡Oof! —los pies le sacaron el aire a los pulmones de McLean cuando lo empujó con fuerza. Se estrelló con una de las sillas, rodó y se puso de pie con dificultad en el momento en que el intruso saltó en dirección a la puerta.

—Oh, no, no lo harás —McLean se arrojó hacia adelante, logrando atrapar al hombre en un perfecto placaje de rugby. Su impulso combinado los llevó a ambos demasiado rápido hacia adelante, y con un horrible crujido, la cabeza del ladrón conectó con el borde de la puerta abierta. Cayó como si alguien lo hubiera apagado, y McLean, incapaz de detenerse, aterrizó pesadamente sobre él, dando de lleno con la cara en el trasero del ladrón.

Se levantó como pudo, mientras escupía y tosía, sujetó los brazos del intruso y los retorció detrás de su espalda.

—Estás detenido, ¡carajo! —dijo, entre jadeos, pero era puramente teórico. El hombre estaba totalmente inconsciente, sus costosos anteojos de visión nocturna estaban destrozados a un lado de la cabeza y un enorme moretón florecía a todo lo ancho de su cara.

25

ERA MARTES POR LA MAÑANA Y LA SALA DE INTERROGATORIOS número tres se sentía sofocante y mal ventilada. No tenía ventana, sólo una ventila en el techo que se suponía debía bombear aire fresco pero no lo hacía. Una mesa sencilla con cubierta blanca estaba exactamente en el centro y algunas quemaduras de cigarrillo marcaban la formaica. En el extremo más alejado de la mesa desde la estrecha puerta, una silla de plástico había sido atornillada al piso justo a una distancia lo suficientemente lejana para evitar que su ocupante pudiera descansar sus codos cómodamente. Lo había intentado, varias veces, y ahora se desplomó hacia atrás con las manos esposadas sobre su regazo.

McLean lo observó un rato, sin decir nada. Hasta ahora el ladrón había rehusado dar su nombre, lo cual era molesto. Era un hombre joven, a finales de sus veinte o a inicios de sus treinta, aproximadamente, y en buena condición física. McLean tenía un buen moretón en su lado derecho, producto de la lucha con él en el piso, pero no era nada comparado con el desastre que era la cara del otro tipo.

La puerta se abrió de un portazo y Bob el Gruñón entró. Llevaba una bandeja con dos tazas de té y un plato de galletas. Puso todo en la mesa, le dio una taza a McLean y tomó la otra, para después hundir una galleta en el líquido caliente y lechoso.

—¿Y yo qué? ¿No me dan nada? —el joven ladrón tenía un marcado acento de Glasgow, lo que lo hacía parecer como algún vándalo de los programas habitacionales del gobierno. Pero McLean no se engañaba. Cualquiera con la habilidad para abrir una cerradura y la inteligencia para usar anteojos de visión nocturna era de un nivel superior al de un ladrón drogadicto promedio.

—Déjame ver –fingió pensar mientras daba sorbos a su propia taza de té–. No. Nada. Así es como funciona. Tú cooperas, nosotros somos amables.

—¿Y qué hay de un cigarrín, entonces? Me estoy ahogando aquí.

McLean señaló el letrero de No Fumar pegado en la pared. El efecto era ligeramente arruinado por las fuertes rayas de bolígrafo que borraban la palabra "No".

—Ésa es una de las pocas cosas buenas que han salido de Holyrood. No puedes fumar en ningún lugar en este edificio. Ni siquiera en las celdas. Y vas a pasar un largo tiempo en las celdas si no cooperas.

—No pueden mantenerme aquí encerrado. Conozco mis derechos. Quiero ver a un abogado.

—Sacaste eso de la tele, ¿verdad? –preguntó Bob el Gruñón–. ¿Crees que sabes todo acerca de los polis porque ves *The Bill?* No tienes un abogado hasta que nosotros digamos, encanto. Y mientras más nos hagas enojar, más tardará –tomó otra galleta del plato y la mordió, lo que envió una lluvia de migas al piso.

—Está bien. Empecemos con lo que sabemos –McLean se quitó la chaqueta y la colgó del respaldo de su silla. Buscó en uno de los bolsillos, sacó un par de guantes de látex que se puso lentamente, jalando el hule con un chasquido y alisando los dedos. Todo el tiempo que le llevó hacer esto, el ladrón lo observó con ojos grises muy abiertos.

—Se te encontró la noche pasada en la casa de la fallecida señora Esther McLean –McLean se agachó y levantó una caja de cartón del piso, y la dejó caer sobre la mesa. Sacó una pesada bolsa de lona, envuelta en plástico–. Llevabas esta bolsa, y estabas usando éstos –tomó los destrozados anteojos de visión nocturna de la caja y los colocó sobre la mesa. También estaban guardados en una bolsa de evidencia de plástico transparente.

—Dentro de la bolsa, encontramos varios artículos tomados de la casa –levantó un conjunto de adornos de plata que había estado en una vitrina en el vestíbulo. Se sentía extraño manipular las posesiones de su abuela de esta manera, incluso envueltas–. También llevabas un conjunto de herramientas para abrir cerraduras, un estetoscopio, un taladro eléctrico de alta velocidad y un cambio de ropa que un hombre de tu edad usaría para ir a un club nocturno –acomodó los artículos ofensivos sobre la mesa–. Ah, y este juego de llaves, que asumo son de tu casa. Hay llaves de un BMW en el llavero también, pero mi colega el Agente

Criminalista MacBride las llevó al taller mecánico más cercano de la franquicia para hacer que comparen el código contra la base de datos de propietarios.

Como si lo hubieran ensayado, hubo un golpe en la puerta, se abrió un poco, y MacBride metió la cabeza.

—Hay algo para usted, señor –dijo, al tiempo que le entregaba una hoja de papel y otra bolsa transparente de evidencia. McLean la miró y sonrió.

—Bien, señor McReadie, parece que no necesitaremos su cooperación después de todo –miró fijamente al ladrón, mientras buscaba señales de incomodidad y las encontraba de manera patente.

—Llévalo de regreso a las celdas, Bob. Y dile al sargento de guardia que nada de cigarros, ¿de acuerdo? –recogió la bolsa de evidencia que contenía las llaves y se la metió en el bolsillo–. Stuart, reúna un par de agentes y encuéntreme en la parte delantera. Voy a encargarme de tramitar una orden de registro.

***

Para ser un vándalo, al señor Fergus McReadie le había ido bastante bien. Su dirección era una amplia bodega remodelada en Leith Docks. Veinte años antes, habría sido el refugio de prostitutas y traficantes de drogas, pero con la reubicación de la Scottish Office y el HMY *Britannia*, la zona de Leith se había vuelto muy exclusiva. A juzgar por los autos estacionados en sus espacios designados, el desarrollo tampoco debía ser barato.

—¿Así es como vive la otra mitad, eh, señor? –dijo el Agente MacBride cuando tomaron el ascensor para llegar al piso superior, cinco pisos más arriba. Se abrió en un vestíbulo impecable que comunicaba con las puertas de sólo dos departamentos. El de McReadie era el de la izquierda.

—No lo sé. Realmente no es un edificio de departamentos si no huele a orina vieja –McLean señaló la otra puerta–. Vea si los vecinos están en casa. Con algo de suerte podrían saber un poco sobre la otra vida de nuestro gato ladrón.

Mientras el agente tocaba el timbre de la puerta a la derecha, McLean entró al departamento de McReadie. Era un vasto hangar, con antiguas vigas de madera que se entrecruzaban en el techo. Las puertas de carga habían sido convertidas en ventanales de piso a techo, con vista a los muelles y al estuario de Forth. Una esquina de la habitación formaba una cocina de diseño abierto, y en el extremo opuesto, una escalera de caracol llevaba al techo y a una plataforma para dormir. Debajo de ella, dos puertas sugerían un espacio más dividido.

—Está bien, gente. Estamos buscando algo que podrían ser bienes robados, cualquier información sobre el señor McReadie que podamos encontrar —se paró en medio de la habitación mientras la Agente Kydd y Bob el Gruñón empezaban a buscar revolviéndolo todo, abriendo puertas y mirando debajo de los cojines. Una enorme televisión de pantalla de plasma dominaba una pared, y debajo de ella se encontraban repisas llenas de discos pulcramente ordenados. McLean miró algunos de los títulos; la mayoría eran mangas japoneses y películas de kung-fu. Añadida al final, casi como si fuera una ocurrencia de último momento, estaba la colección completa de películas de la Pantera Rosa. Las cajas estaban maltratadas y desgastadas, como si hubieran sido vistas muchas veces, con excepción de la última, la cual todavía tenía su envoltura de celofán alrededor.

—¿Señor?

McLean se dio vuelta y vio al Agente MacBride de pie en la puerta abierta. Una mujer estaba detrás de él, su largo cabello rubio revuelto como si hubiera estado dormida, los ojos abiertos desmesuradamente mientras observaba a los policías revisar el departamento. Se acercó a ellos con rapidez.

—Esta es la señorita Adamson —dijo MacBride. Parecía ligeramente aturdido—. Vive al lado.

En una inspección más cercana, McLean pudo ver que la señorita Adamson iba vestida únicamente con un largo camisón de seda. Sus pies estaban descalzos.

—¿Qué sucede? ¿Dónde está Fergus? ¿Está en problemas? —su voz era suave, cargada de sueño, y con un ligerísimo rastro de acento americano mezclado con el de Edimburgo.

—Señorita Adamson. Inspector Criminalista McLean —levantó su placa para que la viera, pero ella apenas se veía capaz de enfocar—. Disculpe las molestias, pero me pregunto si podría contestar algunas preguntas.

—Claro. Creo. No estoy en problemas, ¿o sí?

—No, en absoluto, señorita. No. Me interesa averiguar lo que sabe acerca de su vecino, Fergus McReadie.

—Está bien. Venga y prepararé algo de café.

El departamento de la señorita Adamson era más pequeño que el de McReadie, pero aun así era de buen tamaño. Caminó con ligereza en torno a una barra de acero inoxidable que separaba su cocina del resto del área común, y se ocupó de meter los granos en el molinillo. Pronto el aire se impregnó de un intenso aroma.

—¿Qué es lo que hizo Fergus, Inspector? Siempre creí que había algo ligeramente escalofriante en él.

McLean se acomodó en uno de los taburetes colocados a lo largo del mostrador. Detrás de él podía percibir la incomodidad del Agente MacBride.

—No puedo decirlo con exactitud, no hasta que haya sido acusado. Pero lo atrapamos con las manos en la masa, señorita Adamson.

—Vanessa, por favor. Sólo mi agente me llama señorita Adamson.

—Vanessa, entonces. Dígame. ¿Conoce a Fergus McReadie desde hace mucho?

—Él estaba aquí cuando me mudé ¿hace qué, unos dos años? Lo veía en el elevador, nos saludábamos. Usted sabe cómo es eso –prensó el café y lo vertió en tres tazas, se dio la vuelta para sacar un envase grande de leche libre de grasa del enorme refrigerador detrás de ella. McLean no pudo evitar notar que, además de un par de botellas de champaña, estaba prácticamente vacío–. Intentó coquetearme un par de veces, pero no era mi tipo. Demasiado *geeky*, y su acento simplemente me ponía los nervios de punta –su voz era suave, con un ligerísimo dejo de inglés americano mezclado con el de Edimburgo.

—¿Sabe a qué se dedica? –McLean aceptó la bebida que le ofrecía, inseguro de por qué MacBride se encontraba tan reticente de acercarse y tomar la suya.

—Es alguna especie de experto en seguridad informática, creo. Intentó explicármelo una vez. Fue mi culpa por invitarlo a la fiesta, supongo. Hizo que sonara glamoroso, como si se pasara la vida intentando introducirse en bancos y cosas así. Usted sabe, para poder mostrarles dónde estaban sus debilidades. Me dio la impresión de que principalmente se trataba de sentarse enfrente de una computadora y ver pasar una serie de números.

Hubo un leve golpeteo en la puerta. McLean miró en derredor y vio a la Agente Kydd parada en la entrada. Su mirada se dirigió de él a Vanessa y levantó las cejas con rapidez. Miró de nuevo a su anfitriona, y se preguntó qué se había perdido.

—Oh, entre, oficial. Hay suficiente café —la señorita Adamson se inclinó para tomar otra taza y McLean desvió la mirada cuando el camisón se abrió revelando quizá más de lo planeado.

—Es muy amable, señora —dijo la agente, sin moverse de la puerta—. Pero creo que el inspector debería venir a ver lo que encontramos.

—No hay descanso para los malvados ¿eh? —McLean se levantó del banco—. Agente MacBride, quédese aquí y obtenga todos los detalles que pueda de nuestro ladrón. Vanessa, gracias por su ayuda. Regresaré por el resto de ese café si no le molesta.

—En absoluto, inspector. Es por mucho lo más emocionante que me ha sucedido en todo el verano. Y quién sabe cuándo podría tener que representar el papel de una mujer policía. Ésta es una oportunidad maravillosa para hacer algo de investigación.

Al girar para marcharse, McLean vio a la Agente Kydd gesticular un silencioso "¿Vanessa?" a modo de pregunta para MacBride, pero su expresión regresó a su actitud habitual, de no-estoy-exactamente-enojada antes de que pudiera cerciorarse de ello. La siguió afuera, por el pasillo y de regreso al departamento de McReadie. Una de las dos puertas en el extremo opuesto permanecía abierta.

—¿Me perdí de algo, agente? —preguntó McLean mientras cruzaban el enorme espacio.

—¿No la reconoció, señor? ¿Vanessa Adamson? ¿Ganó un premio el año pasado por su papel en ese drama de época de la BBC? ¿Nominada al Oscar por esa película con Johnny Depp?

No había visto ninguna de las dos, pero la había visto en las noticias, ahora que lo pensaba. McLean sintió que le quemaban las puntas de las orejas. No era de asombrar que le pareciera un poco familiar.

—¿De verdad? Creí que era más alta —entró a la habitación para refugiarse de su vergüenza. Era un estudio amplio, iluminado por una sola ventana de piso a techo. Un escritorio ancho, con cubierta de cristal daba soporte a una computadora portátil y a un teléfono, pero nada más. Bob el Gruñón estaba sentado en el sillón ejecutivo de piel negra, y giraba de un lado a otro.

—¿Qué encontraste, Bob?

—Creo que le gustará esto, señor —se levantó y tomó un libro de la repisa superior detrás de él. Cuando lo sacó, la estantería completa hizo un clic, se movió hacia adelante y se deslizó a un lado sobre unas guías silenciosas. Detrás de ella había otro conjunto de estantes, esta vez de cristal, e iluminados desde arriba y abajo. Estaban repletos con una desconcertante colección de joyería.

—¿Cómo lograste descubrir eso? —McLean caminó en torno al escritorio, sin dejar de mirar el tesoro.

—Estaba mirando los títulos, señor. Vi uno que McReadie mismo escribió. Se me ocurrió echarle un vistazo, ver si incluía una biografía. Pero él no lo había escrito, ¿ve? Era su bromita privada.

—Bien, te acabas de ganar un diez por observación. Once de diez por suertudo.

—Y la cosa se pone mejor, señor. También encontré éstos —Bob se agachó y sacó un par de periódicos del cesto de la basura detrás del escritorio. Eran ejemplares del *Scotsman* de la semana anterior. Los desdobló y los extendió. Uno se había quedado abierto en la página de las notas necrológicas, el otro en las esquelas. Ambos tenían círculos trazados en pluma negra. McLean reconoció la fotografía borrosa en blanco y negro de su abuela, tomada cuarenta años antes. Bob el Gruñón mostró la sonrisa radiante que le había hecho acreedor a su apodo tantos años antes.

—Creo que éste podría ser nuestro hombre de las esquelas, señor.

26

—¡McLean! ¿Dónde demonios estaba ayer por la mañana? ¿Por qué no contestaba su teléfono?

El Inspector en Jefe Duguid avanzó a paso firme por el corredor, con el rostro en un tono de rojo que se acercaba al morado, las manos apretadas hasta formar unos desagradables puños cerrados. McLean se esforzó por un momento en recordar lo que había estado haciendo, tanto había sucedido desde entonces. Y todo se aclaró en su memoria.

—Tuve el día libre, señor. Estaba sepultando a mi abuela. Si usted hubiera hablado con la Superintendente en Jefe McIntyre seguramente se lo habría dicho. También le habría dicho que a pesar de eso vine temprano a terminar el reporte sobre la muerte de su tío y el suicidio de su asesino.

El rostro de Duguid pasó de rojo lívido a blanco fantasmal en un instante. Sus ojitos porcinos se abrieron y sus fosas nasales se dilataron como si fuera un toro que pateara el suelo, listo para atacar.

—No se atreva a mencionar eso aquí, McLean –la voz de Duguid brotó como un susurro de entre sus labios apretados y miró en derredor con nerviosismo para ver si alguien había escuchado. Había muchos uniformados ocupados en sus asuntos, pero tenían suficiente sentido de auto-preservación para evitar el contacto visual con el inspector en jefe. Si habían escuchado algo, no lo demostraban.

—¿Quería algo, señor? –McLean mantuvo su voz ecuánime y firme. Lo último que necesitaba era que Duguid se enfureciera con él, no después de haber iniciado tan bien el día.

—Puede apostar que sí. Un lunático, un tal Andrews, entró a una oficina llena de gente en el centro de la ciudad ayer y se abrió el cuello con una navaja de rasurar. Quiero que descubra quién era y por qué lo hizo.

—¿No hay alguien más disponible? Tengo una carga completa de casos tal como están las cosas...

—Usted no sabría lo que significa tener una maldita carga completa de casos aunque éstos le mordieran el culo, McLean. Deje de lloriquear y haga el trabajo por el que le pagan.

—Por supuesto, señor –McLean se mordió la lengua en un intento por no discutir. No tenía sentido cuando Duguid estaba furibundo–. ¿Quién llevó a cabo la investigación inicial?

—Usted –Duguid miró su reloj–. En la próxima media hora si tiene algo de sentido común. Hay un reporte en su escritorio del sargento que estuvo presente en la escena. ¿Recuerda su escritorio, inspector? ¿En su oficina? –y con esa nota sarcástica, se marchó airadamente, murmurando entre dientes.

Sólo entonces salió Bob el Gruñón de su escondite detrás de la copiadora.

—Demonios. ¿Qué se le metió en el culo y se murió ahí dentro?

—No lo sé. Probablemente descubrió que su tío le dejó todo su dinero al santuario animal o algo.

—¿Su tío? –así que Bob no había estado escuchando.

—Olvídalo, Bob. Vamos a indagar sobre este suicidio. Le tomará un buen rato al departamento forense procesar toda esa joyería. No podemos relacionar nada con los otros robos hasta entonces.

—¿Y qué hay de McReadie? ¿Lo quiere acusar?

—Creo que es mejor que lo hagamos. Pero tú sabes que va a lograr que una comadreja de abogado lo saque bajo fianza antes del final del día. Viste su departamento; el dinero se le sale hasta por las orejas. Puede comprar su libertad y lo sabe.

—Voy a dejarlo hasta el último minuto, entonces. Más vale confirmar con el sargento de guardia cuándo lo registró de entrada.

Bob el Gruñón se alejó a paso tranquilo en dirección del escritorio de recepción; McLean se encaminó a su oficina. Como esperaba, hasta arriba de una enorme pila de hojas de horas extra, un delgado legajo color manila contenía una sola hoja a máquina que reportaba el supuesto suicidio del señor Peter Andrews. Había nombres y direcciones de una docena de testigos, todos empleados de la misma compañía de administración financiera, Hoggett Scotia. Andrews mismo había sido empleado ahí. Aparentemente había entrado caminando al área de recepción, parecía como si hubiera dormido con la misma ropa los últimos dos días, sacó una navaja de su bolsillo y, vaya, se cortó la garganta. Y todo esto había sucedido casi veinticuatro horas antes. Desde dicha hora la policía no había hecho nada en absoluto.

McLean suspiró. No sólo era probable que investigar el suicidio fuera una tarea infructuosa, sino que también iba a encontrarse con hostilidad y enojo porque había pasado tanto tiempo antes de que él hiciera algo al respecto. Jodidamente maravilloso.

Tomó el teléfono, marcó el teléfono de la morgue. La voz animada de Tracy le contestó.

—¿Recibieron un suicidio ayer? ¿De nombre Andrews? —preguntó McLean después de que ella intentara su flirteo habitual.

—A media mañana, sí —confirmó—. El Doctor Cadwallader planeaba trabajar en él por la tarde. Alrededor de las cuatro.

McLean le agradeció, dijo que la vería ahí, y después colgó. Miró sus notas de nuevo, al menos la dirección no estaba demasiado lejos para ir caminando. Primero las entrevistas, después el post mórtem. Con algo de suerte, para cuando volviera de hacer eso, la joyería que habían encontrado en el departamento de McReadie estaría de regreso del departamento forense. Entonces tendrían un sinfín de diversión mientras intentaban hacer coincidir la joyería con las listas de artículos robados.

Tomó el archivo, ignoró el montón de hojas de horas extra que necesitaban procesarse, y se marchó en busca del Agente Criminalista Mac-Bride.

***

—Nos has mantenido ocupados esta última semana, Tony.

McLean le hizo una mueca al patólogo.

—Buenas tardes para ti también, Angus. Y gracias por venir ayer, por cierto.

—No es nada. La abuelita me enseñó un par de cosas. Lo menos que podía hacer era asegurarme de despedirla como correspondía —el patólogo ya tenía puesta su ropa quirúrgica, con largos guantes de caucho bien restirados sobre sus manos. Entraron a la sala de autopsias, donde

Peter Andrews yacía en su pálida gloria sobre la mesa de acero inoxidable. Aparte de lo tasajeado de su garganta, se veía extrañamente limpio y tranquilo. Su cabello estaba revuelto, y se veía grisáceo, pero su rostro parecía joven. McLean lo habría ubicado a fines de los treinta años o a principios de la siguiente década. Era difícil obtener esa información de un cuerpo tan pálido y macilento.

Cadwallader inició con una inspección minuciosa del cuerpo, al tiempo que buscaba señales de lesiones, abuso de drogas o enfermedades. McLean observó, mientras escuchaba sólo a medias los comentarios hechos en voz baja y se preguntaba qué podría orillar a un hombre a suicidarse de una manera tan violenta y desagradable. Era absolutamente imposible comprender los dañados procesos de pensamiento que hacían que matarte pareciera mejor idea que vivir. Él mismo había conocido la desesperanza, más de una vez, pero siempre había imaginado el sufrimiento y preocupación de la gente que podría encontrar su cadáver, las cicatrices mentales que eso les dejaría. Quizás ésa era la diferencia entre el suicida y el deprimido; es necesario que ya no te importe cómo se sentirán los demás.

Si ése era el caso, entonces tal vez Andrews era un buen candidato después de todo. Según su jefe, había sido un hombre de negocios despiadado. McLean no entendía muy bien los pormenores de la administración de fondos, pero sabía lo suficiente para saber que al decidir retirar unas acciones de su portafolio, Andrews bien podría destruir una compañía. Pero mientras que el ser despiadado podría convertirlo en el tipo de hombre que podría matarse, el resto de su vida hablaba de alguien que tenía muchas razones para vivir. No estaba casado, no tenía una novia que lo atara. Era rico, exitoso, tenía un empleo que parecía disfrutar. De hecho nadie en Hoggett Scotia tenía algo malo que decir contra él. Todavía estaba pendiente el asunto de entrevistar a sus padres; vivían en Londres y se dirigían al norte esa misma tarde.

—Ah, eso sí es interesante —el cambio de tono de Cadwallader interrumpió los pensamientos de McLean. Levantó la mirada y vio que el patólogo había iniciado el examen interno.

—¿Qué es interesante?

—Esto —señaló el brillante revoltijo de entrañas y demás—. Tiene cáncer, bien, en todos lados. Parece que empezó en su vientre, pero se ha extendido a todos los órganos de su cuerpo. Si no se hubiera matado habría muerto en un mes o dos. ¿Sabemos quién era su doctor? Debió estar en una intensa terapia medicinal para esto.

—¿No pierden el cabello normalmente los pacientes de quimioterapia? –preguntó McLean.

—Buen punto, inspector. Creo que ésa es la razón de que seas un detective y yo sea sólo un patólogo –Cadwallader se inclinó cerca de la cabeza del cadáver, y jaló algunos de sus cabellos con un par de pinzas. Los colocó en un contenedor de acero que le extendió su asistente–. Haz un análisis espectrográfico de ésos, por favor, Tracy. Estoy dispuesto a apostar que no tomaba ningún medicamento más fuerte que el ibuprofeno –se dirigió de nuevo a McLean–. La quimio deja otros cambios más sutiles en el cuerpo, Tony. Este hombre no muestra ninguno de ellos.

—¿Podría haber rehusado tratamiento?

—No veo qué más pudo haber hecho. Sin duda estaba enterado de lo que le sucedía. De otra manera, ¿por qué matarse?

—Ciertamente, ¿por qué, Angus? ¿Por qué?

27

DUGUID NO SE VEÍA POR NINGÚN LADO CUANDO MCLEAN REGRESÓ a la estación. McLean elevó una silenciosa plegaria en agradecimiento y se apresuró a llegar a la diminuta sala de investigaciones. El calor se escapaba por la puerta abierta, los efectos combinados del sol de la tarde en la ventana y el radiador borboteando a todo lo que daba, con el termostato pegado en el nivel más alto. Tanto el Agente MacBride como Bob el Gruñón se habían despojado de saco y corbata. El sudor lustraba la frente del agente mientras tecleaba sin pausa en su computadora portátil.

—Recuérdame preguntarte alguna vez sobre cómo conseguiste esa máquina, Stuart.

MacBride levantó la mirada de su pantalla:

—Mike Simpson es mi primo –dijo–. Le pregunté si tenían alguna cosa extra por ahí.

—¿Qué, el Nerd Simpson? ¿El tipo que maneja la tecnología para el departamento de información forense?

—El mismo. Y no es realmente tan nerd. Sólo es su apariencia.

—Sí, y cuando habla, entiendo cada una de las palabras que usa, pero de alguna manera el significado de todas ellas juntas me sobrepasa. Así que es tu primo, ¿eh? –podría sernos útil. Ya había sido útil a juzgar por el estado de la portátil que MacBride usaba. Es probable que incluso fuera nueva–. ¿Le has pedido que le eche un vistazo a la computadora de McReadie?

—Está trabajando en eso en este momento. No creo haberlo visto nunca tan emocionado. Aparentemente McReadie es algo así como un dios en la comunidad *hacker* aquí en Edimburgo. Se le conoce con el nombre de Clouseau.

McLean recordó los discos de la Pantera Rosa en la colección del ladrón. Todos bastante usados con excepción del último.

—Me sorprende que haya elegido ese nombre. Uno pensaría que se relacionaría más con el personaje de David Niven.

La expresión del Agente Criminalista MacBride elocuentemente describió su absoluta falta de comprensión.

—La Pantera Rosa, agente. Hacía el papel de Sir Charles Lytton, el caballero ladrón. Un ladrón balconero.

—Ah, cierto. Creí que era un personaje de caricatura.

McLean negó con la cabeza y se dio la vuelta, y al hacerlo sus ojos se toparon con las fotografías de la chica muerta todavía sujetas a la pared detrás de Bob el Gruñón.

—Eso me recuerda... ¿Obtuviste algo de Personas Desaparecidas en relación con ese constructor?

MacBride golpeó un par de teclas más antes de contestar.

—Lo siento, señor. Hablé con ellos, pero los registros de computadora sólo se remontan hasta los sesenta. Necesito ir a los archivos por cualquier cosa previa. Iba a dedicarme a eso esta tarde.

—¿Un constructor? –preguntó Bob el Gruñón.

—Es idea del agente, en realidad –McLean asintió en dirección a MacBride, cuyas mejillas y orejas se sonrojaron–. Nuestros asesinos eran hombres preparados; no habrían sabido cómo construir con ladrillos o enyesar. Alguien tuvo que hacerlo, sin embargo, para ocultar los nichos y tapiar la habitación. Habrían necesitado un constructor que lo hiciera.

—Pero ningún constructor ocultaría eso –dijo Bob el Gruñón–. Quiero decir, debe haber visto el cuerpo. Habría visto los frascos también. Si hubiera sido yo, me habría negado. Habría armado un alboroto.

—Ah, pero tú no eres un constructor de la clase trabajadora, nacido a principios del siglo veinte, Bob. Sighthill era poco más que una aldea en aquella época, la gente trataba con deferencia al terrateniente local, como si fuera su rey. Y yo no creo que haya estado muy por encima de nuestros asesinos amenazar a su familia, tampoco. No diría que este tipo de personas son exactamente remilgadas.

—¿El terrateniente?

—El lugar le pertenecía a Menzies Farquhar. El fundador de Farquhar's Bank.

—¿Cree que él lo hizo? ¿Que presionó a algún constructor local para que ocultara todo, y después se deshizo del constructor cuando terminó? –Bob el Gruñón parecía escéptico, y mientras exponía su teoría, McLean apenas pudo culpar a su antiguo amigo. Lo que había parecido obvio en la inquietante atmósfera de la escena del crimen parecía descabellado en la calidez de la diminuta sala de investigaciones. Era más frágil que una excusa de colegial, pero era todo lo que tenían.

—No Menzies Farquhar, no. Pero podría haber sido su hijo, Albert –McLean recordó su breve conversación con Jonas Carstairs en el velorio. ¿Podría ser en realidad tan sencillo? No. Nunca lo era–. Pero todo es demasiado circunstancial hasta este momento. No sabemos en realidad nada sobre la familia, mucho menos sobre alguien que podría haber trabajado para ellos en tiempos de guerra. No es probable que quede alguien vivo de esa época con quién hablar. Ciertamente no quedan Farquhars que encerrar, si fueron ellos. Pero si no es posible hacer algo más, me gustaría darle un nombre a nuestra víctima, y nuestra mejor apuesta por el momento es un constructor desaparecido –se dio la vuelta en dirección al agente–. Stuart, quiero que averigües todo lo que puedas sobre Menzies y Albert Farquhar. Cuando hayas hecho eso puedes ir a ayudar a Bob con los archivos.

—¿Ah, sí? ¿Y yo qué voy a estar haciendo ahí? –el viejo sargento se oía completamente falso, como si no lo supiera ya.

—Vas a sacar todos los reportes sin resolver de Personas Desaparecidas sobre constructores competentes que hayan vivido en el área de Sighthill. Del cuarenta y cinco hasta el cincuenta deberían cubrir todo. Si no encontramos nada podemos ampliar cualquiera de los extremos.

—¿Desde 1945? Debe estar bromeando –Bob el Gruñón se veía horrorizado.

—Tú sabes que guardan registros de mucho antes que eso, Bob.

—Sí, en el sótano, en enormes cajas de archivo cubiertas de polvo.

—Bien, llévate a un agente que te ayude, entonces –dijo McLean mientras la Agente Kydd tocaba la puerta abierta–. Mira, ni siquiera tienes que buscar uno.

—¿Señor? la agente miró de Bob el Gruñón a McLean y después en el sentido opuesto, con la preocupación frunciendo su frente.

—No es nada –dijo McLean–. ¿Qué podemos hacer por usted?

La agente Kydd entró en la habitación jalando un carrito cargado de cajas de cartón:

—Es lo que recogimos en el departamento de McReadie, señor. El departamento forense ya los revisó. Aparentemente están más limpios que el alma del agente Porter, sea lo que sea que eso signifique.

—Es un Testigo de Jehová, agente. ¿No ha intentado convertirla a la causa aún?

—Eh, no señor. No lo creo. Y también tengo un mensaje del área de recepción. Han intentado comunicarse a su oficina pero no han obtenido respuesta, y su celular sigue pasando directo a mensaje.

McLean levantó su teléfono. Estaba seguro de haberlo cargado durante la noche. La pantalla estaba en blanco, y al presionar el botón de encendido no obtuvo respuesta.

—La maldita batería se murió de nuevo. ¿Por qué no llamaron simplemente aquí? No, olvide eso —miró el solitario teléfono sobre el escritorio junto a la portátil. Podría funcionar, pero nunca había visto a nadie usarlo—. ¿Cuál es el mensaje?

—Parece que llegó un tal señor Donald Andrews a verlo. Mencionó algo sobre identificar a su hijo.

—Oh, mierda —McLean le arrojó su teléfono a MacBride—. Permítanos su radio, por favor, agente. Tengo que regresar a la morgue.

***

Donald Andrews no se parecía mucho a su hijo. Los pómulos angulosos y una nariz puntiaguda afilaban sus rasgos, como si hubiera pasado demasiado tiempo expuesto a un viento fuerte. Llevaba el cabello rapado, con algunas canas visibles en las sienes. Sus ojos eran de un azul brillante, penetrantes, y hablaba con el acento entrecortado de Home Counties. McLean requisó una patrulla y un conductor para llevarlos a la morgue al otro lado de la ciudad. Dejó al agente afuera, en el auto, con la esperanza de que no les llevaría mucho tiempo.

La doctora Sharp había preparado el cuerpo para su inspección. Estaba completamente envuelto, colocado sobre una mesa en una pequeña sala a un lado de la sala de autopsias principal. Los hizo pasar tan pronto llegaron, después dobló la parte superior de la sábana, de manera que se mostraba la cabeza del cadáver pero ocultaba el corte desigual en su cuello. Donald Andrews permaneció en silencio y totalmente inmóvil por largos minutos, mientras miraba el rostro blanco pálido, después se volvió lentamente en dirección a McLean.

—¿Qué es esto? –exigió–. ¿Qué demonios le sucedió a mi hijo?

—Disculpe, señor. Éste es su hijo, Peter Andrews, ¿no es cierto? –McLean sintió una súbita tensión helada en el estómago.

—Yo... sí... quiero decir, eso creo. Pero... ¿puedo ver el resto de su cuerpo, por favor? –no era una pregunta.

—Señor, no estoy seguro de que quiera hacer eso. Él...

—¡Soy un cirujano, maldición! Sé lo que le hicieron.

—Disculpe, señor. No lo sabía –McLean asintió en dirección a Tracy, quien enrolló el resto de la sábana. Era muy probable que ella hubiera suturado el cuerpo después de que Cadwallader terminara de revisarlo. McLean estaba impresionado por su destreza y meticulosidad, pero no podía ignorar el hecho de que Peter Andrews había sido cruelmente fileteado. Mientras que la mayoría de los padres habrían estado horrorizados, Donald Andrews en cambio sacó un delgado par de anteojos y se inclinó más de cerca para inspeccionar a su hijo.

—Es él –dijo tras algunos minutos–. Tiene una marca de nacimiento y un par de cicatrices que reconocería en cualquier momento. Pero no entiendo qué le sucedió. ¿Cómo se puso así?

—¿A qué se refiere, señor? Así estaba cuando murió –McLean tragó saliva–. Le dijeron la manera en que murió, ¿no es así?

—Sí, y eso en sí ya es difícil de creer. Peter tenía sus defectos, pero la depresión no era uno de ellos.

—¿Sabía que tenía cáncer terminal, señor?

—¿Qué? ¡Pero eso es imposible!

—¿Cuándo fue la última vez que vio a su hijo, señor?

—En abril. Vino a Londres para el maratón. Lo hacía cada año para recaudar dinero para el hospital de Niños Enfermos.

McLean miró el cuerpo destrozado que yacía desnudo sobre la mesa. Sabía que todo tipo de personas participaban en maratones; algunas incluso requerían días para cubrir la ruta caminando, en lugar de corriendo. Peter Andrews se veía como si hubiera requerido tomar un taxi. Sus piernas estaban atrofiadas, su columna encorvada. Las puntadas dificultaban apreciar en qué condición había estado antes del examen post mórtem, pero McLean podía recordar lo inflado de su barriga.

—Debe haberle importado mucho el hospital, para esforzarse tanto. ¿Recaudaba mucho?

—No se trataba del dinero, inspector. Lo hacía por correr. En estos días se requiere una caridad que te apoye para obtener un lugar en el maratón de Londres.

—Disculpe, señor, ¿está diciendo que su hijo era un corredor habitual?

—Desde que tenía unos quince años. Estuvo cerca de hacerlo profesionalmente –Donald Andrews estiró la mano y acarició el cabello de su hijo muerto. Las lágrimas hicieron brillar sus ojos acusadores–. Terminó la última carrera en dos horas y media.

28

EL SONIDO POCO FAMILIAR DEL RADIO QUE SALIÓ DE SU BOLSILLO lo distrajo mientras caminaba de regreso a la estación.

—McLean —dijo, tras recordar cómo usar el aparato. Era más bromoso que un celular, y más complicado, pero la batería no se había muerto. Todavía no, al menos.

—Ah, hola, inspector. Me preguntaba si alguna vez podría localizarte —McLean reconoció la voz del abogado de su abuela.

—Señor Carstairs, iba a comunicarme con usted. Acerca de Albert Farquhar.

Hubo una pausa, como si el abogado hubiera sido tomado por sorpresa.

—Por supuesto, pero me temo que ésa no es la razón por la que llamo. Tengo todos los documentos de tu abuela en orden; sólo necesito que firmes algunos formatos y entonces podremos empezar el tedioso proceso de transferir los títulos de propiedad y demás.

McLean echó un vistazo a su reloj. Se le escapaba la tarde, y había una montaña de papeleo sobre su escritorio esperándolo aun antes de que pudiera llegar a la interesante tarea de clasificar los trofeos de McLean.

—Estoy bastante ocupado por el momento, señor Carstairs.

—Por supuesto, Tony. Pero aun los inspectores necesitan comer en algún momento. Me preguntaba si te interesaría ir a cenar. ¿Qué te parece alrededor de las ocho? Puedes firmar los papeles entonces y nosotros nos encargaremos del resto. Esther me confió varios mensajes personales que debía comunicarte después de su muerte, también. No me pareció muy apropiado hacer eso en su funeral. Y puedo contarte todo sobre Bertie Farquhar si quieres, aunque es un tema bastante desagradable.

Probablemente era la mejor oferta que iba a obtener, y era mucho mejor que una cena para llevar comprada en el camino a casa cerca de medianoche, que era como se veía el final de su día hasta ese momento. Y si podía descubrir un poco más sobre Farquhar, mejor.

—Es muy amable, Jonas.

—¿Quedamos a las ocho en punto?

—Sí, está bien.

Carstair le recordó su dirección, colgó, y para entonces McLean casi había llegado a la estación. Todavía sujetaba el radio mientras intentaba descubrir cómo apagarlo cuando empujó la puerta principal para entrar.

—Bien, los milagros nunca cesan –dijo el sargento de guardia–. Un inspector criminalista con un radio.

—No es mío, Pete, lo tomé prestado de una agente –McLean lo sacudió y presionó los botones, sin resultado–. ¿Cómo apagas esta maldita cosa?

***

Abajo, el caos imperaba en la salita de investigaciones. Las cajas que la Agente Kydd había llevado en su carrito estaban amontonadas por todo el lugar, algunas abiertas, otras todavía cerradas con cinta. En medio de la vorágine, el Agente MacBride estaba arrodillado con un fajo de papeles y los examinaba con esperanza.

—¿Se divierte, agente? –McLean miró su reloj–. De hecho, ¿no debería haberse marchado ya?

—Se me ocurrió adelantarme a identificar estas piezas, señor –MacBride levantó una bolsa de plástico transparente que contenía un huevo de oro incrustado de joyas de una vulgaridad única.

—Bien, tengo más o menos una hora libre. Páseme una de esas hojas y le echaré una mano. ¿Ha encontrado algo?

MacBride señaló un pequeño montón de artículos sobre el escritorio.

—Eso estaba en la lista de la señora Douglas. Y según el inventario estaban en la repisa de abajo, en el extremo derecho. Todas estaban juntas. Estoy trabajando en la hipótesis de que McReadie hacía las cosas metódicamente. Es un experto en computadoras, después de todo.

—Parece una buena estrategia –McLean revisó las cajas, al tiempo que comparaba las etiquetas contra su lista–. Así que esto debería ser la repisa superior, empezando por el lado izquierdo; su primer robo. El Mayor Ronald Duchesne.

Abrió la caja, miró a través de las bolsas de plástico transparente e intentó relacionarlas con los artículos reportados como robados. Era poco probable que todos estuvieran ahí; McReadie probablemente había vendido las piezas que no le parecían atractivas, y las víctimas de robo casi siempre agregaban objetos a la lista de artículos robados. Pero la caja no contenía nada que fuera ni siquiera parcialmente compatible. Tras sacar todo y acomodarlo ordenadamente en el piso a su alrededor, McLean estaba a punto de colocarlo todo de regreso y estudiar la siguiente caja cuando notó una bolsa más en el interior. La tomó y la sujetó en alto contra la luz.

Un escalofrío recorrió su espalda.

En la pared, agrandadas y sujetas en forma de círculo, estaban las imágenes de los seis artículos encontrados en los nichos junto con los órganos preservados del cadáver de la chica. En este momento se concentró en la fotografía de una mancuernilla de oro, tallada de manera recargada, engastado con un gran rubí. En el fondo de la bolsa plástica transparente de evidencias estaba su gemelo idéntico.

29

Ella no puede entender qué le está sucediendo. ¿Cuándo empezó todo? No puede recordarlo. Había gritos y gente corriendo. Ella se había asustado, incluso se sintió un poco mal. Pero entonces un cálido manto lo cubrió todo, incluyendo su mente.

Las voces le susurran, la amonestan y la confortan, la empujan a seguir. De alguna manera ha caminado durante millas, pero no recuerda la distancia. Sólo un dolor sordo en las piernas, la espalda, la boca del estómago. Está hambrienta. Muy hambrienta.

El olor atrapa su nariz y la arrastra con tanta certeza como una soga. Es incapaz de resistirse a su llamado, aun cuando sus pies se sienten como cicatrices sangrantes al final de sus piernas. Hay gente en torno suyo, ocupada en sus asuntos. Se siente avergonzada de que la vean, pero la ignoran y se mueven a un lado cuando ella se tambalea junto a ellos. Debe parecerles otra estúpida bebedora empedernida.

Está enojada con ellos por asumir que ella padece tal debilidad. Quisiera golpearlos, lastimarlos, exhibirlos como los mezquinos idiotas que son. Pero las voces la tranquilizan, toman su ira y le aconsejan que la guarde para después. Ella no pregunta qué significa ese "después" pero camina hacia el olor.

Es como un sueño. Ella salta de una imagen fija a la siguiente sin el aburrido movimiento entre ellas. Está en una calle ajetreada; está en una calle tranquila; está parada frente a una casa grande apartada del camino; está adentro de ella.

Él la ve parada ahí, se vuelve hacia ella. Es viejo, pero sus movimientos son juveniles mientras camina en su dirección. Entonces sus ojos se encuentran con los de ella y algo en ella muere. Hay una arrogancia en su postura que despierta su ira una vez más. Las voces que le susurran se convierten en un tumulto, una furia sin reprimir. Los recuerdos escondidos por toda una vida se abren como flores negras, malolientes y podridas. Viejos que sudaban y la forzaban, mientras el dolor la envolvía. Que esto se acabe. Dios, por favor, haz que se acabe. Pero nunca sucede. Una y otra vez, una noche tras otra y otra. Le hicieron cosas. Él le hizo cosas a ella, está segura de eso ahora, aun mientras olvida todo lo que alguna vez fue.

Algo frío, duro y afilado está ahora en su mano. Ella no tiene idea de cómo llegó ahí, no tiene idea de dónde está, de quién es. Pero sabe a qué vino, y qué es lo que tiene que hacer.

30

—¿Dónde está McReadie? ¿En qué celda está? —McLean irrumpió por las puertas hacia la oficina del sargento de guardia como una explosión. El sargento levantó la mirada de su taza de té, el personal administrativo del turno de noche se volteó a ver qué sucedía.

—¿McReadie? Se marchó hace un par de horas.

—¿Qué?

—Lo siento, señor, lo dejamos tan tarde como pudimos. Pero teníamos que acusarlo de robo eventualmente. En cuanto lo hicimos, su abogado llegó aquí como una bala. No había motivo para negarle la fianza.

—Demonios. Necesito hablar con él.

—¿No puede esperar hasta mañana, señor? Si lo persigue, él puede iniciar una acusación por hostigamiento. Usted no quiere que se escape por una cuestión puramente técnica, ¿verdad?

McLean intentó tranquilizarse. Podría esperar. La chica muerta no iba a estar menos muerta.

—Tienes razón, Bill —dijo—. Discúlpame por irrumpir así.

—No hay problema, señor. Pero ya que está aquí, ¿podría hacer algo acerca de esa pila de hojas de horas extra sobre su escritorio? Es que el fin de mes se acerca y tenemos que preparar la nómina.

—Voy a encargarme —prometió, mientras salía del cuarto de control. Pero en lugar de dirigirse a su oficina, regresó a la pequeña sala de investigaciones, sin dejar de sujetar la bolsa plástica de evidencias. El Agente MacBride todavía estaba ahí, buscando en un montón distinto de cajas de cartón.

—¿Ya lo encontró?

—Está aquí, en algún lugar, señor. Ah, aquí está —el agente se enderezó, sujetando otra bolsa transparente de evidencias, que también contenía una mancuernilla enjoyada y recargadamente adornada. Se lo entregó y McLean los sujetó uno al lado del otro. No había duda de que eran un par, aunque el que se encontró en el nicho del sótano estaba más limpio y tenía menos rasguños, como si quien lo hubiera dejado atrás hubiera seguido usando el otro. Hasta que de alguna manera terminó en la colección del señor Fergus McReadie.

Echó un vistazo a su reloj. Cuarto para las ocho. Ninguno de ellos debería estar en la estación a esa hora. Era frustrante estar tan cerca y aun así tener que esperar. Pero el sargento de guardia tenía razón: no podía traer a McReadie tan pronto tras su liberación sin que pareciera hostigamiento. No tras haberle llevado tanto tiempo acusarlo. Tendría que esperar hasta la mañana siguiente.

—¿Cómo le va a su primo Mike con la computadora? —preguntó McLean.

—Lo último que supe es que esperaba descifrar la manera de entrar en ella para mañana.

—Está bien, váyase a casa, Stuart. Haremos esto mañana. De todas maneras no estoy seguro de qué está haciendo aquí tan tarde.

El agente enrojeció bajo su mata de cabello rubio y murmuró algo sobre esperar a que alguien más terminara su turno a las nueve.

—Bien, entonces, como un premio especial, puede hacer algo de trabajo policial real para variar.

—¿Puedo? —el rostro de MacBride se iluminó como si la Navidad hubiera llegado anticipadamente.

—Sí, puede. Vaya a mi oficina y revise las hojas de horas extra. Las firmaré cuando llegue mañana —McLean no esperó a escuchar el agradecimiento del agente.

***

Era una corta caminata de la estación hasta Inverleith y las Colonias. El sol había desaparecido detrás de los edificios y tras la bruma de la contaminación, pero todavía había algo de luz. La oscuridad propiamente dicha no llegaría hasta dentro de otro par de horas, al menos en esta época del año. Pagarían por ello en el invierno, por supuesto.

Sobre el malecón del río Leith, las calles cambiaban de terrazas geor-
gianas a amplias casas independientes a medida que uno se aproximaba
a los Jardines Botánicos. La dirección que Carstairs le había dado era
la de un imponente edificio de tres pisos en una estrecha calle lateral,
bloqueada en un extremo a fin de evitar que la usaran como atajo en el
tráfico hacia los trabajos. Era agradablemente silenciosa y limpiamente
alejada del camino principal, lo que le recordó la calle donde estaba la
casa de su abuela, al otro lado de la ciudad. Edimburgo estaba lleno de
estos recovecos elegantes, escondidos silenciosamente entre vecindarios
menos saludables.

Mientras caminaba hacia la casa, McLean vislumbró a una joven bo-
rracha antes de que la noche empezara, haciendo eses en el pavimento a
medida que se alejaba de él. Con el Festival Fringe a todo lo que daba, no
era extraño ver todo tipo de parranderos a cualquier hora, así que no le
prestó mucha atención.

Un pesado camión que pasó traqueteando más allá del final de la
calle atrajo su atención por un momento, y cuando miró de nuevo, ella
ya no estaba. Al tiempo que se quitaba la imagen de la cabeza, subió
la media docena de escalones de piedra que llevaban al porche delantero
de Carstairs, y levantó su mano hacia la campanilla.

La puerta ya estaba abierta.

En algún lugar a la distancia, un reloj anunció la hora. McLean entró,
bajo el razonamiento de que Carstairs ya lo esperaba. Bien podría haber
dejado la puerta abierta a propósito. Un pequeño vestíbulo contenía un
soporte para paraguas con tres de ellas y un par de bastones. Una fila de
abrigos viejos colgaba de ganchos de hierro forjado. Otra puerta, abierta
también, guiaba hacia el salón central de la casa.

—¿Señor Carstairs? —McLean levantó la voz hasta que fue poco menos que un grito. No tenía idea de dónde podría estar su anfitrión en esta
casa tan grande. El silencio le dio la bienvenida mientras caminaba sobre
el piso de baldosas blancas y negras. Estaba más oscuro aquí, con la luz
filtrándose por una alta ventana en la parte trasera, a medio camino de
las escaleras, y oscurecida por un enorme árbol.

—¿Señor Carstairs? ¿Jonas? —miró en derredor, apreciando los paneles
de madera oscura, la chimenea, sin duda acogedora en el invierno. Grandes pinturas al óleo de sombríos caballeros cubrían las paredes; un orna-
mentado candelabro de bronce colgaba del alto techo. Algo olía extraño.

Era un olor con el que se había encontrado recientemente, y mientras lo buscaba en su memoria, McLean se dio cuenta de que estaba mirando al piso de cuadros blancos y negros, como de tablero de ajedrez. Un rastro de manchas oscuras serpenteaba desde el vestíbulo hasta una puerta semiabierta a la izquierda del salón. Las siguió, con cuidado de no pisar nada.

—¿Jonas? ¿Está ahí? —McLean pronunció las palabras, pero ya sabía la respuesta. Le dio un empujoncito a la puerta con un pie. Se abrió fácilmente sobre las bisagras bien aceitadas, silenciosas, liberando un olor penetrante a hierro caliente y mierda. Tuvo que tomar un pañuelo y ponerlo sobre su nariz y boca para no vomitar.

La habitación consistía en un pequeño estudio, cubierto de libros y con un escritorio antiguo y ordenado en el centro. Sentado ante el escritorio, con la cabeza hacia atrás viendo el techo, estaba Jonas Carstairs. Su mitad inferior quedaba afortunadamente oculta a la vista por el escritorio. Y sobre la parte superior de su cuerpo habían hecho una carnicería abominable y sangrienta.

31

Cuando llegó la primera patrulla cinco minutos más tarde, McLean estaba sentado en los escalones de piedra de la entrada, respirando el aire fresco de la ciudad e intentando no pensar en lo que había visto. Designó a dos agentes para asegurar el área, a sabiendas de que la puerta trasera estaba cerrada, y se dedicó a esperar a que el doctor de la policía llegara. Mientras tanto la camioneta de Servicios Periciales retumbó por la calle y media docena de oficiales salieron en tropel. Se sorprendió al darse cuenta de que le agradaba ver el rostro sonriente de la señorita-no de la señora Baird, su cámara digital ya fuera de su funda y colgada de su cuello. Entonces recordó lo que ella iba a fotografiar.

—Tiene otro cadáver para nosotros, inspector. Esto se está haciendo una especie de hábito, ¿no es así?

McLean dejó escapar un bufido a modo de respuesta, al tiempo que miraba al equipo de Servicios Periciales enfundarse en sus overoles blancos y tomar sus maletines de la parte trasera de la camioneta.

—¿Qué tocó? —preguntó el técnico de más alto rango, mientras le pasaba un par de overoles a McLean.

—La puerta principal, la puerta interior y la puerta trasera. Y tuve que usar el teléfono también. Para dar el aviso.

—¿Ya no les dan celulares a los inspectores?

—La batería está muerta —McLean sacó el artículo ofensivo de su bolsillo, lo agitó frente al técnico y lo puso de regreso en su lugar, después se colocó el overol. Mientras se preparaban, un viejo y maltratado vw Golf llegó traqueteando, se estacionó en medio de la calle y arrojó a un hombre enorme en un traje que no le quedaba bien. Sacó un maletín médico del asiento del pasajero y caminó contoneándose hacia ellos.

El Doctor Buckley era un tipo amable, siempre y cuando no le hicieras preguntas estúpidas.

—¿Dónde está el cuerpo?

—Va a tener que ponerse el overol, doctor –dijo McLean, a sabiendas de que eso le ganaría una mirada ceñuda y no se decepcionó. Batallaron para encontrar un overol que le quedara, pero finalmente pudieron entrar de nuevo a la casa. Los guio directamente hacia el estudio. El único cambio era que el olor había empeorado y unas moscas perezosas zumbaban alrededor del cuerpo.

—Está muerto –dijo el Doctor Buckley, sin siquiera entrar en la habitación. Se dio vuelta para marcharse.

—¿Eso es todo? ¿No va a examinarlo? –preguntó McLean.

—No es mi trabajo, y lo sabe, inspector. Puedo ver desde aquí que le han cortado la garganta. La muerte debió ser instantánea. El Doctor Cadwallader podrá darle más detalles cuando llegue aquí. Buen día.

McLean miró al gordo salir de la casa, después se dirigió al equipo de Servicios Periciales.

—Bien, creo que pueden empezar, pero no toquen el cuerpo hasta que llegue el patólogo.

Entraron como un pequeño pero eficiente tropel de hormigas. El flash en la cámara de Emma se encendió repetidamente cuando McLean finalmente entró en la habitación. Lo primero que notó fue la ropa colgada del respaldo de un sillón de piel en la esquina. Camisa, saco, corbata. Miró de nuevo el cuerpo y se dio cuenta de que estaba desvestido desde la cintura hasta arriba. Al moverse detrás del escritorio, hizo una mueca cuando vio las entrañas desparramadas sobre el regazo del abogado, colgando hasta los pulidos tablones del piso. Su silla había sido empujada hacia atrás una corta distancia, y estaba sentado derecho, casi como posando, con sus manos colgando a cada lado. La sangre había escurrido por sus brazos desnudos, había goteado desde la punta de sus dedos hasta formar estanques idénticos debajo. Cubierto de sangre y coágulo, un cuchillo japonés de cocina de hoja corta descansaba sobre el escritorio frente a él.

—Por Dios, Tony. ¿Qué demonios pasó aquí?

McLean se dio la vuelta y vio a Angus Cadwallader parado en la puerta. Ya se había puesto el overol blanco, y la Doctor Sharp permaneció nerviosamente de pie tras él.

—¿Algo de esto te parece familiar, Angus? —McLean se hizo a un lado para permitir que el patólogo viera mejor.

—Superficialmente, sí. Es obviamente una copia de los asesinatos de Smythe y Stewart —Cadwallader se inclinó cerca del cuerpo, y presionó la herida en el cuello de Carstairs con sus dedos enguantados—. Pero no puedo decir aquí qué sucedió primero, el corte de la garganta o la evisceración. Es difícil ver si falta algo, también. Ah, ¿qué es esto? —se puso de pie, se inclinó sobre el cadáver y le abrió la boca.

—Bolsa por favor, Tracy, y un par de pinzas —Cadwallader tomó el instrumento y empezó a buscar—. Uno pensaría que no todo cabría aquí. Ah, no, ha sido cortado a la mitad. Eso lo explicaría.

—¿Explicar qué, Angus? —McLean reprimió un eructo. Por Dios, sería bochornoso vomitar. No es que fuera un agente sin experiencia viendo su primer cadáver. Pero también había venido a cenar con Carstairs.

—Esto, inspector, es lo que nosotros los doctores conocemos como hígado —Cadwallader levantó una tira de material largo, pegajoso, entre morado y marrón, atrapada en sus pinzas, y después la dejó caer en la bolsa que la esperaba—. Su asesino cortó una tira y la metió en la boca de su víctima. No puedo decir desde aquí si es de él o no, pero no puedo pensar en ninguna otra razón para destrozarlo de esa manera —señaló el revoltijo que alguna vez fue el estómago y el pecho de Carstairs—. Llevémoslo a la morgue. Veremos qué secretos tiene por revelar.

32

—Lo siento, Tony, pero voy a tener que darle la investiga-ción al Inspector en Jefe Duguid.

McLean estaba frente al escritorio de la Superintendente en Jefe McIntyre, no exactamente en posición de firmes, pero tampoco relajado. Ella lo había mandado llamar en el momento en que llegó a la estación esa mañana, brillante y temprana tras una noche de sueño intermitente y terribles pesadillas. Apretó los dientes para contener la respuesta que le venía a la mente, se obligó a sí mismo a relajarse. Perder los estribos con el jefe nunca sería de ayuda.

—¿Por qué? –preguntó, finalmente.

—Porque es demasiado cercano a Carstairs.

—¿Qué? Apenas lo conocía.

—Era el albacea de la herencia de su abuela. Hasta donde sé usted es el único beneficiario. Él asistió a su funeral. Usted se dirigía a cenar con él. Él era, en pocas palabras, un amigo de la familia. No puedo permitir que eso ponga en riesgo lo que es un investigación muy importante. ¿Tiene alguna idea de lo que Carstairs hizo por esta ciudad mientras vivía?

—Yo... No.

—Bien, varias personas muy importantes me han estado telefonean-do desde las cinco de la mañana para decírmelo. El comisario en jefe solía jugar al golf con él; el primer ministro lo invitaba a pescar en las vacaciones; fue vital al redactar la constitución del nuevo parlamento.

—¿Por qué Duguid? ¿No puede el Inspector en Jefe Powell tomar el caso? ¿O alguno de los otros inspectores?

—Charles es un detective con amplia experiencia, Tony. E impresio-nó a todos con la manera como manejó el caso Smythe.

Excepto a mí, pensó McLean.

—Pero él simplifica en exceso las cosas.

—Y usted las complica innecesariamente. Es una pena que no puedan trabajar juntos. Se cancelarían mutuamente.

—Así que eso es todo. ¿No puedo tener nada que ver con el caso?

—No exactamente, pero usted no está a cargo de esto. Además, hay un aspecto más urgente de la investigación: usted asistió a la escena del crimen Smythe, y fue el primero en ver a Carstairs después de que lo mataran. ¿Qué tan probable cree usted que sus similitudes sean simple coincidencia?

—Pero sabemos que el asesino de Smythe está muerto... Se suicidó menos de veinticuatro horas después.

—Exactamente. Y no hemos publicado detalles del asesinato a la prensa. La cobertura sólo indicaba que había sido brutalmente agredido. Lo cual significa que quien haya asesinado a Carstairs tuvo acceso a reportes detallados de la escena del crimen. Ésa no es una fuga que pueda tolerar. Encuéntrela, Tony, y deténgala.

—Um. ¿No es ése un trabajo para Estándares Profesionales?

McIntyre se frotó la sien con una mano cansada.

—¿De verdad los quiere encima de todo lo que usted, Duguid, y todos en el Departamento de Investigación Criminal han hecho por los últimos meses? Puede llegar a eso, Tony, pero por ahora quiero que alguien en quien yo confío se encargue de revisarlo.

***

Ella mira el sol con una sensación de asombro. Descansa sobre el horizonte al este, una gran esfera roja y gorda de poder, llenándola con su calor. Las voces le cantan sobre grandes acciones y sabe que es su herramienta para vengarse. Fue bueno hacer su trabajo.

Mira sus manos, manchadas y ensangrentadas, y siente una vez más la calidez y la humedad de la piel del hombre; el rojo brotando a medida que el cuchillo separaba la piel para revelar la pulsante vida debajo. Ella la había sostenido en sus manos, la había separado de él y lo había obligado a comerla. Su última comida en la tierra antes de que ella arrancara su alma para que las voces la devoraran.

Pero ella está cansada, tan cansada. Y el hambre todavía surca su vientre. El dolor en sus piernas es constante, su espalda sufre una contorsión agónica a cada paso. Las voces todavía la reconfortan, todavía la incitan a seguir. Hay más trabajo por hacer, más venganza por cobrar. Él no fue el único en ultrajarla, después de todo. Los demás deben pagar también.

Pero es difícil, tan difícil, seguir haciendo lo que le ordenan. Si ella pudiera tan sólo alcanzar el sol. Utilizar la parte más pequeña de su inconmensurable fuerza para sí misma. Entonces podrá obedecer a las voces. Y ella anhela la emoción de obedecerlas. Ella no desea otra cosa más que eso. ¡Cómo ha deseado toda su vida ser la herramienta de la venganza!

De alguna manera ella está en la cima del mundo. El viento sopla a su alrededor como una multitud al gritar alarmada. Ella lo ignora. Sólo existen ella, sólo el sol, sólo las voces a las cuales desea servir.

Abre sus brazos de par en par, y salta en dirección del cielo.

33

La Estación Waverley era muy concurrida, aun en sus mejores momentos. Con el Festival Fringe en pleno desarrollo, era una pesadilla de mochilas que se arremolinaban, taxis que hacían sonar el claxon y turistas perdidos. Para dar una idea de qué tan completo era el caos hay que indicar que a todo eso se añadieron una ambulancia, un par de patrullas y policías que marcaron el alto a todos los movimientos ferroviarios.

McLean observó todo esto desde el pasaje que unía los escalones que bajaban desde la calle Princess junto al Balmoral Hotel hasta la calle Market del lado opuesto. Antes de que construyeran las vías de ferrocarril, todo esto era un lago nauseabundo y fétido, repleto con los desechos y las aguas residuales del Old Town. Algunas veces deseó que la dejaran inundarse de nuevo.

El Doctor Buckley había llegado antes que él a la escena. El corpulento tipo estaba agachado sobre las vías para analizar unos restos hechos trizas. Al acercarse, McLean se dio cuenta de que alguna vez pertenecieron a un ser humano, posiblemente del género femenino. La caída desde el North Bridge, a través del techo de cristal reforzado de la estación y hasta el camino del tren nocturno de King's Cross no había dejado mucho con qué trabajar.

—¿La damos por muerta?

El doctor levantó la mirada tras escuchar sus palabras.

—Ah, inspector. Me imaginé que podría ser usted. Sí, probablemente murió tan pronto como golpeó el vidrio, pobrecilla.

McLean buscó con la mirada un uniformado que pareciera estar a cargo. Dos agentes estaban ocupados alejando a los curiosos, pero exceptuándolos a ellos no había nadie por ahí.

—¿Quién lo llamó? —le preguntó al doctor.

—Oh, el Sargento Houseman estaba aquí hace un minuto. Creo que fue el primero en llegar a la escena.

—¿A dónde se fue?

—Soy doctor, no detective, inspector. Creo que fue a hablar con el gerente de la estación.

—Disculpe, doctor. Ha sido una mañana frustrante.

—Y que lo diga. Ah. Aquí está.

Andy el Grande se abrió paso entre la multitud, seguido de cerca por Emma Baird y su cámara. Ambos saltaron de la plataforma y avanzaron con cuidado cruzando las vías.

—Andy, ¿podemos cubrirla con una tienda de campaña o algo? —dijo McLean, mientras los flashes de las cámaras de teléfonos celulares parpadeaban a su alrededor—. No me agradan los morbosos en la plataforma.

—Ya estoy en eso, señor —Andy el Grande señaló hacia un par de empleados de ScotRail que movían con dificultad un cobertizo de mantenimiento. Parecían reacios a aproximarse, así que al final McLean y el sargento tuvieron que forcejear para ponerlo en su lugar ellos mismos. Baird fotografió la escena y McLean tuvo un súbito pensamiento desagradable. Ella era la fotógrafa oficial de Servicios Periciales. ¿Quién más tendría fácil acceso a fotografías de la escena del crimen del asesinato de Barnaby Smythe?

Podría ser cualquiera de los cien oficiales o más que Duguid había reclutado para el caso, y cualquiera del personal administrativo que hubiera tenido un motivo para entrar a la sala de investigaciones durante la corta duración de las pesquisas. Sacudió el pensamiento de su cabeza.

—¿Cuál es la historia? —preguntó.

—No hay mucho que decir, señor. Sucedió hace media hora. Tengo a dos oficiales en la parte superior del puente ocupados en conseguir nombres de testigos, pero no hay muchas personas preparadas para admitir que estaban mirando. Parece que se subió al parapeto y saltó. Mala suerte que se estrellara exactamente en medio de un panel de vidrio y lo rompiera, y mucho peor que el tren estuviera entrando a la estación en ese momento. ¿Cuáles son las posibilidades de que eso ocurra, eh?

—Jodidamente escasas, diría yo. ¿Y qué me dice de testigos aquí abajo?

—Bueno, para empezar está el conductor del tren. Unas pocas personas estaban en la plataforma, pero siempre es un caos aquí. El mismo número de personas pueden haber huido o haberse acercado para ver mejor.

—Sí, ya sé. Bueno, haz lo mejor que puedas, ¿está bien? Ve si puedes conseguir una sala en algún lugar para entrevistarlas. No creo que haya mucho que podamos sacar en claro de los testigos, pero debemos seguir las normas.

—El gerente de la estación está despejando una oficina para nosotros en este momento, señor. Me sería de ayuda tener un par más de agentes, si le parece bien.

—Llama a la estación y haz que manden a cualquiera. Yo me encargo de autorizar el tiempo extra. Necesitamos que la retiren antes de que toda la ciudad se detenga a verla.

McLean se arrodilló junto a los restos de la víctima. Llevaba lo que parecían ser ropas de oficina: falda hasta la rodilla de una práctica tela de algodón beige; una blusa que alguna vez fue blanca, su encaje dejaba entrever el borde del sujetador que llevaba debajo; una chaqueta de corte recto con hombreras pronunciadas, parte de cuyo relleno se había escapado en forma de largos cabellos sintéticos. Sus piernas estaban desnudas, rotas y heridas, pero recientemente afeitadas. Llevaba un par de botines de piel negra, de tacón alto, del estilo que estuvo de moda a finales de los ochenta y que sin duda estaba haciendo su regreso. Era imposible decir cómo se habría visto su rostro; su espalda estaba retorcida mucho más allá de lo imaginable, y su cabeza estaba aplastada contra la gruesa grava entre los durmientes. La sangre apelmazaba su largo cabello castaño rojizo; sus manos estaban embarradas de sangre también.

—Por Dios, de verdad odio a los que saltan.

McLean levantó la mirada cuando Cadwallader se arrodilló junto a él. El patólogo se veía cansado mientras miraba de cerca el cadáver y examinaba su piel expuesta con sus dedos enguantados. Se inclinó más y se asomó bajo el arco de su espalda retorcida.

—¿Está bien si la movemos? –preguntó. Cadwallader se levantó, estiró su espalda como un gato.

—Seguro. No puedo decirte nada desde aquí excepto que murió antes de hacerse la mayoría de estas heridas. No hay suficiente pérdida de sangre. Algunas personas están muertas antes de que siquiera alcancen el suelo –levantó la mirada–. O en este caso el techo. Si tuvo suerte fue una de ellas.

McLean se dio la vuelta e hizo una señal de asentimiento al conductor de la ambulancia que permanecía a la espera. Bajó de un salto, llevando consigo una camilla y un asistente. Juntos levantaron el cuerpo de la mujer. Se sintió aliviado al ver que nada se desprendió cuando la pusieron en una bolsa negra para transportar cadáveres y cerraron la cremallera. Cuando Emma Baird hizo un acercamiento de la hendidura en la grava el flash de su cámara la blanqueó con su luz. El patólogo tenía razón; no había sangre que ensuciara el suelo, sólo aceite. Una hierba silvestre con una sola flor amarilla se alzaba en el centro.

—¿Dónde está el tren? –preguntó, sin dirigirse a nadie en particular.

Un hombre bajito se acercó afanosamente, con su ralo cabello levantado en un grasoso peinado de cortinilla sobre la calva, y su bigote a sólo milímetros de convertirse en el de Hitler. Llevaba una chaqueta de seguridad anaranjada brillante y sujetaba un *walkie-talkie*.

—Bryan Alexander –le ofreció una mano regordeta a McLean–. Soy el gerente de operaciones. ¿Esto va a llevar mucho tiempo, inspector?

—Una mujer murió, señor Alexander.

—Sí, lo sé –tuvo la decencia de verse un poco apenado–. Pero tengo otros diez mil vivos y esperando en sus trenes.

—Bien, muéstreme el que la golpeó, ¿quiere?

—Está justo aquí, inspector –el señor Alexander señaló las vías en dirección a Inglaterra. A unas veinte yardas de distancia, un elegante tren interurbano rojo se inclinaba ligeramente hacia un lado, la mayoría de sus carros se doblaban en torno a una curva. Desde este ángulo parecía, absurdamente, como si tuviera una llanta ponchada.

—Tuvimos que hacerla retroceder. Por suerte casi estaba detenida. He trabajado en ferrocarriles durante casi treinta años, y puedo decirle que un tren en movimiento no deja mucho de un cuerpo con el que se estrella.

McLean caminó hacia la locomotora. Nunca se había dado cuenta de lo grandes que eran. Parecía elevarse por encima de él a medida que se acercaba. Una delgada mancha de sangre en el frente de cristal puntiagudo marcaba el punto en que la mujer se impactó de lleno contra el parabrisas. Lo más probable es que hubiera rebotado sobre las vías y caído en su sitio de descanso final. Se dio la vuelta y gritó:

—¡Señorita Baird!

Ella se acercó trotando.

—Fotografías, por favor —señaló el frente del tren—. Intente obtener una que muestre el punto de impacto.

Mientras la fotógrafa de Servicios Periciales se ponía a trabajar, McLean advirtió que el señor Alexander daba un vistazo a su reloj. Cadwallader se acercó al mismo tiempo a evaluar el tren.

—No hay mucha sangre aquí tampoco —levanto la mirada hacia el techo de vidrio y al panel roto—. ¿Podemos subir ahí?

—Sí, síganme —el gerente de operaciones los guio hacia el extremo de la plataforma, de regreso hacia el edificio central. Emma Baird tomó un par de fotografías más y se apresuró a alcanzarlos cuando entraban por una puerta lateral marcada "Exclusivo Personal Autorizado". Subieron un pequeño tramo de escaleras y entonces se detuvieron en la parte superior ante otra puerta cerrada mientras el señor Alexander buscaba la llave correcta.

Salir por el techo de la estación era una experiencia extraña. Era una vista completamente nueva de la ciudad, mirar hacia arriba a la parte inferior del North Bridge y los sótanos inferiores del North British Hotel. McLean siempre pensaba en él como el North British. En cuanto a él concernía, Balmoral era un castillo en Aberdeenshire.

Pasamanos de hierro forjado flanqueaban la pasarela a lo ancho del techo de cristal. Era como un gigantesco invernadero victoriano, sólo que el cristal era grueso, reforzado y opaco. El panel roto estaba junto a la pasarela, para alivio de McLean. No le agradaba mucho la idea de confiarle su peso al cristal, aun si se suponía que debía ser más que resistente. Había fallado una vez, y eso ya era demasiado.

Cadwallader se arrodilló junto al agujero y se asomó para ver las vías más abajo.

—No hay nada de sangre aquí —dijo finalmente, mientras Baird tomaba más fotografías; era sumamente minuciosa. McLean levantó la mirada hacia el parapeto del puente, e intentó calcular la altura.

—¿Ya terminamos aquí? —preguntó el señor Alexander. McLean decidió que en verdad no le agradaba el tipo, pero también estaba consciente de la necesidad de poner nuevamente en funcionamiento la estación tan pronto como fuera posible. No quería una regañiza de McIntyre cuando ScotRail pusiera un queja.

—¿Angus? –miró al patólogo.

—Creo que el impacto en este sitio la mató. Probablemente le partió el cuello. Es muy probable que las heridas fueran causadas por el tren. Si ya estaba muerta cuando la golpeó, eso explicaría por qué hay tan poca sangre en el suelo.

—Puedo oír que se aproxima un "pero" –dijo McLean.

—La cuestión es ésta: si ella no sangró profusamente después de que la golpeó el tren, y casi no hay fragmentos de piel aquí, ¿entonces por qué su cabello está apelmazado con sangre, y por qué sus manos están cubiertas de ella?

34

McLean dejó a Bob el Gruñón en Waverley para que coordinara la investigación. Caminó de regreso a la estación entre la multitud de turistas y compradores despreocupadamente ignorantes, al tiempo que trataba de ordenar las diversas investigaciones con las que estaba haciendo malabares. Todas eran importantes, pero por más que intentaba, siempre era la chica muerta en el sótano la que acaparaba su atención. No tenía sentido en realidad; era un antiguo caso no resuelto, después de todo. Las posibilidades de encontrar a alguien vivo a quien pudieran hacer pagar por su muerte eran muy escasas. Y sin embargo, el hecho de que la injusticia de que había sido objeto hubiera permanecido escondida por tanto tiempo, de alguna manera empeoraba las cosas. ¿O tal vez el hecho de que a nadie parecía importarle la suerte de esta mujer provocaba que él sintiera la necesidad de hacer un esfuerzo extra?

—Necesito ver a McReadie, descubrir de dónde sacó esas mancuernillas. Tenemos que sacar un auto para hacerle una visita a nuestro ladrón balconero.

El agente MacBride estaba trabajando de lleno, golpeando las teclas en su brillante computadora portátil en la sala de investigaciones. Se detuvo, cerró la carpeta que había estado transcribiendo e hizo una pausa antes de contestar.

—Er, eso puede no ser acertado, señor.

—¿Por qué no, agente?

—Porque el abogado del señor McReadie ya ha presentado una queja formal alegando que su cliente fue arrestado mediante el uso de fuerza excesiva, y que lo mantuvieron más de lo necesario sin ser acusado.

—¿Qué ha hecho qué? —McLean casi explotó de ira—. ¿El pequeño bastardo allana la casa de mi abuela en el día de su funeral y piensa que puede hacer algo como eso?

—Sí, lo sé. No va a salirse con la suya. Pero puede ser buena idea permanecer lejos de él por un tiempo.

—Estoy investigando un asesinato, agente. Él tiene información que podría guiarme al asesino —McLean miró a MacBride, advirtió la incomodidad escrita claramente sobre su rostro—. ¿Quién le dijo esto, de todos modos?

—La Superintendente en Jefe McIntyre, señor. Me pidió que le dijera que se mantuviera alejado de McReadie si sabía lo que era bueno para usted —levantó las manos a modo de defensa—. Ésas fueron sus palabras, señor, no las mías.

McLean se frotó la frente con una mano cansada.

—Grandioso. Eso es jodidamente grandioso. ¿Tiene las mancuernillas ahí?

MacBride revolvió algunos papeles sobre la mesa, después le entregó las dos bolsas de evidencia. McLean las metió en el bolsillo de su chaqueta y se dirigió a la puerta.

—Venga entonces —dijo.

—Pero yo pensé… McReadie…

—No vamos a ver a Fergus McReadie, agente. No ahora, de todos modos. Hay más de una manera de hacer las cosas.

**

Douglas and Footes, Joyeros de Su Majestad La Reina, ocupaba el discreto escaparate de una tienda en el extremo oeste de George Street. A todos les parecía que había estado ahí incluso antes de que James Craig fraguara su plan maestro para el New Town. Su única concesión a los males de la modernidad era que, a pesar del letrero de "Abierto", la puerta estaba cerrada; ahora uno tenía que presionar un timbre para que se le franqueara el paso. McLean mostró su placa y los hicieron pasar a una habitación en la parte trasera que pudo haber sido la despensa del mayordomo en una antigua mansión campirana, en algún punto alrededor de fines del siglo diecinueve. Esperaron en silencio por algunos minutos, y por fin los recibió un anciano en un anticuado traje negro de rayas, con un estrecho delantal de piel atado en torno a su cintura.

—Inspector McLean, qué gusto verlo. Sentí mucho enterarme de lo de su abuela. Una dama tan inteligente, y con tan buen ojo para apreciar la calidad, además.

—Gracias, señor Tedder. Es muy amable –McLean tomó la mano que le ofrecía–. Creo que ella disfrutaba mucho venir aquí; con frecuencia se quejaba de que las tiendas en la ciudad no eran lo que solían ser, pero uno podía contar con recibir un buen servicio en Douglas and Footes.

—Hacemos nuestro mejor esfuerzo, inspector. Pero supongo que no vino aquí a intercambiar cumplidos.

—No, ciertamente. Me preguntaba si usted podría decirme algo sobre estas piezas –sacó las bolsas de su bolsillo y se las entregó al joyero. El señor Tedder miró de cerca las mancuernillas a través del plástico, y después estiró la mano hacia el mostrador más cercano y encendió una gran lámpara de estudio.

—¿Puedo sacarlas?

—Por supuesto, pero por favor cuide que no se confundan.

—Eso es poco probable, según creo. Son bastante distintas.

—¿Quiere decir que no son un par?

El señor Teddler extrajo un pequeño monóculo de su bolsillo, lo colocó en su ojo derecho y se inclinó sobre la primera mancuernilla, mientras la hacía rodar entre sus dedos. Después de un minuto, la dejó caer de nuevo dentro de la bolsa y repitió el proceso con la otra.

—Son un par, eso es un hecho –dijo finalmente–. Pero uno ha sido usado con regularidad, mientras que el otro está casi nuevo.

—Así que ¿cómo sabe que son un par, señor? –preguntó el Agente MacBride.

—Las marcas distintivas son las mismas en cada uno. Hechos por nosotros, casualmente, en 1932. Exquisita orfebrería, hecho a la medida, usted sabe. Éstos habrían sido parte de un juego obsequiado a un joven caballero, junto con mancuernillas para camisa y posiblemente un anillo de sello.

—¿Tiene alguna idea de a quién pudieron dárselos?

—Bien, déjeme ver, 1932 –el señor Tedder se estiró para alcanzar una repisa cubierta de polvo, llena de libros de registro encuadernados en piel, los recorrió con sus dedos hasta que encontró el que buscaba. Extrajo un volumen delgado.

—No muchas personas mandaban a hacer piezas por encargo al inicio de los treinta. La depresión, usted sabe —colocó el libro sobre el mostrador, lo abrió con cuidado al final y consultó un índice escrito en impecable caligrafía, la tinta ligeramente desteñida por los años. Su dedo revisó la línea mucho más rápido de lo que McLean podía leer la escritura estrecha y angular. Entonces se detuvo y pasó la páginas de regreso una a una hasta que encontró lo que buscaba.

—Ah, sí. Aquí está. Anillo de sello de oro. Par de mancuernillas de oro, con brillantes rubíes de corte redondo. Conjunto a juego de seis mancuernillas para camisa, también de oro con rubíes. Se le vendieron al señor Menzies Farquhar de Sighthill. Ah, sí, por supuesto, Farquhar's Bank. Vaya, ellos no sufrieron mucho entre las guerras. Si recuerdo correctamente, hicieron mucho dinero financiando el rearmamento.

—¿Así que éstos pertenecen a Menzies Farquhar? —McLean recogió las mancuernillas dentro de sus bolsas.

—Bien, él las compró. Pero aquí dice que debe haber una inscripción grabada en el estuche: "Albert Menzies Farquhar, al alcanzar su mayoría de edad. Agosto 13 de 1932".

***

—Quiero hablar con usted, McLean. En mi oficina.

McLean se detuvo en seco. Duguid había salido de la oficina de McIntyre exactamente cuando él y el Agente MacBride pasaban por ahí. Se dio vuelta lentamente para enfrentar a su acusador.

—¿Es urgente? Sucede que tengo una importante nueva pista en el asesinato ritual.

—Estoy seguro de que quien ha estado muerta por sesenta años puede esperar un día o dos para que se haga justicia, inspector —el rostro de Duguid era de un color rojo encendido, lo cual nunca era una buena señal.

—Pues sus asesinos no se están haciendo más jóvenes. Me gustaría atrapar al menos a uno antes de que muera.

—Esto es importante.

—Está bien, señor —McLean se dirigió de nuevo a MacBride y le entregó las mancuernillas en sus bolsas—. Lleve éstas de regreso a la sala de investigaciones, agente. Y vea qué puede encontrar sobre la muerte de Albert Farquhar. Debería haber un reporte.

MacBride tomó las bolsas y se marchó rápidamente por el corredor. McLean lo miró alejarse justo el tiempo suficiente para establecer su posición, y después siguió a Duguid hasta su oficina. Era mucho más grande que la minúscula área que tenía él, con espacio para un par de sillas cómodas y una mesa baja. Duguid cerró la puerta del pasillo silencioso y vacío, pero no tomó asiento.

—Quiero conocer la naturaleza exacta de su relación con Jonas Carstairs –dijo.

—¿A qué se refiere? –la habitación pareció encogerse a su alrededor a medida que McLean se iba poniendo tenso, con su espalda hacia la puerta, ahora cerrada.

—Usted sabe perfectamente a qué me refiero, McLean. Usted fue el primero en la escena, usted descubrió el cuerpo. ¿Por qué lo invitó Carstairs a su casa?

—¿Cómo sabe que él hizo eso, señor?

Duguid tomó una hoja de papel de su escritorio.

—Porque aquí tengo la transcripción de una conversación telefónica entre ustedes dos. Se hizo, debería añadir, tan sólo unas horas antes de su muerte.

McLean empezó a preguntar cómo había conseguido Duguid la transcripción, y entonces recordó que la llamada de Carstairs había sido reenviada desde la estación a través de la radio del Agente MacBride. Por supuesto que la habían grabado.

—Si usted leyó la transcripción, señor, entonces usted sabrá que Carstairs quería que yo firmara algunos papeles relativos a la herencia de mi abuela, que en paz descanse. Me invitó a cenar; asumo que lo hizo porque se dio cuenta de que para mí sería difícil disponer de tiempo extra para pasar por su oficina durante el día.

—¿Eso le parece un comportamiento normal para un abogado? Pudo haber enviado los papeles con un mensajero para que los firmara.

—¿Es el comportamiento normal para un socio principal de una prestigiosa firma de abogados hacerse cargo personalmente de la ejecución de un testamento, señor? ¿Esperaría que asistiera al funeral? El señor Carstairs era un antiguo amigo de mi abuela. Sospecho que tomó como su responsabilidad personal asegurarse de que todos sus asuntos estuvieran en orden.

—¿Y estos mensajes que su abuela le confió? –Duguid leyó la hoja–. ¿A qué se refieren?

—¿Éste es un interrogatorio formal, señor? Ya que de ser así, ¿no deberíamos estar grabándolo? ¿Y no debería haber otro oficial presente?

—¡Por supuesto que no es un maldito interrogatorio formal! Usted no es un sospechoso. Sólo quiero conocer las circunstancias del descubrimiento —el rostro de Duguid se enrojeció.

—No veo cómo la última voluntad y testamento de mi abuela tengan nada que ver con eso.

—¿No? Bien, quizás eso pueda explicar por qué Cartairs cambió su propio testamento, hace sólo un par de días.

—Honestamente no tengo idea de lo que dice, señor. Acabo de conocer al tipo hace una semana. No puede decirse que lo conociera bien.

Duguid puso la hoja de la transcripción sobre su escritorio y tomó otra hoja. Era una fotocopia de la primera página de un documento legal, las letras borroneadas por la máquina de fax. En la parte superior de la hoja estaba el número de fax y el nombre de quien lo había enviado: Carstairs Weddell Solicitors.

—¿Entonces por qué cree que le dejó la totalidad de sus bienes a usted?

35

Bob el Gruñón estaba leyendo su periódico, con los pies sobre la mesa entre las bolsas de evidencia cuando McLean finalmente regresó tambaleándose a la pequeña sala de investigaciones.

—¿Está bien, señor? Parece como si acabara de encontrar medio gusano en su manzana.

—¿Qué? Ah, no. Estoy bien, Bob. Sólo un poco aturdido, eso es todo –le comunicó las noticias al sargento.

—¡Caramba! Su barco ha llegado a puerto, ciertamente. ¿Podría prestarme algo de dinero?

—No es divertido, Bob. Me dejó todo excepto sus acciones del negocio. ¿Por qué demonios haría eso?

—No lo sé. Tal vez no tenía a nadie más a quién dejárselo. Tal vez siempre sintió algo por su abuela y decidió que prefería dejarle todo a usted que al refugio para animales.

Algo por su abuela. Las palabras de Bob trajeron a su memoria un recuerdo suprimido por el ajetreo de los eventos recientes. Una serie de fotografías en una habitación vacía. Un hombre que no era su abuelo quien a pesar de todo se veía exactamente como su padre. Exactamente como él. ¿Podría haber sido Carstairs de joven? ¿Podría haber sido él? No. Su abuela nunca habría hecho eso. ¿O sí?

—Pero lo cambió apenas la semana pasada –McLean contestó su propia pregunta y la de Bob. Intentó recordar las pocas conversaciones que había tenido con el anciano abogado desde esa primera llamada el día después de que su abuela falleciera. Había sido bastante amigable, casi paternalista al principio. Pero en el funeral se veía distraído, como si esperara a alguien más. Y entonces la extraña conversación que tuvieron la tarde antes de que lo mataran. ¿De qué se trataba todo eso? ¿Qué mensajes le había dejado su abuela a Carstairs para que los entregara después de su muerte? ¿O era algo que el mismo Carstairs quería revelarle? Algo había sacudido al anciano. Ahora nunca sabría qué fue.

—No sé de qué se queja, señor. No es muy frecuente que un abogado le regale dinero a uno.

Bob sonreía por la broma, pero a McLean le resultaba difícil.

—¿Dónde está MacBride?

—Fue al *Scotsman*. Dijo algo sobre buscar en sus archivos.

—Investigando sobre Albert Farquhar. Bien. ¿Cómo vamos con McReadie?

Bob el Gruñón dejó su periódico, quitó los pies de la mesa y se sentó derecho.

—Encontramos artículos de los cinco robos que estábamos investigando. No todo lo que fue reportado como robado está aquí, pero sí lo suficiente para encerrar a McReadie por un buen tiempo. Además, los chicos del departamento de Tecnología de la información han obtenido muchos trucos interesantes de su computadora. No creo que pueda librarse de ésta, aunque se haya conseguido un abogado de alto nivel.

—Bien. ¿Qué hay de la mancuernilla? ¿Los de T.I. descubrieron de dónde provenía esa pieza?

Bob el Gruñón revolvió un montón de bolsas sobre su escritorio, y extrajo un delgado fajo de papeles. Los hojeó hasta que encontró lo que buscaba.

—Fue tomada de una dirección en Penicuik hace unos siete años. De la señorita Louisa Emmerson.

—¿Sabemos si se hizo un reporte de ese robo?

—Permítame revisar, señor –Bob el Gruñón arrastró los pies hasta la computadora portátil y presionó algunas teclas–. No hay nada con esa dirección o nombre en la base de datos.

—No creí que lo hubiera. Consigue un auto, Bob. Se me antoja hacer un viaje al campo.

***

Penicuick estaba enclavado en un valle diez millas al sur de la ciudad, y estaba dividido en dos por el serpenteante Río Esk. McLean había olvidado recuerdos parciales de viajes en carretera los fines de semana a los Borders con sus padres, deteniéndose en Giapetti's para comprar helado en su camino a visitar los sitios históricos. Los antiguos y fríos edificios lo habían aburrido hasta las lágrimas, pero le había encantado sentarse en el asiento trasero del auto de su padre, mientras veía pasar la inhóspita y agreste campiña, quedarse dormido al ritmo de las llantas sobre el asfalto y del tamborileo del motor. Y también le había encantado el helado. El pueblo se había extendido desde entonces, desparramándose por las laderas y el norte hacia los cuarteles del ejército. La calle principal era para peatones ahora y Giapetti's había desaparecido hacía mucho tiempo bajo la masa de un supermercado anónimo.

La casa que buscaban estaba un poco alejada del pueblo, por el antiguo camino que llevaba a la iglesia, en dirección de las colinas Pentland. Separada del camino por un amplio jardín, rodeada de árboles centenarios, estaba construida de piedra arenisca de un rojo oscuro, con ventanas altas y estrechas y un inclinado techo de dos aguas; muy probablemente una casa parroquial de los días en que se esperaba que los ministros tuvieran docenas de niños. Cuando el auto avanzó por el largo camino de grava y se detuvo frente al pesado porche de piedra, un remolino de perros pequeños salió volando por la puerta, entre ladridos agudos y armaron un gran alboroto.

—¿Está seguro de que no hay peligro? –preguntó Bob el Gruñón cuando McLean abría la puerta. Un mar de narices húmedas y ladridos emocionados le dio la bienvenida.

—Cuando no hacen ruido es cuando debes preocuparte, Bob –se inclinó y ofreció su mano en sacrificio para que la olieran y lamieran. El sargento permaneció donde estaba, con el cinturón de seguridad firmemente abrochado y su puerta cerrada por completo.

—No se preocupen por los perros, sólo muerden cuando tienen hambre.

McLean levantó la mirada de la multitud y vio a una dama corpulenta que llevaba botas de goma y una falda de tweed. Probablemente tenía casi sesenta años. Sujetaba un par de tijeras de podar en una mano y llevaba colgada en su brazo una canasta de jardinero hecha de madera.

—Son Dandie Dinmonts, ¿cierto? –dio unas palmaditas en la cabeza de una de las bestias.

—Así es. Es agradable encontrarse con alguien con un poco de educación. ¿En qué puedo ayudarle?

—Soy el Inspector Criminalista McLean. De la Policía de Lothian y Borders —sacó su placa y esperó a que la mujer tomara un par de gafas que colgaban de una cadena alrededor de su cuello y los colocara sobre su nariz, antes de dar un vistazo primero a la diminuta fotografía, después a él, de una manera desconcertante—. ¿Ha vivido aquí por mucho tiempo, señora...?

—Johnson, Emily Johnson. No me sorprende que no me reconozca, inspector. Han pasado, ¿qué, más de treinta años desde la última vez que lo vi?

Habían pasado exactamente treinta y tres años, y él no tenía ni siquiera cinco. Fue al dejar a su madre y a su padre descansando en una esquina del cementerio Mortonhall. Dios, el mundo podía ser pequeño algunas veces.

—Pensé que se había mudado a Londres tras el accidente de aviación —ésta era una pieza de información fortuita que él había obtenido muchos años después. Durante esa extraña fase adolescente en que él se había obsesionado con sus padres muertos, y había recolectado cualquier retazo de información que pudiera encontrar acerca de ellos, y sobre la gente que había muerto en el avión con ellos.

—Tiene razón, eso hice. Pero heredé este sitio hace unos siete años. Me estaba cansando de Londres, así que pareció el momento ideal para mudarme.

—Y usted nunca se volvió a casar. Usted sabe, después de...

—¿Después de que mi suegro matara a mi esposo y a sus padres en ese estúpido avión suyo? No. No tuve el estómago para pasar por todo eso de nuevo —una expresión ceñuda y gris cruzó el rostro de la mujer, casi una mueca—. Pero usted no vino aquí a recordar el pasado, inspector. Ni siquiera esperaba encontrarme aquí. Así que, ¿qué lo trajo aquí?

—Un robo, señora Johnson. Exactamente después de que una persona, la señorita Louisa Emmerson, falleciera en esta casa.

—Louisa era la prima de Toby. Estaba casada con Bertie Farquhar. El viejo Menzies les compró esta casa como regalo de bodas. ¿Puede imaginárselo? Ella se quitó el nombre de casada cuando Bertie murió. Eso debió ser a principios de los sesenta, creo. Todo fue un poco confuso, en realidad. Se puso completamente borracho y metió el carro en una parada de autobús. Ella vivió aquí sola hasta que murió. Yo me enteré mucho después que me había dejado el lugar. Creo que no tenía a nadie más de la familia para dejárselo.

—¿Así que las propiedades de Albert Farquhar habrían estado aquí?

—Por Dios, sí. La mayoría todavía están aquí. Los Farquhars nunca tuvieron que vender sus cosas para pagar el recibo del carbón, si comprende lo que quiero decir.

McLean miró la enorme casa, después un edificio más bajo ubicado un poco más lejos; una cochera para carruajes renovada. Una camioneta Range Rover nueva asomaba la nariz por el amplio garaje. El dinero simplemente parecía pegársele a algunas personas; eran tan ricos que ni siquiera se dieron cuenta de que los habían robado. ¿Así era él? ¿Cambiaría de ese modo?

—¿Supo que en este lugar se cometió un robo, señora Johnson?

—Por todos los cielos, no. ¿Cuándo sucedió?

—Hace siete años. El catorce de marzo. El día que la señorita Emmerson fue sepultada.

—Bien, es la primera vez que escucho hablar de ello. Me dieron la casa en julio de ese año; había una montaña de papeles que revisar. Eso es lo que me trajo de regreso a Escocia, y una vez que llegué aquí, bien, me di cuenta de cuánto había llegado a odiar Londres –la señora Johnson hizo una pausa para recobrar el aliento, y entrecerró los ojos–. ¿Pero cómo sabe que hubo un robo, inspector?

—Atrapamos al ladrón intentando robar otra casa. Mantenía registros de los lugares donde había estado, y recuerdos de cada trabajo.

—Qué estúpido de su parte. ¿Qué tomó de aquí?

—Muchos artículos pequeños, incluyendo una mancuernilla de oro que ahora podemos identificar con certeza como propiedad de Albert Farquhar.

—¿Y eso es importante?

—Podría ser la pista que resuelva un asesinato particularmente desagradable.

***

—Parecía que se conocían de hace tiempo. ¿Obtuvo lo que buscaba?

McLean estudió el camino mientras conducía el auto de flotilla de regreso a la ciudad. Bob el Gruñón no se había movido del auto durante toda la conversación.

—La señora Emily Johnson se casó con Andrew Johnson, cuyo padre, Tobías, piloteaba el avión que se estrelló contra un lado de Ben Mac-Dui en su camino de Inverness a Edimburgo, muriendo él, su hijo y mis padres en 1974 —expuso los hechos de manera simple, preguntándose por qué seguían regresando a perseguirlo—. La última vez que la vi fue en el funeral de mis padres.

—Dios. ¿Cuáles son las posibilidades de que eso ocurriera?

—Muchas más de las que uno pensaría, Bob —McLean explicó las tortuosas y complicadas relaciones que conectaban a la propietaria actual con Bertie Farquhar.

—¿Así que piensa que Farquhar es su hombre?

—Uno de ellos. Le pregunté a la señora Johnson si reconocía el apodo de *Toots*, pero no le dijo nada. Prometió que buscaría fotografías y objetos antiguos en el ático, de todas maneras. Y se le ocurrió otra pieza interesante de información.

—Ah, bien. ¿Y qué es?

—Farquhar y Tobias Johnson eran viejos amigos. Sirvieron juntos en el ejército durante la Segunda Guerra Mundial. Un grupo de fuerzas especiales con base en West Africa.

Permanecieron en silencio después de eso, mientras McLean conducía el auto más allá de la salida a Roslin y a su enigmática capilla; más allá de Loanhead y la bodega azul de Ikea, con su estructura en forma de caja, y su estacionamiento rebosante de compradores ansiosos; bajo el periférico y a través de Burdiehouse; y finalmente arriba de la ladera en dirección a Mortonhall, Liberton Brae y a la ciudad. Cuando pasaban la entrada del crematorio, pisó los pedales, entró como un dardo por las puertas al tiempo que se escuchaba un estruendo de bocinazos del auto de atrás. Bob el Gruñón se sujetó del tablero, y estampó sus pies en el piso del lado del pasajero.

—¡Por Dios! Avise, por favor.

—Disculpa, Bob —McLean se estacionó en el aparcamiento, detuvo el motor y le arrojó las llaves a su pasajero—. Lleva el auto de regreso a la estación, ¿sí? Hay algo que debo hacer aquí.

36

McLean miró la patrulla hasta que se hubo marchado y fue en busca del gerente. Momentos después caminaba alejándose del edificio del crematorio y adentrándose en los terrenos que lo rodeaban, sujetando una pequeña urna sencilla, de terracota. No le llevó mucho tiempo encontrar el sitio que buscaba. Sintió una punzada de culpabilidad por no haberlo visitado en por lo menos tres años. La lápida había desarrollado una inclinación, probablemente por la acción de las raíces del árbol. Llevaba el nombre y las fechas de su abuelo, y después habían dejado un amplio espacio. Más abajo estaban los nombres de su madre y de su padre. Dos años separaban sus fechas de nacimiento, pero sus muertes habían ocurrido el mismo día. En el mismo instante en que el avión en que volaban golpeó el lado de una montaña al sur de Inverness. Le gustaba pensar que tal vez habían estado tomados de las manos cuando sucedió, pero en realidad sabía muy poco acerca de ellos.

Alguien había cavado un agujero pequeño y limpio en la base de la lápida, y por un momento tuvo una sensación de indignación de que el lugar de descanso final de sus padres hubiera sido profanado de esa manera. Entonces comprendió por qué estaba ahí. Lo que había venido a hacer. Miró la urna. Era simple, funcional y desprovista de decoración o adornos. Muy similar a la mujer cuyos restos contenía. Suprimió el impulso de abrir la parte superior y mirar su contenido. Ésta era su abuela. Reducida a un pequeño montón de cenizas, pero todavía era su abuela. La mujer que lo había criado, alimentado, educado, amado. Creía estar en paz con su muerte desde mucho tiempo atrás, cuando aceptó que nunca se recuperaría del derrame cerebral. Pero al ver la tumba familiar, los nombres sobre la lápida y ese espacio que esperaba a que se agregara el de ella, finalmente comprendió que se había ido.

El suelo estaba seco bajo los árboles cuando se arrodilló y colocó el frasco en el agujero. La tierra removida había sido apilada a un lado, y cubierta con una hoja de lona verde para que la vista de la tierra desnuda no ofendiera o alterara a los deudos. Sin duda alguien vendría más tarde a llenar el agujero, pero eso se sentía de alguna manera inapropiado. Irrespetuoso. McLean miró en derredor en busca de una pala, pero quien había cavado el agujero se había llevado sus herramientas consigo. Así que retiró la lona con cuidado, y entonces, arrodillado sobre las cenizas de sus padres muertos, movió la tierra suave y seca de regreso al agujero con sus manos desnudas.

—Era una buena mujer, Esther Morrison.

McLean se levantó y se volvió en un solo movimiento que envió una punzada de dolor desde su espalda hasta su cuello. Un anciano caballero estaba de pie detrás de él, vestido con un largo abrigo negro a pesar del calor de agosto. Sostenía un sombrero oscuro de ala ancha en una mano nudosa, y se apoyaba pesadamente en un bastón. Su cabeza estaba cubierta de una profusión de grueso cabello blanco, pero fue su rostro lo que atrajo la atención de McLean. Lo que fueran rasgos fuertes y orgullosos, habían sido dañados por algún terrible accidente, y ahora eran una confusión de tejido cicatricial e injertos de piel mal combinados. Era un rostro que no creerías posible olvidar, esos ojos penetrantes tras las cicatrices. Pero aunque le parecía inquietantemente familiar, por más que lo intentaba, McLean no podía recordar el nombre que iba con ese rostro.

—¿La conocía, señor...? –preguntó.

—Spenser –el hombre se quitó un guante de piel y le ofreció la mano–. Gavin Spenser. Sí, conocí a Esther. Hace mucho tiempo. Incluso le pedí que se casara conmigo, pero Bill se me adelantó.

—En toda mi vida no creo haber escuchado a alguien referirse a mi abuelo como Bill –McLean se limpió las palmas de las manos en su traje, y después tomó la mano que le ofrecían–. Anthony McLean –agregó.

—El policía, sí, he oído de usted.

—No estuvo en el funeral.

—No, no. He estado viviendo fuera por años. Principalmente en América. Apenas me enteré de las noticias antier.

—Así que, ¿cómo conoció a mi abuela?

—Nos conocimos en la universidad en, oh, debe haber sido en el treinta y tres. Esther era la brillante y joven estudiante de medicina con la que todos querían estar. Me rompió el corazón cuando eligió a Bill y no a mí, pero eso es historia antigua.

—¿Y a pesar de eso vino hasta aquí a presentar sus respetos?

—Ah, sí, por supuesto. El detective —Spenser sonrió, y su rostro surcado de cicatrices se arrugó de mil maneras extrañas—. En realidad tenía algunos asuntos que necesitaba atender. Usted sabe cómo es cuando uno delega; siempre pasa uno el doble de tiempo arreglando lo que otros hacen.

—He conocido a algunas personas así, pero en su mayoría mis colegas son muy confiables.

—Bien, usted es un hombre afortunado, inspector. Parece que me paso la mayor parte de mi tiempo corrigiendo los errores de otros últimamente —Spenser rió entre dientes. Metió la mano en el bolsillo de su abrigo y sacó un delgado estuche de plata. Adentro había algunas tarjetas de presentación y le entregó una a McLean—. Ésta es mi casa en Edimburgo. Estaré por aquí una semana o dos. Búsqueme y podremos platicar sobre su… abuela, ¿eh? Quién lo hubiera pensado.

—Me gustaría hacer eso, señor —dijo McLean, y estrechó la mano del hombre una vez más.

—Bien, me voy —dijo Spenser, al tiempo que ponía su sombrero de nuevo sobre su cabeza—. Tengo un asunto que atender. Querrá pasar algún tiempo aquí a solas de todos modos —se alejó caminando con sorprendente rapidez y agilidad para un hombre de su edad, mientras balanceaba su bastón al ritmo de un silbido desafinado.

***

McLean consiguió un aventón a la ciudad en una patrulla que salía de la prisión en Howdenhall. El oficial que conducía ofreció llevarlo hasta el centro de la ciudad, pero él sabía que no habría más que una gran pila de hojas de tiempo extra esperando a que se encargara de ellas. Efectos secundarios de haber cerrado la Estación Waverley por toda una mañana. Necesitaba tiempo para pensar, necesitaba un poco de espacio, así que hizo que la patrulla lo bajara en Grange y caminó el resto del camino a casa de su abuela. Con su celular todavía negándose a mantener la carga por más de media hora, había la posibilidad de tener algo de calma y tranquilidad por un rato. Pagaría por eso después, por supuesto, ¿pero no era siempre así?

Tan pronto como abrió la puerta trasera, supo que algo era distinto. El cabello en su nuca se erizó. Había un olor que no podía identificar; tal vez el más mínimo olor a perfume, o sólo un hueco en el aire por donde alguien había pasado recientemente. Nadie debería haber estado aquí desde que un equipo llegó para llevarse a McReadie a la estación. Había cerrado cuando se marcharon, y no había tenido tiempo para volver desde entonces. No había tenido tiempo para hacer que alguien cambiara las cerraduras, tampoco. Y McReadie ahora era un hombre libre. Un hombre libre con un motivo de queja. Maldición. McLean se quedó callado e inmóvil, en un intento por escuchar la mínima señal de alguien que podría estar en la casa, pero no había nada que escuchar.

Siguió a su nariz, avanzó en busca de ese aroma casi imperceptible. Era más fuerte en el vestíbulo, pero no pudo oler nada en la biblioteca o en el comedor. Se movió silenciosamente en la planta alta de la casa vacía, al tiempo que se asomaba en las habitaciones, sólo para comprobar que permanecían idénticas desde la última vez que las había visitado, y aun así lucían completamente distintas. Su propia habitación, el lugar donde creció, estaba exactamente como la recordaba. Esa cama parecía demasiado estrecha para un cómodo descanso, y esos afiches descoloridos en la pared eran una vergüenza, aun cuando estaban protegidos por grandes marcos y cubiertas de cristal. Los muebles sólidos, el tocador, la cómoda, el armario grande sujeto a la pared, todo llenaba los espacios esperados, pero la silla de madera que debería estar limpiamente metida bajo su escritorio estaba movida lejos del mismo. ¿La había dejado así? Ahora que lo pensaba, ¿cuándo había estado aquí por última vez?

El baño olía más intensamente, todavía débil, pero el aroma era suficiente para remover un vago recuerdo. Por reflejo, metió las manos en los bolsillos de su saco, mientras buscaba un par de guantes de látex que ponerse antes de tocar nada. Al no encontrarlos, usó su pañuelo y las cuidadosas puntas de sus dedos para proteger cualquier huella potencial. El gabinete del baño contenía todo lo que podría necesitar para quedarse una noche, aunque no estaba seguro de qué tan viejo era el cepillo de dientes. Una botella de analgésicos de unos años antes, de cuando se había quedado con su abuela mientras se recuperaba de la herida causada por el disparo causante de que lo promovieran a sargento, pero de otra manera no había nada digno de mencionarse. Sólo ese olor.

McLean levantó el asiento del excusado, pero no había nada en el inodoro con excepción de agua estancada y anillos de sarro que indicaban cómo se había ido evaporando durante el transcurso de los meses. De manera instintiva, alargó la mano para bajar la manija, y entonces se detuvo, mientras una horrible certeza se formaba en su mente. Una delgada capa de polvo cubría el borde de la bañera y del asiento del excusado, pero la cubierta de la cisterna estaba limpia y brillante. Regresó a la habitación y sacó otro pañuelo de los cajones; el hedor del cedro y las bolas de naftalina anuló por completo el otro aroma, más sutil. Usando ambos pañuelos para proteger sus dedos, levantó la tapa de la cisterna cuidadosamente y la colocó en el suelo, y después miró en el interior.

Nada. ¿Qué había estado pensando? ¿Que alguien se tomaría la molestia de plantar algo incriminatorio en casa de su abuela? ¿Qué intentaría tenderle una trampa? Debía ser la presión del trabajo, que le estaba afectando. Paranoia nacida del cansancio.

Sólo cuando fue a levantar la tapa de porcelana se dio cuenta de que no se asentaba completamente sobre el piso. Le dio la vuelta lentamente.

Un paquete envuelto en plástico café estaba firmemente pegado con cinta a la parte inferior.

37

—GUAU, SEÑOR. ÉSTE ES UN PALACIO.

El Agente Criminalista MacBride permaneció de pie en el pasillo, mirando en dirección a la parte superior de la amplia escalera, hasta el domo de cristal en el techo dos pisos más arriba. McLean lo dejó mirar a sus anchas un rato, y se volvió hacia Bob el Gruñón con un susurro en voz baja.

—¿Estás seguro de que es una buena idea involucrarlo en esto?

—¿Cree que no se puede confiar en él, señor? Es un buen chico.

—No es eso —dijo McLean, aunque tenía sus reservas. En realidad debería estar involucrando al equipo antidrogas, la superintendente en jefe y todos los demás que se le pudieran ocurrir. Pero si dejaba que los canales oficiales se encargaran, entonces al menos estaría suspendido de los casos activos en el futuro cercano. Hasta que su nombre quedara limpio. Y aun entonces colgaría en torno a su cuello por el resto de su carrera —el inspector criminalista con un kilo de cocaína escondido en la cisterna de su excusado. Era mucho mejor si el menor número posible de personas supieran del asunto, y él mismo haría la investigación, aunque tenía una buena idea de quién estaba detrás de esto.

—Me preocupa más su futuro como detective si se sabe que estuvo aquí.

—Oh, y yo ya no cuento —Bob el Gruñón fingió una mirada ofendida—. No se preocupe por el chico. Se ofreció voluntariamente.

McLean miró de nuevo al joven agente criminalista, preguntándose qué era lo que había hecho para ganarse ese tipo de lealtad.

—Se lo compensaré, si puedo. A ustedes dos —dijo McLean. Bob el Gruñón rio y le dio un codazo en las costillas.

—Está bien, señor. ¿Dónde está? Estamos perdiendo un valioso tiempo para ir a beber.

—Arriba —McLean los guio. Todos pasaron en tropel por su habitación y hasta el baño más allá. La tapa de la cisterna con su sospechoso paquete sujeto permanecía en el piso, intacto.

—¿Pudiste conseguir un estuche para tomar huellas? —preguntó McLean cuando Bob el Gruñón repartió guantes de látex.

—Debería estar aquí en cualquier minuto —contestó Bob. Como si estuviera ensayado, el timbre sonó.

—¿Quién?

—Debe ser Em —dijo Bob el Gruñón.

—¿Em? ¿Emma Baird? ¿Le dijiste de esto?

—Ella es una experta entrenada en huellas dactilares y puede conseguir el estuche sin que nadie sospeche. Lo que es más, si encuentra algo puede revisar la base de datos también. Y es nueva. No hay intereses personales, no hay lealtad hacia nadie en particular. Bien, todavía no, de todas maneras.

El timbre de la puerta sonó de nuevo, y aunque la campanilla era exactamente la misma que antes, de alguna manera sonó más insistente, como si exigiera una respuesta. A McLean la idea de involucrarla le agradaba aún menos que la de involucrar al agente MacBride, pero confiaba en Bob el Gruñón. Exceptuando el obvio error que tuvo al elegir a su esposa, el juicio de Bob era por lo general acertado. Y necesitaban a alguien con experiencia forense. Se levantó de nuevo y fue a abrir la puerta.

—No me di cuenta de que a los inspectores les pagaban tan bien. ¿Está bien si paso? Emma iba vestida en ropa de calle; pantalones de mezclilla deslavados y una camiseta suelta. Colgada sobre un hombro llevaba la bolsa de su cámara, la cual no lograba contrarrestar el peso del maltratado y pesado estuche de aluminio para obtener huellas dactilares.

—Gracias por venir. Lo aprecio en realidad. Déjeme ayudarla con eso —McLean tomó el estuche y la guio por el vestíbulo hacia las escaleras. Mientras lo seguía, sus pisadas repiqueteaban ruidosamente sobre las baldosas del piso. Al voltearse a mirar, él vio que ella llevaba botas vaqueras de cuero negro repujado; no exactamente el atuendo reglamentario para la escena de un crimen.

—Bob dijo que era urgente. ¿Debí cambiarme?

—No, está bien así. Es sólo que no la veía como del tipo al que le gustaba el baile en línea —McLean sintió que las puntas de sus orejas se sonrojaban de calor—. Por aquí, por favor —señaló las escaleras.

—Directo a la habitación. Me gustan los hombres francos —Emma miró la cama mientras pasaban por ahí—. Un poco estrecha para mi gusto, de todas maneras —en el baño, Bob el Gruñón había abierto el paquete y miraba su contenido con un gesto de desconcierto en su rostro.

—Parece cocaína, señor. No puedo asegurarlo sin un estuche de pruebas, pero a menos que tenga el hábito de guardar su talco en la cisterna, eso es lo más probable que sea. Pero aquí hay un montón de dinero. Decenas de miles de libras. ¿Quién gastaría tanto sólo para incriminarlo?

—Intento mantener una mente abierta, pero alguien que puede permitirse una bodega de lujo renovada en Leith está en los primeros puestos de mi lista de sospechosos.

—Buen punto. Bien, vamos a descubrir de dónde ha venido esto, y eso significa que vamos a encontrarlo en algún lado.

—Tal vez no —dijo Emma—. Yo podría conseguir que le hicieran pruebas a una muestra sin registrarme en el sistema. Hay gente en los laboratorios que me debe más de unos cuantos favores, y podemos correrla como una prueba de calibración.

—¿Haría eso por mí? —McLean no estaba muy seguro de por qué ella había elegido ponerse de su lado, pero estaba agradecido.

—Seguro, pero va a costarle algo.

—¿Qué tiene en mente? —bajo la mirada al paquete apretadamente envuelto en el piso junto a la cisterna. Había cosas que él no haría, aun si su trabajo estaba en riesgo. Aun si su libertad estaba en riesgo. Emma siguió su mirada, después se rio.

—¿Qué le parece una cena?

McLean estaba tan aliviado de que ella no estuviera tras las drogas, que le tomó un momento darse cuenta de lo que le pedía a cambio. Junto a él, Bob el Gruñón ahogó una risita, y el agente MacBride se veía claramente incómodo. Probablemente no era así como había imaginado que se hacía el trabajo detectivesco.

—Está bien. Pero hoy no, me temo. A menos que pizza y una cerveza compartidas con estos dos libertinos cuenten como cena.

—Eso no es exactamente lo que tenía en mente.

—No, no creí que así fuera.

***

Ya era más de medianoche cuando terminaron de revisar la casa de arriba abajo. No contento con esconder cocaína en su cisterna, el desconocido benefactor de McLean también había escondido una bolsa de efectivo en el tanque de agua fría en el ático; billetes usados de diez y de veinte que sumaban varios miles de libras, con su empaque a prueba de agua sin marca alguna.

Emma había encontrado media docena de huellas parciales, la mayoría en torno a la puerta trasera y arriba en el baño. Un prometedor fragmento de huella borrosa salió del marco blanco y brillante de la puerta que llevaba al ático, cerca de la cabeza de un clavo que podría haber desgarrado un guante de látex. Parecía como que alguien había intentado limpiarla con una tela áspera, lo que levantó sospechas. Por otro lado, la casa estaba llena de huellas, la mayoría de las cuales eran de McLean.

—Este lugar tiene alarma, ¿cierto? –preguntó Emma cuando se sentaron en torno a la mesa de la cocina, a comer pizza y beber las últimas botellas de cerveza de la bodega. Como casi todo lo demás en la casa, habían pasado la fecha de expiración unos dieciocho meses antes, pero a nadie pareció importarle mucho.

—Sí, pero no estoy muy convencido de que sirva de algo. Lo último que supe es que Penstemmin está teniendo un poco de problemas para descubrir lo que McReadie le hizo a su sistema. Estoy empezando a desear nunca haber atrapado a ese bastardo.

Bob el Gruñón se echó hacia atrás en su silla, y dejó escapar su aliento en un largo suspiro.

—¿Usted cree que lo odia tanto como para hacer todo esto? Por Dios, el tipo no es pobre, pero eso es exagerar un poco, ¿o no?

—¿Puedes pensar en alguien más?

El silencio que descendió sobre la mesa fue respuesta suficiente.

—Bien, voy a checar esas huellas parciales contra las suyas a primera hora mañana –Emma miró su reloj–. U hoy, que es lo mismo. Debería irme –empujó su silla hacia atrás y se levantó. McLean la siguió hasta la puerta.

—Gracias por esto, Emma. Sé que se ha puesto en riesgo para ayudarme.

—Cierto, lo hice, pero conozco a adictos a la coca y usted no tiene el tipo. Y en cuanto al efectivo, tiene este lugar, ¿para qué lo necesita?

—Sí, bien, espero no tener que probarle eso a nadie más. Estoy seguro de que comprende lo incómodo que esto se pondría si esto se supiera. Para todos nosotros.

Ella sonrió, y el rabillo de sus ojos se arrugó ligeramente.

—No se preocupe, mis labios están sellados. Pero me debe una cena, y más vale que haya velas.

Bob el Gruñón y el Agente MacBride se le unieron en la puerta delantera cuando ella se alejó manejando.

—Más vale que tenga cuidado con esa chica —dijo Bob—. Tiene una reputación, usted sabe.

—Tú eres el que la trajo —dijo McLean, pero pudo ver la sonrisa que empezaba a formarse en la cara de Bob el Gruñón y se detuvo—. Vamos, ustedes dos. Váyanse a casa.

***

Los miró alejarse en el auto hasta perderse en la noche y regresó a la cocina. La coca y el dinero estaban sobre la mesa con la pizza sobrante. Ésta probablemente estaría fría para el desayuno, pero eran las otras dos cosas las que le preocupaban. McLean miró el reloj en la pared de la cocina; era tarde, pero no demasiado. No para esto. Y además, ¿para qué eran los amigos si no podías despertarlos a altas horas de la madrugada?

El teléfono sonó tres veces antes de que contestaran. Phil sonaba ligeramente sin aliento; McLean no quiso especular qué ocurría dado el legendario desagrado por el ejercicio de su antiguo compañero de departamento.

—Phil, siento llamar tan tarde. Tengo que pedirte un favor —McLean levantó con una mano el ladrillo de cocaína envuelto en plástico—. Me preguntaba si podría tomar prestado ese incinerador que tienes en tu laboratorio de última generación.

Rachel estaba con Phil cuando se encontraron afuera de la puerta trasera del complejo de laboratorios, lo cual sorprendió a McLean. No dudaba de que ella había estado ahí cuando llamó a su amigo, pero no era necesario que ella viniera también, ¿o sí? A esta hora de la mañana ella habría estado más cómoda metida en su cama, aun si estuviera sola.

—Gracias por esto, Phil —McLean levantó la bolsa sobre su hombro. Era sorprendente cuánto podían pesar un kilo de cocaína y cincuenta mil libras en billetes sin marcar. Especialmente cuando los cargabas por las calles de la ciudad a altas horas de la madrugada. Había pensado en conseguir un taxi, y entonces decidió que era mejor que hubiera tan pocos testigos como fuera posible.

—Ni siquiera estás seguro de qué es —dijo Phil—. Nos tienes en ascuas a ambos, Tony.

—Sí, bien. ¿Podemos entrar? —asintió en dirección a la puerta, ansioso de alejarse de la mirada siempre presente de las cámaras de seguridad.

—Sí, por supuesto —Phil tecleó un código en el teclado junto a la puerta, la cual amablemente se abrió con un chasquido. En el interior, la parte trasera y las bodegas del laboratorio estaban en penumbras. Caminaron en silencio al subir dos tramos de escaleras, al cruzar una sala llena de maquinaria cara que zumbaba y resonaba para sí misma y al llegar finalmente hasta la oficina de Phil. Sólo cuando se cerró la puerta, McLean se relajó un poco. Dejó caer la bolsa sobre el escritorio y les contó la historia.

—Hmm, ¿no deberías reportarle esto a la policía? —Rachel rompió el incómodo silencio que se cernió sobre ellos cuando terminó.

—En el mejor de los casos, me suspenderían por seis meses mientras los de Estándares de Calidad Profesional revisan todo acerca de mí. Incluso si no encuentran nada inapropiado, seré conocido por el resto de mi carrera como el poli con un kilo de coca y cincuenta mil en efectivo escondidos.

—No es tan malo, ¿o sí? —preguntó Phil.

—No conoces a los polis, Phil. Y este tipo de cosa se queda en tu registro permanente sin importar el resultado. No tengo secretos oscuros que esconder, pero eso no significa que los de ECP no puedan encontrar algo. Si dejaron esto en casa de mi abuela, entonces habrá otras cosas en mi departamento. Probablemente un número indeterminado de soplones dispuestos a desperdiciar el tiempo de la policía afirmando que he hecho todo tipo de cosas que van a resultar mentiras al final.

—Pero... ¿por qué? —Rachel se separó de la pared en la que estaba recargada, abrió la bolsa y sopesó el fajo de billetes.

—No tengo una maldita idea —McLean se encogió de hombros, quizás exagerando un poco en lo melodramático—. Hice enojar a alguien, creo.

—¿Así que quieres quemarlo? –preguntó Phil–. ¿Quieres quemar cincuenta mil libras de efectivo no rastreable?

—Quiero destruir las drogas. Eso es seguro. Preferiría que el dinero desapareciera también. Para ser honesto, no tengo idea de si es robado o qué. No está marcado, pero además de eso no sé nada.

—Es sólo que parece un total desperdicio. Quiero decir, ¿qué tal si realmente no se puede rastrear? Realmente haría enojar a quien quiera que lo haya plantado si nunca se encontrara o usara para incriminarte.

McLean miró el dinero en las manos de Rachel. Había venido aquí con la intención de destruir todo, y en realidad no necesitaba el dinero para sí mismo. Pero pensó que tal vez podría darle un buen uso en otro sitio, y habría cierta ironía si se las arreglaba para salirse con la suya.

—Está bien. Dame un puñado –el paquete de dinero estaba envuelto apretadamente, y todavía parecía estar cubierto de polvo gris donde Emma había buscado huellas dactilares. Cuidadosamente lo desenvolvió y sacó el primer fajo envuelto en papel.

—Rachel, ¿puedes escribir algunos números de serie si te los leo?

Les llevó diez minutos antes de que McLean estuviera seguro de tener lo suficiente. Sacó un fajo de billetes al azar para hacer que revisaran si eran falsificaciones, y después envolvió todo el paquete de nuevo y se lo entregó a Phil. Rachel le entregó la hoja de números de serie.

—Voy a hacer que revisen éstos tan pronto como sea posible comparándolos con todos los robos conocidos –dijo–. También me aseguraré de que son reales. Hasta entonces, nadie debe tocar ninguno de esos billetes. Escóndanlos en algún lugar en el que sepan que no serán descubiertos accidentalmente. No quieren ser descubiertos en posesión de dinero sospechoso. Si resulta que el dinero está limpio, entonces úsenlo para pagar por su boda.

—¿No lo quieres? –preguntó Phil.

—No, en realidad no. Y felicidades, por cierto.

—¿Qué?

—Por su compromiso. No lo negaron cuando lo mencioné.

—Phil, se supone que sería un secreto hasta que obtuviera mi doctorado –la cara de Rachel se puso de un rojo furioso y le dio un golpe en los hombros.

—No te preocupes, Rachel. Mis labios están sellados hasta que hagan el anuncio oficial –McLean sonrió, y se sintió animado por primera vez en veinticuatro horas–. Ahora vayamos a quemar unas cuantas drogas.

38

EL ALBA HABÍA TEÑIDO DE GRIS EL CIELO DESDE HACÍA UN BUEN rato cuando McLean entró por la puerta delantera del edificio de departamentos en Newington. Sus ojos estaban secos por la falta de sueño; estaba agotado y de mal humor. Quemar un kilo de cocaína, incluso en un incinerador diseñado para el desecho seguro de desperdicios de riesgo biológico, consumió un tiempo sorprendentemente largo. Eso, y encontrar un sitio apropiado para esconder el efectivo hasta que pudiera rastrear su origen, no le habían permitido dormir en absoluto. Había esperado que la caminata por la ciudad lo despertara, pero en cambio se sentía aún peor.

—¿Su amigo lo encontró?

McLean se sobresaltó al escuchar la voz, y al darse la vuelta descubrió a la anciana señora McCutcheon de pie en la puerta a medio abrir. En verdad no estaba de humor para tener una plática ociosa con la chismosa del edificio de departamentos, sólo quería un baño y después tal vez un par de horas de sueño antes de dirigirse al trabajo. Le sonrió de manera automática, mientras asentía y se sentía culpable al encaminarse hacia los escalones. Entonces captó finalmente lo que le había dicho.

—¿Mi amigo?

—¿Cuándo fue? Hace un par de noches, creo. Muy tarde, pero ustedes los policías siempre van y vienen a deshoras.

Hacía un par de noches. Cuando alguien había plantado evidencia en la casa de su abuela. No mucho después de que Fergus McReadie fuera liberado bajo fianza. No mucho después de que Jonas Carstairs fuera asesinado.

—¿Habló con él, señora McCutcheon? ¿Le dijo su nombre?

—Oh, no, querido. Yo sólo estaba sentada en la sala tejiendo. Usted sabe cómo es cuando uno envejece. Dormir es algo que hace la gente joven. No sé qué hora era, pero ya no había autobuses, así que debe haber sido pasada la medianoche. Este joven vino por el sendero y tocó su timbre.

—¿Cómo sabe que era el mío?

—Ay, todos suenan distinto, usted sabe. De todas maneras, entró directamente y subió por las escaleras. Me pareció extraño porque no lo oí a usted abrir la puerta. Entonces recordé que los estudiantes la dejan abierta y detenida con algo cuando van al bar. Pero ellos ya habían llegado a casa, y estoy segura de que habían cerrado bien la puerta. Es sólo que, ay, no sé.

—¿Se quedó mucho tiempo?

—Oh, no. Apenas iba a medio camino por las escaleras cuando uno de los estudiantes salió y empezó a gritarle. Usted sabe cómo son cuando han estado bebiendo, ¿verdad?

McLean lo sabía. Muchas veces había tenido que recordarles a inquilinos revoltosos que había un policía que vivía en el piso superior, y que se tomaba muy mal que perturbaran su sueño.

—Bajó las escaleras a paso veloz. No creo que me haya visto, así de rápido iba. Yo estaba sacando a uno de los gatos. Me dio un buen susto.

McLean miró a la anciana. Ya vivía en el departamento de la planta baja cuando él se mudó. Probablemente había estado ahí toda su vida. Él nunca conoció al señor McCutcheon, y asumía que el hombre había fallecido años antes. Para ser honestos, él no sabía mucho en realidad sobre ella, además de que era vieja, le gustaba saber lo que pasaba, y que de un tiempo a la fecha se veía muy frágil.

—No se preocupe por eso, señora –dijo, en un intento por tranquilizarla–. Todo lo que importa es que alguien vino a primera hora de ayer por la mañana. Eso es lo que dijo, ¿cierto?

La anciana asintió.

—¿Y usted lo vio? ¿Vio su cara?

Ella asintió de nuevo.

—¿Usted cree que podría reconocerlo en una fotografía?

La señora McCutcheon hizo una pausa, su personalidad normalmente alegre y positiva fue reemplazada por otra, más vieja e insegura.

—No estoy segura de poder dejar la casa mucho rato –dijo después de un rato–. Los gatos…

McLean sabía que los gatos eran perfectamente capaces de cuidarse a sí mismos, pero no iba a decir eso.

—Tal vez le pueda traer las fotografías. Pero sería estupendo si pudiera ayudarme a identificar a este hombre.

***

—No puedo permitirle que traiga a McReadie de nuevo. No a menos que tenga algo específico de qué acusarlo.

McLean permaneció en la entrada de la oficina de Jayne McIntyre, pues no tenía la confianza para acercarse más. Su primera acción al llegar a la estación había sido solicitar al sargento de guardia que hiciera arreglos para que llevaran a McReadie para interrogarlo. Probablemente no debería haberle gritado a Pete cuando se negó, después de todo, el pobre hombre sólo seguía órdenes de su jefa.

—Robó la mancuernilla de Bertie Farquhar. Necesito saber qué más se llevó de ahí.

—No, Tony. No es así –McIntyre permaneció sentada detrás de su escritorio. Lo irritaba ver que reaccionara con calma y lógica, maldita sea–. Usted sabe de dónde la sacó, y además, entiendo que usted había identificado a quién le pertenecía la mancuernilla. Ése fue un buen trabajo, visitar a los joyeros.

—Ha estado merodeando mi departamento.

—No lo sabe con certeza. Sólo tiene la palabra de una anciana confundida, de que alguien que pudiera o no ser McReadie vino a buscarlo.

—Pero necesito –necesitaba preguntarle si plantó un kilo de cocaína en la casa de su abuela. No había podido encontrar lo que dejó en su departamento.

—Necesita dejarlo en paz, eso es lo que necesita –McIntyre se quitó los anteojos de lectura y se frotó los ojos. Quizá tampoco había dormido–. Lo atrapamos con las manos en la masa. Lo encontramos en flagrancia, y con bienes robados almacenados en su casa. Pero ya presentó una queja oficial contra usted por uso de fuerza indebida, y su abogado también ha estado criticando los términos de la orden de cateo.

—Él… –el cerebro de McLean alcanzó a su boca–. ¿Él hizo qué?

—Si puede hacer que alguna de las opciones funcione, entonces tendremos un caso muy débil. El fiscal podría incluso decidir acusarlo por recibir bienes robados. Para un tipo como él, eso es una sentencia suspendida.

—Pero no puede hacer eso. El pequeño bastardo allanó la casa de mi abuela.

—Lo sé, Tony. Y si pudiera hacer las cosas a mi manera, estaría cocinándose a fuego lento en prisión preventiva hasta el momento del juicio. Pero tiene mucho dinero para pagarse el mejor abogado, y lo que es peor, tiene contactos. No creerías desde qué tan alto viene la presión.

—No se va a salir con la suya. Usted no va a hacer un trato con él.

McIntyre hizo una mueca.

—No hay una maldita oportunidad de que suceda. No me gusta que los abogados me digan qué hacer. Pero no puedo permitir que usted pisotee a éste sólo porque McReadie lo hizo enojar. Eso es precisamente lo que él quiere y no voy a darle esa satisfacción.

—Pero...

—No hay peros, Tony. Ya ni siquiera es su caso. Usted es la víctima, por Dios. No puede estar involucrado. Dedíquese a sus otros casos, ¿por qué no hace eso? Todavía no ha ido a ver a la experta en ocultismo que le mencioné, ¿o sí?

Maldición. Y lo peor de todo es que tenía razón. McLean sabía perfectamente bien que no debería haber entrevistado a McReadie la primera vez. Debió entregarle el caso a alguien que no estuviera directamente involucrado.

—Por favor dígame que no se lo va a asignar a Duguid —su petición sonó como una queja patética y malintencionada.

—De hecho creo que Bob Laird sería más adecuado —McIntyre se subió los lentes con una pequeña sonrisa de superioridad—. Puede decírselo usted mismo.

***

McLean se encontró con la Agente Kydd. Llevaba varias pesadas cajas de archivo y una expresión aún más seria de temor en su rostro. Se encaminaba hacia la sala de investigaciones recientemente despejada de la investigación de Barnaby Smythe, y que ahora estaban rellenando apresuradamente a medida que el Inspector Criminalista en Jefe Charles Duguid se mostraba una vez más a la altura del reto de echar a perder las cosas por completo.

—Déjeme adivinar, ¿Dagwood tiene a todas las personas físicamente capaces de la estación apoyando a su equipo?

La Agente Kydd asintió con la cabeza, en infeliz acuerdo.

—Hay mucha presión desde arriba.

—Siempre hay mucha presión desde arriba —pero por supuesto que habría algo así por alguien como Carstairs. Lo mismo que con Smythe. Los hombres importantes tenían amigos importantes. Es una pena que la gente pequeña no pueda tener ese apoyo. Como la pobre chica mutilada en el sótano de algún hombre rico e influyente, como parte del ritual de una fantasía pervertida.

—Usted está capacitada en retratos por computadora, ¿no es cierto, Agente? —preguntó McLean, desenterrando la información de una conversación recordada a medias.

—Eh, sí —la Agente Kydd asintió con enorme renuencia.

—¿Qué le parece hacer un poco de trabajo detectivesco, entonces? Supe que estaba estudiando para los exámenes —McIntyre no lo dejaría interrogar a McReadie sin un buen motivo. ¿Qué sería mejor que probar que el hombre había estado husmeando en el edificio de departamentos de McLean tan sólo horas después de ser liberado bajo fianza?

—Estoy un poco ocupada, señor —Kydd levantó las cajas de archivos, mientras una triste pesadumbre se adueñaba de sus rasgos.

—No se preocupe. Yo lo arreglaré con Dagwood. Tengo otras cosas que hacer esta mañana de todas maneras, pero si puede consiga una computadora portátil que tenga *software* de identificación de fotografías, y tal vez también algunas fotografías de criminales al azar. Y también incluya las que tomamos de Fergus McReadie cuando lo trajimos la otra noche. Voy a hacer que preparen un auto para las dos.

—Yo…

—Sé que la súper en jefe dijo que no debía molestarlo —por Dios, ¿se lo había dicho a todos en la estación? ¿Qué tan impetuoso creía que era?—. No me acercaré a él. Confíe en mí.

39

EL LETRERO EN LA PUERTA DECÍA "LECTURA DE MANO Y DE TAROT, ADIVINACIÓN". McLean siempre se había imaginado que el lugar funcionaba como fachada de algo más, muy probablemente prostitución, pero ésta era la dirección que le había dado McIntyre. Había preguntado por ahí también, y el rumor era que Madame Rose era tan honesta como el día, en cuanto a que hacía exactamente lo que decía hacer. Todo lo demás era una mentira, por supuesto, para complacer a los crédulos. No había un amplio mercado en Edimburgo para este tipo particular de negocio de quitarles el dinero a los tontos, pero suficiente gente quería creer que una mente emprendedora podría ganarse el pan de esa manera.

—¿Por qué estamos aquí, señor? —al Agente Criminalista MacBride le había tocado la pajilla más corta y lo acompañó en este callejón sin salida en la creciente lista de casos. Bob el Gruñón tenía la tarea no muy divertida de identificar a la saltarina de Waverley al tiempo que reunía toda la evidencia contra Fergus McReadie para el Fiscal. Por el momento sólo quedaba la investigación sobre la potencial fuga de información de la escena del crimen, que era la explicación más obvia para las perturbadoras similitudes entre los asesinatos de Jonas Carstairs y Barnaby Smythe. Y la chica muerta, por supuesto. Había de todo en un día de trabajo, en realidad.

—Estamos aquí para investigar sobre sacrificios humanos y rituales demoniacos. Aparentemente Madame Rose es una especie de experta en lo oculto. Todas las referencias a la magia son sólo una fachada. O al menos eso me han dicho —McLean abrió la puerta, lo cual reveló un estrecho vestíbulo con escaleras que guiaban directo hacia arriba. Una alfombra raída, con más manchas que diseños, liberaba un olor a grasa de patatas fritas y moho; un curioso aroma a desesperanza. En la planta alta, al pasar por una cortina de cuentas que alguna vez fue brillante, y ahora estaba opaca de grasa, se encontraron en una pequeña habitación que desesperadamente quería ser descrita como un tocador, pero que en realidad apenas ameritaba ser considerada una recepción. La misma alfombra de las escaleras cubría el suelo, con más manchas de hongos extendiéndose como anillos de hadas formados. En algunos lugares incluso habían empezado a colonizar las paredes, al competir con un desagradable papel tapiz con relieve de terciopelo e impresiones baratas de escenas vagamente orientales y místicas. Al mirar hacia arriba, McLean no se sorprendió de ver manchas que marcaban el techo también. El calor del día no ayudaba tampoco, ese olor a cocina y a aire húmedo y viciado hacía preferible respirar por la boca. ¿Y había gente que venía aquí por su propia voluntad?

Un sofá pequeño se recargaba contra la pared exterior, bajo la única ventana en la habitación. Sentarse en él probablemente no era una buena idea. Dos destartaladas sillas de madera flanqueaban una mesa baja cubierta con copias antiguas de *Reader's Digest* y *Tarot Monthly*. En la esquina opuesta al cubo de la escalera, alguien que no era muy hábil para los proyectos de hágalo usted mismo había construido un estrecho mostrador, tras el cual se erguía una puerta cerrada. Una desprolija hoja de papel fija a la pared con tachuelas mostraba un menú de precios por los servicios prestados. Diez libras por una lectura básica de mano, veinte por consultar las cartas. Algunos clientes locos podrían incluso pagar más de cien libras por algo llamado una "Sesión kármica completa".

—Oh. Creí percibir algo en el éter. Magnífico —se oyó una voz profunda y ronca, producto de demasiados cigarrillos y whisky. Una mujer enorme cruzó la habitación, lo cual provocó que el espacio de la recepción se redujera a la mitad con su presencia. Vestía lo que parecía ser una tienda de campaña de terciopelo rojo; rodeaba su cuerpo como la envoltura de una momia muy gorda. Sus manos eran como viejos globos rosados tachonados en oro, dedos regordetes embutidos en anillos baratos y elaborados y uñas pintadas en un tono ligeramente distinto al de su vestido.

—Sólo necesito ver sus palmas —Madame Rose tomó las manos de McLean con sorprendente rapidez, le dio vuelta a una de ellas y siguió sus líneas con una suave caricia. Él intentó liberarse pero el apretón de la mujer fue de hierro.

—Oh, una vida tan trágica tan pronto. Y, por Dios, con tanto porvenir. Pobre, pobre niño. ¿Y qué es esto? –lo soltó tan repentinamente como lo había sujetado. Dio un paso melodramático hacia atrás, colocó una mano sobre su amplio pecho, dirigió sus dedos abiertos hacia la piel de su garganta, que recordaba un moco de pavo–. Ha sido señalado para ciertas cosas. Cosas grandiosas. Cosas terribles.

—Se acabó la función –McLean levantó su placa–. No estoy aquí para supersticiones.

—Le aseguro, inspector, que no me dedico a las supersticiones. Mire, sentí su aura en el momento en el que cruzó la puerta principal.

—¿Conoce el motivo de nuestra visita? –quien preguntó esto fue MacBride.

—Por supuesto, por supuesto. Quieren hablar sobre asesinatos rituales. Es un asunto desagradable. Nunca funciona, al menos que yo sepa, pero es peor que el alcohol para sacar lo diabólico de la gente, si entienden lo que digo.

—¿Cómo es que usted...? –la boca de MacBride permaneció abierta mientras que las palabras se le escapaban.

Madame Rose dejó escapar una risotada muy poco apropiada para una dama.

—El mundo espiritual me habla, detective. Y de vez en cuando, también Jayne McIntyre.

—No tengo mucho tiempo, y mucho menos paciencia –McLean metió su placa de regreso a su bolsillo–. Me hicieron creer que usted sabía algo sobre prácticas de ocultismo. Si ése no es el caso entonces no desperdiciaré más de su tiempo.

—Sensible, ¿eh? –Madame Rose le hizo un guiño a MacBride, lo que provocó que el rostro y orejas de éste se sonrojaran. Ella se volvió de nuevo a McLean–. Pasen a la oficina, entonces. De todas maneras es un día tranquilo.

***

La oficina resultó ser una habitación amplia en la parte trasera del edificio, con una ventana alta que daba a un patio gris lleno de ropa lavada que colgaba, flácida, de cuerdas vencidas por el peso. El contraste con el área de recepción y la sala por la que atravesaron para llegar aquí, no podría ser más marcado. Así como esas habitaciones parecían sórdidas y recargadas de baratijas de tipo *kitsch*, del estilo que esperarías que una vieja adivina gitana coleccionara, los pocos artefactos en esta habitación se veían a la vez genuinos e inquietantes.

Las cuatro paredes estaban cubiertas de estantes que llegaban hasta el techo, la mayoría de ellos repletos de un surtido aparentemente aleatorio de libros antiguos y modernos. Dos repisas, una a cada lado de un escritorio grande y antiguo, sostenían vitrinas de cristal que albergaban a un gato salvaje y a una lechuza blanca. Ambos habían recibido el beneficio completo del arte del taxidermista, y adoptaban para siempre la pose de matar ante sus respectivas víctimas. Sobre el escritorio, montada sobre un escudo de madera oscura, lo que guardaba un sospechoso parecido con una mano humana marchita se había utilizado como un soporte para libros. Otros objetos se escondían en esquinas oscuras. Si bien parecían siniestros cuando los vislumbrabas por el rabillo del ojo, resultaban ser objetos perfectamente inocentes cuando les prestabas toda tu atención: un perchero con un sombrero de hongo, un abrigo y una sombrilla hacían pensar en un oscuro asesino; la estola artísticamente arrojada sobre el respaldo de un sillón alto, de piel apolillada, parecía un zorro vivo, o un ser que miraba fijamente mientras hacía mal de ojo. McLean parpadeó, y la estola parpadeó a su vez, después bostezó con un enorme gruñido que puso al descubierto sus colmillos, se estiró y saltó de la silla al piso. No era un zorro, sino un gato, delgado como una rejilla para tostadas y con una cola que se curvaba como un gran signo de interrogación melenudo, que decidió inspeccionar a los nuevos intrusos.

—Así que, Inspector McLean, Agente MacBride. ¿Quieren saber sobre sacrificios humanos, por qué la gente intentaría hacerlos, ese tipo de cosas? –Madame Rose sacó un par de quevedos de su escote, donde colgaban de una cadena de plata, y las colocó sobre su nariz.

—Básicamente, investigo un ritual en particular. Creemos que probablemente hubo más de una persona involucrada.

—Ah, así es por lo regular. De otra manera es sólo para llamar la atención.

—Quise decir que había más de un asesino, en realidad. Probablemente seis —McLean describió lo que habían encontrado en el sótano tapiado, dando tan pocos detalles como le fue posible.

—¿Seis? —Madame Rose se inclinó hacia adelante en su silla—. Eso es... inusual. En su mayoría es un asunto solitario. Dos personas, si se incluye a la víctima. El tipo de gente a la que le atrae el asesinato ritual no socializa muy bien, como ustedes comprenderán.

—¿Por qué lo hacen? —preguntó MacBride. McLean no le había ordenado específicamente al agente que callara, así que disimuló su molestia.

—Una pregunta muy pertinente, joven —dijo Madame Rose—. Algunos han especulado que les da una sensación de importancia de la que carecen a diario. Otros sugieren que experiencias de la infancia, usualmente violentas y a manos de familiares cercanos, ocasionan que el individuo confunda la atención con el amor, y por lo tanto otorgan su propio amor de manera coherente con esto. Muchos provienen de una estricta crianza religiosa, en la que no se escatimó el uso de la vara al educar al niño. El ritual es importante para ellos, al igual que su subversión. En cuanto a mí, creo que lo hacen principalmente porque están locos.

—Asumo que usted no cree que funcione —dijo McLean.

—Oh, pero por supuesto que creo en eso. E igualmente sucedía con sus seis locos. O al menos uno de ellos debía creer, y tenía a los otros cinco completamente a su servicio.

—¿Usted cree que eso sea posible? ¿Hay gente que mataría así sólo porque alguien les ordenó hacerlo?

—Por supuesto. Si el líder es lo suficientemente carismático. Analice Waco, Jonestown, Al Qaeda. La mayoría de los seguidores de un culto no creen en realidad lo que se les está vendiendo. Sólo quieren que alguien les diga qué hacer. Así es más fácil.

Madame Rose parecía muy coherente. No era exactamente lo que esperaba al entrar a su oficina.

—Así que este ritual no tiene nada de especial. Podría ser cualquier loco al azar con un delirio de deidad.

—No dije eso, inspector —Madame Rose tomó un libro de las repisas para ponerlo en su escritorio. Lo abrió en una página ya marcada—. Seis órganos, seis artefactos, seis nombres. Acomodados en puntos cardinales en torno al cuerpo. Dígame, ¿estas marcas estaban en el piso? ¿Un círculo de protección, tal vez?

Ella giró el libro y le mostró la página a McLean. Era un boceto burdo, en blanco y negro, de rasgos medievales, que mostraba una figura femenina al yacer con brazos y piernas abiertos. Un corte abría su torso, y sólo había tinta negra en el interior. En torno suyo, un círculo de sarmientos trepadores se entrelazaban, agrupándose hasta formar nudos en sus manos, pies, cabeza y el espacio entre sus piernas. Debajo de la imagen estaban trazadas las palabras *Opus Diaboli*. McLean jaló el libro hacia él, pero Madame Rose se lo arrancó de las manos.

—Eso es del siglo diecisiete. Probablemente valga más de lo que su joven agente aquí presente gana en un año.

—¿Dónde lo obtuvo? –preguntó McLean.

—Interesante pregunta, inspector –Madame Rose pasó un cuidadoso dedo por la página–. Se lo compré a un vendedor de libros antiguos en la Royal Mile. Hace muchos, muchos años. Creo que él lo adquirió junto con otros más de la herencia del fallecido Albert Farquhar. Bertie Farquhar era un entusiasta de lo oculto, o al menos eso he oído.

Otra pieza del rompecabezas.

—¿Y qué se supone que es capaz de lograr este ritual?

—Ahí es donde se pone interesante –Madame Rose deslizó su dedo bajo la página, y le dio vuelta cuidadosamente antes de entregarle el libro de nuevo. McLean miró un nuevo capítulo, confundido momentáneamente por la mayúscula baja elegantemente ilustrada. Entonces advirtió el borde rasgado de una página arrancada. Los bordes desgarrados no eran frescos.

—Así estaba cuando lo compré, en caso de que se lo pregunte –Madame Rose tomó el libro de nuevo, lo cerró con cuidado y lo colocó de regreso sobre el escritorio, tras lo cual le dio unas palmaditas sobre la cubierta como si fuera una buena mascota. He pasado los últimos veinte años en la búsqueda de otra copia.

—¿Así que no tiene idea de lo que eso... –McLean hizo un ademán con la mano en dirección al libro y la horripilante imagen que contenía–, de lo que se suponía que eso lograría?

—*Opus Diaboli*, inspector. El trabajo del diablo.

***

No fue sino hasta que salió a la calle que McLean se dio cuenta de lo frío que se encontraba el estudio de Madame Rose. Recibía sombra al estar en el lado norte del edificio, tal vez, pero se sentía más que eso. Como si el lugar existiera en su propia dimensión, lejos del calor de la ciudad. Miró de nuevo a la puerta, pero el letrero todavía indicaba: "Lectura de mano y de tarot. Adivinación"; la cantería todavía estaba sucia, el alféizar de la ventana aún se descomponía a falta de una buena embarrada de pintura. Meneó la cabeza y un escalofrío atravesó su cuerpo mientras se ajustaba al calor del sol.

—Era bastante extraña –dijo el Agente MacBride.

—Más que un poco –McLean metió las manos en los bolsillos de sus pantalones mientras caminaban de regreso a la estación–. Pero creo que probablemente sería más justo referirse a ella como él.

—¿Él? –MacBride dio tres pasos más. Tal vez cuatro. Se giró para quedar de frente a McLean–. ¿Quiere decir que ella era...? ¿Qué él era...?

—No se ve con frecuencia una nuez de Adán como ésa en una mujer, Stuart. O manos tan grandes. Apostaría que ese amplio pecho le debe más al relleno que a la naturaleza, también.

—Así que Madame Rose en realidad es un charlatán. En más de una manera.

—Oh, yo no descartaría la adivinación a la antigua. Cualquiera que sea lo suficientemente tonto para separarse de su dinero por ese tipo de cosas merece ser más pobre, si te interesa mi opinión. Y ella... él nos ayudó, después de todo.

MacBride acunaba en sus brazos el paquete en el que Madame Rose había colocado el libro con gran cuidado. Había insistido en que le dieran un recibo cuando McLean preguntó si podía tomarlo como evidencia. La cantidad de cinco cifras que se mencionó como su valor podría haber sido una exageración, pero el agente no iba a arriesgarse.

—Ya tenemos la mancuernilla –dijo–. ¿También necesitamos el libro? Sabemos que Bertie Farquhar lo hizo.

—Siempre es agradable confirmar algo –y además, había algo en ese libro. Quería la oportunidad de estudiarlo un poco más, aun si faltaba la página realmente crucial.

—Hay una cosa que me molesta, señor.

—¿Sólo una?

—Sí, vaya... –MacBride hizo una pausa por un momento, mientras ordenaba sus ideas o se sentía inseguro de sí mismo–. Este libro. Madame Rose ahí atrás. Ella, él, lo que sea, lo tenía ahí sobre el escritorio. Incluso había marcado la página.

—Lo noté.

—¿Pero cómo supo lo que estábamos buscando?

40

—SE PARECE UN POCO A ÉL, ¿PERO QUIZÁS UN POCO MÁS MORENO? No, éste. ¿O tal vez éste?

McLean nunca había estado en el santasanctórum de la señora McCutcheon, aunque había vivido en el mismo edificio de departamentos que ella por quince años. Tal como estaban las cosas, nada en la habitación lo sorprendió; era exactamente como se lo podría haber imaginado. El diseño de la sala no era distinto del suyo tres pisos más arriba, pero hasta ahí llegaba la similitud. Ella tenía baratijas por todos lados, en su mayoría del estilo cursi de caja de chocolates victoriana y de tartán escocés, y la amplia habitación parecía empequeñecerse por la gran cantidad de cosas. Eso y los gatos. Él dejó de contar después de llegar a diez, sin estar seguro de si había contado dos veces a algunos. Ellos lo veían hacia abajo desde los estantes, hacia arriba desde abajo de las sillas y se enredaban en sus piernas hasta que no se atrevió a moverse porque era imposible.

—No lo sé, querida. Todos se ven un poco serios, ¿no crees? ¿No tienes a nadie sonriendo? El joven que vi tenía una amplia sonrisa en su cara.

La agente Kydd estaba sentada junto a la anciana en un sofá que fácilmente databa de antes de que ambas existieran. El respaldo había sido cubierto con una delicada cubierta de encaje, con otros similares sobre los dos sillones idénticos de respaldo alto, ocupados en ese momento por ojos sospechosos y bigotes temblorosos. A pesar de los gatos, todo en la habitación atestada estaba limpio y ordenado; simplemente había demasiado de todo. De manera sorprendente, olía sólo a líquido pulidor de madera y a edad avanzada. En tal caso, a juzgar por el olor en el rellano principal de la escalera, frente al departamento, la señora McCutcheon había entrenado a los gatos para hacer sus necesidades en otro lugar.

—Éste. Ahora creo que podría ser él —la anciana miraba a través de gafas de media luna la computadora portátil que la agente Kydd había traído con ella. Estaba cargada con fotos de criminales además de *software* para hacer retratos por computadora. Hasta ahora había sido un simple ejercicio de mirar fotografías, con la de McReadie ubicada estratégicamente entre ellas, y esforzarse por no beber el té que les ofreció la señora, pues McLean había visto cómo lo preparó cuando llegaron.

—Sí. Estoy segura. Tenía ojos peculiares. Demasiado juntos. Lo hacían parecer un poco tonto.

McLean sonrió ante la palabra, se agachó hacia adelante para ver la pantalla él mismo. Kydd la movió hacia arriba.

—Es él —dijo, pero McLean no necesitaba que se lo dijera. Sonriéndole desde la computadora portátil, su propio rostro una imagen del triunfo, estaba la imagen que había querido ver. Fergus McReadie.

***

—Necesitamos llegar a la estación. Quiero que detengan a McReadie tan pronto como sea posible. El pequeño bastardo no va a salir bajo fianza esta vez.

Iban caminando hacia la calle Pleasance, de nuevo hacia el centro de la ciudad. Les había llevado más de lo que McLean hubiera querido para salir del departamento de la señora McCutcheon, y todo el rato había estado intentando suprimir la imagen de Fergus McReadie en su BMW, escapando a algún lugar con demasiado sol y una actitud poco cooperadora hacia la extradición de criminales comprobados.

—¿Quiere que llame a la oficina, señor? —la Agente Kydd maniobró torpemente con la bolsa de la computadora portátil que llevaba colgada del hombro, en un intento por desembarazarse de ella para poder alcanzar su radio. McLean se detuvo, se volvió para verla de frente.

—Vamos, deme eso. No, la portátil. No tengo idea de cómo hacer funcionar el aparato de radio —tomó la bolsa y se la colgó del hombro. Kydd sacó su radio, presionó algunos botones y se lo puso en la oreja.

—¿Sí, Control? Éste es dos-tres-nueve... ¡Oh, Dios mío! ¡Cuidado!

Sucedió demasiado rápido para pensar. Kydd dejó caer el radio, se lanzó hacia McLean, alcanzándolo en el estómago con el hombro y derribándolo de lado. Él cayó de espaldas, mientras sus pies tropezaban con los escalones de piedra que llevaban a la entrada abierta de un edificio de departamentos. Sus rodillas se doblaron mientras movía los brazos en un intento inútil de permanecer de pie. Golpeó el piso de piedra con suficiente fuerza para lastimarse la espalda y quedarse sin aire. La pregunta se formó en sus labios.

—¿Qué? –pero tuvo la respuesta antes de que pudiera terminar de pensar en la pregunta.

Una camioneta Transit blanca se subió a la banqueta, lo que provocó que un contenedor de basura saliera volando hacia el camino. La Agente Kydd quedó atrapada en su camino como un conejo deslumbrado por las luces. Por un instante que duró para siempre, permaneció ahí, medio doblada, mientras intentaba recuperar el equilibrio, los ojos muy abiertos de asombro, más que de miedo. Y entonces la camioneta la golpeó, la levantó del piso, la arrojó al aire como una muñeca descartada. Sólo entonces escuchó McLean el estruendo distorsionado de un motor a toda capacidad, el golpe de un cuerpo al golpear el suelo, vidrios rotos. El rechinar de frenos.

Luchando por recuperar el aliento, se obligó a pararse, a salir de la entrada que le había ofrecido protección. La camioneta se deslizó de nuevo hacia la calle, mientras se disputaba un sitio a través del tráfico como un boxeador borracho. No pudo ver una placa en la parte trasera, y en cuestión de segundos había desaparecido en una esquina, mientras se alejaba en dirección a Holyrood Park.

La Agente Kydd yacía veinte pies más allá de la entrada, con el cuerpo cruelmente retorcido. McLean buscó el radio en los alrededores, y sólo vio piezas electrónicas desparramadas en el camino. Su propio celular era inútil. ¿Por qué demonios no mantenía la carga? Sacó su placa, corrió hasta interponerse en el camino del auto más próximo, golpeó el cofre con las manos.

—¿Tiene un teléfono?

El asombrado conductor señaló a algo en una base pegada con copas de succión al parabrisas.

—No lo estaba usando. En serio.

—No me importa un carajo. Entréguemelo –McLean tomó el teléfono incluso antes de que el conductor lo sacara por la ventana. Marcó el número de la estación. No esperó el preámbulo que sabría que vendría.

—¿Pete? McLean. Estoy justo enfrente del Pleasance. Ha habido un atropellamiento y el conductor se dio a la fuga. La Agente Kydd resultó herida. Necesito una ambulancia, para hace cinco minutos. Pon una orden de búsqueda y captura para una camioneta Transit blanca, con placas desconocidas. Va a tener una gran abolladura ensangrentada en el cofre. Tal vez también un parabrisas roto. Se le vio la última vez avanzando por la Canongate hacia Holyrood.

Todavía sujetando el teléfono, McLean corrió hacia donde yacía la Agente Kydd. La sangre escurría por su boca y nariz, brillante y burbujeante. Sus caderas no deberían poderse girar de la manera en que estaban, y no quería saber de sus piernas. Sus ojos todavía estaban abiertos, vidriosos por la conmoción.

—Quédate conmigo, Alison. Una ambulancia viene en camino —McLean tomó una mano herida en la suya, poco dispuesto a moverla más de lo necesario, aunque dudaba que ella volviera a caminar de nuevo. Si sobrevivía los próximos cinco minutos.

En algún lugar en la distancia, una sirena empezó a ulular.

41

LA SILLA CORRIENTE DE PLÁSTICO ERA INCÓMODA, PERO McLEAN apenas notó el entumecimiento en su trasero mientras miraba fijamente al otro lado de la sala de espera vacía, al tablero de avisos y sus folletos publicitarios. Su viaje al otro lado de la ciudad en la ambulancia se mezclaba en una serie confusa de imágenes relampagueantes. Un paramédico que le hablaba en una voz que no podía escuchar; manos amables pero firmes que lo hicieron soltar a la agente Kydd; profesionales entrenados que obraron los escasos milagros que pudieron, colocaron un collarín, un soporte lumbar; levantaron la figura retorcida hasta la ambulancia, tan pequeña, tan joven; un viaje atravesando la ciudad hasta un hospital que había esperado nunca ver de nuevo; rostros serios con palabras serias como operación, cirugía de emergencia, cuadripléjica. Y ahora la lenta espera de noticias que él sabía sólo podían ofrecer alguna variante de lo terrible.

Se sintió un suave susurro en el aire cuando alguien tomó lugar junto a él. McLean no necesitó voltear para saber quién era, reconocería el perfume en cualquier sitio. Una mezcla de papeleo, preocupación y apenas el mínimo toque de Chanel.

—¿Cómo está? –la Superintendente en Jefe McIntyre sonaba cansada. Él sabía cómo se sentía.

—Los doctores no están muy seguros de cómo es que estaba viva cuando llegó aquí. Está en cirugía en este momento.

—¿Qué sucedió, Tony?

—Fue un atropellamiento con fuga. Deliberado. Creo que estaban intentando golpearme a mí –ahí estaba. Lo había dicho. Le había dado voz a su paranoia.

McIntyre aspiró profundamente, sostuvo la respiración un momento como si se retara a sí misma a continuar.

—¿Está seguro de eso?

—¿Seguro? No. No creo estar seguro de nada a estas alturas –McLean se restregó los ojos, resecos. Se preguntó si las lágrimas se malinterpretarían–. Ella lo vio venir. La agente Kydd. Me empujó para quitarme del camino. Pudo salvarse, pero su primer instinto fue salvarme a mí.

—Es una buena policía.

McLean notó que McIntyre no agregó: "Llegará lejos". Era muy probable que no fuera a ningún lugar, nunca más. No sin ruedas.

—¿Qué estaban haciendo ahí, a todo esto?

Y ahora la parte difícil.

—Íbamos en nuestro camino de regreso a la estación. La agente Kydd me ayudaba a identificar a alguien que vino a mi departamento la otra noche que estuve fuera. Mi vecina lo vio actuar de manera sospechosa –Dios, sonaba patético.

—¿McReadie? –había el más ligero tono de pregunta en la voz de McIntyre, pero McLean pudo adivinar que no esperaba una respuesta. Asintió de todos modos.

—¿Y por qué no estaba el Sargento Laird encargándose de la investigación? Le dije, Tony. Manténgase lejos de McReadie. Está jugando con usted.

—Está intentando matarme, es lo que está haciendo.

—¿Está seguro de eso? ¿No cree que es un poco extremo?

No, porque el bastardo plantó cincuenta mil y un kilo de cocaína para intentar incriminarme, pero no hice lo que él esperaba que hiciera, así que ahora tomó la opción directa.

—Sería muy difícil para mí testificar contra él en la corte si estuviera muerto.

—Déjelo ya, Tony. El melodrama no le va. Y de cualquier manera, según el sargento de guardia, a las cuatro de la tarde cuando usted llamó para reportar el accidente, Fergus McReadie era entrevistado en la estación, junto con un abogado de colmillos tan afilados que probablemente se corta él solo cuando se viste en la mañana.

—Él no haría algo como esto en persona. Le pagaría a alguien. Apuesto a que él se ofreció a presentarse esta tarde, también. Se preparó la coartada perfecta.

McIntyre exhaló lenta y largamente, y dejó caer su cabeza contra la pared.

—No me está haciendo las cosas más fáciles, Tony.

—¿No las estoy haciendo más fáciles? —se volvió para encarar a su jefa pero ella no le devolvió la mirada. En lugar de eso, habló en dirección a la sala de espera vacía.

—Vaya a casa. Duerma un poco. No puede hacer nada aquí.

—Pero necesito...

—Lo que usted necesita es ir a casa. Si no está en *shock* en este momento, lo estará muy pronto. ¿Necesito convertir esto en una orden?

McLean se dejó caer hacia atrás en su silla, vencido. Odiaba cuando la superintendente en jefe tenía razón.

—No.

—Bien, porque lo siguiente es una orden. No quiero que venga a trabajar hasta la próxima semana.

—¿Qué? Pero apenas es miércoles.

—Hasta la próxima semana, Tony —McIntyre finalmente lo miró—. Puede escribirme un reporte detallando exactamente lo que sucedió esta tarde. Después de eso, no quiero oír nada de usted hasta el lunes.

—¿Y qué hay de McReadie?

—No se preocupe por él. Usted tiene una testigo que afirma que estuvo en su casa, eso suena como una clara violación de las condiciones de su libertad bajo fianza —McIntyre sacó su teléfono pero no marcó—. No molestará a nadie por un tiempo.

—Gracias —McLean dejó que la parte de atrás de su cabeza golpeara ligeramente contra la pared—. ¿Está segura de que...?

—Manténgase alejado de esto. Si tiene razón y alguien está tras de usted, entonces no puedo dejarlo investigar. Igual que no puedo permitirle fastidiar a McReadie a cada rato. Habrá un debido proceso, Tony. Déjelo en paz. Yo misma me encargaré de la investigación, así sabré si empieza a meter la nariz donde no lo llaman.

—Yo...

—A casa, inspector. Ni una palabra más —McIntyre se puso de pie, sus manos alisaron las arrugas en su uniforme cuando se dio la vuelta y se alejó. McLean la vio marcharse, y se dedicó a mirar la pared.

***

La agente Alison Kydd fue trasladada del área quirúrgica a cuidados intensivos a la una y cuarto de la mañana. Ocho horas de cirugía probablemente le salvaron la vida, pero los doctores la mantenían en un coma inducido por si acaso. Con certeza nunca caminaría de nuevo, a menos que alguien inventara una manera para hacer crecer una médula espinal seccionada. Sólo el tiempo diría si podría usar sus brazos, o incluso controlar su vejiga. Y siempre cabía la posibilidad de que no despertara.

La doctora que le dijo todo esto a McLean se veía demasiado joven para haber salido hacía mucho de la escuela de medicina, pero parecía saber lo que hacía. Era cuidadosamente optimista; sus palabras habían sido "mejor que el cincuenta por ciento". Lo dijo como si fuera algo bueno, con una sonrisa cansada para respaldarlo. Sus palabras y su sonrisa lo siguieron todo el camino a casa en el taxi barrido por la lluvia. Se quedaron con él mientras escribió el reporte para la superintendente en jefe y bebía una botella de whisky de malta. El alba llegó antes de terminar la primera, se dio cuenta de que la segunda no le estaba ayudando en realidad. Ponerse ciego de borracho, solo, no era su estilo; necesitaba unos cuantos buenos amigos para hacer eso. Y todo el tiempo siguió repitiéndose a sí mismo que no era su culpa. Si lo dijera lo suficiente, podría incluso empezar a creerlo.

Llamó al hospital a las seis y le dijeron que no había habido ningún cambio ni era posible que lo hubiera en el futuro inmediato. La enfermera del otro lado de la línea no lo dijo con esas palabras, pero McLean pudo advertir por su tono de voz que ella no sería tan amable si llamaba pronto de nuevo. Debería sentirse cansado, ya que no había dormido en veinticuatro horas, pero la culpa y la ira no lo dejaban dormir. En lugar de hacerlo, se dio una ducha, leyó el reporte e hizo un par de cambios antes de enviarlo por correo electrónico. No era su culpa. No había manera de prevenir lo que sucedió.

Pero era su culpa, en cierto modo. Como había dicho McIntyre, debió ser Bob el Gruñón quien llevara a la agente a visitar a la señora McCutcheon. McReadie podría haber hecho que su matón atropellara a McLean en algún lugar completamente distinto, donde nadie se sacrificara para que él pudiera vivir. Dios, ¿de qué demonios se trataba todo esto? ¿Por qué ese estúpido había...?

Su puño casi alcanzaba el panel de cristal cuando McLean se dio cuenta de lo que estaba haciendo. Detuvo el puñetazo, y en su lugar golpeó el marco de la ventana con la palma de la mano; sintió cómo le escocían los ojos por lágrimas que no tenían nada que ver con el dolor. Al menos no con el dolor físico. Ése se desvanecería en unos instantes. Si tan sólo sucediera lo mismo con el otro tipo de dolor.

Era tan terco algunas veces. Quizá si escuchara lo que otros le decían, tal vez si incluso delegara de vez en cuando, esto nunca habría pasado. Y ahora estaba atrapado aquí, volviéndose loco de frustración por casi una semana porque le habían ordenado que se alejara y simplemente no pudo evitarlo. Por Dios, qué desastre.

Había mucho por hacer, demasiados casos que necesitaban su atención. McIntyre en realidad no esperaba que hiciera nada hasta el lunes, ¿o sí? Él estaría bien mientras se mantuviera alejado de la estación y de todo lo que tuviera algo que ver con McReadie o la búsqueda de la camioneta que atropelló a Alison. Eso dejaba a la chica muerta y los dos suicidios, sin mencionar la fuga de detalles de la escena del crimen.

Salir del departamento se sentía como escabullirse a la parte trasera del cobertizo de las bicicletas para fumar a escondidas, pero tenía que ir por comida, al menos. Y cuando todo lo demás fallaba, no había nada como una caminata para ayudarlo a pensar.

***

—Inspector. Qué agradable sorpresa.

McLean se dio vuelta al escuchar la voz. Vio un Bentley negro reluciente que se deslizaba por la calle, con una ventana abajo como un conductor nocturno que manejara lentamente por las calles en busca de alguna virtud negociable. No es que fuera común encontrar a alguien trabajando las calles en este vecindario, pero no lo sorprendería si una de estas casas grandes y elegantes diera servicio al mercado de más alta clase de acompañamiento personal. Se agachó ligeramente y logró vislumbrar una mano enguantada, una gabardina oscura y un rostro cubierto de cicatrices antes de que el auto se detuviera en silencio. La puerta hizo un clic al abrirse por completo y revelar interiores rojos de piel suave, del tipo que haría que a Freud le diera un ataque. En el interior, Gavin Spenser le hizo señas de que se acercara.

—¿Lo puedo llevar?

McLean miró la calle vacía, y después el sitio por el que había venido. Media hora de caminata en estado de concentración no había logrado liberarlo de sus sentimientos de culpabilidad y autocompasión. O de su frustración.

—En realidad no iba a ningún lado.

—En ese caso tal vez guste acompañarme a tomar un café. No queda lejos.

¿Por qué no? No tenía nada mejor que hacer. McLean subió al auto, asintió en dirección a la enorme mole del conductor, apretujado detrás del volante, y se hundió en el suave sillón de piel junto a Spenser. No había lugar para algo tan sórdido como un asiento en forma de banca en la parte trasera de este auto. Se movieron con apenas un susurro del motor; no había ruido en absoluto de la calle en el exterior. Así es como vivía la otra mitad.

—Bonito auto –fue todo lo que a McLean se le ocurrió decir.

—Ya no puedo conducir, así que doy más importancia a la comodidad que a la potencia –Spenser asintió en dirección a la nuca del conductor–. Me atrevo a decir que Jethro saca el auto y juega a las carreras de vez en cuando.

En el reflejo del retrovisor, McLean vio la boca del conductor contraerse en la más mínima de las sonrisas. No había una separación de cristal para dar privacidad, lo que indicaba que Spenser obviamente confiaba en su empleado.

—La última vez que vi a tu abuela, ella conducía esa horrible cosa italiana. ¿Qué era?

—¿El Alfa Romeo? –McLean no había pensado en eso por mucho tiempo. Era muy probable que todavía estuviera guardado en la parte trasera del garaje; había estado allí desde que su abuela decidió que era demasiado vieja y miope para manejar. Ella nunca lo habría vendido, y él no podía recordar la última vez que fue a echar un vistazo.

—Ése era el auto de mi padre. La abuela gastó una fortuna para mantenerlo funcionando. Motor nuevo, varias manos de pintura, el número de paneles de la carrocería que se remplazaron con los años. Era un poco como el hacha de George Washington.

—Ah, sí, la famosa frugalidad de los McLean. Ella era una mujer astuta, así era Esther. Ah, ya llegamos.

El Bentley pasó por una entrada de piedra y subió un corto tramo hasta una de esas mansiones sorprendentemente grandes que se esconden en esquinas inesperadas en Edimburgo. Estaba rodeada por un terreno por el que un desarrollador inmobiliario sería capaz de matar; al menos lo suficientemente grande para construir veinte viviendas ejecutivas, y completamente dedicado a árboles crecidos, a jardines bellamente cuidados. La casa en sí era eduardiana, grande pero bien proporcionada, y ubicada en un punto lo suficientemente alto para tener vistas impresionantes de toda la ciudad, incluyendo el castillo, Arthur's Seat y el mar de agujas y techos entre ellos. Jethro se quitó el cinturón de seguridad y salió del auto para abrir la puerta de Spenser antes de que McLean advirtiera que se habían detenido. El anciano salió del auto con una agilidad que contrastaba con su apariencia. No había articulaciones que tronaran o dificultad para enderezarse. McLean casi se sintió celoso cuando salió, pues sus pies hicieron crujir la profunda grava y tronaron varias vértebras en su propia espalda.

—Venga –dijo Spenser–. Está un poco más protegido por la parte de atrás.

Caminaron en torno a la casa, mientras Spenser señalaba características interesantes al pasar. En la parte trasera, un gran invernadero de naranjos se extendía desde la casa, rodeado por un patio elevado que debió ser añadido en la década de los setenta. El pavimento de baldosas irregulares estaba cuidado de manera inmaculada, sin importar cuán pasado de moda pudiera parecer, y en medio de él esperaban una mesa y sillas. Lo único que faltaba era una piscina, pero no, ahí estaba, enclavada entre una cancha de tenis y un campo de croquet, perfectamente plano. Se había invertido un gran esfuerzo en mantener este lugar, pero era obvio que Spenser era un hombre de recursos.

Un mayordomo taciturno les trajo café en silencio. McLean miró mientras lo servía, declinó leche y azúcar, tomó unos sorbos de la más fina infusión que hubiera probado en un largo tiempo, aspiró el delicioso aroma de granos arábigos perfectamente tostados. Así es como vivía la otra mitad.

—Usted dijo que conoció a mi abuela cuando ella estaba en la universidad. Sin ánimo de ofender, eso debe haber sido hace mucho tiempo.

—Mil novecientos treinta y ocho, creo –Spenser arrugó el rostro como si intentara recordar; las arrugas de sus cicatrices se tornaron de un rojo lívido y de un blanco amarillento–. Pudo haber sido en el treinta y siete. Uno pierde la memoria después de un tiempo.

McLean lo dudó mucho. Spenser era tan agudo como uno de esos alfileres que vienen escondidos en el faldón de las camisas nuevas.

—¿Ella…? ¿Ustedes…? –¿por qué era tan difícil hacer esa pregunta?

—¿Que si éramos pareja, como dicen ustedes los jóvenes? –Spenser frunció el ceño, y todo un nuevo conjunto de formas apareció violentamente en su carne arruinada–. ¡Ojalá hubiera sido así! Éramos buenos amigos. Cercanos. Pero Esther no era del tipo de tontear por ahí, y tenía que trabajar el doble que todos nosotros.

—¿Oh? Siempre pensé que era brillante.

—Lo era. Creo que la mente más brillante con la que me he topado. Muy perspicaz, podía aprender cualquier cosa con facilidad. Pero tenía una enorme desventaja: era mujer.

—Ya había doctoras en los treinta.

—Unas pocas almas intrépidas. Pero no era fácil llegar ahí. No era suficiente ser tan buena como los hombres, tenías que ser mucho mejor. Esther disfrutaba ese tipo de reto, pero también era bastante obstinada. Me temo que a pesar de todos mis encantos, simplemente no representé competencia alguna.

—Debe haber sido muy molesto cuando apareció mi abuelo.

—¿Bill? –Spenser se encogió de hombros–. Siempre estuvo ahí. Pero también era un estudiante de medicina, así que podía pasar más tiempo con Esther que el resto de nosotros.

—¿El resto de nosotros?

—¿Me está interrogando, inspector? –Spenser sonrió–. ¿O puedo llamarlo Tony?

—Por supuesto. Lo siento. Por ambas cosas. Debí decirlo. Y es un hábito, me temo. Es parte de ser un detective.

—Eso me sorprendió, cuando lo supe –Spenser terminó su café y colocó la taza sobre la mesa.

—¿Que yo fuera un detective? ¿Por qué?

—Es una elección extraña. Quiero decir, su abuela era doctora, Bill también. Su padre era abogado. Habría sido uno bueno si hubiera tenido la oportunidad. ¿Por qué decidió unirse a la policía?

—Bien, nunca tuve la inteligencia para ser doctor, para empezar –McLean pudo visualizar la resignada decepción de su abuela cada vez que llegaba a casa con resultados aún más bajos en sus materias de ciencias–. En cuanto a ser abogado, nunca me pasó la idea por la cabeza. Mi padre no fue exactamente una gran influencia en mi vida.

Algo parecido a la tristeza cruzó el rostro de Spenser, aunque era difícil de decir con toda la cirugía reconstructiva.

—Su padre. Sí. John era un chico brillante. Lo recuerdo bien. Supe apreciarlo.

—Parece que sabe más de mi familia que yo mismo, señor Spenser.

—Gavin, por favor. Sólo mis empleados me llaman señor Spenser, e incluso en ese caso, es sólo cuando estoy lo suficientemente cerca para escucharlos.

Gavin. No parecía apropiado. Era como llamar Esther a su abuela o Bill a su abuelo. McLean hizo girar los posos del café en el fondo de su taza y echó un vistazo a la cafetera con la esperanza de una segunda taza, inseguro de si era porque el café era tan bueno o sólo porque necesitaba un apoyo para vencer su incomodidad. Y ahí estaba el problema. ¿Por qué se sentía incómodo en la presencia de este hombre? Además de estar desfigurado, y no podía ser eso, Spenser no era otra cosa que un perfecto caballero. Un antiguo amigo de la familia que ofrecía ayuda en un momento de duelo. Así que, ¿por qué le decía el instinto a McLean que algo no estaba bien?

—En realidad, eso me lleva a otra cosa –dijo Spenser–. ¿Qué le parecería trabajar para mí?

McLean casi dejó caer su taza.

—¿Qué?

—Hablo en serio. Está desperdiciándose en la policía, y por lo que he oído, no va a subir mucho en ese palo encebado. No es un político, ¿o me equivoco?

McLean asintió con la cabeza, inseguro de qué decir. Parecía que no era el único aquí que jugaba al detective.

—Consideremos que no me importa un comino ese tipo de cosas. Lo que me interesa a mí son las capacidades de una persona. Como Jethro. La mayoría no le hubiera dado una primera oportunidad, por su estructura, por la manera en que habla. No es bueno con las palabras: así es Jethro. Pero es más brillante de lo que parece y hace un buen trabajo. Usted hace un buen trabajo, Tony. Eso es lo que sé. Podría usar a un hombre con sus habilidades. Y seamos sinceros, también con su entrenamiento.

—En verdad no sé qué decir –excepto que Bob el Gruñón lo mataría si abandonaba el trabajo. ¿Y por qué estaba siquiera considerándolo? Amaba ser detective, siempre había sido así. Pero no era tan divertido ser inspector como lo había imaginado cuando todavía era sargento. Y había ocasiones en que te cansabas del torrente sin fin de mierda, era cierto. Sería agradable hacer algo donde pudieras detenerte ocasionalmente y apreciar tus logros con un sentimiento de orgullo. Últimamente apenas había tiempo de darse un respiro antes de tener que sumergirse de nuevo en la mierda.

—Estaría encargado de solucionar mis problemas, principalmente. Tengo empresas en todo el mundo, y algunas veces necesitas a alguien externo que entre y mueva un poco las cosas. Especialmente cuando los ingresos empiezan a bajar.

—Suena… interesante.

—Sólo piénselo, ¿sí? –Spenser sonrió de nuevo, y algo familiar pasó como un fantasma por su rostro desfigurado. Algo en esos ojos oscuros, que se habían tornado aún más profundos por el tejido cicatricial rosa amoratado y blanco que los rodeaba. ¿Qué terrible accidente le había acontecido a este hombre para dejarlo tan desfigurado? ¿Cómo sería trabajar para un hombre que había cargado con eso por tanto tiempo? ¿Y qué había de malo en considerar la oferta? No era como si fuera a aceptarla, después de todo.

—Está bien, Gavin, lo haré.

42

EL AUTO TODAVÍA ESTABA AHÍ, ESCONDIDO EN LA PARTE DE ATRÁS de la cochera para carruajes renovada que servía como garaje. Había caminado directo hasta aquí desde la casa de Gavin Spenser, mientras su mente trabajaba horas extra con la extraña oferta que el anciano le había hecho. Aún era sólo una pregunta, por supuesto. No había manera de que abandonara la fuerza policial. Pero era interesante, sin embargo, imaginarse viajando por el mundo, resolviendo problemas en el extenso imperio que era Spenser Industries. Excepto que no sabía en realidad qué era lo que Spenser Industries hacía, más allá del vago recuerdo del logo de la compañía sobre algún equipo de computadora y el fragmento esporádico de información leído en un periódico o visto en las noticias, que por alguna razón había guardado en su mente.

Meneó la cabeza. McLean volvió su atención hacia el otro misterio que la conversación le había traído. Tuvo que mover la vieja podadora y varias cajas antes de poder acercarse lo suficiente para quitar la cubierta hecha a la medida, pero cuando lo hizo, el auto escondido le trajo cientos de recuerdos.

Era de un rojo más oscuro de lo que recordaba, la pintura brillante estaba como nueva. Los diminutos espejos, la rejilla con forma de corazón y los tapacubos eran de un cromado brillante, aunque la sal de los caminos invernales había manchado un poco el metal. Pasó una mano sobre el techo, probó la manija de la puerta. El auto estaba cerrado, pero las llaves estaban en su gancho, en la caja atornillada a la pared junto a la puerta, en lo que alguna vez fue una bodega para arneses. La rígida cerradura se resistió al principió, despúes se venció con un crujido que hablaba de caras facturas y arreglos por venir. En ese momento cayó en la cuenta de que él, al igual que su abuela anteriormente, iba a mantener vivo el auto, el último recuerdo de su padre fallecido hacía tanto tiempo. ¿Qué había dicho MacBride cuando visitaron Penstemmin Alarms? "Dicen que usted ni siquiera tiene auto." Bueno, ya tenía uno.

Adentro, los asientos de piel negra parecían imposiblemente pequeños y delgados comparados con las cosas acolchonadas y voluminosas que solía encontrar en los autos sin rostro de la flotilla que manejaba la mayoría de los días. El volante le pareció delgado cuando se hundió detrás de él, con rayos de metal que señalaban a un diminuto relieve diseñado en una época en que las bolsas de aire eran una fantasía, y la lista de espera para donación de órganos mucho más corta. Incluso los cinturones de seguridad habían sido un añadido opcional. Eso es todo lo que recordaba de lo que su padre le había dicho; un recuerdo en el que no había pensado en décadas. Esos fines de semana de la infancia cuando sus padres lo habían llevado en largos viajes a los Borders.

Respiró profundamente. Olía exactamente como lo recordaba. Insertó la llave en la ignición, le dio una vuelta. Nada. Bueno, no era una sorpresa. El auto había permanecido sin usar por más de dos años. Tendría que desenterrar el número de ese taller mecánico en Loanhead donde lo enviaban a servicio. Hacer que lo revisaran, o lo que fuera que hicieran con los autos viejos. Que checaran los frenos, le pusieran llantas nuevas, ese tipo de cosas. De mala gana, McLean salió del auto, puso todo de regreso como lo había encontrado y cerró con llave la cochera.

***

La carpeta del auto estaba en el archivero exactamente donde le correspondía. McLean estaba sorprendido de ver que había sido tasado y asegurado cuando su abuela tuvo su derrame cerebral. Se preguntó si los abogados siguieron haciendo los pagos; probablemente le habían enviado una nota al respecto en algún momento y la había archivado en el montón de cosas por hacer. Había muchas cosas en esa pila y tarde o temprano iba a tener que sumergirse en ella. Era bastante malo tener que hacer el papeleo en la oficina. ¿En realidad tenía que hacer también eso en casa? Por supuesto que sí. Así era la vida, y no había manera de evitarlo.

El repiquetear del teléfono le causó un sobresalto, como si hubiera estado conectado a la corriente. Había estado todo tan silencioso en la cochera, y ahora en la casa. ¿Y quién lo llamaría aquí, de todos modos? No mucha gente tenía el número. Levantó el teléfono con rapidez, contestó con más fuerza de lo que era su intención.

—McLean.

—Ésas no son formas muy amigables de contestar el teléfono, inspector.

—Lo siento, Emma. Ha sido un largo día.

—Y que lo diga. Algunos de nosotros hemos estado intentando hacer coincidir muestras de cocaína con materiales conocidos todo el día. ¿Tiene alguna idea de cuántos químicos diferentes se mezclan con una línea promedio de coca?

Había existido un reporte en algún momento el año pasado. El escuadrón antidrogas intentaba demostrar a los pequeños detectives cuánto más importante y difícil era su trabajo. Era una guerra, después de todo. McLean vagamente recordaba algo de la información técnica sobre cómo se hacía la cocaína, y toda la porquería con la que se mezclaba entre los bosques colombianos y el usuario final con su billete enrollado de diez libras.

—No crea que no lo aprecio. ¿Encontró algo?

—No concuerda con ningún perfil conocido en el Reino Unido. Pero eso no es de sorprender, ya que es pura.

—¿Sin cortes?

—Totalmente. Nunca he visto nada parecido. Puede duplicar lo que sea que haya pensado que valía. Qué bueno que no es un adicto a la coca. Un par de líneas lo habrían matado.

Muy reconfortante.

—¿Qué hay de las huellas? ¿Obtuvieron algo de ahí?

—No, lo siento. Demasiado degradadas. Las comparé primero contra las de McReadie, pero simplemente no había suficientes detalles para armar un caso irrefutable. Si tuviera que adivinar diría que eran suyas, pero eso nunca se mantendría en la corte.

McLean hojeó rápidamente la carpeta sobre el escritorio frente a él antes de caer en la cuenta de que era la papelería del auto.

—Bueno, lo intentó. Se lo agradezco. Le debo una.

—Así es, de hecho, inspector. Una cena, si mal no recuerdo. Y por lo que sé, usted no sabe qué hacer en este punto.

Avanzar. Eso es lo que Bob el Gruñón había dicho. Bien, no podía encontrar un error en el análisis de personalidad del sargento más de lo que podía hacerlo en la lógica de Emma. McLean dio un vistazo a su reloj —las siete en punto— y se preguntó qué había pasado con la mayor parte del día.

—¿Dónde está ahora? ¿En la oficina central?

—No, estoy en la estación. Estaba entregando unas cosas al almacén de evidencias. Pasé por su oficina, pero me dijeron que estaba… bien, ya sabe.

Los policías no eran otra cosa que unos chismosos. Sin duda ya se sabía de su suspensión temporal en todo Lothian y Borders a estas alturas. Jodidamente maravilloso.

—Está bien. ¿Nos vemos en una hora, está bien? —sugirió un restaurante con una ubicación conveniente, y colgó. Afuera, por toda la ciudad, la gente se preparaba para otra noche de Festival y Fringe, de bullicio y diversión. No estaba seguro de que su ánimo pudiera soportar mucha exposición a eso. Su vida segura, agradable, cómoda y aburrida de siempre se estaba deshaciendo lentamente, y no podía hacer nada al respecto. Su instinto era esconderse. Luchó contra él. Tomar el control de la situación, ésa era la solución.

La carpeta estaba todavía abierta en el escritorio frente a él. Bien, siempre quedaba el día siguiente para encargarse de eso. Juntó los papeles para guardarlos, y en ese momento notó la fotografía metida en la parte de atrás. Debe haber sido tomada cuando el auto era nuevo, los colores ligeramente irreales, vívidos, como si el transcurso de los años hubiera deslavado el mundo comparado con lo que veía ahora. Su madre y su padre estaban de pie frente al Alfa, estacionado frente a la entrada de una cochera de estilo antiguo. Él también estaba ahí, con pantaloncillos cortos y una pulcra chaqueta; se aferraba a un oso de peluche con una mano, y tenía la otra envuelta en la mano de su madre. Le dio vuelta a la fotografía, pero no había nada excepto la marca de agua del fabricante de papel. Una vez más regresó a la imagen, y mientras la miraba percibió cómo se despertaban, aunque vagamente, sus recuerdos. ¿Podía realmente recordar ese día, esa hora, ese segundo? ¿O sólo estaba construyendo un posible escenario en torno a la realidad de la fotografía?

La depositó de nuevo sobre el resto de la papelería, cerró la carpeta. No conocía a estas personas, ya no sentía ninguna emoción cuando las veía. Pero mientras se ponía de pie, ponía la carpeta de regreso en el archivero y cerraba el cajón de un empujón, no pudo sacar la imagen de su mente, no pudo evitar ver la sonrisa en los ojos oscuros de su padre.

43

Fueron a un restaurante tailandés cerca de la estación. McLean había comido ahí con frecuencia anteriormente, la mayor parte de las veces con grandes grupos de policías hambrientos.

—¿Qué me recomienda? No creo haber probado la comida tailandesa antes –Emma tomó un sorbo de su cerveza; había ordenado una pinta, advirtió él.

—Eso depende. ¿Le gusta lo picante, o preferiría algo más simple?

—Lo picante, siempre. Mientras más picante, mejor.

McLean sonrió; siempre disfrutaba un reto.

—Está bien, entonces. Sugeriría empezar con *gung dong* y después un *panang*. Veremos si le queda espacio para uno de sus pudines de crema de coco después de eso.

—¿Sabe tanto sobre todo, inspector? –Emma levantó una ceja inquisitiva y sacudió su cabello corto y negro para quitárselo de la cara. McLean sabía que le estaba tomando el pelo, pero no pudo evitar morder el anzuelo.

—Me han dicho que incluso los inspectores dejan de trabajar de vez en cuando. Además, estoy de permiso hasta el lunes. Y puedes llamarme Tony, ¿sabes?

—Así que, ¿qué hace un inspector cuando no está trabajando, Tony?

Durante los últimos dieciocho meses, desde que encontró a su abuela inconsciente en su sillón favorito, la había visitado en el hospital. O estaba en el trabajo, o tal vez solo en casa, dormido. McLean no podía recordar la última vez que había ido al cine o a un espectáculo. No había estado de vacaciones por más de un par de días a la vez, y aun en ese caso todo lo que había hecho era tomar su vieja bicicleta de montaña e ir a las colinas Pentland, mientras se preguntaba por qué estaban más empinadas cada vez.

—Principalmente voy al bar —dijo, al tiempo que encogía los hombros—. O a restaurantes tailandeses.

—No solo, espero —rio Emma—. Eso sería muy triste.

McLean no dijo nada, y la risa de Emma se fue apagando en un silencio incómodo. Había pasado demasiado tiempo desde la última vez que hizo algo así; en realidad no sabía qué decir.

—Traje a mi abuela aquí una vez —logró decir, finalmente—, antes de su derrame cerebral.

—Ella era muy especial para usted, ¿verdad?

—Podrías decir eso. Cuando tenía cuatro años de edad, mis padres murieron en un accidente de aviación justo al sur de Inverness. Mi abuela me crió como si fuera su propio hijo.

—Oh, lo siento tanto. No lo sabía.

—Está bien. Me sobrepuse a eso hace mucho tiempo. Cuando tienes cuatro años te adaptas rápidamente. Pero cuando murió mi abuela, bien, para mí se sintió como imagino que se sentiría perder a un padre. Y estuvo en coma por tanto tiempo. Fue horrible verla consumirse de esa manera.

—Mi papá murió hace algunos años —dijo Emma—. Se emborrachó hasta morir. En realidad no puedo decir que mi madre o yo estuviéramos muy tristes de verlo partir. ¿Es una actitud reprobable?

—No lo sé. No me atrevería a juzgarlo. ¿Era un hombre violento?

—No, en realidad sólo desconsiderado.

—¿Tienes hermanos o hermanas? —McLean intentó alejar la conversación de temas tan emotivos.

—No, sólo soy yo.

—¿Y qué hace una oficial de Servicios Periciales con su tiempo libre? Asumiendo que de vez en cuando lo tenga.

Emma rio.

—Probablemente no más que lo que hace un inspector criminalista. Es muy fácil que te absorba el trabajo, y estar de guardia las veinticuatro horas causa estragos en tu vida social.

—Parece que has tenido algunas experiencias amargas.

—¿No nos ha pasado a todos?

—¿Estás saliendo con alguien por ahora?

—Tú eres el detective, Tony. ¿Crees que estaría sentada aquí tomando cerveza y comiendo curry contigo si así fuera?

—Perdón, fue una pregunta estúpida. Platícame de la cocaína y todas las cosas extrañas que a los distribuidores se les ocurren para mezclarla.

Quizás era un poco triste, pero le resultó más fácil platicar sobre el trabajo que otra cosa. Emma parecía más feliz con el tema también, y sospechó que su padre había sido más que simplemente desconsiderado. Todas las vidas se definen por las pequeñas e interminables tragedias.

Para cuando llegó la comida, estaban sumidos en la conversación sobre la necesidad de limpieza absoluta en el laboratorio. La comida pasó en una sucesión de anécdotas sobre colegas del trabajo, y en poco tiempo ya había pagado la cuenta y salían hacia la noche.

—Ese pudín era delicioso. ¿Cómo se llamaba? —Emma pasó su brazo por el de él, y se inclinó acercándose mientras caminaban lentamente por la calle.

—Kanom bliak bun; al menos así es como creo que lo pronuncian —¿a dónde iban?, McLean no tenía idea. Había abordado la comida como una tarea, una obligación en retribución por un favor. Le sorprendió un poco disfrutar tanto de la compañía. Y en realidad no había planeado nada. La noche se había hecho más fría, una brisa del noreste soplaba desde el mar. El cuerpo de su colega se sentía cálido junto a él. Años de práctica en la soledad lo instaban a alejarla, a mantener su distancia, pero por primera vez en todo el tiempo que podía recordar, ignoró esta costumbre.

—¿Se te antoja una copa?

Empezaron en el Guildford Arms porque estaba cerca y servían una cerveza decente. Después de eso, Emma sugirió que buscaran un espectáculo de comedia Fringe que todavía tuviera cupo. McLean sospechó que ella siempre supo a dónde irían, pero se dejó llevar felizmente. El bar al que lograron entrar era pequeño y estaba lleno de gente sudorosa. Era noche de micrófono abierto, y una serie de comediantes esperanzados enfrentaban a una audiencia hostil y ebria por unos pocos minutos de fama. Algunos de ellos eran bastante buenos, otros tan malos que conseguían más de una risa de todas maneras. Para cuando terminó el último acto y se vació el bar, eran las dos de la mañana y la calle allá afuera brillaba por una ausencia total de taxis. McLean buscó su celular torpemente en su bolsillo, lo sacó y miró la pantalla con consternación.

—La maldita batería está muerta de nuevo. Podría jurar que estoy bajo un hechizo en cuanto se refiere a estas malditas cosas.

—Deberías hablar con Malky Watt en la oficina de Servicios Periciales. Tiene una teoría sobre las auras de las personas, y cómo algunas pueden drenar la vida de los aparatos electrónicos. Especialmente si alguien poderoso piensa en ti en términos negativos.

—Suena muy loco.

—Sí. Así es más o menos la cosa.

—Nunca me pasó antes. Sólo el último mes o algo así. He intentado cambiar de teléfonos, baterías nuevas, todo. La maldita cosa no sirve de nada si no está conectado a la pared, lo cual elimina el punto.

—Veo lo que quieres decir —Emma miró la pantalla vacía en el teléfono—. No te preocupes. Mi departamento está a sólo cinco minutos de aquí. Puedes llamar un taxi desde ahí.

—Oh, está bien. Iba a conseguir uno para ti, no para mí. Puedo caminar de regreso a Newington desde aquí, no es problema. En cierto modo me gusta la ciudad de noche. Me recuerda a cuando era policía de a pie. Vamos, te acompaño a tu casa —McLean extendió su brazo y Emma lo tomó de nuevo.

Su departamento estaba en una terraza de casas de piedra en Warriston, de espaldas al Water of Leith. McLean se estremeció cuando llegaron al final del camino.

—¿Frío, inspector? —Emma lo rodeó con su brazo y lo jaló hacia ella. Él se puso tenso.

—No, no es el frío. Es algo más. Prefiero no entrar en el tema.

Ella lo miró con extrañeza.

—Está bien —siguieron caminando. McLean mantuvo el paso con el de ella, pero el momento había pasado. No pudo evitar mirar hacia atrás con dirección al puente donde había encontrado el cuerpo de Kirsty, hace tantos años.

Llegaron a su puerta un par de cientos de yardas después. Emma buscó su llavero en la bolsa.

—¿Quieres subir a tomar café?

Se sintió dolorosamente tentado. Ella era cálida y amigable, olía a días libres de preocupación y a diversión. Toda la noche ella consiguió alejar a sus fantasmas, pero ahora habían regresado. Si ella viviera en cualquier otra calle, podría haber aceptado.

—No puedo –miró de manera ostensible su reloj–. Tengo que regresar. Ha sido un largo día, y parece que mañana va a ser aún peor.

—Mentiroso, se supone que estás de descanso. Puedes quedarte dormido tan tarde como quieras. No tienes idea de cuánto te envidio –Emma lo golpeó, juguetona, en el pecho–. Pero está bien. Tengo que estar en el laboratorio a las ocho. De todas maneras, fue divertido.

—Sí, lo fue. Deberíamos hacerlo de nuevo.

—¿Es una cita, Inspector McLean?

—Ah, no lo sé. Si fuera una cita, tendría que cocinar para ti.

—Bien. Llevaré el vino –Emma dio un paso hacia él, se inclinó hacia adelante y lo besó ligeramente en los labios, para luego retroceder y subir corriendo los escalones antes de que él tuviera tiempo de reaccionar–. Buenas noches, Tony –gritó mientras abría la puerta y desaparecía en el interior.

No fue hasta que estaba a medio camino de regreso a Princes Street que McLean se dio cuenta de que no había pensado en la Agente Kydd en toda la noche.

44

Un molesto zumbido se filtró desde los límites de sus sue-
ños, trayendo a McLean de vuelta a la tierra de los vivos. Abrió un ojo
para mirar el despertador. Eran las seis de la mañana y se sentía morir.
Parecía bastante injusto, después de haber pasado un rato tan agradable
la noche anterior. Y también deseaba descansar otro rato.

Se estiró y apretó el botón de la alarma. Pero el zumbido continuó y
cayó en la cuenta de que salía de arriba de la cómoda en el lado opuesto
de la habitación. Se levantó de la cama dando traspiés y alcanzó su saco
arrugado justo cuando el sonido se detuvo. Debajo de él, conectado a su
cargador, su teléfono destellaba un solo mensaje de texto: que se comunicara a la estación. Estaba a punto de llamar cuando el teléfono de su casa
empezó a sonar en el vestíbulo.

Salió en calzoncillos y alcanzó el auricular justo cuando dejó de sonar. Todavía no había reemplazado la cinta de la contestadora. Quizás
iría a comprar una nueva. Con una innovación digital que impidiera
guardar las voces de los muertos. Bajó la mirada hacia el mensaje en el
teléfono que tenía en la mano, presionó el número de marcado rápido
y solicitó que pasaran la llamada. Diez minutos después estaba bañado,
vestido, y se había marchado. El desayuno tendría que esperar.

***

Un frío viento matinal cortaba por la calle estrecha, agudizado por los
altos edificios a cada lado. Viento perezoso, así lo habría llamado su
abuela; el que te atraviesa en lugar de esforzarse por rodearte. McLean
tiritó en su delgado traje veraniego, todavía con frío por no haber desa-

yunado, por dormir tan poco, y por despertar de manera súbita y brusca con noticias que no necesitaba. Algunas veces la vida de un empleado de oficina parecía muy atractiva, de hecho; llegaba el fin de la jornada y eso era todo. Podía irse a casa con la seguridad de que nadie iba a llamarlo a media noche para pedirle que fuera y procesara algunos reportes más, o que hiciera cualquier cosa que hace la gente de oficina con trabajos normales.

El Agente Criminalista MacBride lo estaba esperando a la entrada de la morgue de la ciudad, tan nervioso como un estudiante de primer año sin experiencia, preguntándose si tenía el valor para ir solo a uno de los bares de mala fama de Cowgate. Se veía aún más frío de lo que McLean se sentía, si es que eso era posible.

—¿Qué sucedió, agente? —preguntó McLean, al tiempo que mostraba su placa a un joven uniformado que desenrollaba cinta negra y amarilla alrededor de la entrada para vehículos.

—Es la chica, señor. La de la casa en Sighthill. Ella... Bueno, creo que es mejor que usted hable con la Doctora Sharp.

Había mucho movimiento en el interior del edificio. Un equipo de Servicios Periciales estaba espolvoreando todo en su búsqueda de huellas digitales y otras pistas, observado por un nervioso asistente de patología.

—¿Qué sucede, Tracy? —preguntó McLean. Pareció aliviada al verlo, un rostro familiar entre el caos.

—Alguien entró aquí y robó uno de nuestros cuerpos. La chica mutilada. También se llevaron sus órganos preservados.

—¿Falta otra cosa?

—Faltar, no. Pero estuvieron en las computadoras. Están protegidas con contraseñas, pero cuando llegué mi computadora estaba encendida. Podría haber jurado que la apagué anoche. No le di mucha importancia hasta que noté que faltaba el cuerpo. Nada ha sido borrado, que yo sepa, pero pudieron haber hecho copias de cualquiera de mis archivos.

—¿Y los otros cuerpos almacenados? —McLean miró por los paneles de cristal que separaban la oficina del anfiteatro. Emma estaba disparando su flash. Se detuvo cuando lo vio y lo saludó alegremente con la mano.

—No parecen haber sido tocados. Quienes hayan hecho esto, sabían lo que buscaban.

—Lo más probable es que Servicios Periciales no encuentre nada. Esto fue muy bien planeado. ¿Estás segura de que sucedió anoche?

—No puedo estar cien por ciento segura. Digamos que no sacábamos ese cuerpo cada día para revisarlo. Pero los órganos estaban guardados en la sala de seguridad —señaló una pesada puerta de madera con una pequeña ventana de cristal reforzado a la altura de la cabeza—. Estaban ahí anoche cuando guardé la ropa de la víctima de suicidio; habían desaparecido esta mañana cuando fui a sacar otra caja de frascos de preservación de disecciones. En cuanto lo noté, revisé los cajones y ella no estaba ahí.

—¿A qué hora te fuiste anoche?

—Creo que alrededor de las ocho. Pero hay alguien aquí las veinticuatro horas del día. Nunca sabemos cuándo va a llegar un cuerpo.

—Asumo que no cualquiera puede entrar caminando desde la calle. —McLean ya conocía las medidas de seguridad en uso. No eran perfectas, pero le habían parecido más que apropiadas antes de esto. Lo suficiente para impedir que la gente entrara sin autorización—. ¿Cómo crees que alguien sacaría un cuerpo de aquí? Quiero decir, no puedes echarlo sobre tu hombro y salir caminando hasta Cowgate.

—La mayoría de los cuerpos son traídos aquí por una ambulancia o por alguien de una funeraria. ¿Cree que se la llevaron así?

—Tiene sentido. ¿Cuántos cuerpos llegaron anoche?

—Déjeme revisar —se dirigió a su computadora, y entonces se detuvo—. ¿Está bien si la uso?

McLean detuvo a un oficial de Servicios Periciales que iba pasando y le hizo la misma pregunta.

—Buscamos huellas en ella, pero es poco probable que obtengamos algo. No hay ninguna huella en el teclado numérico de seguridad, y no hay nada en las puertas del refrigerador. Quien haya hecho esto llevaba guantes.

—Adelante, entonces —McLean asintió en dirección de Tracy. Ella presionó algunas teclas.

—Registramos su suicidio a la una y media. Una posible víctima de ataque cardiaco llegó a las ocho. Recuerdo cuando lo trajeron. Nada más después de eso. Debió ser una noche tranquila.

—¿Y el turno nocturno de recepción puede confirmar eso?

—Voy a preguntar —Tracy levantó el teléfono sin preguntarle al oficial de Servicios Periciales si estaba bien. Habló brevemente, garabateó un teléfono, después colgó y lo marcó. Se hizo silencio por un largo rato. Después, finalmente dijo:

—¿Pete? Hola, soy Trace, del trabajo. Sí, lo siento, sé que estás en el turno de noche. Sucede que entraron a robar. Hay policías por todos lados. No, no estoy bromeando. Quieren hablar contigo. Mira, ¿procesaste algún cuerpo después de que llegó el señor Lentin ayer por la noche? –pausa–. ¿Qué? ¿Estás seguro? Está bien. Correcto. Gracias –puso el teléfono en su lugar.

—Una ambulancia llegó a las dos esta mañana. Pete jura que lo registró, pero no hay nada en el sistema.

—¿Estaríamos hablando del sistema que encontraste encendido cuando llegaste? –McLean tuvo que admirar la meticulosidad del ladrón. Era un trabajo profesional de punta a punta. ¿Pero por qué alguien querría robar un cadáver de hacía sesenta años que todavía no habían podido identificar?

***

—Tenía razón, ¿sabe?

—¿Sí? ¿Sobre qué? –McLean estaba de pie en la entrada de la oficina de la Superintendente en Jefe McIntyre. Tenía fama de estar siempre abierta, pero él se resistía a entrar. Su suspiro cansado y resignado al verlo le había bastado para saber que se estaba arriesgando.

—McReadie. No le tocaba la entrevista hasta el día siguiente, pero su abogado telefoneó y persuadió a Charles de adelantarlo en la agenda. Por eso estaba aquí cuando atropellaron a la agente Kydd. No le va a servir de nada. Está en camino a Saughton en este momento.

Eso no le traería mucho alivio a la pobre Alison.

—Llamé al hospital.

—Yo también, Tony. No hay cambio, ya sé. Es una chica fuerte, pero casi la perdieron en la mesa de operaciones. No necesito que me diga que sus probabilidades son mínimas. O qué tipo de vida va a tener si sobrevive.

McLean miró mientras McIntyre restregaba la cansada palma de su mano contra su rostro. Le permitió llegar al punto a su propio ritmo:

—Ahora, ¿qué está haciendo aquí exactamente? Se supone que está de permiso.

Le informó lo ocurrido con el cuerpo faltante.

—Sabemos que Bertie Farquhar fue uno de los asesinos, pero creo que al menos uno de los otros todavía vive.

—¿Piensa que ellos lo tomaron?

—Al menos hicieron los arreglos para que alguien se lo llevara. Farquhar tendría más de noventa años si no hubiera chocado su auto. Imagino que cualquier otra persona involucrada tendría la misma edad. No es precisamente el tipo de gente que se metería a robar a la morgue de la ciudad.

—Sería más probable que alguien los metiera en una camilla –McIntyre intentó conseguir una sonrisa sin grandes resultados.

—Sean quienes sean, tienen influencias. Y dinero. No hemos difundido mucha información sobre el cuerpo, pero alguien supo que lo encontramos y dónde lo teníamos. Me imagino que pretenden cubrir sus rastros.

—Usted sabe que no debía presentarse hasta el lunes. No debería estar aquí.

—Lo sé. Pero no puedo dejarle esto al Sargento Laird. No con todo lo que está sucediendo. Y me voy a volver loco si tengo que sentarme en casa sabiendo que el asesino está allá afuera, borrando hasta la última brizna de evidencia que tenemos.

La superintendente en jefe no dijo nada por un rato, se recargó en su silla y lo miró fijamente. McLean le permitió tomarse tanto tiempo como necesitara.

—¿Qué piensa hacer? –preguntó finalmente.

—Estoy intentando rastrear a los amigos de Bertie Farquhar. El Agente MacBride ya revisó los archivos, y solicitamos su archivo de la guerra. Iba a ver si Emily Johnson ha logrado encontrar algo más. Ella iba a hacer una búsqueda en el ático, por si encontraba algún álbum de fotos viejo o algo.

—¿Por qué tengo la sensación de que visitó a la señorita Johnson hoy, de todas maneras? –McIntyre acalló con un gesto de la mano las protestas de inocencia de McIntyre–. Váyase, Tony. Encuentre a su chica muerta y desaparecida y a su asesino geriátrico. Pero manténgase alejado de McReadie. Si me entero de que ha estado en algún lugar cerca de él, lo remitiré a Estándares Profesionales, ¿comprende?

45

Bob el Gruñón se veía perfectamente contento: los Dandie Dinmonts estaban encerrados en la cocina, él estaba sentado en el borde de un sofá antiguo, aunque cubierto de pelos, tenía té y galletas. A esta hora del día, como sabía McLean, el sargento no podía desear nada más.

Emily Johnson los había recibido, y anunció que había estado en su ático revisando baúles viejos. Ahora estaban todos en la sala, hojeando una cantidad interminable de fotografías en blanco y negro.

—Creo que podríamos traer a un valuador profesional –dijo ella–. Hay tantas cosas allá arriba echándose a perder. Se me ocurrió que podría hacer una subasta de caridad. Dar todo a los niños enfermos. No es que no necesite el dinero, pero nada de lo que está ahí tiene valor sentimental.

McLean pensó en su propia situación, súbitamente inundado por viejas reliquias de familia que no eran muy de su agrado y que no pensaba conservar. Tal vez eso era lo que había que hacer; subastar todo y usar lo recaudado para crear un fondo de beneficencia.

—Le agradecería que nos diera tiempo para revisar las cosas de Albert antes de que se deshaga de ellas, señora Johnson –lo último que quería era perder cualquier evidencia útil en la sala de subastas.

—No se preocupe por eso, inspector. Me llevará años organizar todo. Ah, encontré esto, por cierto.

La señora Johnson se levantó, tomó un objeto pequeño de un cuenco de porcelana sobre la repisa de la chimenea, y se lo entregó a McLean cuando regresó. Él miró el pequeño joyero de cuero labrado, desgastado en los bordes. Debajo, en desvaídas letras doradas, estaba la breve descripción: Douglas and Footes, Joyeros. Al abrirlo, estaba forrado de terciopelo arrugado en verde oscuro, y en la cubierta estaba la inscripción: "Para Albert Menzies Farquhar, al alcanzar su mayoría de edad, Agosto 13 de 1932". Metidos en sus agujeros en el terciopelo se encontraban cuatro pequeñas mancuernillas para camisa, cubiertas con brillantes rubíes rojos como pequeñas lágrimas de sangre. Dos mancuernillas más habían perdido sus cabezas. Había un espacio para un anillo, pero estaba vacío.

—Encontró las mancuernillas que completaban el juego.

—Así es, y esto confirma amablemente lo que he sospechado todo este tiempo –McLean cerró la caja y la regresó–. Supongo que técnicamente la mancuernilla robada le pertenece. Bob, haz una nota para regresarle ambos a la señora Johnson cuando la investigación haya terminado.

—No haga eso, inspector. No quiero esas cosas espantosas. No podía soportar a Bertie cuando vivía. Francamente no me sorprende en absoluto que haya matado a alguien. Se estrelló contra la parada del autobús, después de todo.

—¿Lo conoció bien?

—No mucho, gracias a Dios. Era de la edad de Toby, creo, y mi esposo John le agradaba mucho. Pero me ponía los nervios de punta, siempre mirándome con esos ojos siniestros que tenía. Me hacía sentir sucia sólo por estar en la misma habitación.

—¿Qué hay de la casa en Sighthill? ¿Alguna vez estuvo ahí?

—Oh, por Dios, la locura del Emperador Ming. Así la llamábamos. Estoy segura de que en algún momento fue un sitio imponente. Pero simplemente se veía ridículo entre todas esas viviendas de urbanización oficial. Y tan cerca de la prisión, también. No sé por qué el viejo simplemente no la demolía y acababa con eso. No es que no pudiera permitírselo.

—Me inclino a pensar que intentaba mantener algo oculto.

McLean alcanzó uno de los álbumes fotográficos encuadernados en piel que la señora Johnson había dispuesto sobre la mesa de centro. Frente a él, Bob el Gruñón se servía otra galleta y hojeaba el álbum que ya había comenzado.

—Sabía lo que había hecho su hijo, e intentó ocultarlo. Aun después de que murió, el Banco Farquhar retuvo esa casa vacía. Vendieron el resto de las propiedades, así que, ¿por qué mantenerla? Una antigua empresa establecida como ésa habría respetado los últimos deseos de su fundador, pero cuando los compró Mid-Eastern Finance, la suerte estaba echada.

—¿Encontraron un cuerpo en esa casa? —la señora Johnson cerró una mano en torno a su cuello, súbitamente inmóvil.

—Lo siento. No se lo dije antes. Así fue. Una chica escondida en el sótano. Creemos que la asesinaron justo después del final de la guerra.

—Dios mío. Esos tiempos. Todas esas fiestas horribles en ese lugar y yo nunca lo supe. ¿Cómo murió?

—Digamos que fue asesinada, y dejémoslo así, señora Johnson. Me interesa más descubrir quién puede haber ayudado a Albert Farquhar, y si alguno de los involucrados todavía vive.

—Por supuesto. Él tenía amigos, supongo. Quiero decir, Toby y él eran… ¿no creen que Toby estaba involucrado, o sí?

—En este momento tengo la mente abierta. Sé que Farquhar era culpable. Su suegro falleció hace mucho tiempo, y no hay mucho que yo pueda hacer con relación a los muertos. Pero hay alguien allá afuera que todavía vive y está conectado con todo esto, y no me daré por vencido hasta que lo entregue a la justicia.

—Bien, mire esto —Bob el Gruñón interrumpió la conversación con una nota de triunfo en su voz. Sostuvo el álbum fotográfico abierto, le dio la vuelta y lo colocó sobre los otros en la mesa de centro. McLean se inclinó hacia el frente para ver mejor y fue recompensado con una imagen en blanco y negro de cinco hombres en pantalones y sacos blancos de franela. Todos eran jóvenes, de alrededor de veinte años, y llevaban el tipo de peinados que habían estado de moda justo antes de la guerra. Cuatro de ellos estaban de pie, hombro con hombro, y sujetaban un trofeo de madera en forma de escudo. El quinto estaba acostado en el piso a sus pies, y detrás de ellos, McLean podía distinguir un bote de remos de líneas puras, remos y un río. Debajo de la imagen alguien había pegado el pie de foto: "Universidad de Edimburgo, bote de cuatro con timonel, Regata Henley, Junio de 1938", pero lo que más le interesó fueron las firmas garabateadas sobre la fotografía misma.

Tobías Johnson
Albert Farquhar
Barnaby Smythe
Buchan Stewart
Jonas Carstairs

46

—¿Tiene un minuto, señor?

McLean estaba de pie en la puerta de la sala de investigaciones de mayor tamaño en el edificio. Parecía una repetición de la investigación de Barnaby Smythe, sólo que en lugar de la fotografía del banquero, ahora había una de Jonas Carstairs pegada a la pared. Una vez más Duguid se las había arreglado para intimidar, convencer y mandar a la mayoría del personal activo en el edificio para que participaran en su investigación, y una vez más parecía que su estrategia para obtener resultados era entrevistar a todos una y otra vez hasta que apareciera alguna pista. Él mismo estaba parado a tan sólo unos pasos de distancia, con las manos en las caderas, supervisando la ocupación general como si la actividad por sí misma fuera una señal de que las cosas iban bien. Lo más probable es que realmente creyera eso. Era un servidor público nato.

—Creí que estaba de descanso obligatorio hasta el lunes —el inspector en jefe no parecía satisfecho de verlo.

—Ya lo arreglé con la superintendente en jefe.

—Apuesto a que sí.

McLean ignoró la burla. Esto era demasiado importante.

—Me preguntaba si había encontrado algo en la investigación de Carstairs?

—Ha venido a regodearse, ¿no es así? —una vena palpitó en la sien de Duguid, mientras sus mejillas se enrojecían.

—En absoluto, señor. Es sólo que su nombre surgió en una de mis investigaciones. ¿Recuerda el asesinato ritual?

—Ah, sí. El caso sin resolver. Jayne se lo dio porque no creía que pudiera ocasionar muchos problemas con él. Apuesto a que se arrepiente de eso.

—En realidad ya identificamos de manera positiva a uno de los asesinos.

—Lo arrestó, ¿cierto?

—Está muerto, en realidad. Ha estado muerto por casi cincuenta años.

—Así que entonces no ha logrado nada.

—En realidad no, señor –McLean combatió la necesidad de golpear a su superior en la cara. Sería divertido, pero sería muy molesto vivir con las repercusiones–. De hecho, he descubierto nueva evidencia que lo relaciona con Jonas Carstairs, Barnaby Smythe y su tío.

Está bien, esa última pulla puede haber sido imprudente, pero el tipo se la había buscado. McLean dio un paso involuntario hacia atrás cuando el Inspector Criminalista en Jefe se puso rígido y apretó los puños.

—No se atreva a mencionar eso aquí –la voz de Duguid era un gruñido de amenaza–. Sólo falta que sugiera que es un sospechoso. Es totalmente ridículo.

—En realidad, eso es exactamente lo que estoy sugiriendo. Él, Carstairs, Smythe y otro par. Y creo que hay un sexto hombre involucrado. Alguien que todavía está vivo y que está haciendo todo lo que puede para evitar que lo encontremos.

—¿Incluyendo matar a los otros conspiradores? –Duguid se rio, lo cual al menos disminuyó su enojo–. Sabemos quién mató a Smythe y Buchan Stewart. Sólo es cuestión de tiempo hasta que atrapemos al maldito depravado que acabó con su amigo el abogado.

Por Dios, se preguntó, ¿cómo llegó este sujeto a ser inspector en jefe?

—Así que se está acercando, ¿eh? ¿Tiene algún sospechoso en mente?

—En realidad quería hacerle algunas preguntas sobre su relación con Carstairs.

—¿No pasamos ya por esto? Apenas lo conocí.

—Y sin embargo tuvo tratos con su firma en los últimos dieciocho meses.

McLean combatió la necesidad de suspirar. ¿Cuántas veces tendría que decir esto antes de que entrara en esa cabeza cada vez más vacía?

—Era amigo de mi abuela. Su despacho llevó sus asuntos durante años. Yo permití que continuaran haciéndolo cuando ella sufrió el derrame. Era lo más sencillo. Nunca conocí a Carstairs, siempre traté con un tipo de nombre Stephenson.

—¿Y en esos dieciocho meses usted nunca vio a Carstairs? ¿Nunca habló con este hombre que era un amigo tan antiguo de la familia que su abuela le confió sus considerables riquezas?

—No. Y la primera noticia que tuve al respecto fue cuando usted me lo informó, la mañana posterior a su asesinato —McLean sabía que debería dejar de hablar en ese punto, sólo contestar la pregunta sin más, pero había algo en Duguid que lo incitaba a continuar. No pudo evitarlo—. No sé si lo recuerde, señor, pero un inspector criminalista está a menudo ocupado con una creciente montaña de papeleo. En realidad estaba muy aliviado de que hubiera algo ya funcionando antes de que mi abuela tuviera el derrame, por lo que no tuve que encargarme de sus asuntos.

—No me gusta su tono, McLean.

—Y no me importa, señor. Vine aquí para ver si tenía alguna pista en el asesinato de Carstairs, pero dado que es obvio que no tiene ni idea, no lo entretendré más.

McLean iba a alejarse, no quería darle a Duguid tiempo de reaccionar, cuando pensó ¿qué demonios? Lo mismo daba que fuera por todo.

—Una cosa más, sin embargo. Realmente debería reabrir los casos Smythe y Stewart, señor. Revisar los datos forenses con un par de ojos frescos, revisar por segunda vez las declaraciones de los testigos, ese tipo de cosas.

—No me diga cómo demonios llevar mi investigación —Duguid tomó el brazo de McLean, pero él se lo sacudió de encima.

—Todos se conocían entre sí, señor. Carstairs, Smythe, su maldito tío. Todos estuvieron juntos en la universidad, estuvieron juntos en el ejército. Tengo la fuerte sospecha de que ellos violaron y mataron a la chica juntos. Y ahora todos han muerto de una forma notablemente similar. ¿No cree que eso se merece al menos una mirada superficial?

No esperó una respuesta, dejó que Duguid le diera vueltas en su cabeza. El inspector en jefe le gritaría a alguien que fuera y echara un vistazo, o correría con la superintendente en jefe para quejarse. Ninguna de estas opciones incomodó a McLean mientras se apresuraba por el corredor hacia su propia sala de investigaciones. No, lo que lo molestaba era la certeza visceral de que estaba en lo correcto, en cuanto a que los tres hombres estaban involucrados en el asesinato ritual y a que sus muertes estaban relacionadas de alguna manera. Un órgano por cada uno de los asesinos rituales; un órgano arrancado de sus propios cuerpos y metido en sus bocas por la fuerza. Hacía mucho que las coincidencias se habían acumulado demasiado como para que fuera seguro. No se requeriría de mucho para hacer que todo se derrumbara.

***

—¿Y si todavía está vivo?

Rostros perplejos miraron a McLean cuando entró en la sala de investigaciones. Bob el Gruñón al menos había bajado su periódico por un momento, aunque sus pies estaban arriba de la mesa, así que quizá dormía una siesta. MacBride estaba encorvado sobre su portátil, mirando lo que parecían imágenes de tamaño reducido por toda la pantalla. Cuando levantó la mirada, McLean se sorprendió al ver lo pálido que se veía, los ojos ribeteados de rojo, como si no hubiera dormido en días. Su traje no estaba planchado a la perfección habitual, y su cabello tampoco había visto un peine recientemente.

—El sexto hombre. El que no está ahí —McLean señaló la fotografía clavada en la pared, y que mostraba al joven equipo de remos—. ¿Y si está vivo todavía, y sabe que descubrimos el cuerpo e intenta cubrir sus huellas?

Bob el Gruñón siguió con la mirada vacía de quien acaba de ser despertado.

—Miren. El cuerpo ha desaparecido, junto con todos los órganos y frascos. Lo único que todavía tenemos son los artefactos que dejaron. Sabemos que no tienen huellas o rastros de ADN, así que no van a servir de mucho. Aun si tuviéramos un nombre, sería muy difícil acusarlo de algo. El sólo hecho de estar asociado con Bertie Farquhar no será suficiente. Demonios, mi abuela conocía al menos a tres de estas personas, y no creo que ella tuviera nada que ver con eso. Pero hasta hace un mes, tres de esos cinco hombres todavía vivían.

MacBride fue el primero en retomar el hilo.

—Pero sabemos que Jonathan Okolo mató a Barnaby Smythe. Y Buchan Stewart fue asesinado por un amante celoso.

—¿Está seguro de eso, agente? Porque yo no. Creo que esa investigación se cerró rápidamente para evitar que el inspector en jefe se sintiera avergonzado. De la misma manera en que el asesinato de Smythe nunca se investigó cuando tuvimos a Okolo. Y Duguid no tiene ni idea de quién mató a Jonas Carstairs. Ahora sabemos que todos ellos estuvieron relacionados con el asesinato ritual, y alguien ha estado extirpando sus órganos. Tres asesinatos, todos demasiado parecidos para que sea una coincidencia.

—Hmm, en realidad, hubo algo que podría explicar eso, señor – MacBride giró su portátil para mostrar la pantalla–. Me dediqué a tratar de descubrir la fuga. Usted sabe, para explicar cómo es que un imitador podría saber tanto sobre el asesinato de Smythe cuando no le hemos dicho nada a la prensa. Bueno, se me ocurrió que las fotografías de Servicios Periciales son todas digitales ahora. Es fácil hacer copias electrónicas. Uno puede encontrar miles de fotos en una tarjeta del tamaño de una estampilla. Pero yo no podría precisamente entrar en las oficinas de Servicios Periciales y solicitarlas, y yo no podría imaginarme para qué podría querer alguien las copias, si no fuera para venderlas a los periódicos.

—Se venderían a un buen precio en Brasil.

—¿Qué?

—Es parte de la cultura allá, la muerte. Tienen periódicos que se especializan en la publicación de fotografías de accidentes fatales. Algunas veces los fotógrafos están ahí antes que la policía y las ambulancias. Puedes comprar los periódicos de los vendedores ambulantes. Imágenes como ésta serían muy populares.

MacBride se estremeció.

—¿Cómo sabe estas cosas, señor?

—Beneficios de una educación cara. Sé un poco acerca de muchas cosas. Eso y el Discovery Channel, por supuesto. De todas maneras, usted me estaba diciendo algo sobre Smythe y sus fotografías.

—¿Yo? Ah, sí. Bien, me imaginé que si las estaban vendiendo, lo harían en línea. Así que me dediqué a buscar fotos sospechosas.

—¿En una computadora de la estación? Qué valiente.

—Está bien, señor. Mike me dio su portátil. Está fuera del control del monitoreo principal de tecnología. De otra manera habría tenido que pedirle a Dagwood que firmara un formato de liberación de responsabilidad, y usted sabe cómo es él.

—Las fotos, agente –McLean señaló de regreso a la pantalla.

—Sí, señor. Bien, encontré montones de ellas. Fotos de escenas de crímenes, accidentes de auto. Creo que había algo de lo que usted mencionaba en Brasil, aunque no pude entender el idioma. Era parecido al español, sólo diferente.

—Eso es porque hablan portugués en Brasil.

—Portugués. Correcto. De todos modos, eventualmente encontré este grupo de noticias escondido detrás de muchos mecanismos de seguridad. Y todo esto estaba ahí. La escena del crimen de Smythe, de Buchan Stewart, de Jonas Carstairs. Incluso de los dos suicidios. Hay montones de otras cosas ahí también, pero todas las fotografías que reconocí fueron enviadas por alguien que se identifica como "MB".

McLean hizo clic sobre la página de miniaturas. Al desplazarse hacia abajo, contó más de cien fotografías, y había docenas más de páginas como ésa.

—Quienquiera que esté haciendo esto debe tener acceso a cada una de las fotos que hemos tomado –dijo–. ¿Cuántos fotógrafos de Servicios Periciales hay?

—Cerca de una docena se especializan en eso, todos están entrenados para usar las cámaras. Y creo que los técnicos y el equipo de soporte podrían tener acceso. Pero también podría ser un oficial de policía, señor. Todos nosotros tenemos acceso a estas fotos.

—¿Podemos rastrear a este "MB" a partir de este sitio?

—Lo dudo, señor. Mike va a intentarlo mañana, pero se trata de servidores anónimos y cuentas "enrutadas" en el extranjero. Es demasiado complicado para mí, pero explica cómo alguien podría conocer los detalles del asesinato de Smythe. Y creo que si te divierte mirar este tipo de cosas, sólo es cuestión de tiempo antes de que intentes hacer algo más elevado.

Maldición. Había estado tan seguro. Todavía estaba seguro. Pero esto era demasiado para ignorarlo.

—Muy buen trabajo, Stuart. Teclea un reporte tan pronto como puedas y me aseguraré de que la superintendente en jefe sepa quién hizo todo el trabajo. Mientras tanto todavía quiero trabajar en la teoría de que tenemos a nuestro sexto hombre allá afuera y está haciendo todo lo que puede para asegurarse de que no lo encontremos.

—¿Escuché a alguien decir mi nombre?

McLean miró en derredor y vio a la superintendente en jefe de pie en la entrada. MacBride se enderezó de un salto como si alguien le hubiera disparado con una pistola de descargas eléctricas. Bob el Gruñón asintió y bajó los pies del escritorio.

—Le pedí al agente MacBride que investigara la fuga de información de las escenas de crímenes. Creo que la encontró –McLean le dio a McIntyre una rápida explicación de lo que recién había aprendido él mismo. Ella se movió nerviosamente durante su corta presentación, como una niñita que necesitara permiso para retirarse y no supiera cómo solicitarlo.

—Eso es un trabajo de primera, agente –dijo ella cuando terminaron–. Y sólo Dios sabe que nos hacen falta buenas noticias.

Y ahora McLean pudo ver lo que venía. Estaba escrito en todo su rostro.

—¿Quiere que yo...? –señaló en dirección a la puerta.

—No. Está bien, Tony. Éste es mi trabajo. Y pensé que era justo que se lo dijera en persona. A todos ustedes –McIntyre se arregló el saco del uniforme, insegura por un momento sobre cómo continuar–. Es la agente Kydd. Empeoró. Los doctores hicieron lo mejor que pudieron, pero estaba demasiado lastimada. Falleció hace aproximadamente una hora.

47

No había muchos lugares a dónde ir cuando las cosas se ponían realmente mal. Estaba Phil, por supuesto, excepto que la cura normal de Phil para cualquier enfermedad venía en un barril o en una botella, y a McLean no se le antojaba emborracharse. Normalmente se podía confiar en que Bob el Gruñón evitaría que se pusiera demasiado lúgubre, pero el viejo sargento parecía haberle tomado un cariño como de tío a la agente Kydd, y recibió la noticias de su muerte con lágrimas nada propias de él. McIntyre le había dicho que se tomara libre el resto del día, les dijo a todos en su estilo de vieja maestra de escuela que no quería ver a ninguno de ellos en veinticuatro horas. Tenía suficientes problemas personales para que todavía él la agobiara con su propia culpa. En el pasado había contado con su abuela; aun cuando ella estaba en coma en el hospital había sido buena escuchando, pero ahora incluso ella lo había dejado. Por eso es que, menos de una hora después de oír las noticias, y todavía un poco bloqueado emocionalmente, McLean se encontraba en la morgue. Hasta ahí llegaba su círculo social amplio y vibrante.

—Tenemos una expresión para eso, Tony. Se llama culpabilidad del sobreviviente —Angus Cadwallader todavía llevaba la ropa quirúrgica del último estudio post mórtem del día.

—Lo sé, Angus. Psicología. Universidad. Tengo un título, recuerda. Es sólo que saberlo no ayuda. Ella me quitó del camino. Entregó su vida para que yo pudiera vivir. No es justo.

—La justicia es algo que le decimos a los niños que existe para tenerlos controlados.

—Hmmm. No estoy seguro de que eso ayude.

—Hago mi mejor esfuerzo –Cadwallader se quitó sus largos guantes de goma y los arrojó en el contenedor de residuos clínicos. McLean echó un vistazo a la morgue, y se dio cuenta de que no había señales de que un examen forense estuviera en curso.

—Servicios Periciales no estuvo aquí mucho tiempo –dijo–. Normalmente les gusta tomarse días en la búsqueda de pequeñas pistas.

—Bien, qué bueno que no fue así. Fue bastante malo perder el trabajo de un día. La gente no deja de morirse, sabes. Tengo tanto trabajo acumulado que me llevará semanas ponerme al día, gracias a tu atento ladrón.

—¿Quién es ése, entonces? –McLean señaló con la cabeza en dirección a un cuerpo cubierto mientras Cadwallader revolvía en los cajones cercanos en busca de algo.

—Ésa es tu víctima de suicidio. La mujer de la Estación Waverley. Todavía no tenemos su nombre, pobre mujer. La examinamos esta mañana. A Tracy todavía le falta terminar de limpiarla y entonces tendrá que esperar hasta que la identifiquen. Aunque hubo algo extraño. ¿Recuerdas que sus manos y cabello estaban cubiertos de sangre? ¿Pudiste investigar de dónde venía?

McLean asintió, aunque la verdad, había pasado tanto desde que lo llamaron para atender su suicidio que había olvidado todo al respecto.

—Bueno, es porque no era suya.

***

Emma Baird casi chocó con él cuando salía de la morgue. Ella iba batallando con una hielera grande, cuyos contenidos McLean se alegró de no conocer, y había empujado la puerta con la espalda justo en el momento en que él la abría. En cualquier otra circunstancia, el que ella cayera de espaldas en sus brazos habría sido divertido.

—Ten cuidado.

—Estúpido… qué demonios –Emma batalló un poco, se volvió, se dio cuenta de quién era–. Oh, Dios, Tony. Hola, inspector. Señor.

McLean la ayudó a levantarse e intentó suprimir la risa que quería escapar de su garganta. Ella se veía tan enojada y alterada y llena de vida. Sabía que si empezaba a reírse probablemente no podría detenerse.

—Disculpa, Em. No te vi venir por la puerta. Y Tony está bien, en serio. Ni en las mejores circunstancias podemos seguir con esta tontería de señor e inspector.

—Sí. Me enteré. Lo siento mucho. Era una buena chica.

Una buena chica. No era un gran epitafio, en realidad. Y sólo era una chica. No hacía mucho que había salido de la academia, ansiosa de convertirse en detective tan pronto como fuera posible. Brillante, entusiasta, amigable, muerta.

—¿Entra o sale? –la pregunta de Emma llenó el incómodo silencio.

—¿Qué? Ah. Salgo –McLean miró su reloj. Mucho más tarde que la hora de salida, aun si la superintendente en jefe no hubiera enviado a su equipo a casa. Él señaló la hielera con la cabeza–. ¿Y tú? ¿Entregas o recoges?

—¿Esto? Ah, sólo la estoy entregando. La Doctora Sharp nos la prestó la semana pasada cuando nos faltaba una. Me quedaba de camino a casa así que me ofrecí a dejarla.

—Vamos, déjame ayudarte, entonces –McLean intentó tomar la caja.

—No, está bien –Emma la abrazó junto a su costado como si fuera un recuerdo preciado–. Pero no me molestaría tener compañía.

No llevó mucho tiempo entregar la caja y regresar a la puerta. McLean ni siquiera tuvo que decir nada; Emma era capaz de hablar por los dos.

—¿Estás libre esta noche? –le preguntó mientras él le abría la puerta.

—Tal vez debería regresar a la estación. Hay un cerro de asuntos pendientes a mi nombre y un sargento de guardia que se pone más creativo con sus amenazas cada día –en el momento en que lo dijo, el pensamiento lo llenó de cansada resignación. Entraría furtivamente por la parte de atrás para evitar que lo vieran, se sentaría ahí y trabajaría hasta que se acabara la pila de papeles o hasta que él mismo no pudiera más. E incluso si acababa con ella, en poco tiempo la reemplazaría otra. En ocasiones como ésta, se preguntaba por qué hacía el maldito trabajo. Igual podría trabajar para Gavin Spenser y vivir en una gran casa con una piscina.

—Ya que lo pone de ese modo, tal vez podría sentirme tentada a hacer algo de papeleo también. Si encuentra algo especial que pueda hacer.

—Bueno, si te ofreces…

—Te diré qué haremos. Ven y tomemos una copa primero. Después veremos qué tan sagaz eres –Emma echó a andar por Cowgate en dirección al Grassmarket antes de que él pudiera responder. McLean tuvo que dar saltos para alcanzarla, y la sujetó del hombro.

—Emma.

—En serio, inspector. ¿Alguna vez le dijo alguien que no era divertido?

—No recientemente, no. Es sólo que no conoces Edimburgo muy bien, ¿eh? –señaló la acera de enfrente, en la dirección opuesta–. El único bar decente del rumbo está por allá.

***

Una cerveza se convirtió en dos, después en una rápida visita a los mejores bares del centro de la ciudad, y a un curry. Casi era suficiente distracción para olvidar que Alison Kydd estaba muerta. Casi, pero no por completo. McLean evitó los lugares frecuentados por la policía, a sabiendas de que estarían llenos de polis levantando sus copas para honrar a su compañera caída. No podía enfrentarse a su compasión, y no quería tener que lidiar con los pocos que inevitablemente lo culparían a él en lugar de al conductor que la atropelló y se dio a la fuga. Era evidente que Emma lo percibía también. No dejaba de hablar constantemente, en su mayoría sobre su trabajo y los placeres de mudarse de Aberdeen a Edimburgo. Se separaron con un simple "fue divertido, hagámoslo de nuevo". Ella tocó de la manera más ligera el brazo de él y se dio la vuelta, desapareció por la calle oscura hacia el sitio de sus pesadillas. Las alejó con una sacudida de cabeza, metió las manos en los bolsillos, bajó la cabeza durante la caminata a casa.

La ciudad nunca dormía en realidad, especialmente durante el Festival. La multitud regular de trabajadores del turno nocturno y los que pasaban la noche al raso se veía aumentada por los estudiantes y los aspirantes a actor que se hallaban borrachos, los recolectores de basura y los barrenderos de caminos. Las calles estaban silenciosas en comparación con el día, pero todavía era temprano y un continuo flujo de autos luchaba en su camino de un solo ocupante hacia destinos desconocidos. Había camionetas que deambulaban de una parada a otra como abejas gordas y olorosas. McLean intentó alejar su culpabilidad mientras caminaba, incluso se concentró en el ritmo que imprimían sus pies sobre el pavimento para responder a las preguntas que daban vueltas en su cabeza. Algo faltaba, algo no tenía sentido. En realidad había muchas cosas que faltaban, muchas cosas que no tenían sentido; no era la menor de ellas la siniestra semejanza entre las muertes de tres ancianos, todos amigos de antaño, todos conectados a un crimen terrible y violento. Un hombre imaginativo habría dicho que fueron visitados por una venganza profana. *Opus Diaboli*. Se habían aventurado a hacer el trabajo del diablo y ahora había venido a reclamarlos. Pero la realidad era mucho más mundana. Barnaby Smythe había sido destripado por un inmigrante ilegal con resentimiento; Buchan Steward había sido víctima de un amante celoso; ¿y Jonas Carstairs? Bien, sin duda Duguid encontraría a alguien a quién echarle la culpa de eso.

Clic, clac, clic, clac, sus pies tamborileaban a ritmo regular sobre el empedrado, el lento compás marcaba el ritmo con sus pensamientos. Sabía que Okolo había matado a Smythe, cuando menos eso era verdad. Sin embargo, estaba dispuesto a apostar su trabajo a que Timothy Garner no había matado a Buchan Stewart, lo cual significaba que todavía había un asesino allá afuera. ¿Alguien había encontrado el archivo fotográfico brasileño del Agente MacBride y había reaccionado con un frenesí asesino? ¿Estarían buscando a alguien más? Y si era así, ¿cómo seleccionaban a sus víctimas? ¿Era posible que alguien más supiera del asesinato ritual, y se las hubiera arreglado para rastrear a los asesinos?

¿O era el sexto hombre cubriendo sus huellas, matando a sus antiguos compañeros de crímenes, robando el cuerpo que era la única pieza real de evidencia, pagándole a alguien para que atropellara al policía que hacía la investigación? Ese escenario concordaba más que las alternativas, pero no era precisamente reconfortante. McLean se detuvo súbitamente al darse cuenta de que estaba solo en la calle. Se estremeció, miró a su alrededor, esperando ver una camioneta blanca acelerando su motor, encaminándose directo hacia él. Sus pies lo habían traído, quizá de manera inevitable a la Pleasance. Un letrero grande y azul de "Aviso policial" en el pavimento se dirigía a él con sus propias demandas. "Un accidente ocurrió aquí… ¿usted vio algo…? Contáctenos…" Estaba parado en el sitio en que Alison fue alcanzada. Donde ella se sacrificó para que él viviera. Dios, qué desperdicio de vida. Apretó sus puños y juró que encontraría al responsable. Pero ello no lo hizo sentir mejor en absoluto.

Su departamento no estaba lejos, lo cual le daba lo mismo. La culpabilidad y la ira que batallaban una a la otra le dificultaban seguirle el hilo a sus pensamientos anteriores. La puerta estaba abierta, detenida con un par de piedras otra vez; malditos estudiantes que perdían las llaves y no tenían dinero para pagar un juego nuevo. Al menos a esta hora la señora McCutcheon estaría arropada en su cama, durmiendo. Podría librarse de la alegría de sonreír mientras ella expresaba su preocupación por todo lo que él trabajaba. Subió con esfuerzo las escaleras sintiendo que el cansancio impregnaba sus ojos. La cama lo llamaba y estaba más que listo para ella.

Excepto que había alguien en la parte superior de las escaleras.

48

Ella estaba sentada y apoyada contra la puerta de su departamento, hecha un ovillo, las rodillas apretadas contra su pecho, su delgado abrigo levantado en torno suyo para protegerla del frío nocturno. Él pensó que debía estar dormida, pero cuando se acercó ella levantó el rostro y él la reconoció.

—¿Jenny? ¿Qué haces aquí?

Jenny Spiers lo miró con los ojos hinchados y rojos de tanto llorar. Su rostro estaba pálido, su cabello colgaba sin vida a ambos lados, enmarcando su sufrimiento. La punta de su nariz brillaba como si hubiera tenido gripa por varios días.

—Es Chloe —dijo—. Se ha ido —y rompió a llorar.

McLean subió de un solo salto el último par de escalones. Se acuclilló y tomó las manos de Jenny.

—Hey, está bien. La encontraremos —entonces se dio cuenta de que no sabía quién estaba perdida—. ¿Quién es Chloe?

Probablemente era el comentario equivocado. Jenny se deshizo en un mar de lágrimas aún mayor.

—Mira, ven, Jen. Levántate —la jaló para ponerla de pie, entonces le quitó el cerrojo a la puerta y la abrió de un empujón, guio a Jen hasta la cocina y la dejó caer en una silla. Al desaparecer cualquier noción de irse a la cama y a dormir, llenó la tetera y la puso a hervir, tomó un par de tazas y un frasco de café instantáneo.

—Dime lo que pasó. ¿Por qué viniste aquí? —le entregó a Jenny un rollo de servilletas de papel para remplazar el pañuelo empapado que ella apretaba, arrugado, en su mano.

—Chloe ha desaparecido. Debería haber llegado a casa antes de las once. Nunca llega tarde.

—Retrocede un poco, Jen. Tendrás que recordarme. ¿Quién es Chloe?

Jenny lo miró con ojos incrédulos.

—Mi hija. Tú sabes, la conociste en la tienda.

McLean dio un pirueta mental. La recordó, vestida como una joven a la moda de los años veinte, con todo y cabello corto. Se encargaba de la registradora mientras Jenny estaba en la parte de atrás.

—Disculpa, no me di cuenta. No nos presentaron. Para ser honestos, ni siquiera sabía que estabas casada.

—No lo estoy. Chloe fue… bien, sólo digamos que su padre fue algo así como un error. Tenía su camino y eso es lo último que supimos de él. Pero Chloe es una buena chica, Tony. No se quedaría afuera hasta tarde, y si estuviera atorada en algún lado me llamaría.

McLean intentó asimilar la nueva información al vuelo. Se concentró en el problema.

—¿A qué hora salió?

—Alrededor de las ocho y media. Tenía boletos para ver a Bill Bailey en los Assembly Rooms. Estaba tan emocionada.

—Y dices que debería haber regresado a las once.

—Correcto. Le di dinero para el taxi. No quería que caminara por las calles a esa hora de la noche.

—¿Fue sola al espectáculo?

—No, fue con un par de amigas de la escuela. Pero ellas viven del otro lado de la ciudad.

—Y asumo que están en casa.

—Llamé y lo confirmé. Ambas llegaron al cuarto para las doce.

—¿Qué edad tiene Chloe? —McLean intentó imaginar a la chica en la tienda, pero su exótico disfraz dificultaba definir su edad.

—Casi dieciséis –lo suficientemente mayor para salir sola. Lo suficientemente mayor para saber lo que podía y no podía hacer.

—¿Contactaste a la policía?

Jenny asintió.

—Vinieron a la casa, llenaron formatos. Les di una foto. Hasta revisaron la tienda por si estaba escondida ahí.

—Esto está bien. Significa que están siguiendo el procedimiento –McLean vertió agua hirviendo en las tazas, agregó leche–. Pero tienes que comprender que esto podría ser nada más que rebeldía adolescente. Podría estar afuera sólo porque se le dio la gana.

—Ella nunca haría esto —el rostro de Jenny se enrojeció. Apretó los puños—. Ella nunca haría esto.

—Te creo. Voy a llamar a la estación para ver si ha surgido algo. Deberías estar en casa, Jen. No aquí. ¿Y si regresa y no estás ahí?

Un destello momentáneo de duda pasó por los ojos de Jenny, una mirada atormentada.

—Dejé una nota. Sobre la mesa de la cocina. Pero no había llegado a casa a la una. Tenía que hacer algo.

McLean se dio cuenta de que ni siquiera sabía dónde vivía Jenny Spiers. No sabía de su hija; lo único que sabía en realidad era que tenía una hermana que estaba comprometida con su mejor amigo. Siendo honestos, tampoco sabía mucho sobre Rachel. Hacía mucho que había dejado de intentar recordar a todos los estudiantes de su antiguo compañero de departamento. Sólo que era la que finalmente había conseguido el premio que muchas antes que ella no habían logrado obtener. Exactamente por qué Jenny había elegido acudir a él, lo ignoraba.

—¿Vives arriba de la tienda?

Jenny asintió de nuevo, después aspiró y se limpió la nariz. McLean salió al vestíbulo y marcó el número de la estación. Sonó por un largo tiempo antes de que el sargento de guardia contestara.

—Inspector Criminalista McLean. ¿Tuvieron un reporte de una chica desaparecida, Chloe Spiers?

—Sí, lo recuerdo. Espere un minuto —McLean pudo oír el crujido de los papeles mientras el sargento hojeaba los registros nocturnos—. ¿Qué es suya?

—Su mamá está en mi cocina tomando café.

—Qué suertudo, inspector. Está bastante guapa, si recuerdo bien. Ah, aquí está. La reportaron a las once cincuenta y ocho. La patrulla más cercana acudió a la escena a las doce y nueve minutos. La descripción se ha enviado a todas las estaciones, los detalles están en la computadora. Revisaremos en los hospitales si no aparece por la mañana.

—¿Me harías un favor, Tom? Pasa el mensaje de nuevo. Y si tienes tiempo, llama a los hospitales ahora.

—Está bien, señor. Es una noche tranquila hasta el momento. Veré qué puedo hacer.

—Gracias, Tom. Te debo una.

—Una cena, ¿verdad, señor?

McLean se congeló.

—¿Tú qué?

—Creo que ésa es la tarifa actual por un favor, ¿no? ¿O la señorita Baird fue un caso especial?

—Yo… ¿quién te dijo…? —McLean farfulló en el teléfono mientras el sargento de guardia se echaba a reir—. ¿Cuántos en la estación lo saben?

—Yo diría que todos, señor. Se encontró con ella en la puerta de enfrente, después de todo. ¿Y llevarla al Red Dragon? Tiene que haber uno o dos polis fuera de servicio ahí la mayoría de las noches, incluso si están sólo recogiendo comida para llevar.

McLean echaba humo cuando colgó. Malditos policías, podían competir con cualquier verdulera cuando se trataba de chismear. A pesar de todo, probablemente no le haría ningún daño a su reputación.

—¿La encontraron? —la voz preocupada de Jenny trajo su mente de vuelta a problemas más urgentes.

—No. Lo siento. Pero el procedimiento completo está en funcionamiento —McLean le dijo lo que el sargento había prometido hacer. Al mencionar los hospitales ella se puso muy pálida.

—¿Podría realmente estar ahí?

—No lo creo, Jen. Ya te hubieran contactado si estuviera en problemas. Es mucho más probable que se haya encontrado con algunas otras amigas y haya salido a beber. Estará en casa por la mañana, sintiéndose fatal, y podrás regañarla todo lo que quieras entonces.

Eso dijo, aunque sabía que sólo lo hacía para consolarla.

49

No sabe cuánto tiempo ha estado parado en este jardín, mirando fijamente la casa silenciosa. Estuvo oscuro un rato, y ahora tal vez está aclarando. ¿Cuántos días ha estado así? Su mente dejó de funcionar correctamente hace mucho tiempo, y todo lo que puede hacer ahora es obedecer. Las voces dirigen sus acciones. No tiene más control sobre su cuerpo del que tiene una marioneta. Pero puede sentir el dolor al ser incapaz de hacer algo al respecto.

La presa está ahí adentro, él lo sabe. La puede oler, incluso si no está seguro de qué es lo que puede oler. Hay hojas mohosas y cálida tierra seca; distantes emisiones de autos y el más dulce aroma a malta de la fábrica de cerveza. Su estómago es un tanque de ácido, que se filtra hasta sus vísceras en oleadas de dolor, pero permanece de pie, espera y observa.

Algo se mueve en los arbustos, abriéndose paso con gruñona malevolencia. Baja la mirada y ve un perro, un doberman con las orejas cortadas en puntas afiladas, que le muestra los dientes y profiere un gruñido amenazante. Las voces separan sus labios y hacen brotar un siseo desde la parte de atrás de su garganta. Sorprendido, el perro emite un aullido agudo, su cola corta metida entre sus patas traseras. Una salpicadura en el suelo debajo de él y el cálido olor acre de la orina llena el aire.

Un silbido más agudo y el perro sale corriendo, chocando con los arbustos del lugar, sin siquiera soltar un aullido mientras se esfuerza en alejarse. Él siempre les tuvo terror a los perros, pero las voces son mucho más valientes.

Su cabeza late como si todas las migrañas del mundo hubieran venido a vivir en ella. También su cuerpo entero se siente inflamado y distendido, como esos famélicos niños africanos que solía ver en la televisión. Cada articulación de su cuerpo está al rojo vivo; el cartílago ha sido arrancado y reemplazado con lija. Aun así, él permanece de pie y observa.

Ahora hay más ruido. Un bulto más grande se abre paso hasta la penumbra de su escondite. Se da la vuelta lentamente para saludar al hombre; grita en su interior por el dolor de cada pequeño movimiento. Las voces lo mantienen callado.

—¿Qué haces aquí? —pregunta el hombre, pero sus palabras están a un millón de millas de distancia. Las voces le gritan que ataque, y debe obedecerlas.

Se levanta de un salto, pero su cuerpo está débil por la falta de alimento y mil terribles dolencias. Hay un cuchillo en su mano; no puede recordar cómo lo obtuvo, ni un tiempo en que no lo sujetaba en su puño. No importa. Sólo atacar importa. Y el dolor.

Algo se quiebra, y se da cuenta de que es su brazo. El hombre es grande, mucho más grande que él, y su estructura es como la de esos hombres que trataba de no mirar cuando iba al gimnasio. Pero las voces dicen que debe atacarlo, así que eso hace, busca sus ojos, araña la piel.

—Pedazo de mierda. Voy a matarte —el hombre está enojado ahora, y las voces gritan de alegría. Golpea de nuevo y conecta un golpe que hace brotar sangre de la nariz del hombre. Siente un pequeño momento de triunfo a través de la agonía de su cuerpo consumido.

Y entonces es su cara la que están golpeando. Una mano como una garra gigante lo tiene sujeto por la garganta, exprimiéndole la vida. Lo levantan, sus pies no tocan el suelo, lo arrojan. Aterriza en el suelo con un golpe y todo se vuelve negro. El dolor está en todos lados, apresurándose a apoderarse de él. Una humedad cálida, con el sabor de hierro burbujeante llena su garganta y su boca. Ya no puede respirar, no puede ver, no puede sentir. Sólo puede escuchar la risa triunfal de las voces cuando lo dejan morir.

50

MANDY COWIE PARECÍA EL TIPO DE CHICA A LA QUE NO LE FAVORE-
cían las mañanas. McLean tenía poca experiencia con adolescentes, exceptuando a las que haraganeaban en las estaciones de autobuses, bebiendo Buckfast y gritando groserías a los viajeros. Mandy era más limpia que las princesitas malhabladas que se reproducían en los edificios
de departamentos en Trinity y Craigmillar, pero se veía tan hosca como
ellas. Y permanecía sentada frente a él, al otro lado de la mesa de la cocina, absorta en su cuenco de hojuelas de maíz remojadas.

—No estás en problemas, Mandy. Al contrario —era como si ella
sufriera algún tipo de incapacidad genética para ser de ayuda a la policía—. Ni siquiera estoy aquí como policía. Estoy aquí como amigo de la
mamá de Chloe. Ella está terriblemente preocupada porque Chloe no
llegó a casa anoche. ¿Tienes alguna idea de a dónde pudo haber ido?

Mandy se movió nerviosamente en su asiento. De haber estado
en una sala de entrevistas, McLean habría interpretado eso como un
indicador de que sabía algo pero no quería decirlo. Aquí, sólo podía
adivinar.

—¿Tenía novio? Tal vez habían planeado encontrarse —dejó la idea
colgando en el aire silencioso. Para molestia de McLean, la mamá de
Mandy se metió en la conversación.

—Todo está bien, pollita. Puedes hablar con el inspector. No te va a
encerrar.

—Señora Cowie, ¿sería posible que hablara con su hija a solas por un
minuto?

Ella lo miró como si fuera estúpido. Entonces tomó su taza de café,
derramando líquido café sobre la mesa de la cocina.

—Sólo un minuto, si no le importa. Ella tiene trabajo que hacer —y salió arrastrando los pies en sus pantuflas rosas con forma de conejito. McLean esperó hasta que se cerró la puerta y escuchó un crujido en las escaleras. Los ojos de Mandy se dirigieron rápidamente hacia el techo, después de regreso a su cereal sin tocar.

—Mira, Mandy. Voy a ser directo contigo. Si hay algo que sepas que pueda ayudarnos a encontrar a Chloe puedes decírmelo. No le diré una palabra al respecto a tus padres, lo prometo. No es acerca de ti, es sobre Chloe. Necesitamos encontrarla. Y mientras más tiempo esté desaparecida, menos oportunidades tendremos.

El silencio colgaba pesado en el aire, arruinado únicamente por el ruido de las pisadas en el piso superior mientras la señora Cowie se movía a porrazos por el baño. McLean intentó atrapar la mirada de Mandy, pero ella estaba fascinada por su cuenco de cereal. Estaba a punto de rendirse cuando ella habló.

—¿No le dirá a mamá?

—No, Mandy. Tienes mi palabra. Y tampoco le diré a la mamá de Chloe.

—Quizás esté con el chico. Lo conoció en internet.

Oh, Dios, aquí vamos.

—Él parecía... no sé. Nada mal. Le gustaba todo lo de la comedia, se emocionó cuando Chloe le contó que compramos boletos para ver a Bill Bailey. Dijo que iba a ver el espectáculo también. Sólo que no apareció.

—¿Cómo se suponía que se iban a encontrar? —McLean revisó su memoria en busca del nombre de la otra chica. La entrevistaría después—. ¿Él sabía que tú y... Karen estarían ahí también?

—No sé lo que Chloe le dijo. No creo que le haya dado su teléfono; no es tan estúpida, ¿sabe? Pero ella consigue esos trajes locos de la tienda de su madre, y traía uno anoche. Tal vez le dijo a él que buscara a la chica de los años veinte. Nunca es muy difícil encontrarla.

Y debió ser fácil recogerla en la calle después del espectáculo. Caminar a casa porque no es muy lejos, en realidad, y el dinero para el taxi podría usarse para algo mucho más interesante.

—¿Este chico tenía nombre?

—Sí, se hacía llamar Fergie. Aunque no sé si era su nombre real.

—¿Cuánto tiempo había estado... cuánto tiempo había estado hablando Chloe con él? —McLean no entendía cómo funcionaban las salas de chat en internet.

—No mucho. Un par de días, tal vez una semana.

Un tiempo demasiado corto para confiar en un extraño. ¿Era él tan tonto cuando tenía esa edad? Tuvo que admitir que era posible. Pero antes de internet, cuando todo se trataba de armarse de valor para hablar con la niña que te gustaba, las cosas eran mucho más inocentes. Los chicos de ahora eran más sofisticados, era cierto, pero eran tan ingenuos como los de siempre. Y Fergie. El nombre instantáneamente lo hizo pensar en McReadie, aunque debían haber miles de Ferguses y Fergusons por toda la ciudad. Necesitaba pensar ordenadamente, no saltar a conclusiones basadas en especulación descontrolada.

—Necesito saber exactamente a qué hora tú y Chloe se separaron anoche, Mandy —entonces McLean sacó el cuaderno de notas—. Necesito que recuerdes todos tus pasos desde el momento en que el espectáculo terminó.

***

Karen Beckwith le contó la misma historia, sólo que no requirió tanto esfuerzo para sacársela. McLean comparó las dos declaraciones mientras permanecía de pie afuera de los Assembly Rooms en George Street, mirando el tráfico diurno e intentando imaginar lo que debió haber ocurrido a las once de la noche anterior. Aproximadamente a esa hora él y Emma había estado sentados en el Guildford Arms, a menos de cinco minutos caminando. Karen y Mandy habían tomado un taxi a casa, habían caminado con Chloe a la parada de taxis en Castle Street. Él siguió su corta ruta, mirando a los lados de los edificios y tomando nota de las posiciones de las cámaras de seguridad. No podías hacer nada en el centro sin que alguien lo filmara.

Desde la parada de taxis, sólo había una manera sensata de caminar de regreso a la tienda: por Princes Street, sobre los puentes North y South y seguir por Clerk Street. No debía haber llevado más de media hora, y había cámaras en la mayor parte del camino. Sabía a qué hora habían visto a Chloe por última vez. Sabía lo que llevaba puesto. Ahora era cuestión de revisar las imágenes del circuito cerrado de televisión, y a juzgar por el número de cámaras, iba a llevarle un rato.

***

—Hay algo aquí, señor. ¿Quiere echarle un vistazo?

McLean se alejó de las pantallas parpadeantes, llenas de gente borrosa que saltaba de manera errática por calles pintadas de anaranjado. El Agente Criminalista MacBride estaba sentado en una consola cercana, embarazosamente seguro de sí mismo en cuanto a la tecnología.

—¿Qué encontró? —deslizó su silla por las losetas hasta que pudo ver la otra pantalla. MacBride giró la perilla del control en el sentido contrario a las manecillas del reloj para acelerar la grabación de regreso a las once y quince.

—Ésta es la parada de los taxis en Castle Street, señor —puso la máquina en velocidad normal y señaló a la pantalla. El verano y el Festival a toda marcha significaban que las calles del centro de la ciudad estaban más concurridas que de día—. Creo que nuestras tres chicas están ahí —presionó el botón de pausa y señaló a las tres figuras caminando con los brazos entrelazados. La del medio llevaba una falda de cuadros de corte recto, una blusa sin mangas y un sombrero de campana. Una boa de plumas que resultaba familiar estaba enrollada en torno a su cuello. Junto a ella, Karen y Mandy se veían más bien vulgares en sus pantalones de mezclilla ajustados y sus camisetas.

—Es ella —dijo McLean—. ¿Podemos ver a dónde va?

MacBride adelantó la cinta y miraron cuando las chicas se unieron a la fila en la parada de taxis. Chloe esperó hasta que las otras dos se marcharon, después se fue colina abajo, en dirección de Princes Street.

—Tenemos que cambiar de cámaras aquí —MacBride hizo algo con la confusa variedad de botones en la consola y la imagen cambió a un ángulo diferente. Chloe caminaba por la calle, sola y segura, a su paso. La siguieron durante las grabaciones de dos cámaras más, y entonces ella se detuvo cuando un auto negro se deslizó por la calle junto a ella.

Si no supiera lo suficiente, habría dicho que era un caso clásico de un conductor buscando prostitutas desde su coche. Chloe se inclinó para hablar por la ventana del auto con quien sea que estuviese manejando. Su lenguaje corporal no mostraba señal de alarma, y después de un par de momentos, abrió la puerta y entró. El auto se alejó en dirección del North British Hotel.

—¿Podemos mejorar la imagen? ¿Obtener el número de ese auto? —preguntó McLean.

—Únicamente en las películas. Éstas no son cámaras de alta resolución, y la iluminación es atroz. Debería haber un mejor ángulo desde otra cámara, pero se le fundió un fusible anoche, aparentemente.

—Podríamos ser capaces de rastrearlo. Un BMW negro o azul oscuro, serie 3. ¿Aparece en alguna de las otras cámaras?

MacBride presionó botones, miró cómo el auto daba vuelta en Princes Street en dirección al Mound. Apareció brevemente en otra imagen de la cámara, después nada.

—La cobertura no es tan buena lejos de los puntos clave de la ciudad. Podemos intentar un barrido de las otras cámaras, extrapolando el tiempo. Ver si sale algo.

—No lo sé, señor. Podemos tener suerte, o podría llevarnos todo el día.

—Está bien. Empiecen. Vean si pueden conseguir un número de esa imagen. Incluso uno parcial ayudaría. Envíasela a Emma, es buena con las fotografías…

McLean se congeló al decir esas palabras. Era buena con las fotografías. Ella había arreglado las imágenes de la escena del crimen de la casa en Sighthill, revelando los extraños patrones que él había visto en el piso. Y antes de eso, había habido algo más en el monitor de su computadora. Imágenes reducidas de fotos. ¿Las había estado procesando para archivarlas, o algo más siniestro estaba sucediendo? MB. Em B. Emma Baird.

—¿Está bien, señor? Parece que alguien caminó sobre su tumba –el rostro pálido y redondo del Agente MacBride lo miró en la semipenumbra de la sala de video.

—Creo que sé quién ha estado filtrando las fotos de las escenas del crimen.

Pero esperó estar equivocado.

51

—Supongo que aún no funciona su teléfono, ¿eh?

El sargento de guardia, Pete Murray, lo saludó con una sonrisa cuando entró apresuradamente a la estación el lunes por la mañana. McLean palpó sus bolsillos hasta que encontró el aparato, pero no pudo recordar si se había tomado la molestia de intentar cargarlo la noche anterior. Había estado distraído, así que las posibilidades no eran muy buenas. Ciertamente el teléfono estaba muerto cuando trató de presionar los botones.

—¿Qué les hace a los pobres? ¿Les pone una maldición? —Pete empujó una gruesa pila de papeles en dirección de él, y señaló con la cabeza el extremo opuesto del área de recepción al mismo tiempo—. Aquí hay un montón de mensajes que tiene que contestar, y ese tipo de allá ha estado preguntando específicamente por usted. Dice que es de Hoggett Scotia Asset Management. Según yo, debe ser banquero.

Perplejo, McLean miró en derredor, mientras intentaba recordar dónde había oído ese nombre antes. Ver al señor Masters sentado en una de esas bancas sencillas de plástico no ayudó. Se veía como cualquiera entre mil hombres de negocio trajeados y sin un rostro en particular; un cuarentón de cabello entrecano; una pequeña pancita que dos juegos de *squash* a la semana ya no alcanzaban a quemar; maletín fino de piel, repleto de dispositivos electrónicos; esposa y niños en los suburbios; amante en un edificio de departamentos en Old Town.

—¿Inspector McLean? Gracias por recibirme. Jonathan Masters, Hoggett Scotia —Masters se puso de pie antes de que McLean cubriera siquiera la mitad del camino. No fue sino hasta ese momento que las piezas de su memoria se ordenaron.

—Señor Masters. Usted fue uno de los testigos del suicidio de Peter Andrews.

Jonathan Masters hizo una mueca de dolor ante la mención del nombre de su antiguo colega.

—Ha sido una semana difícil en Hoggett Scotia, inspector. Peter era uno de nuestros mejores analistas. Se le echará mucho de menos.

Uno de los mejores analistas. No un "gran tipo", o "la vida y alma de la fiesta". No un amigo cercano.

—Hablé con su padre, el señor Andrews. Parecía que era un hombre con todos los motivos para vivir hasta que descubrió que tenía cáncer terminal.

—Eso fue una completa sorpresa. Nunca nos lo dijo. Tal vez si hubiera... –las palabras del señor Masters se fueron apagando.

—Pero supongo que no vino aquí a hablar sobre Peter Andrews, señor.

—Sí, por supuesto. Lo siento, inspector. Ha sido una semana difícil. Pero parece que hemos perdido a una secretaria. Sally Dent.

—Dent. ¿No era testigo, también?

—Sí, estaba en el área de recepción. Le dimos el resto del día libre. Bien, era lo menos que podíamos hacer. Nos hicimos de la vista gorda cuando no se presentó a trabajar al día siguiente, y después llegó el fin de semana. Pero no vino esta mañana, no ha regresado desde el... bien, desde que Peter... usted sabe.

—Asumo que han intentado contactarla –McLean sintió una terrible sensación de *déjà vu* arrastrándose desde el fondo de su mente, como la sombra de una araña.

—Por supuesto. Llamamos a su casa, pero su madre pensó que había salido en un viaje al extranjero. Es una tontería en realidad, se suponía que ella iría a Tokio con uno de nuestros administradores de fondos, pero todo se canceló después de...

—Así que ustedes pensaron que estaba en casa, y su madre pensó que estaba en el extranjero, y entre todos ustedes nadie sabe dónde ha estado desde el día en que Peter Andrews se quitó la vida.

—Eso lo resume todo, inspector.

—Platíqueme de Sally Dent, señor Masters –dijo McLean–. ¿Cómo es?

—Oh, puedo hacer algo mejor. Tenga –Masters puso su maletín sobre la banca de plástico, dio un golpecito a los cerrojos idénticos para abrirlo. McLean vio una diminuta computadora portátil, una tableta, un navegador de GPS, y un delgado teléfono celular resguardados en el suave interior de piel antes de que Masters extrajera una hoja tamaño carta y cerrara el maletín de nuevo–. Su archivo de recursos humanos.

McLean tomó la hoja, la sujetó hacia la luz para poder ver mejor la fotografía impresa que lo miraba directamente. Lo que más lo sorprendió cuando vio la fotografía no fue que reconociera a la mujer, sino que había esperado ver su rostro ahí. Era un rostro más bello en la fotografía, sonriente y lleno de esperanza en el futuro. La última vez que la vio, ella había estado acomodada sobre una mesa de exploración de acero inoxidable en la morgue de Angus Cadwallader; la primera vez, destrozada y desfigurada, con el cabello cubierto de sangre, sobre la entrevía cubierta de grava, aceite y basura esparcida en Waverley Station.

***

—De verdad no puedes mantenerte alejado, ¿cierto, Tony? Sabes, podrías volver a capacitarte como asistente de patólogo y entonces podríamos dejarnos de cosas.

Angus Cadwallader sonrió desde la silla de su oficina cuando McLean tocó su puerta abierta. Había dejado a Masters en el área pública de recepción, cada vez más nervioso, consultando su reloj. Mientras más rápido hicieran esto, mejor.

—Suena tentador, Angus, pero sé que sólo tienes ojos para Tracy.

La sonrisa se debilitó de manera apenas perceptible, y el patólogo se puso algo rígido.

—¿Qué puedo hacer por ti?

—La mujer que saltó del Waverley Bridge la semana pasada. Creo que pudiera ser una tal Sally Dent. ¿Podemos prepararla para identificación? Tengo a su jefe allá arriba.

—No hay problema. Voy a sacarla en camilla y te doy un grito cuando esté lista –el patólogo se dio prisa para salir al anfiteatro, en dirección al banco de cajones de almacenamiento; tomó una camilla de acero inoxidable en su camino. McLean lo siguió.

—¿Ya enviaste el reporte sobre ella?

—¿Qué? Ah, sí. Eso creo. Tracy normalmente los envía tan pronto como están hechos. ¿Por qué?

—No lo he visto, eso es todo.

—Ah, ¿entonces no sabes sobre las placas que estaban carcomiendo su cerebro?

—Las... ¿Qué? –un frío estremecimiento creció en la boca del estómago de McLean. Complicaciones. Siempre había complicaciones.

—Enfermedad de Creutzfeldt-Jakob. Muy avanzada. Sospecho que había estado teniendo alucinaciones bastante realistas antes de saltar. Probablemente por eso lo hizo –Cadwallader abrió el cajón, revelando el cuerpo pálido y ya limpio de Sally Dent, los cortes en su rostro suturados limpiamente, pero todavía desfigurándola terriblemente. La deslizó hasta la camilla y la cubrió con una larga sábana blanca. Juntos, la empujaron hasta la sala de identificación, donde un nervioso Jonathan Masters se puso de pie de un salto como si alguien le hubiera gritado.

—Disculpe por hacerlo esperar, señor Masters. Debería advertirle que ella resultó muy lastimada antes de morir.

Masters se puso de un tono blanco-verduzco, y asintió silenciosamente mientras miraba a la figura envuelta. Cadwallader dobló la sábana para revelar únicamente la cara. El banquero miró hacia abajo, y McLean pudo ver el horror del reconocimiento en su rostro. Era una mirada que había visto demasiadas veces antes.

—¿Qué le pasó? –la voz de Masters era a la vez aguda y grave, pero no había colapsado como les ocurría a algunos hombres. McLean tuvo que reconocerle eso.

—Saltó de North Bridge.

—¿El suicidio? Supe de eso. Pero Sally... No... Sally no haría...

—Sufría de una condición neurológica degenerativa –Cadwallader cubrió el maltratado rostro de nuevo–. Es muy probable que ni siquiera supiera lo que hacía.

—¿Qué hay de su madre? –Masters miró a McLean con ojos suplicantes–. ¿Quién va a explicarle esto?

—Está bien, señor Masters. Hablaré con la señora Dent –McLean tomó el brazo del hombre de negocios, lo guio afuera de la sala–. ¿Va a estar bien? ¿Quiere que me encargue de que alguien lo lleve de regreso a la oficina?

Masters pareció recuperar su compostura al alejarse del cadáver. Enderezó los hombros y consultó de nuevo su reloj.

—No, estoy bien, inspector, gracias. Más vale que regrese a la oficina. Oh, Dios. Sally –meneó la cabeza.

—Esto puede parecerle una pregunta insensible, señor Masters, pero ¿había algo entre la señorita Dent y el señor Andrews?

Masters miró a McLean con una expresión que francamente indicaba que creía que el inspector estaba mal de la cabeza.

—¿Qué quiere decir?

—Me preguntaba si tenían una relación que fuera más allá de lo profesional, señor. Los dos suicidios ocurrieron en tan rápida sucesión que...

—Peter Andrews era homosexual, inspector. ¿No lo sabía?

***

Para cuando McLean escoltó a Jonathan Masters fuera del edificio y regresó al anfiteatro principal, Cadwallader había guardado a la mujer fallecida en su fría celda y había regresado a su oficina. McLean miro hacia el interior, y se dio cuenta por primera vez de que la siempre jovial asistente no estaba a la vista.

—¿Qué hiciste con Tracy? –preguntó.

—Mantén las manos lejos de mi asistente, Tony.

McLean levantó las manos en un gesto de rendición.

—No es mi tipo, Angus.

—Ya sé que no: escuché que prefieres a las oficiales de Servicios Periciales. De todas maneras, nadie es perfecto –Cadwallader rio–. Tracy llevó algunas muestras al laboratorio. La dejo salir de vez en cuando. Cuando tú no estás ocupado llenando mi morgue de cuerpos.

—Lo siento –McLean se disculpó, encogiéndose de hombros–. Dime más sobre Sally Dent. Me parece recordar que había algo respecto a su sangre.

—No era su sangre. Estaba cubierta de la sangre de alguien más.

—¿Descubriste de quién?

Cadwallader sacudió la cabeza.

—Obtuvimos el tipo de sangre, pero es bastante común. O Rh+. Envié una muestra para análisis de ADN, pero a menos que sepas de alguien que haya perdido mucha sangre últimamente, podría llevarnos un buen tiempo encontrar una coincidencia.

Alguien que haya perdido mucha sangre últimamente. Una idea horrible, imposible, cruzó la mente de McLean.

—¿Qué hay de Jonas Carstairs?

—¿Qué? ¿Crees que esa delicada mujercita de ahí...? —Cadwallader señaló hacia las filas de conservación en frío—. ¿Crees que ella sujetó a un hombre fuerte y saludable como Carstairs y le metió cuchillo?

—Era un hombre mayor, no pudo haber sido muy fuerte —mientras hablaba, McLean cayó en la cuenta de que tampoco había visto el reporte de la muerte de Carstairs.

—Estaba rebosante de salud. Debe haber seguido todas esas modas de ahora del yoga y del muesli —el patólogo se volvió hacia su computadora, presionó algunas teclas para extraer el reporte pertinente y rápidamente revisó la página—. Aquí está. Análisis de la sangre encontrada en el cabello y manos de Sally Dent —presionó el ratón de nuevo para abrir otra ventana—. Muestra de sangre de Jonas Carstairs... Por Dios.

McLean miró el reporte por encima del hombro de Cadwallader, sin comprender lo que dijo. El patólogo giró su silla lentamente.

—Son iguales.

—¿Del mismo tipo?

—No, la misma sangre. Prácticamente igual. Voy a correr el perfil de ADN para asegurarme, pero todos los marcadores son idénticos.

—Hazlo de todas maneras, por favor —McLean se recargó hacia atrás contra el mostrador, mientras intentaba descubrir a dónde lo llevaban todas las piezas de información contradictoria. No lo llevaban a un lugar muy agradable. *Opus Diaboli*. El trabajo del diablo.

—¿Todavía tienes a Peter Andrews aquí? —preguntó.

Cadwallader asintió.

—Maldita molestia. Se suponía que lo enviaríamos a Londres la semana pasada, pero ese robo afectó toda la programación. Todavía estoy esperando que vengan por él.

—¿Había sangre en él?

—Se cortó la garganta, Tony. Estaba cubierto de sangre.

—Sí, ¿pero toda era suya?

—Diría que sí. Lo limpiamos. Bueno, Tracy lo limpió. No dijo nada sobre capas. ¿A dónde vas con todo esto, Tony?

—No estoy seguro. Al menos, no creo que quiera estar seguro. Mira, Angus, ¿podrías hacerme un enorme favor?

—Eso depende de qué sea. Si quieres que te sustituya en otra de las pequeñas veladas del comisario en jefe, me temo que no.

—No, no es nada de eso. Me preguntaba si podrías revisar de nuevo a Peter Andrews.

—Lo examiné a conciencia —el patólogo se veía ligeramente herido, pero McLean sabía que era una actuación.

—Lo sé, Angus, pero estabas examinando un suicidio. Quiero que lo revises como si fuera una víctima de asesinato.

52

El Inspector en Jefe Duguid estaba en la diminuta sala de investigaciones, sentado en la silla de Bob el Gruñón y echándole un vistazo a las fotos pegadas a la pared. McLean casi escapó de nuevo por la puerta, pero algunos problemas hay que resolverlos de inmediato.

—¿Puedo ayudarlo en algo, señor?

—Creí que debía estar de descanso.

—Y yo creí que mi tiempo se usaría mejor atrapando criminales, señor. Usted recuerda cómo era atrapar criminales, ¿no?

—No me gusta su tono, McLean.

—En cuanto a mí respecta, tampoco estoy muy feliz de que la gente intente matarme, pero todos tenemos nuestras cruces que cargar. Ahora, ¿sobre qué quería hablar?

Duguid se levantó de la silla, mientras su rostro se oscurecía.

—Ni siquiera sabía que estaba en la estación. Estaba buscando a su joven agente, Mac-algo. Dijo que usted tenía una pista de nuestra fuga de información. Algo sobre un sitio de internet.

—¿Qué quiere saber al respecto, señor?

—Bien, ¿de qué se trata, McLean? ¿Cómo espera que yo investigue el asesinato de Carstairs si usted no hace lo que le corresponde? Rastrear esa fuga es una línea principal de nuestra investigación.

La única línea, si estás aquí abajo intimidando a mi equipo para conseguir respuestas, pensó McLean. No tuvo corazón para decirle al tipo que el asesino yacía muerto en la morgue. Dejaría que Cadwallader realizara primero las pruebas de ADN, se asegurara y comunicara esos resultados él mismo. No quería ningún crédito por el descubrimiento, si esto significaba que Duguid sería aún más antagónico con él. Ya había cometido antes el error de resolverle los casos al inspector en jefe.

—El Agente Criminalista MacBride encontró un sitio seguro en internet en el que la gente exhibe y comercia con imágenes espeluznantes, incluyendo fotografías forenses de escenas de crímenes, señor. Parece que hay una gran cantidad de morbosos allá afuera en el ciberespacio. Reconocí fotografías de la investigación de Barnaby Smythe exhibidas ahí.

—Así que quien haya asesinado a Carstairs podría ser un espectador habitual. ¿Y qué? ¿Han decidido hacer realidad sus fantasías retorcidas? Dios, es justo lo que necesitábamos —Duguid masajeó su frente con sus dedos—. ¿Entonces, quién es? ¿Quién está subiendo estas fotografías y alimentando estas ideas pervertidas?

—No lo sé, señor.

—Pero tiene una idea, ¿no es así, McLean? Conozco cómo funciona su mente.

—Necesito confirmar algunas cosas primero, señor. Antes de…

—Basura, inspector. Si tiene una sospecha, compártala. No podemos desperdiciar el tiempo andando con rodeos. Hay un asesino allá afuera sopesando quién será su próxima víctima.

No, no lo hay. Todos están muertos ahora. Ha esclarecido su sucio secreto, aunque sólo Dios sabe cómo lo hizo. El sitio es solamente una maniobra distractora.

—No creo que sea necesario apresurarse en absoluto, señor —McLean eligió sus palabras con cuidado. Si tenía razón, y sólo Emma pudo ser la responsable de subir esas fotografías, quería ser él quien la atrapara. Lo que haría una vez que se confirmaran sus sospechas, simplemente no lo sabía.

—Los está protegiendo, ¿no es así, inspector? ¿Espera tener toda la gloria al atraparlos usted solo? —Duguid se levantó de la silla de Bob el Gruñón y se abrió paso de un empujón al salir de la sala de investigación—. ¿O es otra cosa?

McLean miró a Duguid marcharse, después levantó el teléfono e intentó marcar. Estaba muerto. Sacó el celular de su bolsillo, lo sacudió y presionó el botón de encendido. Nada. Demonios. Si Cadwallader se enteraba de su cena con Emma, era cosa segura de que Dagwood se enteraría también, y no le llevaría mucho tiempo al inspector en jefe sacar sus conclusiones; era un detective, después de todo, aun si algunas veces era difícil de creer. Miró el teléfono de nuevo. ¿Debería ser él quien le advirtiera que estaba bajo sospecha? Sí, debería. Si ella era culpable, intentarían acusarla de complicidad en un asesinato. Aun si no lograban demostrarlo, arrastrarían su nombre en los medios de comunicación. Y si era realmente honesto, no quería que su reputación se manchara por asociación con ella, de la misma manera en que no quería que eso le sucediera a una amiga.

Salió maldiciendo a buscar un teléfono, y casi chocó con el agente MacBride, que venía corriendo por el pasillo.

—Demonios. ¿Qué le sucede?

—La encontraron, señor —el rostro de MacBride estaba sonrojado de la emoción.

—¿Encontraron qué?

—La camioneta, señor. La que mató a Alison.

***

Los vientos del cambio se habían propagado por Edimburgo en los últimos años, limpiando los antiguos edificios de departamentos deslucidos, los almacenes aduanales, las estaciones de mercancías y las viviendas de alquiler subvencionadas por el ayuntamiento; los reemplazaron con nuevos desarrollos, centros de descanso, departamentos de lujo y centros comerciales. Pero había algunos sitios que se resistían al aburguesamiento con toda la gracia de un dedo medio levantado. Newhaven todavía se resistía contra las fuerzas del progreso, aguantando donde Leith y Trinity habían sucumbido. La costa sur del estuario de Forth era simplemente demasiado inhóspita para recibir recién llegados, sus terrenos recuperados demasiado deteriorados por la industria.

McLean observaba desde el asiento del pasajero del auto mientras el agente MacBride conducía a través de las rejas de alambre, abiertas por la fuerza, que llevaban a un recinto abandonado. Dos patrullas ya estaban estacionadas junto a la camioneta de Servicios Periciales, y McLean sintió una súbita oleada de esperanza de que Emma estuviera ahí. Si pudiera tan sólo conseguir un momento para hablar con ella lejos de todos los demás, podría descubrir la verdad detrás de las fotografías; advertirle si era necesario. Lo sorprendió el darse cuenta de que también esperaba que estuviera ahí por razones puramente personales. No pudo recordar la última vez que se sintió así con respecto a alguien.

Probablemente en algún momento la bodega almacenó algo de valor, pero ahora su techo había desaparecido, sus vigas de hierro forjado daban asilo a las palomas y al óxido. Aun en el verano, tras días de calor seco, el piso de concreto estaba encharcado con agua sucia. En el invierno, cuando el viento del este arrojaba aguanieve del Mar del Norte, debe haber sido un lugar muy acogedor. Un hedor pestilente llenaba el área; cadáveres en descomposición y humo mezclados con mierda de pájaro y el olor acre y salado del mar. En el centro, rodeada por oficiales de Servicios Periciales, como hormigas en derredor de un pájaro muerto, estaba una camioneta Transit calcinada.

Todas se veían igual, se dijo McLean a sí mismo mientras se aproximaba. Pero algo en esta camioneta le dio la certeza de que era la que había visto por última vez rechinando al dar la vuelta a la esquina al final de Pleasance, encaminándose hacia Holyrood. Las placas faltaban, pero habían estado ahí antes. Era muy probable que los números del chasis hubieran sido desgastados también. Había una marca que la identificaba, sin embargo; una abolladura larga y fresca en el metal del cofre, exactamente donde una prometedora vida joven fue segada.

Caminó alrededor de la camioneta, manteniéndose a una distancia prudente para evitar contaminar la escena. Un oficial de Servicios Periciales, vestido de blanco, estaba agachado cerca, desprendiendo ampollas y burbujas de pintura con un par de pinzas. Un flash destelló detrás de él y se dio la vuelta, esperando ver a Emma. Otro técnico estaba detrás de la lente esta vez. Malky, recordó McLean, el fotógrafo de la escena del asesinato de Farquhar House. El tipo que olía a jabón y pensaba que los pensamientos negativos podían drenarle la energía a las baterías de los teléfonos celulares. Bien, tenía sentido, de un modo un tanto perverso. Tenía tanto sentido como esto.

—¿No está aquí Emma Baird?

—Está a cargo de otro caso —el acento era de Glasgow, pero más cultivado que el de Fergus McReadie.

—Usted debe ser Malky —dijo McLean. Tan pronto como pronunció las palabras se dio cuenta de que había cometido un error. Los rasgos del hombre se endurecieron en una máscara de desagrado que hizo que el Inspector Criminalista en Jefe Duguid pareciera fácil de tratar.

—Soy Malcolm en realidad. Malcolm Buchanan Watt.

—Disculpe, Malcolm, Yo sólo...

—Sé cómo me llaman los otros oficiales de Servicios Periciales, inspector. Muestran la misma falta de cuidado con los detalles de otros aspectos de su trabajo. Haría bien en recordar eso la próxima vez que trabaje con gente como la señorita Baird.

—Vamos, Malcolm. Emma es tan profesional como usted.

El fotógrafo no se molestó en darle una respuesta, eligiendo a cambio esconderse tras su cámara y tomar más fotografías. McLean sacudió la cabeza. ¿Por qué la gente era tan delicada? Iba a encaminarse al otro lado de la camioneta, donde la puerta deslizable estaba completamente abierta, de frente al mar, pero una voz familiar lo detuvo.

—Gracias a Dios por eso. Un detective inspector al fin –Andy Houseman el Grande sonrió–. Me da gusto que le hayan asignado esto, señor. Todos queremos un buen resultado en este caso.

—En realidad no estoy aquí, Andy. No me viste, ¿está bien?

—¿Qué? No me diga que se lo van a asignar a Dagwood.

—Soy una de las víctimas, Andy. No me puedo involucrar –McLean levantó las manos a modo de súplica, aunque compartía la frustración del sargento–. ¿Cuál es la historia aquí?

—Un tipo paseando a su perro por la costa la vio, se le ocurrió reportarla. Tengo a un par de agentes haciendo preguntas en los departamentos sobre el camino, pero imagino que nadie vio nada. Incluso si vieron algo.

—¿Qué hay de la camioneta? ¿Ya la identificaron?

—Estamos trabajando en eso, señor. Pero por lo que podemos ver aquí, ha sido limpiada por profesionales. No hay placas, no hay sello con el número de identificación del vehículo.

—¿Cómo saben que es la camioneta que golpeó a Alison?

—No lo sabemos. No con certeza. Pero es muy probable. La parte frontal está sumida como si hubiera golpeado algo. Usted es probablemente el mejor testigo, pero sabemos que era una Transit. Servicios Periciales está trabajando en ella, pero apostaría mi paga vacacional a que es la misma.

—¿Hay alguna posibilidad de obtener huellas? ¿De descubrir quién la manejaba?

—Podemos hacer algo mejor que eso. Tenemos un cuerpo. Por aquí –Andy el Grande guio a McLean alrededor, al otro lado de la camioneta. Una figura familiar estaba agachada sobre algo negro y quemado adentro, el obvio epicentro del fuego. Angus Cadwallader se puso de pie, su espalda tronó cuando se estiró.

—Si seguimos encontrándonos así, Tony, voy a tener que presentarte a mi madre.

—Ya lo hiciste, Angus. En esa fiesta en Holyrood, ¿recuerdas? ¿Qué tienes aquí?

Cadwallader se volteó hacia el sujeto de su investigación, señalando con un dedo enguantado las motas pálidas de lo que parecía ser un tapete enrollado a medio quemar. El látex blanco estaba manchado de cenizas grasientas. No tuvo necesidad de decir nada sobre ese punto; la nariz de McLean ya le había anunciado lo que en realidad estaba ahí.

—No es tanto un qué –dijo el patólogo–, sino un quién.

53

CADWALLADER HABÍA PROMETIDO HACER UN EXAMEN INICIAL DEL cuerpo tan pronto regresara a la morgue. Eso y la advertencia de que el Inspector Criminalista en Jefe iba en camino a la escena del crimen significaban que McLean no tenía otra opción que marcharse. Dejó que el Agente MacBride condujera de nuevo, mientras miraba a la ciudad pasar a su lado al tiempo que luchaban con el tráfico de regreso a la estación.

—¿Cree en fantasmas, agente? –preguntó cuando estaban inmóviles frente al semáforo.

—¿Como esa chica de la tele? ¿La que anda por todos lados con esa cámara rara que hace que todo se vea verde? No. No en realidad. Mi tío jura que vio un fantasma una vez, imagínese.

—¿Y en demonios? ¿En el diablo?

—No. Sólo son cosas que inventan los sacerdotes para evitar que uno se porte mal. ¿Por qué? ¿Cree que podría haber algo en esto, señor?

—No, por Dios. La vida es lo suficientemente difícil tratando con criminales normales. No quiero pensar en tener que arrestar a las huestes infernales. Pero Bertie Farquhar y sus amigos creían en algo, lo suficiente para matar a esa chica. ¿Qué es lo que hace que un hombre esté tan seguro, y por qué harían eso, de todas maneras? ¿Qué podrían obtener de ello?

—¿Riqueza? ¿Inmortalidad? ¿No es eso lo que la gente quiere normalmente?

—No les funcionó muy bien, entonces —sí les había funcionado, hasta cierto punto. Todos ellos habían sido fabulosamente ricos y exitosos, y ninguno de ellos había muerto de causas naturales. ¿Qué había dicho

Angus sobre Smythe? ¿Pulmones dignos de un adolescente? ¿Y no mencionó que Carstairs estaba en perfecto estado de salud? ¿Cuánto podrías forzar el efecto placebo antes de que empezara a parecer que otras fuerzas estaban en funcionamiento?

El auto avanzó lentamente, más allá de los trabajos en la carretera para los tranvías que nunca llegarían. Al otro lado de la calle, los edificios de mala muerte de este extremo pobre del pueblo se veían pasar en sus colores sucios, moteados. Ventanas mugrosas daban a casas de empeño, a un puesto callejero de pescado y papas fritas con los que probablemente te intoxicarías si no hubieras crecido en el área, inmunizado contra ellos. Sus ojos se toparon con una puerta conocida, con pintura descascarada y un letrero afuera:

"Lectura de mano y de Tarot. Adivinación".

—Oríllese, agente. Encuentre un sitio para estacionarse.

MacBride hizo lo que le decían, por mucho que esto molestara a los autos detrás de ellos.

—¿A dónde vamos? –preguntó, mientras salían del auto.

McLean señaló al otro lado de la calle.

—Siento la necesidad de que me adivinen el futuro.

***

Madame Rose acababa de terminar con una clienta; una mujer de mediana edad, que parecía desconcertada; llevaba el cabello sujeto con una pañoleta, un bolso de mano recientemente aligerado apretado fuertemente bajo un brazo. McLean levantó una ceja pero no dijo nada mientras los guiaban a través del estudio hasta la parte trasera del edificio.

—La señora Brown viene a verme desde que su esposo murió. Debió ser... ¿qué, hace tres años? Cada dos meses –Madame Rose quitó a los gatos de las dos sillas, les indicó con una seña que se sentaran antes de ella misma tomar asiento–. No puedo hacer nada por ella. Hablar con los muertos no es realmente lo mío, y tengo la sensación de que Donald no quiere hablar con ella, de todas maneras, pero no puedo evitar que me dé su dinero, ¿o sí?

McLean sonrió para sí mismo al igual que los demás.

—Y yo que creí que todo era humo y espejos.

—Oh, no —Madame Rose apretó una mano grande y enjoyada contra su abundante pero falso pecho—. Yo hubiera pensado que usted, entre todas las personas, entendería, inspector. Considerando su pasado.

La sonrisa desapareció tan rápidamente como había aparecido.

—No puedo imaginarme a qué se refiere.

—Y sin embargo aquí está. Ha venido a mí en busca de consejo sobre los demonios. De nuevo.

Tal vez ésta no era una idea tan buena después de todo. McLean sabía que todo eran supercherías, pero incluso él tenía que admitir que la actuación de Madame Rose era muy buena. Sin embargo, su pasado era un tema de dominio público por más que él deseara que no fuera así. Todo era parte del acto, conocer al sujeto justo lo suficiente para hacerlo sentir incómodo. Lo distraía. Dificultaba apegarse a su propio guion.

—Lo hace sonar como si nos estuviera esperando.

—Esperándolo a usted, inspector —Madame Rose inclinó su cabeza hacia él—. Debo admitir que no vi a su joven amigo aquí la última vez que leí las cartas.

Y probablemente habría sido más fácil solicitar lo que quería sin MacBride ahí para escuchar. McLean casi tuvo que reprimir la necesidad de retorcerse como un escolar que necesitara retirarse, pero no se atreviera a pedirle permiso al maestro.

—Usted quiere saber si en verdad existen. Los demonios, quiero decir —Madame Rose formuló su pregunta antes de que él pudiera hablar, y la contestó con igual rapidez—. Venga. Déjeme mostrarle algo.

Ella se puso de pie, provocando miradas curiosas de los gatos. McLean la siguió, pero cuando MacBride se levantó de su asiento, Madame Rose le indicó con un ademán que se sentara.

—Tú no, querido. Esto es sólo para los ojos del inspector. Quédate aquí y cuida a mis bebés.

Como si se le hubiera ordenado, el gato más próximo saltó al regazo del agente criminalista. Él extendió una mano para detenerlo, pero el gato sólo lo empujó con la cabeza, mientras ronroneaba fuertemente.

—Es mejor que se quede aquí, agente. No creo que esto lleve mucho tiempo —McLean siguió a Madame Rose fuera del estudio por una puerta diferente de por la que entraron. Llevaba a una bodega llena de libros, con repisas que cubrían las paredes y avanzaban por todo el piso, dejando sólo estrechos pasillos con apenas suficiente espacio para la clarividente, por no hablar de espacio para él también. Estaban incómodamente apretados juntos y el aire tenía ese olor seco a papel viejo y piel, lo cual lo ponía de nervios. Las tiendas de libros antiguos no eran sus sitios favoritos, y esta habitación era una destilación pura de tal esencia.

—Se siente incómodo con el conocimiento, Inspector McLean –Madame Rose dejó de usar el tono místico que usaba ante sus clientes, y permitió que se manifestara el tono brusco del travesti–. Pero usted mismo ha sido tocado por demonios.

—No vine aquí a que me leyera la mano, Madame Rose o Stan o como se llame –McLean quería salir de la habitación, pero las altas torres de libros lo tenían atrapado. Madame Rose estaba parada tan cerca de él que podía ver los poros de su piel. La piel de él, maldición. Éste era un hombre, le estaba tomando el pelo. ¿Qué jodidos estaba haciendo ahí?

—No. Usted vino aquí a aprender sobre demonios. Y yo lo traje aquí porque puedo ver que no quiere expresar sus preocupaciones frente al joven agente allá atrás.

—Los demonios no existen.

—Oh, creo que tanto usted como yo sabemos que eso no es cierto. Y vienen en muchas formas –Madame Rose extrajo un pesado libro de una repisa alta, lo acunó entre sus brazos como un bebé mientras pasaba sus hojas quebradizas–. No todos los demonios son monstruos malignos, inspector, y algunos únicamente viven en nuestra mente. Pero hay otras creaturas más extrañas que se mueven entre nosotros, influenciándonos, y sí, exhortándonos a hacer cosas terribles. Eso no quiere decir que no podamos hacer cosas terribles sin su ayuda. Aquí –le dio vuelta al libro para que él pudiera ver la página. Él había estado esperando un tomo viejo, escrito a mano en latín, elegantemente ilustrado. Lo que vio era algo que parecía un poco como un anuario de la preparatoria, sólo que al inspeccionarlo más de cerca parecía ser sobre hombres de mediana edad. Un rostro en particular sobresalía, aunque era más joven que el hombre que él conocía. Su simple vista fue suficiente para enviar un escalofrío que atravesó todo su cuerpo. Cerró el libro con fuerza, lo empujó en dirección a Madame Rose y se dio vuelta para marcharse. Una mano pesada sobre su brazo lo detuvo.

—Sé lo que le sucedió, inspector. No somos una comunidad grande, los clarividentes y médiums aquí en la ciudad, pero todos conocemos su historia.

—Fue hace mucho tiempo —McLean intentó liberarse, pero el agarre de Madame Rose era fuerte.

—Usted fue tocado por un demonio entonces.

—Donald Anderson no es un demonio. Es un enfermo pervertido que merece pudrirse en la cárcel por el resto de su vida.

—Era un hombre, inspector. Era como yo en muchos aspectos. Más interesado en los libros antiguos que en cualquier otra cosa. Pero entró en contacto con un demonio, y cambió.

—Donald Anderson era un maldito violador y asesino, y eso es todo —McLean liberó su brazo con una sacudida, y se volvió para enfrentar a Madame Rose cuando su ira empezó a exacerbarse. Era bastante malo tener que lidiar con gente como Dagwood diariamente, pero no iba a tolerar esto. No había venido aquí para algo así. ¿Exactamente para qué había venido?

—Tal vez. Pero con los demonios no se puede estar seguro.

—Suficiente. No vine aquí a hablar sobre el maldito Donald Anderson, y en verdad no me interesa si los demonios existen o no. Necesito saber lo que estos hombres creían que iban a obtener. ¿Qué podrían ganar al asesinar a una jovencita durante un ritual?

—¿Una jovencita? —Madame Rose levantó una ceja—. Una virgen, no me queda duda. ¿Qué podían no ganar? Diría que estaban limitados tan sólo por su imaginación.

—Entonces, inmortalidad, riqueza, lo típico —McLean recordó la sugerencia previa de MacBride.

—Así parece. Como dije, sólo estaban limitados por su imaginación.

—¿Y cómo salen las cosas mal? ¿Normalmente?

—No hay normalidad, inspector. Estamos hablando de demonios —Madame Rose se autocorrigió—. O al menos de gente que cree fervientemente que están asociándose con demonios. Clásicamente, la gente que invoca al demonio se para dentro de un círculo para protegerse de él mientras hacen sus demandas. Una vez que han desaparecido, marchándose de regreso al infierno de donde vinieron, pueden dejar el círculo y salir al mundo. Eso habitualmente falla cuando otro idiota invoca al mismo demonio un tiempo después. Guardan recuerdos por mucho tiempo, inspector, y no les gusta que se les diga qué hacer.

—El cuerpo estaba dentro del círculo —dijo McLean.

—En ese caso intentaron atar al demonio a la chica. Lo cual está bien mientras el círculo permanezca cerrado.

McLean visualizó la escena. Una pared derrumbada por trabajadores. Escombros esparcidos por el suelo.

—¿Y si se rompiera?

—Bien, entonces tendría a un demonio que no sólo está enojado por haber sido invocado, sino que también ha estado atrapado por años, tal vez décadas. ¿Cómo se sentiría usted al respecto?

54

LA MORGUE SIEMPRE ESTABA SILENCIOSA; NO HABÍA CHARLA ALGU-
na entre los muertos que yacían en sus féretros individuales congelados.
Pero en el turno de la tarde el silencio era aún más notorio, como si todo
el sonido hubiera sido extraído del lugar. Incluso sus pisadas sobre el
piso sólido de linóleo producían un eco distante a medida que McLean
se aproximaba a la oficina de Cadwallader. O quizás era sólo el efecto
secundario de pasar tiempo con Madame Rose. El doctor no estaba a la
vista, pero su asistente estaba ocupada tecleando con rapidez, con los
audífonos sobre las orejas.

—Hola, Tracy –McLean golpeteó tal vez con más fuerza de la nece-
saria el marco de la puerta abierta, sin que fuera su intención asustar a la
joven. Ella se sobresaltó ligeramente.

—Inspector. Qué sorpresa.

McLean sonrió ante el sarcasmo en su voz.

—¿Está el doctor?

—Se está dando un baño en este momento –algo en la manera en
que Tracy dijo estas palabras provocó que McLean pensara que ella quería estar ahí con él. Fue un pensamiento extraño; Cadwallader era lo suficientemente mayor para ser el padre de la asistente de patología. Él alejó
la imagen de los dos.

—¿Largo día en la oficina?

—Post mórtem desagradable. Los cuerpos quemados nunca son di-
vertidos.

—Entonces, ¿terminó? –McLean sintió una ola de alivio al pensar
que no tendría que observar.

—Síp. Por eso el baño. Yo estoy tecleando las notas justo ahora. No es un caso agradable, en absoluto.

—¿Cómo es eso?

—Se quemó vivo, no puedo imaginar que haya sido muy divertido. Quemaduras de tercer grado en el ochenta por ciento de su cuerpo; cicatrización en los pulmones donde inhaló fuego. Al menos es probable que haya estado tan ebrio como para no sentir tanto dolor. O al menos eso espero, de todos modos.

—¿Ebrio?

—El nivel de alcohol en la sangre era de punto dieciocho por ciento. A punto de quedar inconsciente.

—¿La hora de la muerte?

—Es difícil ser preciso, pero sucedió en el rango de días, no de horas.

McLean dirigió su mente de regreso a cuando vio la camioneta. Estaba dentro de la escala de tiempo.

—¿Ha habido hallazgos que ayuden a la identificación?

—Hombre de poca fe –Tracy se impulsó para pararse de la silla y se dirigió al mostrador que corría a lo largo de la pared del fondo de la oficina. Una bandeja de acero inoxidable estaba cubierta por una gran cantidad de artículos, todos envueltos en bolsas de plástico, todos ennegrecidos por el fuego. Ella la trajo hasta acá–. Encontramos su cartera en el bolsillo interior. Está muy chamuscada por fuera, pero la piel era de buena calidad, al estilo antiguo, y soportó muy bien el fuego. La licencia de manejo y las tarjetas de crédito están a nombre de Donald R. Murdo.

***

—El señor McAllister está en una reunión, inspector. No puede entrar ahí.

McLean no estaba de humor para esperar. Se abrió paso, hizo a la secretaria a un lado y abrió de un portazo la oficina de McAllister. El hombre estaba en el extremo opuesto del escritorio, en profunda conversación con un hombre de negocios de traje gris, que parecía tan fuera de lugar como una monja en un burdel. Ambos lo miraron fijamente cuando entró; el hombre de negocios con la mirada atormentada de un escolar culpable atrapado fumando detrás del cobertizo de las bicicletas, McAllister con un destello de furia rápidamente suprimido.

—Inspector McLean. Qué sorpresa.

—Señor McAllister, lo siento mucho. Intenté detenerlo...

—Cálmese, Janette. Mi puerta siempre está abierta para lo mejor de Lothian y Borders —McAllister se volvió de nuevo hacia el hombre de negocios, quien se veía aún más asustado a medida que las palabras cobraban significado—. Señor Roberts, creo que todo está en orden ahora, ¿no es así?

Roberts asintió, aparentemente reacio a hablar, y recogió sus papeles del escritorio, para después ponerlos rápidamente en un portafolio de piel. Cada cierto tiempo dirigía una mirada a McLean, sin verlo directamente a los ojos. Después de lo que parecieron minutos pero probablemente no fueron más que algunos segundos, metió su portafolio todavía abierto bajo su brazo, asintió rápidamente en dirección de McAllister y se escabulló.

—¿Y a qué debo esta agradable sorpresa, inspector? ¿Ha venido a decirme que puedo empezar a trabajar en la casa de Sighthill de nuevo? Sólo que es demasiado tarde. Acabo de vendérsela al señor Roberts, que estaba ahí. O al menos a la compañía que representa. Hice algo de ganancia en la venta, además.

—¿Aunque haya sido el sitio de un brutal asesinato?

—Oh, sospecho que debido a eso, inspector. El comprador estaba ansioso de conocer todos los detalles que pudiera darle.

McLean sabía que McAllister buscaba incitarlo a preguntar quién era el comprador. Entonces el desarrollador podría fingir que se trataba de información confidencial y se rehusaría a divulgarla. Era algo mezquino, en realidad, especialmente desde que había visto un logotipo en la parte superior de varias hojas de papel que Roberts había metido en su maletín. No debería ser muy difícil de reproducir y pasar de mano en mano hasta que alguien lo reconociera.

—Encontramos algo suyo —dijo, en lugar de eso.

—¿Ah, sí? —McAllister se arrellanó en su silla. No le había ofrecido a McLean el asiento desocupado.

—Una camioneta Transit blanca. Bueno, en algún momento fue blanca. Ahora es negra en su mayoría.

—¿Una Transit? No las uso, inspector. Mi hermano administra la franquicia de la Fiat en la ciudad, de modo que me da una buena línea de crédito en las Ducatos. No estaba consciente de que me faltase una.

—Esa camioneta estuvo involucrada en un atropellamiento con fuga. Se subió a la banqueta en Pleasance y atropelló a una agente de policía. Ella murió dos días después. ¿Recuerda a la Agente Kydd, señor McAllister?

—Déjeme adivinar. ¿La chica bonita que lo acompañó la última vez? Oh, es una pena, inspector −la falta de sinceridad de McAllister habría hecho sonrojar a un político. Entonces su rostro se endureció−. ¿Me está acusando de tener algo que ver con eso, inspector?

—¿Dónde está Murdo? −preguntó McLean.

—¿Donnie? No tengo idea. No ha trabajado para mí desde que usted estuvo aquí. Tuvimos una pequeña discusión acerca de la casa en Sighthill. Lo despedí.

McLean se sintió humillado. Había estado tan seguro, y ahora tenía la terrible sensación de que había quedado como un idiota.

—¿Lo despidió? ¿Por qué?

—Si insiste en saberlo, estaba usando inmigrantes ilegales como mano de obra barata. Pago en efectivo, sin hacer preguntas −los ojos de McAllister destellaron peligrosamente, su enojo anterior reavivado−. Yo no llevo mi negocio de esa manera. Nunca lo he hecho y nunca lo haré. Mi reputación es todo lo que tengo. Si usted hubiera preguntado por ahí lo sabría. No he tenido otra cosa que molestias de parte de la policía desde que reporté ese cuerpo, y ahora usted irrumpe aquí con sus acusaciones sin fundamento. ¿Tiene alguna prueba? No, por supuesto que no. De otra manera me estaría arrestando. No tiene ni mierda, no tiene nada más que sus incompetentes teorías y se atreve a entrar aquí, manchando mi nombre con ellas. Me aseguraré de presentar mi queja por su comportamiento con el oficial responsable. Ahora, si no le molesta, tengo trabajo que hacer.

55

LA ESTACIÓN ESTABA EN SILENCIO CUANDO MCLEAN EMPUJÓ LA puerta de atrás para entrar, lo cual iba bien con su mal humor. No había nada peor que te hicieran quedar como idiota para hacerte enojar contra todo y contra todos. Una de las empleadas administrativas se escabulló aterrorizada tras informarle que Duguid había convocado a una reunión. Había evidencia nueva que podría cambiar dramáticamente el curso de la investigación. Impresionado por lo rápidamente que Cadwallader, o más probablemente, Tracy, había logrado confirmar lo de la sangre, se encaminó hacia la pequeña sala de investigación por la parte de atrás para evitar ser visto. No le sirvió de nada. La Superintendente en Jefe McIntyre lo estaba esperando.

—¿Cómo es que sabía que vendría aquí en lugar de ir a casa?

—¿Señora?

—No me señoree, Tony. Acabo de estar en el teléfono con un muy enojado caballero de nombre McAllister. Parece que uno de mis oficiales irrumpió en su oficina y lo acosó verbalmente.

—Yo...

—¿Exactamente qué parte de "permanezca alejado de esta investigación" no comprende?

McLean intentó adelantarse a la superintendente para desviar su atención antes de que perdiera por completo los estribos. Pero sería más sencillo atrapar a un tigre por la cola.

—Señora, yo...

—No he terminado. ¿Qué demonios estaba haciendo en las oficinas de McAllister? ¿Qué tiene que ver con la adolescente desaparecida?

—Él...

—Nada. Eso es lo que ocurre. Nada en absoluto. Era bastante malo que fuera a verlo. ¿Qué demonios hacía metiendo las narices en una camioneta quemada en Newhaven? ¿Fastidiando a Angus Cadwallader para que identificara al conductor?

—Disculpe, señora. Era la camioneta que atropelló a la Agente Kydd. Tenía que verla.

—Usted es una víctima de este crimen, Tony. No puede acercarse en absoluto a la investigación. Usted sabe lo que un abogado de defensa medianamente bueno podría hacerle a nuestro caso si descubre esto. Por Dios, ya era bastante malo que acosara a McReadie.

McIntyre se desplomó contra la mesa, suspiró profundamente al tiempo que presionaba la palma de su mano contra su ojo. Se veía cansada, y McLean tuvo una súbita visión de cómo debía ser su vida. Él se quejaba de tener que hacer malabares con las listas de horas extras para su pequeño equipo; ella tenía que lidiar con toda la estación. Ella había perdido a una agente, alguien estaba subiendo fotografías de escenas de crímenes a internet, ella estaba coordinando Dios sabe cuántas otras investigaciones, y él estaba aquí, haciéndole la vida aún más difícil.

—Lo siento. Nunca fue mi intención hacerle pasar un mal momento.

—Con el poder viene la responsabilidad, Tony. Yo lo recomendé como inspector porque pensé que sería lo suficientemente responsable para el puesto. Por favor no me haga pensar que cometí un error.

—No lo haré. Y me disculparé personalmente con Tommy McAllister. Ése fue mi error de juicio. Permití que me dominaran mis emociones.

—Váyase un par de días, ¿eh? Vaya a su casa.

—¿Qué hay de Chloe? –McLean deseó no haber dicho estas palabras en el momento mismo en que salieron de su boca, pero para entonces era demasiado tarde. McIntyre lo miró con una mezcla de incredulidad y desesperación.

—Usted no es la única persona en la fuerza buscándola, usted sabe. Estamos registrando minuciosamente a todos los sospechosos habituales y estamos trabajando con las tomas de circuito cerrado de televisión para identificar ese auto. La encontraremos. Y es el caso de Bob el Gruñón. Déjelo que se encargue.

—Me siento tan impotente.

—Bien, entonces vaya y hable con su madre. Es su amiga. Tal vez usted pueda convencerla de que estamos haciendo todo lo que podemos.

***

Era el final de la tarde a mediados de la temporada del Festival, pero la tienda estaba cerrada. McLean se asomó por el escaparate en un intento por ver si había alguien, pero el sitio estaba vacío. A un lado de la tienda, una puerta llevaba a los departamentos superiores, y uno de los timbres llevaba el nombre de "Spiers". Presionó el botón y fue recompensado algunos momentos más tarde por el diminuto sonido de una voz.

—¿Hola?

—¿Jenny? Soy Tony McLean. ¿Puedo subir?

La puerta se abrió y McLean la empujó para entrar. A diferencia de su propio edificio de departamentos a la vuelta de la esquina, este vestíbulo no olía a orines de gato. El piso estaba barrido, y alguien había colocado plantas sobre los alféizares de las ventanas que daban del cubo de la escalera a un limpio patio de secado y al jardín en la parte trasera.

Jenny estaba parada en la puerta abierta de su departamento, su rostro era la imagen del miedo. Llevaba una bata sobre un camisón largo, los pies descalzos. Su cabello estaba en desorden, sus ojos ribeteados de rojo y hundidos.

—¿La encontraron? —era un susurro cargado de esperanza y miedo.

—No, todavía no. ¿Puedo entrar?

Jenny se hizo a un lado y permitió a McLean entrar al pequeño recibidor. Él miró en derredor y examinó el desorden. Qué rápido descendía el caos sobre un hogar alterado. Al dar la vuelta, vio a Jenny mirando por la puerta del frente hacia el cubo de la escalera, como si pudiera lograr, a base de pura voluntad, que su hija subiera saltando por los escalones.

—La encontraremos, Jenny.

—¿Lo harán? ¿Lo harán de verdad? ¿O sólo lo dices para consolarme? —la voz de Jenny se endureció, la ira empezó a mostrarse. Cerró la puerta y lo empujó al pasar. McLean la siguió hasta el interior de la pequeña cocineta.

—La encontramos en cámaras de circuito cerrado de televisión, caminando por Princes Street después del espectáculo —dijo McLean. Jenny había empezado a preparar café, pero se detuvo, y se dio la vuelta para enfrentarlo.

—Se supone que debía tomar un taxi.

—Es una adolescente. Apuesto a que ha estado ahorrando su dinero del taxi desde hace años.

—¿Qué sucedió? ¿A dónde fue?

—Un auto disminuyó la velocidad. Ella habló con el conductor y después lo abordó. Creemos que es posible que haya estado en contacto con él antes. Por internet.

Las manos de Jenny se alzaron hasta su propio rostro, sus dedos presionaron profundamente sus mejillas, dejando marcas blancas en la piel.

—Oh, Dios mío. Ha sido secuestrada por un pederasta. Mi niñita.

McLean dio un paso hacia adelante, tomó los brazos de Jenny y los alejó de su rostro.

—No todo son malas noticias, Jenny. Tenemos un número parcial de la placa del auto, así como la marca y el modelo. Lo estamos rastreando en este momento.

—Pero mi niñita... Ella es... Él es...

—Escucha lo que digo, Jenny. Sé que es malo. No te voy a mentir acerca de eso. Pero tenemos mucha información con la cual trabajar. Y esto fue planeado con anticipación, no es algo al azar. Eso es bueno.

—¿Bueno? ¿Cómo puedes ver algo bueno en esto?

McLean se maldijo por ser tan insensible. No había nada bueno en toda la situación, sólo pequeñas partes que no eran tan malas.

—Significa que quien haya hecho esto quiere a Chloe viva –por lo menos ahora.

***

El teléfono sonó al tiempo que introducía las llaves en la cerradura de su puerta delantera. McLean pensó en dejar que la contestadora tomara la llamada; una hora intentando calmar a Jenny Spiers lo había dejado exhausto. Entonces recordó que la cinta todavía estaba en el cajón de su escritorio. Se apresuró a entrar, y se las arregló para tomar el auricular antes de que terminara de sonar.

—McLean.

—Ah, señor. Qué bueno que lo encontré. Soy el Agente MacBride.

—¿Qué puedo hacer por usted, agente?

—Es Dag... eh, el Inspector Criminalista en Jefe Duguid, señor —McLean imaginó que MacBride debía estar en compañía de oficiales de mayor rango.

—¿Qué hizo esta vez?

—Fue a las oficinas de Servicios Periciales con una orden de cateo, señor. Se llevó a todos nuestros chicos de tecnología de la información con él. Va a arrestar a Emma Baird.

56

Llegó demasiado tarde para hacer algo que no fuera estorbar. Duguid no había escatimado recursos, sin duda con la esperanza de mostrar a sus superiores en la oficina central de la Fuerza que era concienzudo al hacer su trabajo. Probablemente nunca se le ocurrió que esos hombres podrían aprovecharse mejor si se concentraban en la búsqueda de Chloe Spiers.

La entrada al laboratorio de Servicios Periciales estaba bloqueada por Agentes uniformados, y cuando McLean se acercó, Duguid pasó entre ellos en dirección al estacionamiento, seguido de cerca por un par de sargentos que flanqueaban a una esposada Emma Baird. Ella se veía aterrorizada, sus ojos se movían con rapidez en todas direcciones, intentando buscar una cara amiga.

—¿Qué demonios hace aquí, McLean? —Duguid lo encontró primero.

—Estoy intentando evitar que cometa un gran error, señor. Ella no es quien usted cree.

—Tony, ¿qué sucede? —preguntó Emma. Duguid se dio la vuelta al escuchar su voz, y dirigió sus órdenes a los dos sargentos.

—Llévenla de regreso a la estación. Procésenla tan rápidamente como sea posible.

—¿Está seguro de que es una buena idea, inspector en jefe? —McLean enfatizó el "jefe".

—Ah, el caballero galante, llegando a salvar a su novia. No me diga cómo llevar mi investigación, McLean.

—Ella es una de los nuestros, señor. La está tratando como si fuera una adicta al crac.

Duguid se volvió en contra de McLean y le clavó un dedo en el pecho:

—Ella es cómplice del asesinato de Jonas Carstairs. Sabe quién lo mató, estoy seguro, y tengo la intención de sacarle esa información antes de que muera alguien más.

Mierda. Los resultados de sangre no habían llegado todavía. Una vez más Duguid le estaba ladrando al árbol equivocado.

—Ella no es cómplice de nada, señor. Y Sally Dent mató a Jonas Carstairs.

—¿Qué está diciendo, McLean? Fue usted quien la señaló en primer lugar. No intente escapar de eso ahora.

—¿Es eso cierto? –Emma lo miró fijamente. Su desconcierto todavía estaba ahí, pero estaba tan sólo a un paso de la furia.

—¿Por qué sigue aquí esta mujer? –preguntó Duguid. Antes de que McLean pudiera decir algo, los dos sargentos la habían arrastrado a la patrulla que los esperaba.

—Debió dejar esto en mis manos, señor –por la furia, McLean hablaba entre dientes. Mientras estaba parado en el estacionamiento, los técnicos empezaron a salir del edificio de Servicios Periciales llevando computadoras y cargándolas en la camioneta que aguardaba.

—¿Y dejar que advirtiera a su noviecita para que cubriera sus huellas? No lo creo, McLean.

—Ella no es mi "noviecita", señor. Es mi amiga. Y si me lo hubiera dejado a mí yo podría haber usado eso para descubrir lo que estaba sucediendo sin necesidad de esto –McLean señaló a la aglomeración de policías y perplejos oficiales de Servicios Periciales–. En este momento usted acaba de cerrar nuestra operación completa de Servicios Periciales, además de perder cualquier buena voluntad que pudiera haber existido con el personal que hace la mayoría de nuestro trabajo de investigación en las escenas del crimen. Eso es un gran trabajo policiaco, señor. Bien hecho.

Se marchó, enojado, dejando a Duguid con la boca abierta detrás de él. Y sólo entonces vio a Emma, mirando por la ventana abierta de la patrulla, desde donde alcanzaba a escucharlos. Sus ojos se encontraron demasiado brevemente como para que él leyera su expresión, y entonces ella se volteó ostensiblemente para el otro lado.

***

McLean no quería nada más que ir a casa y dormir, o ahogarse en otra botella de whisky. Todo se había ido a la mierda, su cabeza estaba llena de demonios, Chloe Spiers había estado desaparecida casi veinticuatro horas, y no podía recordar la última vez que vio su propia cama. El arresto de Emma era lo único que faltaba, la peor cagada de Duguid hasta la fecha. No podía pensar con claridad, pero había una cosa más que necesitaba saber. Así que en lugar de detener a un taxi que lo llevara a casa, consiguió un aventón de regreso a la estación en una patrulla. A pesar de lo tarde que era, abajo en el sótano, el sitio estaba frenético de actividad mientras conectaban, desmontaban e inspeccionaban una docena de computadoras del laboratorio fotográfico de Servicios Periciales. Mike Simpson levantó la mirada de un desorden de cables y lo miró con el ceño fruncido mientras entraba en la habitación.

—¿Qué quiere? —su tono era enojado, acusador. McLean levantó las manos en un gesto de rendición.

—Hey, tranquilo, Mike. ¿Qué hice para merecer esto?

—¿Qué tal delatar a Emma? ¿O echarnos toda esta mierda? —Mike miró en derredor a sus compañeros técnicos, todos mirando con ojos cansados a los monitores parpadeantes, o haciendo cosas extrañas con pinzas en las entrañas de las computadoras.

—Yo no delaté a Emma. Estaba tratando de protegerla.

—Eso no es lo que dice Dagwood.

—¿Y le crees más a él que a mí? Creí que eras más inteligente que eso. El ceño fruncido de Mike se suavizó un poco.

—Tal vez. Pero sí sospechó de ella.

—Soy un detective, Mike. Es lo que hago. ¿Alguien con acceso a todas las fotos de escenas del crimen, que usa las iniciales MB para identificarse? Por supuesto que iba a investigar. Sólo que me imaginé que sería más fácil preguntarle yo mismo, discretamente. Ciertamente hubiera evitado todo esto.

Mike se encogió de hombros.

—Todavía tenemos un montón de mierda que soportar por culpa de esto.

—Bien, si es mi culpa, lo siento. Te invito una cerveza para compensarte.

Eso pareció animar extraordinariamente a Mike. Era muy probable que nadie le hubiera ofrecido tanta generosidad antes.

—Ya está, señor. Ahora, si no le molesta, tengo que desmontar e inspeccionar esto antes de medianoche. Estamos intentando tener a Servicios Periciales listo y funcionando para mañana temprano.

—Había algo…

El técnico dejó caer los hombros con teatralidad de aficionado.

—¿Qué?

—Fergus McReadie. ¿Todavía tienen su computadora personal?

—Es una Power Mac, pero sí, todavía la tenemos. ¿Por qué?

—Sabemos acerca de Penstemmin Security, pero ¿cuántas otras entradas traseras tiene? ¿Para quién más hizo trabajos de seguridad?

—¿Qué tanto quiere retroceder en el tiempo? —el técnico se veía cansado y presionado—. Ha estado en el juego de la seguridad por más de una década.

—No lo sé. Tal vez el último año. ¿Para quién estaba trabajando cuando lo atrapamos? ¿Qué hay de sus correos electrónicos?

Mike se levantó de su silla y deambuló hacia otra computadora guardada en la esquina opuesta de la habitación. McLean lo siguió y miró mientras el técnico sacaba pantalla tras pantalla de información. Finalmente apareció una lista, acomodada alfabéticamente.

—Aquí está, señor. Correos electrónicos enviados y recibidos en la semana antes de que nos apoderáramos de la computadora del señor McReadie. Parece que tenía bastantes clientes.

Pero sólo uno llamó la atención de McLean. Al menos dos docenas de mensajes enviados y recibidos entre Fergus McReadie y un hombre que llevaba el nombre de Christopher Roberts de Carstairs Weddell Solicitors.

57

La Sala de Interrogatorios número cuatro era un pequeño espacio sin luz, con su pequeña ventana alta oscurecida por la posterior adición de ductos en el exterior del edificio. La unidad de aire acondicionado hacía un ruido sordo y borboteaba, pero no parecía refrescar ni una brizna del aire que metía a cuentagotas en la habitación.

Christopher Roberts se veía como si no hubiera dormido nada desde que se encontró con McLean en la oficina de McAllister el día anterior. Llevaba el mismo traje, y su rostro estaba encrespado con la sombra oscura de una barba incipiente. Lo había recogido una patrulla en el Bridge Motel en Queensferry, lo cual era un sitio extraño para que se hospedara un hombre que vivía en Cramond. La placa de su reluciente BMW rojo concordaba con el número parcial que el Agente Criminalista MacBride había logrado obtener de la grabación del circuito cerrado de televisión del auto que había recogido a Chloe Spiers. Podría haber sido una coincidencia; había bastantes BMWs de color oscuro de ese mismo año y que llevaban esas dos primeras letras. Pero últimamente McLean había visto demasiadas coincidencias para creer en ellas.

—¿Por qué no fue a casa anoche, señor Roberts? –preguntó McLean después de cubrir las formalidades iniciales del interrogatorio. Roberts no respondió, en su lugar estudió sus manos y se limpió las uñas.

—Está bien, entonces –dijo McLean–. Empecemos con algo sencillo. ¿Para quién trabaja?

—Trabajo para Carstairs Weddell, los abogados. Soy un socio del departamento de traspasos inmobiliarios.

—Ya sabía eso. Dígame por qué estaba en la oficina de Tommy Mc Allister ayer. Estaba organizando la venta de Farquhar House en Sighthill, ¿no es así? ¿Quién era el comprador?

La cara de Roberts palideció y perlas de sudor brotaron poco a poco de su frente.

—No puedo. Debo respetar la confidencialidad del cliente.

McLean hizo una mueca. Esto no sería fácil.

—Está bien, pues. Dígame esto. ¿A dónde llevó a Chloe Spiers después de recogerla en Princes Street a las once y media de hace dos noches?

—Yo... Yo no sé de qué habla.

—Señor Roberts, tenemos imágenes de circuito cerrado de televisión que muestran a Miss Spiers entrando en su auto. Y ahora mismo nuestros expertos forenses lo están desarmando. Es sólo cuestión de tiempo antes de que encuentren evidencia de que ella estuvo ahí. Ahora, dígame a dónde la llevó —McLean mentía: el auto estaba en el estacionamiento de la policía, cierto, pero nadie sabía cuánto llevaría persuadir a los expertos forenses para que entraran a examinarlo.

—No puedo decirle.

—Pero la llevó a algún sitio.

—Por favor, no me haga decir nada. Me matarán si digo algo. Matarán a mi esposa.

McLean se volvió hacia Bob el Gruñón, quien estaba recargado contra la pared detrás de él.

—Lleva una patrulla a la casa del señor Roberts y lleven a su esposa a custodia protectora.

El sargento asintió y salió de la habitación. McLean dirigió su atención de nuevo a Roberts.

—Si alguien lo ha estado amenazando, señor Roberts, entonces es mejor que nos diga quién es. Podemos protegerlos a usted y a su esposa. Pero si guarda silencio y Chloe Spiers resulta lastimada, entonces me aseguraré de que vaya a prisión por muy largo tiempo —dejó que las palabras colgaran en el aire, quedándose en silencio durante los largos minutos que pasaron antes de que Bob el Gruñón regresara. Roberts no dijo una palabra.

—Dígame cómo persuadió a Chloe de que abordara el auto —dijo McLean después de un rato—. Es una chica inteligente, según me dicen. Ella no se subiría simplemente en un auto con cualquier extraño.

Roberts mantuvo la boca cerrada, sus ojos muy abiertos del miedo.

—No fue un encuentro casual, usted la estaba buscando, ¿no es así?

—Yo… No debí haber sido yo quien lo hiciera. Me obligaron a hacerlo. Dijeron que lastimarían a Irene.

—¿Quién debió ir, señor Roberts? ¿Fergie? ¿Le hicieron fingir que era él?

Roberts no dijo nada, pero su cabeza asintió imperceptiblemente, como si apenas estuviera consciente de ello.

—Entonces, ¿quién es Fergie? ¿Y por qué no pudo hacerlo él mismo?

Roberts cerró su boca por completo y retorció sus manos sobre su regazo. El miedo era como una fiebre que se apoderaba de él; sólo Dios sabía qué habían hecho para asustarlo así. McLean sabía que no tenía caso, que no diría nada, al menos no hasta asegurarse de que su esposa se hallaba segura. Tal vez ni siquiera entonces. Pero también creía saber por qué Fergie no se había presentado para su reunión con Chloe Spiers. Ahora todo lo que tenía que hacer era probarlo.

***

HMP Saughton no era un lugar que uno quisiera visitar con frecuencia. McLean lo odiaba, y no sólo por los reclusos que había puesto él mismo dentro de sus paredes sin vida. Había algo en la prisión que te quitaba toda felicidad, te extraía la voluntad de vivir. Había visitado muchas otras cárceles en su carrera, y todas producían ese efecto en alguna medida, pero Saughton era la peor.

Los hicieron pasar a él y a Bob a una pequeña habitación con una única ventana alta y sin aire acondicionado. Aunque todavía era de mañana, el calor era suficiente para ser incómodo. El abogado de McReadie ya estaba ahí, esperando. Su rostro adusto, la nariz aguileña y su larga melena de cabello plateado lo hacían parecer un buitre; sin duda por eso había elegido dicha profesión.

—Usted comprende que esto constituye acoso hacia mi cliente, inspector —no hubo un apretón de manos, ni un asentimiento a manera de saludo, y mucho menos un "hola" casual.

—Su cliente es un sospechoso de secuestro de menores. Si eso se convierte en una investigación por asesinato, entonces le mostraré el significado de acoso —McLean miró al abogado, quien permaneció sentado sin inmutarse y no respondió. Bob el Gruñón merodeaba en la esquina, recargado contra la pared. Después de unos minutos, llegó un guardia, empujando a Fergus McReadie por delante de él. Empujó al prisionero para que se sentara, hizo una seña con el dedo en dirección a la puerta, presumiblemente para indicar que estaría afuera si era requerido y entonces se retiró. El cerrojo sonó al cerrarse, y los cuatro se quedaron solos.

McReadie se veía cansado, como si no hubiera dormido bien desde que fue ubicado en la prisión. Era bastante distinta de su residencia habitual, su penthouse frente a una estrella de cine. Se inclinó hacia su abogado, quien susurró algo en su oreja, después se enderezó, sacudió la cabeza y frunció el ceño.

—La prisión le sienta bien, Fergus —McLean se recargó en el respaldo de su silla.

—Qué lástima. No planeo quedarme mucho tiempo —McReadie estaba sentado incómodamente, sus manos esposadas juntas; sus ropas de prisión no le iban bien a un hombre acostumbrado a llevar ropa de diseñador.

—Debe pensar que pasea por un camino de rosas, Fergus. Crimen de cuello blanco, un poco de piratería informática, un poco de robo ligero. Su registro está bastante limpio, así que el juez será suave, aun si le pido al comisario en jefe que interceda. Uno nunca sabe, un buen abogado podría ayudarle a salir en tan sólo cinco años. Quizá podría reducir eso a dieciocho meses por buen comportamiento. Una prisión abierta, ya que no es un hombre violento. No es mucho, en realidad, por robar a los muertos.

McLean no dijo nada, sólo lo miró con insolencia. McLean le sonrió, se inclinó hacia adelante.

—Pero si se supiera aquí que ha estado preparando a una niña de quince años para tener sexo... Bien, los prisioneros son gente extraña. Tienen un código moral extrañamente retorcido. Y les gusta hacer que el castigo sea digno del crimen, si entiende lo que digo.

El silencio cubrió la habitación, pero McLean pudo ver que sus palabras habían llegado a su destino. La mirada de insolencia desapareció y fue reemplazada por una mirada de preocupación. Los ojos de McReadie se dirigieron a la puerta, a su archivo, después de regreso a McLean, quien se recargó hacia atrás en su silla y dejó que el silencio creciera.

—No tienen nada con qué acusarme. No es cierto —McReadie explotó.

—Señor McReadie, le recomiendo que guarde silencio –dijo el abogado. McReadie lo miró fijamente, con una mueca enfurruñada en su rostro. McLean leyó la hostilidad y decidió usarla.

—Tenemos sus correos electrónicos, y los de Chloe también. Vaya, creo que tengo bastante para acusarlo, Fergie. ¿Le parece que fue sensato, usar su propio nombre?

—No… No fue así.

—¿Qué fue entonces? ¿Amor?

—No puedo decirle. Él me matará.

—Señor McReadie, como su abogado debo insistir…

—¿Quién lo mataría?

McReadie no contestó. McLean pudo ver el temor en sus ojos; sería difícil superar eso. A Roberts lo podía comprender, pero McReadie era un hombre duro. ¿Qué habían hecho para controlarlo de esta manera?

—Ya detuvimos a Christopher Roberts, Fergus. Tenía bastante que decir sobre usted. Cómo preparó a la joven Chloe. ¿Qué fue lo que le atrajo de ella? Casi llega a la edad legal. Creí que a la gente como ustedes les gustaban un poco más jóvenes.

—¿A qué se refiere, a la gente como nosotros? No soy un pederasta –la ira llameaba en los ojos de McReadie. McLean había tocado un nervio sensible.

—Entonces sólo le gusta pasar el tiempo en salas de conversación para chicas adolescentes en internet, ¿eso es?

—Yo no la escogí. Me dieron su nombre. Sólo estaba haciendo mi trabajo.

—¿Quién le dio su nombre? ¿Qué trabajo?

McReadie no dijo nada, pero McLean pudo ver que estaba realmente asustado, e incluso preocupado por haber dicho demasiado. Decidió cambiar de táctica.

—¿Por qué intentó tenderme una trampa, Fergus? ¿Sólo era una venganza mezquina porque lo atrapé?

McReadie soltó una pequeña risa nerviosa.

—¿Y desperdiciar todo ese dinero? Está bromeando. Fue mi estúpido error dejar que se diera cuenta. No lo odio por eso.

—Todo es parte del juego, ¿eh? ¿Entonces por qué lo hizo? ¿Quién lo obligó a hacerlo? ¿También le dieron las drogas?

La cara de McReadie parecía una película a medida que las emociones competían por mostrarse en ella. Estaba aterrado, cierto. Alguien le había dado un buen susto. Pero también era un oportunista desesperado por salir de ese lugar.

—¿Y qué hay para mí en todo esto, eh? Sáqueme de este agujero de mierda. Póngame en un programa de protección a testigos y tal vez se lo diga.

—Creo que me gustaría hablar a solas con mi cliente por un momento —dijo el abogado. Su rostro de buitre se veía como si hubiera estado chupando limones, sus ojos cada vez más saltones a medida que McReadie se incriminaba a sí mismo.

McLean asintió.

—Probablemente no sea mala idea. Intente hacerlo entrar en razón. Pero si la chica resulta lastimada, todos los tratos se invalidan.

Se levantó. Bob el Gruñón tocó para que abrieran la puerta. Afuera en el corredor, los abordó otro guardia de la prisión.

—¿Inspector McLean?

—¿Sí?

—Hay una llamada para usted, señor.

McLean lo siguió por el corredor hasta una oficina, donde el auricular de un teléfono descansaba sobre el escritorio. Lo levantó.

—McLean.

—Aquí MacBride, señor. Pensé que tal vez querría venir. Encontraron otro cuerpo. Está justo a la vuelta de casa de su abuela.

***

Recordó haber jugado en esta pequeña calle sin salida cuando era niño. Entonces era el lugar de reunión habitual de los excursionistas; el camino daba paso a un sendero frondoso que bajaba en ángulo agudo por una cañada estrecha que llevaba hasta el río. Sin alumbrado público apropiado, había dejado de ser usado en años recientes, y ahora estaba tan descuidado que era casi intransitable. Un tiradero de latas de Coca Cola, bolsas de papas y condones usados mostraban el uso que se le daba al lugar en estos días.

Numerosas patrullas bloqueaban el camino por completo, de modo que debieron estacionarse a distancia. McLean y Bob el Gruñón caminaron por el pavimento disparejo, a la sombra de enormes sicómoros maduros, hasta alcanzar al grupo de uniformados apiñados en el extremo opuesto.

—Por aquí, señor —el Agente MacBride agitó la mano en dirección de los espesos arbustos y de un par de figuras arrodilladas, vestidas con overoles de papel.

—¿Quién lo encontró? —preguntó McLean.

—Una viejita que paseaba a su perro, señor. No vino cuando lo llamó, así que ella bajó para ver qué le resultaba tan interesante.

—¿Dónde está ahora?

—Se la llevaron al hospital. Se llevó un buen susto.

Al sonido de la voz del agente criminalista, la figura vestida de blanco, con la espalda hacia ellos, se levantó y se dio la vuelta.

—Tú me traes los cuerpos más interesantes, Tony —dijo Angus Cadwallader—. Éste parece haber sido golpeado fuertemente con los puños. He visto magulladuras similares en hombres lastimados en peleas de box a puño descubierto. Sólo que no parece haber suficiente daño como para matarlo.

McLean se acercó para ver el cuerpo. Había sido un hombre de baja estatura, sólido, aunque quizá la hinchazón había logrado que su estómago estirara su camisa azul pálido un poco más de lo que había hecho en vida. Yacía despatarrado sobre el mantillo de hojas, con los brazos a los lados como si sólo hubiera rodado sobre su espalda para echar una siesta. Su cabeza estaba inclinada hacia un lado, su rostro lastimado, su nariz rota. Su ropa estaba hecha jirones y sucia, con una pequeña insignia roja que decía "Virgin Rail" en su chaqueta azul oscura.

—¿Tenemos una identificación?

El Agente Criminalista MacBride le entregó una delgada cartera de piel.

—Llevaba esto, señor. El rostro corresponde con la fotografía en su licencia de manejo.

—David Brown, South Queensferry. ¿Por qué el nombre me suena conocido?

Bob el Gruñón se adelantó, se arrodilló y miró al hombre fallecido.

—Sé quién es —dijo en voz baja—. Lo entrevisté hace algunos días. Conducía el tren que golpeó a Sally Dent. En nombre de Dios, ¿qué está haciendo aquí?

58

El examen post mórtem de David Brown se programó para más tarde ese mismo día. McLean ocupó el tiempo avanzando por la montaña de papeleo sobre su escritorio. No importaba que le hubieran dicho que tomara una semana de permiso, las hojas de horas extras, las órdenes de requisición y mil y un documentos inútiles más seguían acumulándose. ¿Qué pasaría si desaparecía por un mes entero? ¿La oficina finalmente se ahogaría con sus papeles? ¿O alguien más se pondría a trabajar y se haría cargo de eso?

Un golpe en la puerta lo distrajo. Al levantar la mirada, vio al Agente MacBride mirando el caos con los ojos muy abiertos.

—Pase, agente. Si puede encontrar algo de espacio.

—Está bien, señor. Es sólo que pensé que debía saber esto: van a presentar cargos contra Emma esta tarde.

—¿Qué cargos? —McLean apretó los puños con vergüenza y enojo. Por andar corriendo de acá para allá con Brown, se le escapó de la mente.

—Dagwood quiere poner toda la carne en el asador y acusarla de complicidad en un asesinato, pero creo que la superintendente lo persuadió de hacerlo por obstrucción de la justicia.

—Mierda. ¿Cree que ella lo hizo, Stuart?

—¿Usted lo cree, señor?

—No. Pero si la van a acusar, deben tener alguna evidencia.

—Usted ha estado en el laboratorio de Servicios Periciales, señor. Usted sabe que todos ellos comparten las computadoras y las contraseñas. La seguridad es una broma.

McLean tuvo una idea.

—Ese sitio donde encontró las fotos. ¿Todavía funciona?

MacBride asintió.

—Está hospedado en un servidor en el extranjero. Podría llevarnos meses hacer que lo quiten.

—Y las escenas de crímenes no están identificadas, ¿verdad? Sólo están las fotos.

—Y las fechas, señor. Pero no hay descripción de la ubicación. Sólo cosas como "torso aplastado" y "garganta cortada".

—Muy bonito. ¿Hemos podido identificar las otras escenas publicadas por MB, quienquiera que ella o él sea?

—No creo que alguien lo haya intentado, señor. Las fotos de las escenas del crimen de Smythe y Stewart fueron suficientes. Emma era la fotógrafa de Servicios Periciales en ambos casos.

—Pero todos tuvieron acceso a su computadora. Y nosotros desplegamos esas fotos en nuestras salas de investigación como si fuera Navidad. Hágame un favor, Stuart. Emma tenía su base en Aberdeen antes de venir aquí. Consiga una muestra de las fotos anteriores y envíelas a Queen Street. Vea si alguien las reconoce como suyas. E investigue quién más se ha transferido a nuestro equipo de Servicios Periciales recientemente. Haga lo mismo con sus áreas anteriores.

—Estoy en eso, señor –los ojos de MacBride se llenaron de entusiasmo mientras se apresuraba a completar su tarea. McLean deseó poder tomar prestado algo de ese entusiasmo; apenas había adelantado algo con el papeleo. Estiró la mano para tomar la siguiente carpeta llena de números sin significado, y por error dejó caer toda la pila al piso.

—¡Y una mierda! –salió apretadamente de detrás del escritorio y se agachó para recoger los papeles. Había algunos archivos de casos entre ellos, y uno se abrió al caer. El rostro muerto de Jonathan Okolo lo miraba con ojos acusadores. Lo recogió, y estaba a punto de ponerlo de regreso en su carpeta cuando notó que el archivo del caso del suicidio de Peter Andrews yacía cerca en el piso. Lo abrió, vio otro rostro muerto. La misma mirada recriminadora, como si lo estuvieran criticando por no importarle lo suficiente. ¿Pero qué tenían los dos en común, además de estar muertos?

—Bueno, ambos se cortaron la garganta en un sitio público –McLean apenas reconoció la voz como suya. Era una idea descabellada, pero bastante fácil de comprobar. Y mucho más interesante que vadear a través de las estadísticas mensuales de reportes de crímenes. Tomó ambas fotografías, las metió en el bolsillo de su chaqueta y se encaminó hacia la puerta.

***

"El Zorro Tragón" estaba tranquilo por la tarde; tan sólo algunos bebedores tardíos que permanecieron más allá de la hora de la comida refrescaban sus gargantas antes de atreverse a enfrentar sus trabajos una vez más. El aire viciado con olor a grasa de papas fritas flotaba en el ambiente; casi lograba vencer el olor del café de una poco utilizada máquina de expreso detrás del bar. Menos de la mitad de las mesas estaban ocupadas, y el encargado del bar se veía aburrido mientras pulía vasos, sus ojos enfocados en algo a la distancia.

—Una pinta de Deuchars –dijo McLean, al ver la bomba manual.

—Se acabó la Deuchars –el cantinero dobló la etiqueta sujeta con pinzas alrededor del surtidor, de manera que quedara oculta a la vista de los clientes.

—No se preocupe –McLean metió la mano en su bolsillo y extrajo dos fotografías. Puso la primera sobre la barra, la de Peter Andrews–. ¿Este hombre ha venido aquí alguna vez?

—¿Quién pregunta?

McLean suspiró, buscó su placa.

—Yo. Y es una investigación de un asesinato, así que ayudar sería su mejor opción en este momento.

El cantinero miró la foto por dos segundos en total, después dijo:

—Sí, él toma aquí la mayoría de las noches. Trabaja a la vuelta de la esquina en algún sitio. No lo he visto últimamente, por cierto.

—¿Alguna vez lo vio hablando con este hombre? –McLean bajó la fotografía de Jonathan Okolo. Los ojos del cantinero se abrieron como platos.

—Ése es el hombre… Usted sabe.

—Sí, sí sé –dijo McLean–. ¿Pero alguna vez lo vio platicando con Peter Andrews aquí?

—No lo creo. No puedo decir que lo haya visto antes de la noche en que vino aquí.

—¿Y exactamente qué vio entonces?

—Bien, como les dije a los otros oficiales, yo estaba aquí en la barra. Estaba lleno de locura, usted sabe cómo es, con el festival del Fringe y todo. Pero yo noté cuando este tipo entró, sería porque estaba sucio y se comportaba un poco extraño, pero se encaminó directamente al baño de caballeros antes de que lo alcanzara. Lo seguí; no nos gusta ese tipo de gente aquí. Entonces vi que había dejado un rastro de sangre por todo el piso. Por Dios, era un desastre.

—¿Alguien más estaba en los baños cuando se mató?

—No lo sé. No lo creo –el cantinero se rascó la barba incipiente–. No, espere. Estoy mintiendo. Había alguien que salió de ahí justo antes de que yo entrara. Podría haber sido este hombre, ahora que me muestra su foto –señaló a Peter Andrews.

—Me imagino que no tiene un circuito cerrado de televisión.

—¿En el baño? No, eso sería asqueroso.

—¿Qué hay del resto del bar?

—Sí, hay un par de cámaras, una en la puerta delantera, una en la trasera.

—¿Cuánto tiempo guardan las grabaciones?

—Una semana, tal vez diez días. Depende.

—¿Tiene la grabación de la noche en que estos dos estuvieron aquí? –McLean señaló las fotografías.

—No, lo siento. Los suyos se la llevaron. Y no la han traído de regreso todavía.

***

—Regrésela un poco. Ahí está bien. Ahí.

La calidad era peor que el circuito cerrado de televisión en Princes Street, un cuadro cada dos segundos, haciendo que las personas saltaran y desaparecieran como hechiceros locos. Los colores pigmentados y la tenue iluminación no ayudaban tampoco, pero al menos la cámara que cubría la puerta trasera del bar también cubría la entrada a los baños de caballeros.

No había sido fácil conseguir la grabación de Duguid. McLean sabía que podía esperar una ausencia de buena voluntad por parte del hombre: era un cabrón, después de todo. Pero deseaba que de vez en cuando el inspector en jefe no le pusiera tantos obstáculos. Con todo, tenía la grabación en este momento, y en los oscuros confines de la sala de video, también conocida como Sala de Interrogatorios número 4 con las persianas bajadas, ellos podrían observar a los bebedores en "El Zorro Tragón" mientras se apiñaban apretadamente.

—Al Departamento de Salud y Seguridad le encantaría ver este video –dijo MacBride mientras un montón de bebedores bloqueaban el estrecho pasillo más allá del baño de caballeros en dirección de la puerta trasera. Desde el otro ángulo de la cámara era fácil ver por qué; en el área principal del bar la gente estaba tan apretada como sardinas, sólo había espacio para estar de pie. Entonces se abrió la puerta y Jonathan Okolo entró.

Estaba sucio; podías notarlo aun con la imagen de pobre calidad. Mientras se movía más allá del área de la cámara en una serie de pequeños saltos, la multitud parecía dividirse ante él, como el Mar Rojo frente a Moisés. McLean había leído la declaración de testigos tomada en el momento, y se preguntó cómo era que nadie había podido recordar gran cosa del hombre. Debía oler terriblemente mal para hacer que la gente se moviera de ese modo. Pero si a ésas vamos, todos estaban bebiendo como si se fuera a decretar una prohibición sobre el alcohol, y ¿quién quería hablar con la policía en estos tiempos?

Unos segundos después de desaparecer de la primera cámara, Okolo reapareció en la segunda. La multitud en el pasillo se alejó de él mientras se abría paso hacia el interior del baño de caballeros. Hubo una pausa que duró algunos segundos, y entonces la puerta se abrió de nuevo.

—Congele eso –dijo McLean. MacBride presionó el botón de pausa. Era un ángulo extraño, desde arriba del techo. Y la lente de ojo de pescado distorsionaba los rasgos. Pero por alguna razón, el hombre que salía del baño había mirado hacia arriba al marcharse, como si hubiera sabido que éste era su momento bajo los reflectores.

Y no había duda de que era Peter Andrews.

59

—Llegas tarde, Tony. No es habitual en ti.

—Lo siento, Angus. Algo surgió. ¿Empezaron sin mí? —McLean entró en la sala de exámenes post mórtem sin darle muchas vueltas. No era su lugar favorito, y últimamente había pasado demasiado tiempo aquí.

—Así es —dijo Cadwallader. Estaba encorvado sobre el cadáver desnudo, examinando una de sus manos—. ¿Les sacaste rayos x, Tracy?

—Sí, doctor. Están arriba, en el visualizador.

Cadwallader caminó hacia la pared, donde un banco de luces brillaba a través de rayos x desplegados ahí. McLean lo siguió, agradecido por no tener que seguir mirando el cuerpo.

—¿Ves éstas? —el doctor señaló varias sombras claras y oscuras en los rayos x—. Son fracturas múltiples de los huesos de los dedos. Para tener algo así normalmente esperarías que las manos fueran una pulpa sanguinolenta. Atropelladas por una apisonadora o algo así. Pero él sólo tiene magulladuras. Sí, son magulladuras bastante feas, pero no ponen en peligro su vida. Y entonces está esto —retiró el primer juego de rayos x y subió otro—. Ambos fémures están quebrados en varios sitios. Su tibia y su peroné también. Y aquí —otro juego de impresiones—. Las costillas son un desastre, creo que conté una que no está fracturada.

McLean hizo una mueca, sintiendo el dolor.

—¿Entonces estuvo en una pelea?

—No, no fue una pelea. Eso implicaría algún nivel de justicia. Fue atacado, pero no estaba en posición de defenderse. Osteoporosis avanzada. Sus huesos son como porcelana. Se hacen añicos ante el contacto más ligero. No debió ser muy difícil matarlo. Supongo que un fragmento de una costilla perforó sus pulmones y se ahogó en su propia sangre. ·

McLean miró de nuevo al hombre fallecido que yacía sobre la mesa.

—Pero era conductor de un tren. ¿Cómo podía hacer un trabajo así con los huesos en ese estado?

—Sospecho que con mucho cuidado –dijo Cadwallader–. Aunque dudo que hubiera podido mantenerlo en secreto por mucho más tiempo.

El patólogo regresó a su objeto de estudio, y McLean tomó su puesto menos favorito mientras observaba el desarrollo del post mórtem. Tracy tuvo éxito al conseguir varias huellas parciales de las magulladuras en torno al cuello del hombre, y entonces lo abrieron juntos.

—Ah, como sospeché –dijo Cadwallader después de demasiados minutos de desagradables sonidos de chapoteo–. La cuarta costilla, ah, y la quinta también. Ambas del lado derecho, directo al pulmón. Y del lado izquierdo, sólo la quinta. Su corazón tampoco está en muy buen estado. Puede haberse rendido antes de que tuviera tiempo de ahogarse.

Cuando acabó todo, y Tracy estaba ocupada suturando a David Brown para dejarlo en una pieza de nuevo, McLean siguió a Cadwallader de regreso a su pequeña oficina.

—Entonces, ¿cuál es el veredicto, Angus?

—Fue golpeado, probablemente por alguien grande; esas huellas sugieren dedos gordos. Normalmente esperarías que un hombre de su edad y peso sobreviviera, pero con sus huesos y corazón débiles, podría haber sufrido un colapso en cualquier momento. ¿Y dices que era conductor de un tren?

McLean asintió.

—Entonces creo que tuvimos un golpe de suerte.

—No para él.

—No –Cadwallader se quedó en silencio por un momento, entonces pareció recordar algo–. Oh, tenías razón, por cierto.

—¿Yo? ¿Sobre qué?

—Aquel caso de suicidio, el del tal Andrews. Revisé el cuerpo una vez más, y descubrí rastros diminutos de sangre y piel bajo sus uñas. Se las había tallado de manera bastante concienzuda, se había dejado la piel en carne viva en algunos sitios, pero su padre me dijo que siempre fue fastidioso en cuanto a su higiene. Por eso resulta bastante extraño que eligiera una manera tan desagradable de cometer suicidio.

—¿Alguna idea de a quién pertenecían esa sangre y piel?

—Apenas había suficiente para un análisis básico, pero estoy bastante seguro de que no eran suyas. Puedo enviar la muestra a los laboratorios para una prueba de ADN si quieres. Asumo que ya sabes de quién son.

McLean asintió, pero no le gustaba mucho la idea de tener la razón.

***

La noche caía rápidamente para cuando logró regresar a la estación. Otro día se había ido en una racha de eventos confusos. Otro día y no estaba más cerca de encontrar a Chloe, o al asesino de Alison. O al misterioso sexto hombre. Al menos McReadie estaba encerrado y no podía ir a ningún lado; eso era algo.

—Ah, inspector. La súper en jefe quiere hablar con usted —Bill, el sargento de guardia, presionó el botón para dejarlo pasar a la parte trasera de la estación.

—¿Dijo con respecto a qué?

—No, sólo que era urgente.

McLean se apresuró a lo largo de los sinuosos corredores, preguntándose qué pasaría, y tocó en el marco de la puerta de la oficina de la superintendente con una ligera sensación de ansiedad. McIntyre levantó la mirada de lo que estaba haciendo y le indicó con un gesto que se acercara.

—Acabo de hablar con el Superintendente Criminalista en Jefe Jamieson, de Glasgow Central y West Division en el teléfono, Tony. Parece que su joven protegido, el Agente Criminalista MacBride le envió algunas lindas fotografías para que las viera, y estaba bastante ansioso por saber de dónde habían venido.

Glasgow, no Aberdeen. McLean dejó escapar un suspiro de alivio.

—Asumo que las reconoció, señora.

—Sí, así fue. Eran de muchos casos que se remontaban a los últimos tres años. Es probable que recuerde haber leído sobre la última pelea de las guerras de helado.

McLean recordaba, sólo que no era helado por lo que los recios hombres de Glasgow se estaban matando unos a otros.

—¿Cuántas escenas de crímenes diferentes había ahí?

—No lo dijo, pero creo que podemos asumir con seguridad que quien publicó esas fotografías en el internet tenía acceso a las oficinas de Servicios Periciales de Glasgow durante ese periodo. Y ya que Emma Baird estaba en entrenamiento en Aberdeen en esa época, el Inspector en Jefe Duguid se ha visto forzado a liberarla, disculpándose profusamente de rodillas.

Oh, mierda. Lo había hecho de nuevo. Había pisoteado el caso de otro detective y lo había resuelto por él.

—Sólo está apaciguado en parte por el hecho de que el culpable real está sentado en estos momentos en la celda que la señorita Baird acaba de desocupar.

—Lo siento, señora. Le debía a ella investigar el asunto a conciencia.

—¿Incluso después de llevarla a cenar? —McIntyre enarcó una ceja—. No me malinterprete, Tony. Creo que usted es un muy buen detective, pero si sigue pisando los pies de los demás, entonces permanecerá como inspector el resto de su carrera.

Peores cosas podían ocurrir. No era del tipo que escalaría el palo encebado sobre las espaldas y cabezas de otros. Todo lo que quería en realidad era atrapar a los tipos malos.

—Tendré eso en mente, señora.

—Haga eso, Tony. Y manténgase alejado de Charles Duguid por un par de días, ¿eh? Está que echa chispas.

***

McLean se apresuró a atravesar la estación en dirección de su oficina, con la esperanza de evitar a cualquiera que pudiera distraerlo. Necesitaba sacar de su cabeza la información más reciente y ponerla por escrito antes de que se le escapara y la perdiera. Había una línea de conexión que corría entre Okolo, Andrews, Dent y Brown. Cada uno había sido testigo de la muerte del anterior. No quería pensar en cómo todo se relacionaba con lo que Madame Rose había dicho. Tenía que haber una explicación racional, pero lo mejor que podía discurrir era que alguien había manipulado a estas personas, primero para matar y después para suicidarse. ¿Era eso posible, acaso? Y si así fuera, ¿quién había matado a Brown y lo había dejado tirado en la calle cerrada, y dónde estaba ahora? ¿Y a quién había matado Brown?

Una carta lo esperaba, acomodada sobre el montón de papeles más recientes sobre su escritorio. La levantó, notando la dirección escrita a mano, el logotipo y nombre de Carstairs Weddell, Abogados y Notarios Públicos. Contenía una sola hoja de papel, gruesa y cubierta con escritura como de patas de araña, apresurada y difícil de leer. Al darle la vuelta, vio una firma, y debajo de ella, el nombre impreso de Jonas Carstairs QC. Se metió detrás de su escritorio y encendió la lámpara para leer mejor.

Mi querido Anthony,

Si estás leyendo esta carta, entonces estoy muerto, y los pecados de mi juventud finalmente me han alcanzado. No puedo disculpar lo que hice; fue un crimen execrable por el cual sin duda arderé en el infierno. Pero puedo intentar dar una explicación, y tal vez hacer algo para redimirme.

Conocí a Barny Smythe bien. Estábamos juntos en la escuela y ambos fuimos a Edimburgo al mismo tiempo. Ahí es donde conocí a Buchan Stewart, Bertie Farquhar y Toby Johnson. Después, cuando empezó la guerra, todos nos alistamos juntos, y fuimos enviados a África Occidental. Éramos una unidad de inteligencia, con la labor de evitar que Hitler consiguiera información que le fuera de utilidad, y lo logramos con bastante éxito. Pero la guerra cambia a un hombre, y vimos cosas en África que nadie debería ver jamás.

Estoy formulando excusas para mí, pero no hay manera de perdonar lo que hicimos cuando regresamos a casa en el cuarenta y cinco. Esa pobre chica tardó tanto en morir; todavía escucho sus gritos por la noche. Y ahora sus restos han sido descubiertos, el pobre Barny ha sido asesinado, y Buchan también. Soy el siguiente por el cual vendrá la bestia. Puedo sentirla aproximándose. Cuando me haya ido, sólo quedará uno de nosotros, el que comenzó todo.

No puedo nombrarlo; eso traicionaría un juramento que ata mucho más que sólo mi honor. Pero tú lo conoces, Tony. Y él te conoce a ti; el hombre al que todos admirábamos, quien salvó nuestras vidas más de una vez durante la guerra y quien nos sedujo a todos a llevar a cabo una locura. Él reunirá a tontos más jóvenes en torno suyo e intentará este ritual insensato de nuevo. Es la única manera en que puede protegerse a sí mismo. Temo que otra alma inocente se pierda en el proceso. Pero si él falla, entonces aquél a quien atrapamos será libre para vagar, libre para matar. Vive en la violencia, eso es todo lo que conoce.

Había muchos mensajes que tu abuela me pidió que te comunicara. Cosas que ella no quería que tú supieras mientras ella vivía. Cosas que a ella le parecían profundamente bochornosas, dolorosas, incluso humillantes, aunque en verdad nunca fue su culpa. Esta letra no es lugar para ellas; te las diré cara a cara, o se irán conmigo a la tumba. Parecieron importantes en algún momento, pero en realidad son de poca consecuencia. Obviamente no eres el hombre en el que ella temía que te convirtieras, así que probablemente sea mejor si lo dejamos así.

Hoy cambié mi testamento, dejándote toda mi riqueza personal. Por favor comprende que éste no es un intento por salvar mi conciencia. Estoy condenado y lo sé. Pero tú puedes detener lo que yo mismo, Barny y los otros empezamos, y esto es lo único que puedo hacer para ayudar desde más allá de mi tumba.

Tuyo en el arrepentimiento,
Jonas Carstairs.

McLean miró la escritura de patas de araña por largos minutos, dando vuelta a la hoja de vez en cuando como si la información que necesitara estuviera en el otro lado. Pero Carstairs no había dicho lo que necesitaba saber en realidad, no había nombrado a su comandante. ¿Y qué se suponía que significaba ese párrafo sobre su abuela? Típico de un abogado, nunca se comprometía en realidad. Todo se expresaba con evasivas. Era casi más frustrante que si la carta nunca hubiera existido. Aquí no había más que pistas vagas, y la amenaza de otro asesinato brutal.

Y entonces algo cobró sentido en su cerebro. Otro asesinato. Repetir el ritual. Una chica joven justo a punto de alcanzar la cúspide de la femineidad. Supo por qué secuestraron a Chloe Spiers. Era tan obvio que sólo podía patearse a sí mismo por no haberlo visto antes. Estiró la mano para tomar el teléfono, estaba a punto de marcar cuando éste empezó a sonar en su mano.

—McLean –gritó su nombre con impaciencia, deseando terminar con la conversación. El tiempo se acababa. Necesitaba respuestas y ningún abogado con rostro de buitre se iba a entrometer en su camino esta vez.

—Agente Criminalista MacBride aquí, señor. Acabo de recibir una llamada de Saughton.

—¿Oh, sí? Estaba a punto de llamarles. Necesitamos hablar con McReadie urgentemente, Stuart. Él sabe quién se llevó a Chloe Spiers, y sé lo que van a hacer con ella.

—Ah. Eso puede ser difícil, señor.

La respiración de McLean se le atoró en la garganta.

—¿Por qué?

—McReadie se ahorcó en su celda esta tarde. Está muerto.

60

McLean se sentó en el oscuro centro de video-vigilancia de la prisión Saughton, miró el video de cuando un hombre enorme entró en la sala de visitantes y se sentó en una mesa vacía. Iba vestido de manera casual: chaqueta oscura de piel y pantalones de mezclilla deslavados, una playera con algún logotipo indescifrable en ella. Fuera de contexto, McLean no pudo ubicarlo, pero había algo muy familiar en él.

—Conozco a ese hombre. ¿Cómo se llama?

El oficial de la prisión que lo había escoltado a través del edificio consultó una hoja de papel sujeta a una pizarra.

—Firmó como Callum, J. Vive en Joppa.

—¿Alguien ha revisado eso? —una alarma se había encendido en la cabeza de McLean, pero el encogimiento de hombros que recibió como respuesta fue bastante claro. Hizo una nota del nombre y dirección, después se volteó de nuevo hacia la pantalla a tiempo de ver cómo metían a McReadie en la habitación. La reacción del ladrón al ver al hombre grande fue cautelosa, pero no con el terror que McLean podría haber esperado.

—¿Tienen el audio de esto? —preguntó.

El guardia negó con la cabeza.

—No. Hubo un gran alboroto sobre derechos humanos hace varios años. Me sorprende que todavía nos permitan encerrarlos.

McLean sacudió la cabeza en concordancia con la locura de todo ello, después volvió a observar la pantalla. Los dos hombres hablaron por algunos minutos, el lenguaje corporal de McReadie se hacía cada vez más inquieto. Entonces de repente se quedó quieto, bajó las manos con calma a los lados y se le quedó viendo a su visitante con una mirada casi hipnotizada. Un guardia se acercó y guio a un McReadie muy manejable para llevárselo, y ahí se acabó la grabación.

—Más o menos media hora después, cuando estábamos haciendo el rondín habitual de revisión de celdas lo encontramos muerto. Había desgarrado su camisa en tiras y las usó para estrangularse.

—Qué extraño. No parecía del tipo suicida.

—No. No lo teníamos bajo monitoreo especial ni nada –el guardia se veía nervioso. Quizá le preocupaba que podría meterse en problemas. En lo que concernía a McLean, McReadie le había hecho un enorme favor al mundo. Pero habría sido mejor si les hubiera hablado del paradero de Chloe y su misterioso empleador primero. Eso dejaba sólo otra persona con quién hablar.

***

—Sé lo que le van a hacer, señor Roberts. ¿Y usted?

Otra hora había pasado, otros sesenta minutos acortando el tiempo hasta que fuera demasiado tarde. Si no lo era ya. McLean estaba de regreso en la estación, intentando que sufriera un muy aterrorizado Christopher Roberts para sacarle algunas respuestas.

—Van a clavar sus manos y pies al piso. La van a violar. Entonces van a tomar un cuchillo y le van a abrir el vientre. Mientras esté viva todavía, van a extraer sus órganos internos, uno por uno. Habrá seis personas, y cada uno va a tomar un órgano. ¿Usted iba a ser uno de los seis, señor Roberts? ¿Y Fergus McReadie? Sólo ustedes dos van a perderse la oportunidad de alcanzar la inmortalidad, o cualquier cosa que ustedes, malditos pervertidos, creyeron que podrían obtener. Usted está aquí conmigo, y Fergus está muerto.

Roberts dejó escapar un pequeño chillido de alarma ante las noticias, pero no dijo más.

—Los resultados forenses ya llegaron. Sabemos que Chloe estaba en su auto –mintió McLean. Servicios Periciales y forenses todavía estaban trabajando con lentitud, aunque se había probado la inocencia de Emma. Pasaría un tiempo antes de que Dagwood fuera persuadido de disculparse especialmente, dado que en realidad había existido una fuga. Mucho más tiempo incluso antes de que alguien se acercara a revisar el BMW de Roberts–. ¿A dónde la llevó? ¿A quién se la entregó? ¿A Callum?

Eso obtuvo una pequeña reacción. El ojo de Roberts tuvo un tic nervioso.

—¿Cómo murió? –preguntó con voz ahogada y temblorosa.

—¿Qué?

—Fergus. ¿Cómo murió?

McLean se inclinó sobre la mesa, su rostro cerca del de Roberts.

—Desgarró su camisa para hacer tiras, las ató alrededor de su cuello en un nudo corredizo, ató el otro extremo a la parte superior de la litera en su celda, y entonces usó su propio peso corporal para estrangularse hasta morir.

Un ligero golpe en la puerta los interrumpió. McLean se separó de la mesa.

—Entre.

El Agente MacBride asomó la cabeza por la puerta abierta.

—Acaban de llegar los resultados de algunas pruebas que van a interesarle, señor.

—¿De qué se trata, Stuart?

—Las huellas en el cuello de David Brown, señor. Concuerdan bastante bien con las de su hombre, Callum. Parece que está en forma. Solía andar con una banda de matones callejeros de Trinity. Pero salió del radar hace diez años y nadie lo ha visto desde entonces.

—Bien, ahora está de regreso. Gracias, agente –McLean se volvió de nuevo hacia Roberts. Era hora de intentar una táctica diferente.

—Mire, señor Roberts. Sabemos que hizo esto bajo presión. Usted es un abogado, no un asesino. Podemos protegerlo, y ya estamos cuidando a su esposa. Pero tiene que ayudarnos. Si no encontramos a Chloe rápido, será demasiado tarde.

Roberts permaneció sentado en su incómoda silla de plástico y miró a la pared opuesta. No miraba a McLean a los ojos y su rostro se había vuelto de un blanco mortal.

—Llegaron hasta Fergus. Deben haberlo hecho. No puedo decir nada. Lo sabrán, y me matarán.

Y Christopher Roberts no dijo más.

**

—Hagan una llamada de alerta a todos los puertos sobre Callum.

McLean estaba sentado en la pequeña sala de investigaciones con el Agente MacBride y Bob el Gruñón, intentando no permitir que su frustración con Roberts se apoderara de él. Le molestaba no poder ubicar al hombre grande, además. El nombre era conocido, pero el sistema de circuito cerrado de la prisión no permitía obtener una buena imagen de su rostro.

—Vea si podemos conseguir una foto decente de él también, ¿eh?

Se le ocurrió que no debía participar en la investigación en curso sobre la desaparición de Chloe. El caso pertenecía a Bob el Gruñón. Pero el viejo sargento parecía bastante contento de adherirse a lo que él opinara. Junto a él, el Agente MacBride tomó su radio y empezó a hacer llamadas, su voz suave llenaba el silencio mientras McLean miraba las fotografías pegadas a la pared. El cuerpo desaparecido y sus órganos preservados. ¿Por qué los robaría alguien? ¿Para qué podrían quererlos?

—Por Dios, soy un estúpido —McLean se puso de pie.

—¿Qué? —Bob el Gruñón levantó la mirada y el Agente MacBride terminó su llamada.

—Es tan obvio. Debí haberlo pensado hace días.

—¿Pensado qué?

—El lugar al que se llevaron el cadáver —McLean señaló las fotografías sobre la pared—. El lugar en el que van a matar a Chloe.

61

EL CIELO DE LA TARDE SE QUEMABA CON UN COLOR ROJO RABIOSO mientras cruzaban las rejas de Farquhar House a toda velocidad. Tommy McAllister no había desperdiciado tiempo en retirar su maquinaria del sitio, pero la casa misma todavía estaba tapiada con tablas, y la cinta rota azul y blanca de la policía aún ondeaba en la brisa. Las ventanas bajas se veían como si no las hubieran tocado desde la última vez que habían estado ahí, y la puerta estaba firmemente asegurada con un pasador grande y un candado.

—Abrámosla con una palanca. No puedo quedarme esperando a que lleguen las llaves –McLean envió al Agente MacBride al auto a buscar una palanca apropiada mientras él y Bob buscaban indicios. El suelo estaba tan revuelto con el desorden de un sitio de construcción que era imposible decir si ése era el caso.

El agente regresó con una barreta larga, y tras unos momentos de apalancamiento desesperado, el pasador se desprendió de la puerta de madera con un satisfactorio sonido de desgarre. En el interior, el edificio olía a humedad y a desuso, y estaba tan silencioso y oscuro como una tumba. McLean encendió su lámpara de mano y cruzó el vestíbulo vacío y cavernoso en dirección de las escaleras que llevaban al sótano. La puerta había sido cerrada y asegurada con llave. Le dio una fuerte patada y el marco infestado de polillas se venció. El polvo se levantó por todos lados, haciéndolos toser, pero él continuó, hacia abajo de las escaleras, movido por un terrible sentido de la urgencia.

Las luces ya no estaban en el sótano, pero el hoyo oscuro en la pared todavía seguía ahí. McLean dirigió su linterna por el agujero, y por un instante su corazón se detuvo. Un cuerpo yacía despatarrado en el centro de la habitación oscura, sus manos y pies clavados al piso de madera con clavos nuevos y brillantes. Su cabeza estaba inclinada hacia atrás en un grito eterno de agonía, y su estómago había sido abierto, sus costillas relucían, blancas a la luz de la linterna. Movió el haz de luz en dirección a las paredes, y ahí estaban los seis nichos, sus preciados órganos guardados en frascos de preservación de disecciones.

Entonces un sollozo reprimido llegó a sus oídos. Miró en derredor, moviendo la linterna para dirigirla a una segunda figura, acurrucada contra la pared, con cadenas en torno a sus tobillos y muñecas, retorciéndose hasta un gancho nuevo y brillante en el yeso. Todavía llevaba su traje de chica de los años veinte, aunque en algún punto había perdido su sombrero de campana. Las lágrimas habían dejado ríos de rímel oscuro por sus mejillas, y sus muñecas estaban en carne viva de tanto luchar contra sus ataduras. Pero estaba viva. Chloe Spiers estaba viva.

McLean trepó para entrar en el cuarto oculto, y sintió que bajaba la temperatura como si visitara un refrigerador. Dirigió la linterna hacia su propio rostro, para permitirle que viera quién era, después se agachó para retirar la cinta de embalar con la que la habían amordazado.

—Todo está bien, Chloe. Soy un policía. Vamos a llevarte a casa —ella abrazó sus rodillas cerca de su pecho, incapaz de decir palabra mientras él liberaba sus ataduras. A cada instante sus ojos barrían la oscura habitación y el bulto impreciso en el centro. ¿Cuánto tiempo había estado encerrada aquí con ese cadáver? ¿Cuánto había visto antes de que apagaran las luces y la dejaran a solas con él?

—Ven. Aquí vamos —la levantó y la cargó fuera de la habitación hasta donde esperaban los otros.

—Iba a abrirme. Como lo hizo con ella. Ella me lo dijo. En la oscuridad —la voz de Chloe era un pálido simulacro de la de su madre; temblaba silenciosamente mientras se aferraba a él.

—Está bien, Chloe. Nadie va a lastimarte ahora. Estás segura —McLean intentó pensar en cosas tranquilizadoras que decirle cuando empezó a asimilar sus palabras—. ¿Quién iba a lastimarte, Chloe?

—El hombre de las cicatrices. Él la mató. Quiere matarme a mí.

Y entonces todo cobró sentido. Si es que la locura podía tener sentido.

62

Ya habían llegado los refuerzos para cuando salieron de la casa. McLean cargaba a Chloe, quien se aferraba a él como si su vida misma dependiera de ello. Le llevó algún tiempo convencerla de ir con los paramédicos; ella sólo accedió cuando le dijo que iba a atrapar al hombre de las cicatrices. Dejaron a Bob el Gruñón atrás para poner todo en orden y recibir el crédito cuando llegara la superintendente, ya que después de todo era su investigación. El Agente MacBride condujo, y llevó largos minutos negociar su salida del estrecho acceso para autos a medida que más y más autos de la policía llegaban.

—¿A dónde vamos, señor? –preguntó cuando finalmente lograron llegar a Dalry Road. McLean le dio la dirección de la casa, no muy lejos de donde había vivido su abuela. A donde lo habían llevado en un auto conducido por un trajeado Jethro Callum. No lejos de donde se había encontrado el cuerpo muerto de David Brown. ¿No llevaba la parte posterior de la propiedad hasta ese camino olvidado?

—Diríjase a Grange. Más vale que encienda las luces azules –le dio a MacBride indicaciones de cómo llegar, después se hundió en el asiento del pasajero y miró cómo el tráfico de la tarde se quitaba de su camino.

—¿Cómo lo adivinó, señor? ¿Que ella estaría ahí?

—Recibí una carta de Jonas Carstairs. Confesó el asesinato y nombró a todos los otros de quienes sospechábamos. Y dijo que había un sexto hombre, justo como lo pensamos. No lo nombró, sin embargo, lo cual no fue de mucha ayuda. Pero dijo que estaba de regreso en Edimburgo e intentaría realizar el ritual de nuevo. ¿Dónde más lo haría?

—Eso suena un poco descabellado, ¿o no, señor?

—En realidad no. Debí verlo antes. Tan pronto como identificamos a Roberts como el hombre que recogió a Chloe. Estaba representando a alguien que quería comprar la vieja casa. Alguien preparado para pagar más de lo que valía. Yo sólo desconocía quién era. Me concentré en eso, cuando debí preguntar por qué.

—¿Y ahora sabe quién es?

—El hombre de las cicatrices, dijo Chloe. Yo conocí a un hombre cubierto de cicatrices hace unos días: Gavin Spenser. Un antiguo amigo de mi abuela. Dijo que estaba en la ciudad para hacerse cargo de un asunto inconcluso. Jethro Callum es su chofer, o más que eso, diría yo. Y Roberts representaba a Spenser Industries. Vi su logo en los papeles que estaban en la oficina de McAllister. Sólo que no lo recordé hasta ahora. Vaya que puedo ser un tonto a veces.

Condujeron el resto del camino en un silencio tenso. Más cerca de la casa, MacBride apagó las luces intermitentes para evitar alertarles. McLean le dio indicaciones para llegar a la dirección por calles que había conocido toda su vida, pasando frente a casas que siempre le habían sido familiares, mismas que ahora le parecían extrañas y amenazantes.

—Deténgase aquí —señaló una entrada abierta. La luz se derramaba desde varias ventanas en la planta alta, sobre el brillante Bentley estacionado junto al porche. Al acercarse a la casa, McLean sintió que lo atravesaba un inusitado escalofrío causado por el miedo, y entonces vio que la puerta principal estaba completamente abierta. Entró en la casa, deseando apresurarse, mientras todos sus años de entrenamiento lo instaban a ser cuidadoso. El vestíbulo estaba dominado por unas escaleras de roble oscuro que se elevaban hacia la parte posterior de la casa. Ornamentadas puertas de paneles llevaban a ambos lados, todas cerradas excepto una.

—¿No deberíamos…? —empezó a decir MacBride. McLean lo detuvo con una mano levantada, después señaló hacia la parte trasera de la casa, indicándole que mirara allá primero. Caminó en silencio por el vestíbulo hacia la puerta abierta, imaginando que podía escuchar el más apagado de los sonidos desde la habitación al otro lado. Sonidos húmedos, desagradables. Inspiró profundamente, empujó la puerta para abrirla y entró.

El estudio privado estaba lleno de mobiliario de oficina sorprendentemente moderno. Un pequeño escritorio cerca de la puerta habría sido el sitio de trabajo de una secretaria, pero la silla de la mecanógrafa estaba vacía. Más allá había un espacio abierto con un par de sofás funcionales, una mesa baja entre ellos, y después un escritorio grande. Detrás de él estaba sentado Gavin Spenser.

Estaba desnudo desde la cintura hacia arriba, sus ropas ordenadamente dobladas y colocadas sobre un archivero bajo a un lado. Unas moscas perezosas caminaban sobre la piel pálida y zumbaban alrededor de la espesa sangre que colgaba de las puntas de sus dedos, seca y sin brillo. Su cara cubierta de cicatrices era blanca, sus ojos ciegos miraban con una expresión final de terror. Había estado muerto por algún tiempo: su pecho abierto, desgarrado. Si tuviera que adivinar, McLean diría que alguien le había arrancado el corazón.

Una sombra de movimiento, y el instinto entró en funcionamiento. Se agachó, dándose la vuelta al tiempo que un hombre enorme se lanzaba hacia él. Jethro Callum sostenía un cuchillo de caza en una mano, y se movía con una gracia fluida que contrastaba con su masa. Nunca asuman que un hombre grande será lento. Eso es lo que le habían enseñado en la clase de defensa propia. McLean esquivó la navaja, adelantándose para desviar la puñalada esperada. Pero en lugar de pelear, Callum retrocedió, al tiempo que levantaba el cuchillo hacia su propio cuello.

—¡Oh, no, no lo harás! –McLean saltó hacia adelante, haciendo caer el cuchillo de la mano de Callum. Se estrellaron juntos contra el piso. McLean tenía la ventaja de estar arriba, pero su atacante era cuando menos un pie más alto y probablemente un cincuenta por ciento más pesado. Los músculos debajo de su chaqueta de piel eran como rocas, firmes y tirantes. Más que empujar a McLean para quitárselo de encima, lo arrojó lejos por completo antes de rodarse y estirar la mano para tomar el cuchillo.

McLean sacó un par de esposas de su bolsillo, y las abrió mientras se abalanzaba hacia adelante. Se resbaló con algo embarrado en la alfombra, perdió el equilibrio y cayó sobre la espalda de Callum. Ambos cayeron de nuevo al piso, pero esta vez McLean se las arregló para ponerle una de las esposas. Callum estiró la mano para tomar el cuchillo, arañando con sus gordos dedos la alfombra sangrienta en su desesperación. Usando la esposa como palanca, McLean retorció con fuerza la mano atrapada hasta el punto entre los omóplatos de Callum, al tiempo que se arrodillaba sobre su cuello y apretaba su cara contra la alfombra. Incluso así el hombretón se estiraba en busca del cuchillo, moviendo sus piernas y el torso para desplazar el peso del inspector criminalista sobre su espalda.

No había manera de que pudiera tomar el control del otro brazo de Callum, y tampoco podría alcanzar el cuchillo antes que él. McLean miró en derredor en busca de algo más que usar como arma, y sus ojos enfocaron un jarrón de porcelana colocado sobre una pequeña mesa auxiliar de cedro justo a su alcance. Lo tomó, sintió lástima por un momento al reconocerlo como una muy valiosa obra de Clarice Cliff, y lo estrelló contra la cabeza de Callum. El hombretón gruñó y poco a poco se relajó sobre el piso, inconsciente. Se oyó un estrépito de pasos afuera, en el vestíbulo y cuando McLean miró en derredor vio que el Agente MacBride aparecía en la entrada.

—Gracias por la ayuda –dijo.

63

—Spenser lo reclutó de una pandilla callejera hace más de diez años y lo contrató como su guardaespaldas personal. Ha estado trabajando para el viejo en América todo ese tiempo, así es como salió de nuestro radar. Y nunca adivinarían quién era uno de sus colegas conocidos en aquella época.

—¿Donnie Murdo?

—El mismo. Me imagino que Murdo trabajaba para Spenser cuando atropelló a Alison. Tal vez intentaban distraer la atención de la búsqueda de Chloe hasta que hubieran terminado con ella. Por Dios, qué motivo tan estúpido y mezquino para matar a alguien —Bob el Gruñón pateó un basurero inocente, enviándolo a volar en todas direcciones junto con sus contenidos.

—¿Alguna razón por la que habría decidido de repente matar a su jefe? —McLean señaló con la cabeza a la forma corpulenta de Jethro Callum. Lo estaban vigilando a través del espejo de vidrio polarizado que daba a la sala de interrogatorios. Tenía una buena idea de por qué, pero no era una idea muy feliz.

—Creo que será mejor que se lo preguntemos.

—Está bien, Bob. Acabemos con esto —McLean hizo una mueca de dolor al levantarse de la silla; se había fisurado tres costillas y había terminado con una magulladura del tamaño y forma de Polonia durante la pelea. Tenía una vaga idea de cómo debió sentirse David Brown antes de morir.

Callum no se movió cuando empujaron la puerta, ni tampoco registró su presencia cuando McLean se acomodó con sumo cuidado en la silla del lado opuesto. Bob el Gruñón abrió dos cintas y las metió en la máquina, programándola para grabar la entrevista, y aun así el corpulento chofer no dijo nada. McLean llevó a cabo las formalidades, después se inclinó finalmente hacia adelante, apoyando los codos sobre la mesa entre él y el asesino.

—¿Por qué mató a Gavin Spenser, señor Callum?

Lentamente, el guardaespaldas levantó la cabeza. Parecía tener dificultad en enfocar los ojos, y su expresión era de desconcierto, como si acabara de darse cuenta de dónde estaba.

—¿Quién es usted? –preguntó.

—Ya pasamos por todo eso, señor Callum. Soy el Inspector Criminalista McLean, y éste es mi colega, el Sargento Criminalista Laird.

—¿Dónde estoy? –Callum jaló sus esposas–. ¿Por qué estoy aquí?

—¿En realidad espera que crea que no lo sabe, señor Callum? –McLean estudió el rostro del guardaespaldas. Era algo que sólo una madre podría amar, marcado por numerosas peleas, una nariz chata y ojos bizcos, demasiado juntos como para tener alguna esperanza de transmitir inteligencia. Pero había algo más ahí, acechando detrás del desconcierto. Podía sentirlo, y en ese instante, McLean supo que lo había sentido también. Callum dejó de luchar contra sus esposas, y en lugar de eso se dejó caer hacia adelante mientras todo su cuerpo se relajaba.

—Te conozco. Te he olido antes. Tú dibujaste el círculo a tu alrededor pero no te protegerá de mí. Estamos destinados a estar juntos, tú y yo. Está en tu sangre. La sangre de él –aunque antes Callum había arrastrado las palabras, ahora hablaba con claridad, de manera entrecortada. Con una voz de control y poder, acostumbrada a ser obedecida. Era otra persona por completo.

—¿Por qué mató a Gavin Spenser? –McLean repitió su pregunta anterior.

—Era su líder. El último. Lo maté para ser libre.

—¿El último? ¿Mató a otros?

—Tú sabes a quiénes. Y sabes que todos merecían morir.

—No, no es así. ¿A quiénes mató? ¿Cuáles eran sus nombres? ¿Por qué merecían morir?

Callum lo miró directamente, con el rostro fijo, como de piedra. Y entonces sus rasgos se suavizaron de nuevo, como si estuviera recordando algo sumamente emotivo. Sus ojos se abrieron desmesuradamente y se quedó boquiabierto. Miró a un lado y al otro, en torno a la pequeña sala de entrevistas con aterrados giros de su cabeza. Jaló sus ataduras una, dos veces, y entonces, al caer la cuenta de que era inútil se dejó caer hacia adelante. Las lágrimas llenaron sus ojos, rodaron sobre las cicatrices en sus mejillas mientras murmuraba con voz infantil, asustada.

—OhDios-OhDios-OhDios-OhDios-OhDios.

McLean miró al hombretón que se mecía suavemente en su silla. Si sus manos no hubieran estado esposadas, estaba seguro de que Callum se habría hecho un ovillo en la esquina de la habitación. Cualquier instinto desquiciado que hubiera llevado al hombre a cometer un asesinato tan brutal había desaparecido, y ahora estaba a solas con el recuerdo de lo que hizo.

—La entrevista se suspendió a las veintiún horas con cincuenta y dos minutos —McLean se puso de pie, jadeó cuando sus costillas protestaron, y apagó la grabadora—. Escóltenlo de regreso a la celda. Lo intentaremos de nuevo por la mañana.

Bob abrió la puerta de la sala de entrevistas y llamó a un par de agentes uniformados. Ellos se pararon a ambos lados de Callum antes de que uno de ellos se agachara y le quitara las esposas.

Sucedió en un instante. El guardaespaldas dejó salir un enorme grito de rabia, se levantó como despedido de su silla y repartió golpes con los puños. Los dos agentes salieron volando y se estrellaron contra las paredes. Detrás de él, McLean pudo oír que Bob el Gruñón se movía para bloquear la salida, pero en lugar de intentar salir por ahí, Callum se volteó hacia el enorme espejo que colgaba en la pared, detrás del cual estaba la sala de observación. Se lanzó hacia él, hizo su cabeza hacia atrás y le dio un cabezazo con toda su fuerza. Surgieron grietas en el punto del impacto, pero el vidrio no se hizo pedazos. Furioso, Callum hizo de nuevo la cabeza hacia atrás y golpeó una vez más el cristal fracturado. Esta vez el espejo cedió y estalló en forma de largos fragmentos letalmente afilados. Uno afilado como una aguja, de unos treinta centímetros de largo, sobresalía de la parte inferior del marco. Una cuenta brillante de la sangre de Callum se balanceaba en su punta. El guardaespaldas se dio la vuelta y enfrentó a McLean con esa mirada poderosa y controladora. No asustado, no enojado, sino con calma. No era la víctima, sino el depredador.

—Lo comprenderás pronto —dijo con esa voz que no era suya.

Entonces se volvió, levantó la cabeza, arqueó la espalda listo para chocar de frente y clavar el fragmento de vidrio profundamente en su cerebro. Pero los dos agentes lo habían alcanzado, sujetaban sus brazos y luchaban contra ellos a sus espaldas. Súbitamente la habitación se llenó de cuerpos que se arremolinaban sobre Callum como hormigas. El hombretón se retorcía y gritaba, pero lograron empujarlo hacia el piso, sus manos esposadas firmemente detrás de él. Cuando finalmente lo levantaron y le dieron vuelta, McLean pudo ver unos feos cortes en su frente y nariz. Una astilla de vidrio había perforado su ojo izquierdo, derramando un humor acuoso por su mejilla en una parodia de lágrimas.

—Por Dios –juró–. Llévenlo al hospital, rápido. Y manténganlo controlado. No quiero que tenga otra oportunidad de hacer eso.

***

Afuera en el corredor, McLean se recargó contra la pared e intentó suprimir los temblores que lo dominaban. Bob el Gruñón permaneció a su lado, en silencio, por un rato.

—No intentaba escapar, ¿verdad? –dijo finalmente el sargento.

—No. Estaba tratando de matarse. Como todos los otros.

—¿Otros? ¿A qué se refiere?

McLean miró a su viejo amigo.

—Olvídalo, Bob. Creo que necesito un trago.

—Lo mismo digo yo. Han pasado horas del final de mi turno, y tenemos al menos un éxito que celebrar.

—¿Dónde está MacBride? –preguntó McLean–. También necesita una.

—Probablemente abajo en la sala de investigaciones, tecleando reportes febrilmente. Usted sabe cómo es. Extraordinariamente entusiasta.

—No lo critiques, Bob.

—Al contrario, señor –el viejo sargento sonrió, quitándose de encima algo de la presión de los últimos eventos–. Si él quiere hacer el trabajo de dos detectives, me parece bien. Estoy bastante feliz de ser el que descanse.

Se marcharon hacia las entrañas de la estación y llegaron a su destino tras esquivar muchas felicitaciones. Las noticias del descubrimiento de Chloe en buen estado se habían extendido rápidamente, a diferencia de otros eventos más tristes y recientes. La puerta de la diminuta sala de investigaciones estaba abierta, detenida con una silla de metal para dejar escapar el calor. Voces bajas murmuraban en conversación desde el interior. McLean entró y vio al Agente Criminalista MacBride sentado detrás de su mesa, con la portátil frente a él. Otra figura estaba de pie hablando con él, y se volvió al notar que los ojos de McBride se levantaban para encontrar los del inspector. Emma Baird dio dos pasos hacia McLean y lo abofeteó con fuerza en el rostro.

—Eso es por siquiera pensar que yo podría hacer algo tan perverso como publicar fotos de escenas de crímenes en el internet.

Él llevó su mano hacia su cara, aceptando que probablemente se lo merecía. Pero antes de que pudiera alcanzar su mejilla adolorida, ella lo sujetó, lo jaló hacia ella y le plantó un beso largo y húmedo en los labios.

—Y eso es por descubrir cómo probar que soy inocente –agregó después de separarse. McLean sintió que las orejas se le ponían de un rojo brillante. Miró al agente MacBride, pero el agente estaba súbitamente interesado en su reporte. Bob el Gruñón miraba por el corredor de manera decidida.

—Ah, que se jodan, Stuart. Puedes escribir eso mañana –dijo McLean–. Vamos al bar.

64

El pequeño zumbido de su reloj despertador atravesó su cabeza, recordándole con demasiado entusiasmo que eran las seis de la mañana y era hora de levantarse. McLean gimió y se rodó para presionar el botón de la alarma. Tal vez su resaca desaparecería en los próximos diez minutos. Valía la pena intentarlo. Pero chocó con algo sólido junto a él y por más que intentó no pudo descifrar qué era. Entonces ese algo gruñó y se movió y de repente él estaba completamente despierto.

Sentado en la cama y restregándose los ojos para quitarse el sueño, miró la forma boca abajo de Emma Baird y sintió una curiosa mezcla de ira y miedo. Había dormido solo en esta cama por tanto tiempo, siempre manteniendo sus relaciones en el plano profesional, siempre manteniendo a la gente a distancia. Un terapeuta habría dicho que le temía al compromiso, y tendría razón. Después de Kirsty, la idea de intimar con alguien más era simplemente demasiado dolorosa. Y ahora, tras un par de cenas y una noche bebiendo con la mitad de la estación, ella dormía junto a él.

Intentó recordar la noche anterior. Ambos celebraron encontrar a Chloe sana y salva, pero él nunca se permitía emborracharse tanto como para perder el control. Nunca se ponía tan borracho que no pudiera recordar lo que había hecho.

Ella estaba enojada con él, Emma. Había oído todo lo que él le dijo a Duguid afuera de las oficinas de Servicios Periciales en la Oficina Central de la Fuerza. Acerca de cómo había planeado usar su amistad para investigar las fotografías que se habían filtrado. No importaba cuánto lo explicara, cuánto intentara persuadirla de que lo que quiso decir era distinto de lo que ella había asumido. Desde su punto de vista él había jugado con ella. Emma sólo se ablandó cuando él se disculpó e imploró su perdón. Pero siempre era así con las mujeres, ¿no es cierto?

Entonces los encargados de la limpieza los habían echado del bar. Sólo Dios sabía qué hora era de la mañana, y habría unas cuantas cabezas adoloridas en la estación a la hora del cambio de turno. ¿Fue él quien sugirió beber un último whisky en su casa, o fue Bob el Gruñón? Ese recuerdo era un poco borroso, pero recordó haber pensado que cualquier tipo de compañía sería mejor que regresar solo al apartamento frío, vacío y silencioso. Así que un grupo de ellos lo acompañó de regreso, y era altamente probable que hubieran agotado sus reservas completas de malta. Eso, al menos, explicaría el martilleo en su cabeza.

Intentando no quejarse, McLean rodó y salió de la cama. Todavía llevaba sus calzoncillos tipo bóxer, lo cual ya era algo. Su traje estaba doblado sobre el respaldo de la silla, su camisa y calcetines en el cesto de la ropa sucia. Estas cosas eran automáticas; no tenía que pensar en la rutina. Pero igualmente, no habría sido tan meticuloso si hubiera estado medio borracho la noche anterior, o presa de una improbable pasión febril. Y mientras más pensaba en eso, más recordaba haberse acostado solo. Bob el Gruñón había aguantado hasta el final, pero MacBride se había desmayado en el piso. ¿Y Emma? Sí, Emma se había quedado dormida en el sillón. Él había sacado una cobija del clóset y la había extendido sobre ella antes de irse a acostar. Ella debía haber despertado durante la noche y se metió bajo su edredón. Bien, todo indicaba que eso ocurrió.

La regadera logró disipar algo de la niebla gris de su mente, pero todavía se sentía lento cuando salió y se secó. Sus costillas fisuradas protestaron, la magulladura alrededor de su torso se había puesto amarilla en los bordes. Con la toalla atada a la cintura, llenó la tetera y la puso a hervir. Después, inhalando profundamente, regresó a su habitación. Emma todavía estaba dormida, pero se había dado vuelta en la cama, dejando caer el edredón de lado. Su cabello corto y negro cubría su cara, pero básicamente todo lo demás estaba a la vista. Un rastro de ropa cubría el piso desde la puerta hasta el lado de la cama; prendas interiores que él no había visto en un buen número de años. No de este lado de una escena del crimen, de todos modos. Tan silenciosamente como pudo, tomó su traje, sacó una camisa y un juego limpio de ropa interior del guardarropa, y se retiró a su estudio a vestirse.

El dictáfono estaba sobre su escritorio, acusándolo de cruel indiferencia hacia el recuerdo de los muertos. Ignoró esa parte de su mente, sabiendo que no era más que autocomplacencia, un capullo protector de culpabilidad. Sabía que nunca se desharía de la cinta, de la misma manera en que sabía que nunca olvidaría a Kirsty. Pero quizá tras todos estos años realmente debería seguir el consejo de sus amigos de intentar continuar con su vida. La mierda sucedía en el mundo, pero algunas veces las cosas salían bien. Habían encontrado a Chloe Spiers viva, después de todo.

Una vez vestido, fue a la cocina e hizo café. El envase no había rebasado la fecha de expiración, pero no tardaría en hacerlo. Asomó la cabeza en la sala y en la habitación extra, gracias a lo cual encontró a un agente criminalista que dormía y a un sargento criminalista que roncaba; ambos necesitarían café y sándwiches de tocino. Tomó sus llaves de la mesa en el vestíbulo y se dirigió a la tienda de la esquina.

Para cuando regresó, la puerta del baño estaba firmemente cerrada y el sonido de la regadera se escuchaba a través de ella. Bob el Gruñón estaba sentado a la mesa de la cocina, parecía que hubiera dormido con el traje puesto, y cuando McLean empezó a hacer sándwiches de tocino, el Agente Criminalista MacBride entró dando traspiés; se veía un poco nervioso.

—Buenos días, agente –dijo McLean, al tiempo que notaba cómo MacBride hacía una mueca de dolor por el sonido. Bien, era justo. Había tomado más que todos. Pero su hígado todavía era joven. Sobreviviría.

—¿Qué tomé anoche? –preguntó.

—¿En el bar, o aquí? –Bob el Gruñón se rascó la barbilla. Necesitaría la rasuradora eléctrica que guardaba en su casillero en la estación.

La confusión se extendió por el rostro de MacBride, pero antes de que pudiera decir nada, se oyó que golpeaban ligeramente a la puerta.

—Encárgate de los sándwiches de tocino, Bob. Hay salsa para carne en la alacena –McLean atravesó el vestíbulo y abrió la puerta. Jenny Spiers estaba de pie en el rellano de la escalera.

—Tony, yo…

—Jenny. Hola…

Ambos hablaron al mismo tiempo, y después ambos dejaron de hablar para permitir que el otro terminara primero. McLean se apartó de la puerta.

—Entra. Estaba haciendo sándwiches de tocino.

Antes de qué el pudiera decir algo más, lo había envuelto en un gran abrazo.

—Gracias por encontrar a mi bebé –dijo. Entonces rompió a llorar histéricamente.

Emma eligió ese momento para salir del baño. Llevaba puesta la vieja bata de baño de McLean, la cual revelaba más de sus muslos de lo que debería. Su cabello estaba parado donde lo había secado con la toalla, y olía intensamente a champú de aceite de árbol del té. La temperatura en el pasillo se desplomó mientras las dos mujeres se miraban mutuamente en silencio. McLean pudo sentir cómo Jenny se ponía tensa sin dejar de abrazarlo.

—Hmm. Jenny, te presento a Emma. Emma, Jenny –la tensión no disminuyó. Entonces una voz gritó:

—¡Abran paso! –y el agente criminalista MacBride salió de la cocina a trompicones, hizo a Emma un lado en su camino hacia el baño. La puerta se cerró de golpe y detrás de ella todos pudieron escuchar el ruido al levantar el asiento del baño, seguido de silenciosas arcadas.

—Tuvimos una pequeña celebración anoche –McLean intentó liberarse del abrazo de Jenny discretamente, aunque ella parecía resistirse a soltarlo–. Parece que el joven Agente Criminalista MacBride tomó demasiado whisky Bowmore de barril.

—Es más probable que hayan sido los tequilas que tomó en el bar –dijo Emma, y se dirigió silenciosamente a la habitación de McLean.

—¿Cómo está Chloe, por cierto? –preguntó para distraer a Jenny, cuya mirada había seguido a la otra mujer con una especie de expresión atormentada e incrédula. Ella arrastró de nuevo su atención hacia él, y sonrió.

—Los doctores dicen que va a estar bien, físicamente. Estaba muy deshidratada cuando la encontraste. Gracias a Dios que lo hiciste. En verdad no sé como agradecerte lo suficiente.

—Es mi trabajo, Jenny –McLean la guio a la cocina, donde Bob el Gruñón estaba parado junto a la estufa, usando un largo delantal con un gracioso dibujo de un bikini impreso en él.

—Simplemente no sé cómo va a superarlo mentalmente. Estar encadenada de esa manera. Frente a un cadáver.

McLean se preguntó exactamente cuánto sabía Jenny.

—¿Te platicó algo? –preguntó. Ella asintió y tomó la taza de café que le ofrecían–. Entonces está dando los pasos necesarios para manejarlo. Es una chica fuerte. Imagino que lo sacó de su madre.

Jenny dio un sorbo a su café, sentada a la mesa de la cocina y sin decir nada. Bob el Gruñón se mantuvo en silencio, preparando diligentemente un desayuno digno de un ejército. En algún lugar al fondo, se escuchó que bajaban la palanca del baño. Entonces Jenny puso su taza sobre la mesa y miró a McLean directo a los ojos.

—Dijo que la escogieron a ella por ti. Querían hacerte daño a través de mí. ¿Por qué lo harían? Apenas te conozco.

—Viniste al funeral de mi abuela –era lo único que se le ocurrió–. Spenser debe haberme observado desde entonces. Estuvo detrás de todo desde el principio, intentando desacreditarme, contratando a McReadie para ponerme una trampa, matando a Alison para entorpecernos. Necesitaba alejarme de la investigación sobre la chica muerta, y necesitaba a alguien para tomar su lugar. Chloe era de la edad apropiada. Lo siento, Jenny. Si nunca me hubieras conocido, habrían encontrado a alguien más.

***

—Uno de estos días, Tony, tendrás que decirme cómo lo haces.

McLean estaba en el anfiteatro por la que parecía la millonésima ocasión en las últimas dos semanas. Le agradaba Cadwallader, disfrutaba el agudo ingenio y el sentido del humor del hombre mayor, pero preferiría encontrarse con él en un bar. Incluso la ópera sería preferible.

—¿Cómo hago qué? –preguntó, balanceándose sobre las plantas de sus pies mientras el patólogo cumplía con las formalidades de examinar el cuerpo de Gavin Spenser.

—Peter Andrews. Sabías que habría rastros de sangre y piel bajo sus uñas, ¿no es así?

—Puedes llamarlo una corazonada.

—¿Y tu corazonada te dijo de quién eran la sangre y la piel?

—De Buchan Stewart.

—¿Lo ves? A eso me refiero, Tony –Cadwallader se levantó, miró fijamente al inspector, bastante ajeno al hecho de que sujetaba el hígado de Spenser en su mano–. Tenemos toda esta cara tecnología aquí, que cuesta millones de libras del dinero de los contribuyentes, y tú ya sabes la respuesta antes de formular la pregunta.

—Hazme un favor, Angus. Guárdate esa pieza de información —era bastante malo que Jonathan Okolo y Sally Dent pasaran a los anales de la historia como asesinos, cuando era mucho más probable que hubieran sido peones involuntarios en el retorcido juego de Spenser. No había necesidad de causar más angustia a la familia de Peter Andrews.

—Con gusto —Cadwallader finalmente advirtió el hígado goteante y lo colocó en una charola de acero inoxidable para pesarlo—. Sería muy bochornoso admitir que lo pasé por alto la primera vez.

Volvió a meter las manos en el pecho del hombre fallecido, extrayendo partes no identificables, mirándolas de cerca, pesándolas y colocándolas en recipientes individuales; tan feliz como una lombriz. Qué pena por la pobre de Tracy, que tendría que poner todo de regreso y suturar el cadáver después.

—Entonces, ¿te gustaría aventurar una causa de la muerte? —McLean preguntó cuando sintió que no podía soportarlo más.

—Fallo cardiaco debido a la pérdida masiva de sangre sería mi mejor conjetura. La herida de cuchillo en la garganta fue lo suficientemente profunda para segmentar la arteria carótida y dejar marcas en las vértebras del cuello. Tenemos el arma, ¿no es así?

Tracy sacó una bolsa de plástico que contenía el cuchillo de caza. Cadwallader lo sopesó en su mano, inspeccionó la cuchilla y la sujetó contra el cuello del hombre muerto.

—Sí, parece coincidir. Y también explicaría estas marcas aquí en su esternón y costillas. El asesino lo abrió para arrancarle el corazón. Es un órgano muy complicado de alcanzar si no se tiene mucha habilidad, de otra manera se hace un desastre de verdad.

—¿Aventurarías una hora de la muerte?

—Treinta y seis a cuarenta y ocho horas. Había estado ahí por un buen tiempo. Me sorprende que tu hombre no hubiera escapado a la frontera. Podría haber estado en otro país antes de que ustedes encontraran el cuerpo.

McLean hizo cuentas. Spenser había sido asesinado no mucho tiempo después que David Brown. Muerto en los arbustos en el límite del jardín de Spenser. Asesinado por Jethro Callum en un arranque de violencia.

—Estaba esperándonos, en la habitación en que lo encontramos –McLean señaló con la cabeza al hombre destripado que yacía sobre la mesa–. Intentó matarse. Justo frente a mí.

—Ah. Veo que surge un patrón.

Lo mismo le sucedió a McLean, pero antes de que pudiera decir algo más, el bolsillo de su saco vibró furiosamente. Era una sensación tan inusual, que le llevó mucho tiempo darse cuenta de que su celular estaba sonando. Lo abrió, y se dio cuenta de que tenía una carga casi completa de batería.

—Continúa sin mí –le dijo a Cadwallader, y después salió a largos pasos de la habitación. Tras pasar las puertas contestó la llamada–. McLean.

—Soy MacBride, señor. Ha habido un incidente en el hospital. Es Callum. Sufrió un colapso.

Violencia es todo lo que conoce. McLean recordó las palabras en la carta de Jonas Carstairs. Y entonces los nombres: Peter Andrews, mirando a Jonathan Okolo morir de forma violenta en un bar del centro de la ciudad; Sally Dent, viendo a Peter Andrews quitarse la vida; David Brown, mirando el cuerpo de Sally arrojarse por el techo de vidrio de Waverley Station, estrellándose en el parabrisas del tren que conducía; Jethro Callum rompiendo los huesos de David, estrangulándolo para quitarle la vida; Callum estrellando su cabeza en la ventana de vidrio, intentando matarse. ¿Qué había dicho? "Lo comprenderás pronto". Esa voz, tan distinta y extraña.

A pesar del calor veraniego, un escalofrío recorrió todo su cuerpo. Tal vez comprendía. Y tal vez sabía lo que debía hacerse. Si estaba equivocado, iba a ser muy difícil explicarse, pero, ¿y si tenía la razón? Bien, eso daba horror de sólo pensarlo.

65

EL HOSPITAL LE ERA TRISTEMENTE FAMILIAR. MCLEAN HABÍA VISI-
tado a su abuela aquí demasiadas veces como para contarlas. Todas las
enfermeras sonrieron y lo saludaron mientras caminaba por los corredores; conocía a la mayoría por su nombre. Al caminar junto a él, el Agente
Criminalista MacBride se sonrojó ante tanta atención. Un doctor joven,
cansado y agobiado, caminó hacia ellos mientras avanzaban por el corredor.

—¿Inspector McLean?

McLean asintió.

—¿Qué ocurrió, doctor?

—Es difícil de decir. Nunca he visto algo así antes. El señor Callum
es un hombre muy sano, joven, también. Pero sus órganos están dejando
de funcionar uno por uno. Si no podemos detener esto, o estabilizarlo,
podría morir en cuestión de horas.

—¿Horas? Pero ayer estaba bien. Mejor que bien.

McLean sintió sus costillas magulladas, recordó al hombre muscu-
loso con el que había peleado hacía menos de veinticuatro horas. Otra
pieza del rompecabezas que embonaba en su lugar, una fotografía emer-
giendo que en realidad no quería ver.

—Estamos trabajando en una hipótesis de que es algún tipo de reacción esteroide. No se puso de ese tamaño sólo por levantar pesas, y lo
que sea que haya estado tomando lo hizo hipersensible a alguno de los
medicamentos que le dimos. Pero nunca antes he visto nada que actúe
de manera tan rápida. Me encargué de su ojo lastimado ayer por la tarde,
y además de un poco de hiperventilación, se veía bien.

—¿Habló con usted?

—¿Qué? Oh, no. No dijo una sola palabra.

—¿Luchó o intentó quitarse la vida?

—No. Pero estaba inmovilizado, y había tres agentes junto a él en todo momento.

—¿Dónde está ahora?

—Le asignamos una de las habitaciones individuales cerca del ala de pacientes en coma.

—¿Para que no moleste a nadie si se pone demasiado violento?

—Pues sí. Pero tenemos todo el equipo de monitoreo de cuidados intensivos ahí también. Vengan, les mostraré el camino.

—No es necesario. Sé dónde está. Estoy seguro de que usted tiene cientos de cosas más importantes de qué preocuparse, que de un asesino que no puede ir a ninguna parte.

Dejaron atrás al doctor, quien se veía ligeramente desconcertado. McLean encabezó el recorrido por millas de corredores sin rostro, con MacBride trotando detrás de él como un sabueso fiel, para seguirle el paso.

—¿Qué hacemos aquí, señor?

—Estamos aquí para entrevistar a nuestro único sospechoso de asesinato que ha sobrevivido, antes de que esa enfermedad misteriosa lo mate –dijo McLean mientras se acercaban a la habitación que buscaban. Un guardia de apariencia aburrida estaba sentado en una incómoda silla de plástico en la parte exterior, leyendo una novela de Ian Rankin–. Usted está aquí porque Bob el Gruñón ha desarrollado un talento para esconderse cuando sabe que estoy a punto de hacer algo que la superintendente en jefe no va a aprobar.

—Inspector. Señor. Nadie me dijo… –el agente se paró en posición de firmes, intentando esconder el libro detrás de su espalda.

—No se asuste, Steve. Sólo quiero hablar con el prisionero. ¿Por qué no va y se consigue una taza de café, ¿eh? –el Agente MacBride se encargará de vigilar.

—¿Qué quiere que haga? –preguntó MacBride cuando el aliviado policía se escabulló hacia la cafetería.

—Haga guardia aquí –McLean abrió la puerta–. Y no deje entrar a nadie.

***

La habitación era pequeña e impersonal, una sola ventana estrecha daba hacia un paisaje de cristal y concreto acribillados por el sol. Dos sillas de plástico estaban alineadas contra la pared, y un angosto armario era usado como mesita de noche. Jethro Callum yacía en medio de una confusa variedad de maquinaria que no cesaba de zumbar. Unos tubos bombeaban fluidos de apariencia nociva hacia su cuerpo y fuera de él. No se parecía en nada al guardaespaldas en buen estado de salud con el que McLean había forcejeado la tarde anterior. Sostenido por una pila de almohadas, su rostro se veía hundido y pálido, sus ojos eran dos huecos oscuros. Había perdido la mayor parte del cabello, y varios mechones permanecían sobre su almohada. Su cuero cabelludo estaba moteado con manchas de un rojo brillante. Sus brazos yacían sobre los cobertores, aún voluminosos, pero todo su tono muscular había desaparecido. Si bien conservaba su corpulencia, ésta entorpecía su respiración, constriñéndolo con más eficiencia que las tiras de restricción de cuero que lo ataban al armazón de la cama.

—Estás aquí. Sabía que vendrías –la voz de Callum era apenas audible sobre el zumbido de la maquinaria de soporte vital. Pero no era la voz del guardaespaldas. Era la otra, la voz que amenazaba de modo convincente. Una voz que parecía tener un extraño poder hipnótico.

McLean tomó una de las sillas, y la colocó como cuña bajo la manija de la puerta. Tomó el cordón de emergencia y lo enrolló para alejarlo de su alcance. Entonces se inclinó para estudiar las máquinas por un momento. Los cables iban de un electrocardiógrafo a un delgado sensor sujeto a uno de los dedos de Callum. McLean lo retiró, colocándolo rápidamente en uno de los suyos. La máquina dio unos pocos pitidos apresurados y después se estabilizó de nuevo, adoptando un ritmo regular. Inspeccionó las otras máquinas, pero sólo el electrocardiógafo parecía estar conectado al sistema de monitoreo de emergencia. Buscó los interruptores y los apagó, uno a uno. La ciencia médica mantenía vivo al cuerpo, pero Jethro Callum había muerto en realidad en el momento en que asesinó a David Brown. Lo que fuera que hubiera tomado posesión de su alma en ese momento, había estado devorando su carne lentamente desde entonces.

—Cuéntame de la chica –McLean se acomodó en la otra silla.

—¿Qué chica?

—Sabes de quién hablo. La chica que mataron en su retorcida ceremonia.

—Ah, ella —Callum sonaba extrañamente distante, como un muñeco de ventrílocuo enfisémico, pero el placer en su voz era nauseabundo—. La pequeña Maggie Donaldson. Una cosita preciosa, apenas tenía dieciséis. Virgen, por supuesto. Eso es lo que me atrajo hacia ella. Pero ellos la deshonraron, todos ellos. Uno tras otro. El viejo, él sabía lo que hacía. Me atrapó en su interior y después la cortó. Cada uno tomó una parte de mí.

—¿Por qué lo hicieron?

—¿Por qué tu especie hace lo que hace? Querían vivir para siempre.

—¿Y usted? ¿Qué pasa con usted?

—Seguiré. En ti.

McLean miró a la patética figura que moría frente a él. De esto se trataba todo. Esto es lo que había causado toda la mierda que le había sucedido desde que descubrieron a la chica muerta en el sótano de Farquhar House. Esto es lo que había matado a tanta gente inocente, usándolas para sus propósitos sin importarle sus vidas. Por esto Alison Kydd fue atropellada en la calle...

Sintió el deseo de estrangular al hombre. Sería tan fácil envolver sus manos en torno a su garganta y exprimirle la vida. O aún mejor, clavar algo en su único ojo, y continuar hasta alcanzar su cerebro. Tenía una pluma en su bolsillo, eso sería suficiente como arma. Sólo necesitabas el punto de entrada correcto, el apalancamiento correcto. Había tantas maneras de matar a un hombre. Tantas...

—Oh, no, no lo harás —sacudió los pensamientos extraños de su cabeza. Barnaby Smythe, Buchan Stewart, Jonas Carstairs, Gavin Spenser. Todos se habían sentado en calma, sin ataduras, mientras los destazaban y mataban. Y Fergus McReadie, también. Se había quitado la vida sólo por una palabra. Ahora McLean sabía por qué. Todos habían estado en cautiverio bajo esa voz, conectados a ella por un acto de salvajismo del cual habían tomado parte. Pero él no había matado a la chica, no había planeado asesinar a Chloe. No había una conexión entre él y este monstruo.

—Oh, pero sí la hay. Tú completaste el círculo. Tú eres tan parte de esto como cualquiera de ellos. Incluso más. Tú posees una fortaleza de espíritu de la que todos ellos carecían. Su sangre corre por tus venas. Tú eres un recipiente digno de contenerme.

Esta vez la persuasión era como una pared hecha de oscuridad, que caía sobre él. McLean vio destellos de escenas espantosas: el rostro de

Smythe contorsionado por el dolor mientras el cuchillo mordía su pecho cubierto de vello canoso; el corazón de Jonas Carstairs latiendo todavía debajo de sus costillas expuestas; Gavin Spenser sentado en calma, sólo sus ojos mostraban su verdadero estado mental mientras cortaban su garganta lentamente. Y con cada imagen vino un incremento de poder, un sentimiento de emoción y alegría libre de ataduras. Podría tener esto, ser esto. Podría vivir para siempre.

—No lo creo –McLean se levantó de la silla y caminó hacia la cama. Tomó el suero intravenoso y dio vuelta a la llave hasta que se cortó el flujo–. Ahora lo entiendo. No quería creerlo, pero creo que debo hacerlo. Necesita la violencia para pasar de un anfitrión al siguiente. Sin ella está atorado en este cuerpo. Y cuando este anfitrión se muera, usted también lo hará. De regreso a donde sea que lo hayan llamado con su repugnante ceremonia.

—¿Qué haces? Te ordeno que mates este cuerpo –Callum forcejeó contra las ataduras y las sábanas que lo sujetaban a la cama, pero el suyo era un esfuerzo débil, y cayó prontamente en un ataque de tos gorgoteante.

—Usted está haciendo un buen trabajo con eso –McLean se quitó de encima otra oleada de compulsión, más débil esta vez, más desesperada. Se sentó de nuevo, mirando fijamente a la figura exangüe sobre la cama–. Me imagino que nunca fue su intención permanecer en el pobre Jethro tanto tiempo, pero tenía que cubrir su rastro y eso llevó tiempo. Nunca fue lo suficientemente fuerte para transportarlo, ¿cierto?

—Mátame –la voz era poco más que un aliento vacilante ahora–. Líbérame.

—No esta vez –McLean se acomodó en la silla. Miró y esperó mientras los últimos alientos de Callum salían sacudiéndose como insectos escapando—. Esta vez morirá de causas naturales.

EPÍLOGO

CHRISTOPER ROBERTS ESTABA SENTADO ANTE LA MESA CON LA cabeza baja. Olía a demasiadas noches en las celdas, y su traje, alguna vez elegante, estaba bastante arruinado. McLean permaneció con la espalda hacia la pared de la sala de interrogatorios y lo evaluó por un momento, intentando desenterrar algo de simpatía hacia el hombre. Falló.

—Gavin Spenser está muerto, y Jethro Callum también.

Roberts levantó la mirada cuando asimiló las palabras, la esperanza brilló en sus ojos. Pero antes de que pudiera decir algo, McLean habló de nuevo.

—Lo que sucede, señor Roberts, es que estoy casi seguro de que lo obligaron a cometer sus acciones, y bien podríamos haber tomado eso en consideración. Chloe está bien, aunque dudo que logre olvidar cómo estuvo encerrada en un sótano por varios días con un cadáver mutilado. Quizá yo podría persuadirla de que no presente cargos contra usted.

—¿Haría eso? —Roberts lo miró como un cachorrito maltratado. McLean dio unos pasos al frente, sacó el asiento y se dejó caer en él.

—No. No lo haré. No ahora. Tuvo su oportunidad, señor Roberts, cuando trajimos a su esposa para protegerla. Usted pudo habernos ayudado entonces, y nosotros podríamos haber atrapado a Callum antes de que matara a Spenser. Como están las cosas, todas las personas a las que debo acusar de secuestro y asesinato están muertas. Excepto usted.

—Pero… Pero… Me obligaron. Hicieron que…

—No, no lo hicieron, señor Roberts. Usted se obligó a sí mismo. Tenía todo y quería más. Y ahora va a ir a la cárcel por un tiempo muy largo.

***

Un cementerio gris, recorrido por el viento que venía del Forth. El verano por fin comenzaba; ahora caían chubascos en el lado más lejano del estuario, dejando al pequeño grupo seco pero aterido. McLean estaba agradablemente sorprendido ante el número de gente que se había presentado al entierro. El Agente MacBride y Bob el Gruñón estaban ahí, al igual que Emma. La Superintendente en Jefe McIntyre había encontrado el tiempo en su ocupado horario para asistir también, aunque estaba algo preocupada y miraba su reloj continuamente. Angus Cadwallader había traído a Tracy con él, lo cual representaría un escándalo en la universidad. Pero quizá lo más sorprendente fue que Chloe Spiers había insistido en venir. Se aferraba a su madre a un lado de la tumba, mirando hacia abajo al sencillo ataúd mientras arrojaban tierra sobre él. Tuvo que realizar una gran labor detectivesca, pero logró rastrear las tumbas de John y Elspeth Donaldson, y ahora McLean se aseguraba de que su hija Maggie fuera sepultada junto a ellos. Esperaba que nadie descubriera nunca que él mismo había pagado por el servicio.

—Todavía no comprendo cómo es que finalmente pudo identificarla —dijo McIntyre mientras todos ellos caminaban alejándose de la tumba.

—Nos la arreglamos para seguirle el rastro a un constructor de Sighthill que desapareció en el cuarenta y cinco. Eso nos dio una mejor idea de la fecha de la muerte. Los registros de Personas Desaparecidas son un poco incompletos en aquella época, así que el Agente MacBride revisó los archivos del periódico, y encontró algo en el *Scotsman*. Un pequeño artículo sobre una chica desaparecida. Su madre era una empleada doméstica en Farquhar House. Localizamos a su único pariente vivo en Canadá. El perfil de ADN concuerda —era una ligera distorsión de la verdad, pero no por mucho. Le había dado a MacBride todas las pistas que pudo, le dijo que lo investigara. Y no era posible que McLean admitiera dónde había obtenido en realidad el nombre de la chica muerta.

—La mayoría de los detectives se habrían conformado con encontrar a los asesinos.

—Usted me conoce, señora. No me gusta dejar un trabajo a medias.

—¿Cree que funcionó? ¿Cree que ellos realmente atraparon a algún demonio y usaron su poder para prolongar sus vidas?

—Debería escucharse a sí misma, Jayne. Por supuesto que no funcionó. Todos están muertos, ¿no es así? —McLean sacudió la cabeza como si eso pudiera desalojar la verdad—. Los demonios no existen.

—Pero todos estaban en tan buen estado de salud, considerando su edad.

—Bien, con excepción de Bertie Farquhar y Toby Johnson. Ambos murieron jóvenes. No, vivieron mucho tiempo porque creyeron que lo harían. Por Dios, no podrían haber hecho lo que hicieron y no creer en ello. Y todos eran hombres exitosos porque nacieron en buena cuna y tuvieron la mejor educación.

—Esperemos que tenga razón, Tony. Esta ciudad es lo bastante mala así como está para que lo sobrenatural nos haga la vida más miserable a nosotros, los policías.

—Gavin Spenser falleció intestado —era una noticia breve que McLean había recogido del noticiero, y que se había quedado en su mente por varias razones incómodas—. Nunca se casó, no tuvo familia. Los abogados se están volviendo locos buscando a alguien a quién heredar su fortuna. Cualquier persona con un parentezco más o menos decente está en posición de heredar billones. Es un desastre. Pero es una señal de cuán seguro estaba de que viviría para siempre.

—Quizás hay demonios después de todo. Pero sólo están acá arriba —McIntyre dio unos golpecitos a su sien con un dedo, después lo giró en pequeños círculos.

Llegaron a las puertas del cementerio y a la corta fila de autos estacionados que esperaban para llevarlos de regreso a su variedad de vidas diferentes. Un sargento uniformado estaba en posición de firmes junto al auto de la superintendente en jefe, el cual estaba entre el viejo Volvo color óxido de Phil y el Jaguar verde sucio de Cadwallader. El Alfa Romeo rojo brillante de McLean estaba estacionado a un lado. McIntyre miró horrorizada cuando él usó su llave y abrió la puerta del pasajero para permitir que Emma se subiera.

—Por Dios, Tony. ¿Eso es suyo? —preguntó.

Por un momento, McLean se preguntó si ella se refería al auto o a Emma. Al decidir que McIntyre no podía ser tan irrespetuosa, sacudió la cabeza, mientras intentaba arduamente suprimir una sonrisa.

—No, no es mío —dijo—. Es de mi padre.

***

Permaneció en la habitación de su abuela, mirando el tocador con su colección de cepillos del cabello, brochas de maquillaje y fotografías.

La bolsa negra para basura se sentía pesada en su mano, ya a medio llenar con objetos descartados; el detritus desechable de una vida terminada hacía mucho tiempo. Debería haber hecho esto meses antes, cuando era obvio que su abuela nunca recuperaría la conciencia, que nunca regresaría a casa. Ella ya no necesitaría su lápiz labial, esos pañuelos desechables, un tubo a medio usar de mentas extra fuertes, y él no necesitaba los contenidos de su guardarropa. O la mayoría de las viejas fotografías esparcidas por la habitación: una en particular.

Ésta colgaba en la pared, cerca de la puerta del baño. Se trataba de una impresión en blanco y negro, que mostraba a dos hombres y a una mujer: Bill McLean, Esther Morrison y Fulano De Tal. La primera vez que lo notó, se había sentido intrigado de lo poco que se parecía a su abuelo, y de cuánto su propio padre se parecía al otro hombre. Cuánto se parecía él mismo a ese hombre. ¿Era éste el sórdido secreto que su abuela había guardado, que no debía ser revelado hasta después de que ella muriera? ¿Algo que ella sentía que podía contarle a su abogado pero no a su nieto? ¿Qué decía la carta? "Obviamente no eres el hombre en el que ella temía que te convirtieras". Y además estaba lo que dijo Jethro Callum: "Su sangre corre por tus venas". Las palabras de un desquiciado, o tal vez de un demonio, pero era algo imposible de ignorar. Bien, no era muy difícil en realidad descifrar lo que pasaba. Lo que había pasado.

Retiró la fotografía de la pared, le dio la vuelta para ver si había algo escrito en la parte de atrás del marco. Sólo una limpia marca hecha con una plantilla, que indicaba cuál estudio había realizado el trabajo; su dirección correspondía a una calle que había sido derrumbada hacía mucho tiempo. Era un trabajo profesional, la parte de atrás estaba sellada con cinta gruesa. Él podría cortar la fotografía para sacarla de ahí, ver si se había escrito algo en la parte posterior, pero ni siquiera se tomó la molestia.

Le dio vuelta una vez al marco, y miró de cerca la fotografía. A sus veintitantos años, su abuela era bastante bonita. Estaba sentada entre los dos hombres, con un brazo alrededor de cada hombro, pero era evidente que sólo tenía ojos para William McLean. El otro hombre estaba sonriendo, pero había una frialdad en sus ojos, un anhelo de algo que no podía tener. Algo que podría estar preparado para tomar por la fuerza. ¿O sólo era producto de su imaginación? McLean se quitó la idea de la cabeza, abrió la bolsa de la basura y dejó caer la fotografía en su interior.

AGRADECIMIENTOS

Este libro ha estado en proceso de escritura por largo tiempo, pero no hubiera terminado en absoluto de no ser por Stuart. Él fue quien sugirió que yo dejara de escribir literatura fantástica, e intentara escribir historias de detectives, así que en muchos sentidos es totalmente su culpa. Gracias, Stuart.

También estoy en deuda con Allan Guthrie, quien me alertó en primera instancia de las posibilidades de los *ebooks* y la autopublicación, y a mi agente, Juliet Mushens, un diminuto tornado de energía y diseños de piel de leopardo. Gracias también al equipo en la editorial Michael Joseph.

Muchas personas serviciales han leído borradores de esta novela, pero agradezco en particular a Heather Bain, Keir Allen, John Burrell y Lisa McShine. También quiero hacer una mención especial a Graham Cromptom por señalar el hecho obvio de que las venas no laten, palpitan o pulsan.

Y por último, pero de ningún modo de menor importancia, agradezco a mi compañera, Bárbara, quien además de apoyarme todos estos años, ni siquiera se quejó cuando robé su apellido para bautizar a mi inspector criminalista.

LA PUERTA NEGRA

Esta obra se imprimió y encuadernó
en el mes de mayo de 2015, en los
talleres de Limpergraf S.L.,
que se localizan en la calle Mogoda, nº 29,
08210, Barberà del Vallès (España).